光文社文庫

歴史ミステリー

Last Act in Palmyra

密偵ファルコ　砂漠の守護神

リンゼイ・デイヴィス
田代泰子訳

JN286149

光　文　社

ジャネットに
（「六時に。早く行ったほうがテーブルをとって……」）
銃撃も、仮想の強姦もないし、弁護士にたいする侮辱はたったひとつ。

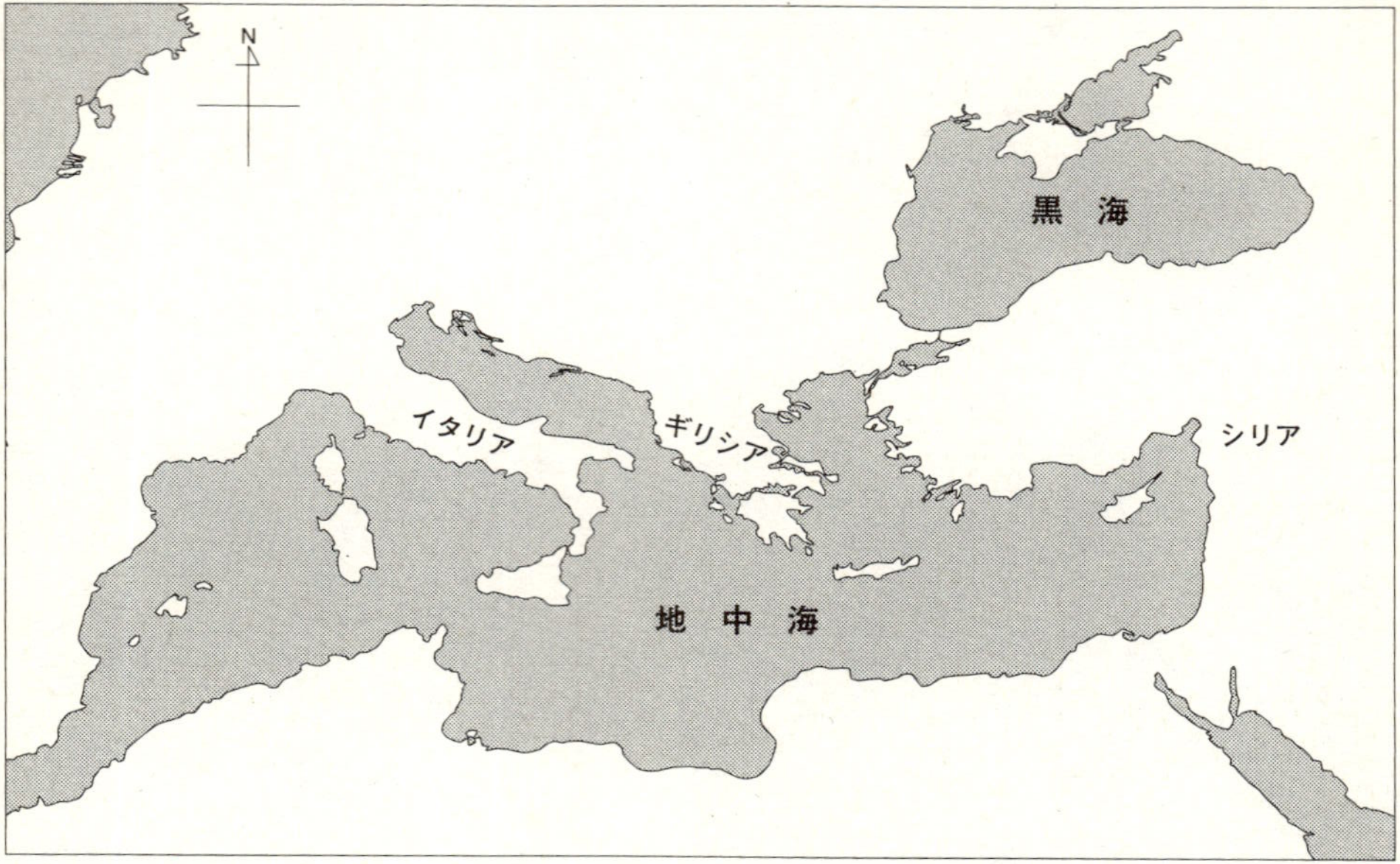
N
黒海
イタリア
ギリシア
シリア
地中海

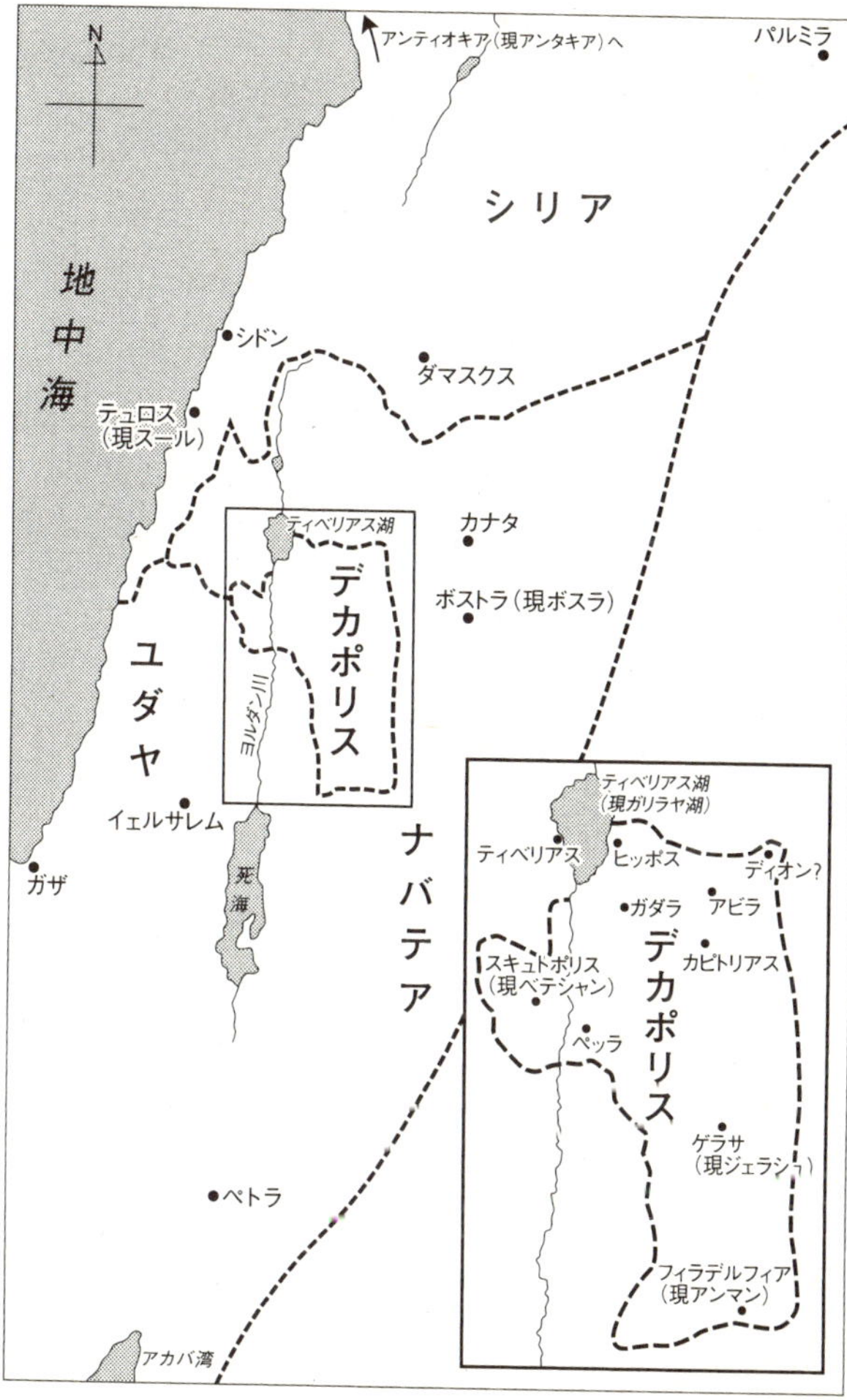
アンティオキア（現アンタキア）へ
パルミラ
シリア
地中海
シドン
ダマスクス
テュロス
（現スール）
ティベリアス湖
カナタ
デカポリス
ボストラ（現ボスラ）
ユダヤ
ヨルダン川
イェルサレム
死海
ガザ
ナバテア
ティベリアス湖
（現ガリラヤ湖）
ティベリアス
ヒッポス
ディオン？
ガダラ
アビラ
スキュトポリス
（現ベテシャン）
カピトリアス
ペッラ
ゲラサ
（現ジェラシュ）
フィラデルフィア
（現アンマン）
ペトラ
アカバ湾

〈主要登場人物〉

マルクス・ディディウス・ファルコ……………………密偵（おれ）
ヘレナ・ユスティナ……………………元老院議員の娘、ファルコの恋人
タレイア……………………蛇使いの女興行主
ソフローナ……………………水圧オルガン弾きの家出娘
ブラザー……………………ペトラを支配する宰相
ムーサ……………………ファルコと行動を共にする若き神官
クレメス……………………旅の一座の俳優兼座長
フリギア……………………座長の妻、俳優
ビリア、フィロクラテス……………………一座の花形女優と主演男優
トラニオ、グルミオ……………………瓜二つの道化師
ヘリオドールス……………………不審死を遂げる座付きの台本作家

密偵ファルコ　砂漠の守護神

自分は役者になるために生まれてきた、と感じるときが誰の人生にも一度はある。前途は輝かしい、いつかある日世界を震撼《しんかん》させるんだ、と内心のなにかが言う。そうなると、演ずるとはなんたるかを世間に知らしめ、週三百くらいの給料を手にしたいという欲求にいてもたってもいられず……

ジェローム・K・ジェローム

それから、道化を演じる者たちには決められた台詞《せりふ》のほかは言わせてはならないぞ。さもないと、なかには、考えなければならぬ芝居の肝心なところなどおかまいなしに、自分から笑いだしては愚鈍な観客の一部を笑わせてしまう者がでる……

シェイクスピア

プロローグ

場面
ローマ。ネロの競技場、および、パラティヌスの丘はカエサルの宮殿の奥まった小部屋。
時
紀元七二年。

あらすじ
元老院議員カミルスの娘ヘレナは落胆している。ぺてん師ファルコはヘレナに結婚を約束しているのだが、今になって、自分こそパトロンである皇帝ウェスパシアヌスに騙《だま》されたと言いはる始末。折りしも、高級興行主のタレイアと、低級密偵頭《がしら》のアナクリテスが、それぞれこの苦境から脱する手づるをファルコの鼻先にぶら下げる。ファルコは自分の狙いをヘレナに見破られてはならない。さもないと、非難のコロスの登場は必定。

「あれじゃ、誰か死ぬわ！」

ヘレナが叫んだ。おれは、中央のアリーナに目をやったまま笑った。

「みんなそれを見にくるんだ！」

血に飢えた見物人を演じるなんぞローマ人にとってはたやすいこと。

「あの象が心配なのよ」ヘレナがつぶやく。象はおそるおそる歩を進めて、今はスロープを肩くらいの高さまでのぼっている。象使いが危険を承知で象の爪先をくすぐった。

おれには地面にいる男のほうが気がかりだった。象が落っこちたら、その重さをもろにひっかぶることになる。だが、ものすごく気にしていたわけでもない。珍しいことに、危ない目にあっているのがおれではないことが嬉しかった。

ヘレナとおれは、ローマのすぐ近郊にあるネロの競技場《キルクス》に来ていた。観客席の最前列にしごく安全に座っている。ここには血塗られた歴史があるが、当今は比較的おとなしい二輪車《チャリオット》競走に使われている。赤い御影石の巨大なオベリスクが長いサーキットを睥睨《へいげい》するようにそびえている。カリグラがヘリオポリスから運ばせたものだ。この競技場《キルクス》はウァティカーヌスの丘のふもと、アグリッパの庭園のなかにある。観衆も、人間松明《たいまつ》となって燃やされるキリスト教徒もいないと、ほとんど平和といってもいいくらいだ。静けさを破るのは、とんぼ返りや綱渡りを練習する曲芸師たちの、はっ、という短いかけ声と、調教師たちが抑え気味に象を励ます声だけ……。

かなり盛りだくさんのリハーサルだが、見物しているのはおれたちふたりだけだ。おれがたまたま興業主と知合いなもんで、出走ゲートでそう言ったら入れてもらえた。今はこうしてその興業主の手がすくのを待っているところだ。名前はタレイア。じつに外向的な女だ。おまけに肉体的魅力もたっぷりだから、それをわざわざ服なんて下劣なもので隠すことはしない。だからおれのガールフレンドが護衛に付いてきてくれたわけだ。元老院議員の娘であるヘレナの厳格な生き方からすれば、いっしょに暮らす男が道徳的危険に身をさらすのを黙って見過ごすなど、もってのほかだ。後ろ暗い過去を背負って、しょうもない仕事をしている自営の密偵としては、それも自分で蒔《ま》いた種《たね》というべきだろう。

頭上にひろがる空は、下手な抒情詩人ならきっと「紺碧の」とでも形容するところだろう。四月初旬。期待のもてそうな一日の、午前も半ばはすぎた。テベレ川のすぐむこうの帝国首都では、祭りつづきの長い暖かな春を祝って、みんな花輪でも編んでいることだろう。皇帝ウェスパシアヌスの統治も三年目に入ってしばらくたつ。何度かの内戦で焼けおちた公共建造物を建てなおすなど、今は再建に忙しい。

おれも新規まきなおしをはかりたいところだ。

タレイアはアリーナでの進捗《しんちょく》状況に絶望したらしい。あられもなくむきだしにした肩越しに二、三きついことばを投げると、調教師たちを残して歩きはじめた。おれたちに挨拶《あいさつ》しようってんだ。むこうではまだ、ちび象をなだめすかしてはスロープをのぼらせようとしている。のぼりきるとステージにでる。ステージからは綱が張ってある。あの上を渡らせようとは楽観的にもほどがある。ちび象はまだ綱は見えていないが、ここまでですでに、この訓練はどうもいやな感じがする、と思っている。

タレイアが目の前にやって来たところで、おれの気がかりも昂《こう》じた。この女は、職業がおもしろいだけでなく、交友関係も風変りだ。そういう友人のひとりがタレイアの首のまわりにマフラーみたいに巻きついていた。こいつには前に一度もっと近くで会ったことがあった。思いだすだけで身がすくむ。蛇だ。大きさは中くらいで、好奇心は絶大だ。ニシキヘビ。巻きついて絞めつけるタイプだ。どうやらおれを覚えているようで、嬉しそうに頭をのばしてくる。死の抱擁を求めているみたいだ。舌がちろちろと空気を味見している。

タレイアのほうも扱いには慎重を要する。堂々たる体軀《たいく》と、だだっ広いアリーナの隅から隅まで通るだみ声。どこにいても強烈な存在感がある。それに、あのからだの線から目をそらすことのできる男はめったにいない。目下のところはそれに、サフラン色の細長いガーゼの布切れを襞《ひだ》によせて、あちこちをどでかい宝石で留めた奇抜なものをまとっている。あの宝石のひとつでもこっちの足の上に落とされてみろ、まず骨折はまぬかれない。おれはこの女が好きだが、むこうもこっちを嫌いでないことを望むばかりだ。ニシキヘビを装身具にして見せびらかすような女に嫌われたいやつがいるか？

「ファルコ、このドジのトンマ！」

美の三女神のひとりと同じ名前だってことも、この女の行儀作法にいささかの影もおとしていない。

おれたちの前までくると、蛇の重さを支えて、両脚をひらいてふんばった。サフラン色のペらぺらした布のあいだから盛りあがった腿がはみだしている。三段漕ぎガレー船のオール受けほどのサイズの腕輪が腕にしっかりくいこんでいる。まず紹介の労をとったおれのことばを誰も聞いていなかった。

「あんたのジゴロ、顔色悪いね」おれのほうにひょいと頭をふると、せせら笑いをうかべてヘレナに言った。初対面なのに、タレイアはエチケットなんかお構いなしだ。今度はその胸を枕に、ニシキヘビがこっちをじっと見ている。ふだんより無気力に見えるが、それでも、人をみくびったような態度がどこかおれの親戚筋の女たちを思わせた。ちいさな鱗《うろこ》が大きなダイアモンド模様をえがいてきれいに並んでいる。

「どうしたのさ、ファルコ？ あたしの言ったこと、やる気になったのかい？」

おれは、へっ、なんのことだっけ、って顔をしてみせた。

「あんたの演技を見せてもらうってたしか約束したよな、タレイア？」

トーガ・プラエテクスタ（十四歳までの男の子が着た、縁どりのあるトーガ）を脱ぐか脱がないかの青二才が、生まれて初めてバシリカの法廷でする厳粛な演説の冒頭みたいに心もとない口ぶりだろう。衛視が水時計をセットする間もなく、訴訟に負けるにちがいない。タレイアがヘレナにウィンクした。

「こいつ、うちを出て虎の調教師になりたいって言ってたんだよ」

おれは急いでわりこんだ。「ヘレナの調教だけで手いっぱいだ」

まるでおれなんかなんにも言わなかったみたいに、ヘレナがタレイアに応《こた》えた。

「この人わたしには、自分はサムニウムに大きなオリーブ園を持ってる大物で、わたしがお気に召したら世界の七不思議を見せてくれるって言ったわ」

「まあ、まちがいってのは誰にもあるよ」タレイアは同情していた。ヘレナ・ユスティナは刺繡《ししゅう》をほどこしたスカートの裾《すそ》を爪先で軽く蹴ると、脚を組んだ。圧倒されるくらいきれいな足首がのぞく。ヘレナは圧倒的な女にもなれる。

タレイアは熟練した目でヘレナを値踏みした。タレイアが前に知っていたおれは、社会のどん底でうごめく密偵で、みみっちい仕事をチマチマやって、ひきかえに腐った賃金と世間の侮《ぶ》蔑《べつ》をもらっていた。それが今、思いがけなく上等なガールフレンドをつれている。ヘレナはクールで、物静かで、まじめだ。しかし、短いことばをひとつふたつ投げるだけで、酔っぱらった近衛兵の一連隊だっておとなしくさせられる人物だってことは、座っているその姿からみてとれる。おまけに、目をむくほど高価な金線細工の腕輪をしている。これだけでもこのスネークダンサーはなにか理解したにちがいない。おれみたいな干からびた西瓜《すいか》のタネといっしょにこの競技場《キルクス》に来てはいるが、おれの恋人は、確実な担保付きの貴族の家柄の娘だ。

宝飾品の鑑定を終えて、タレイアはおれに向きなおった。「あんた、ツイてきたね！」

そのとおりだ。おれは笑ってこの褒《ほ》めことばをいただいた。

ヘレナは優雅な手つきで絹のストールの襞をなおした。ヘレナはおれが自分に値しないことを知っていたし、おれがそれを重々承知していることも知っていた。

タレイアはニシキヘビを首からそっとはずすと、そこの杭に巻きつけた。腰かけて、おれたちとじっくり話そうってわけだ。この生き物はいつもおれを怖がらせることを旨としている。今も丸みをおびたスペード形の頭をすっともたげて、細い裂け目のような目に悪意をこめてじっとおれを見ている。おれは足をひっこめたい衝動をこらえた。足もない殺し屋に脅かされるなんぞまっぴらだ。それに、蛇が相手では、唐突な動きは間違いのもとにもなる。

「イアソンはほんとにあんたが贔屓《ひいき》だね」タレイアがげらげら笑う。

「イアソンってのか、こいつ」

あと一インチ近づいてきたら、ナイフでイアソンを始末してやるつもりだった。遠慮したのは、タレイアが可愛がっているからだ。イアソンが蛇革ベルトになったらきっと悲しむだろう。タレイアが自分を悲しませた人間にどんなことをするか、そのペットに首を絞められることよりもっと心配だった。

「どうもちょっと具合が悪いみたいなんだよ」タレイアがヘレナに説明した。「見て、目が白く濁ってるだろ？　もうすぐまた脱皮だ。この子は伸びざかりの少年てとこ。一カ月ごとに新しい服がいるんだよ。そのたびに一週間ほど機嫌が悪くなる。そうなると舞台じゃ使えない。公演スケジュールを組もうったって、ぜんぜん当てにならない。月に一度は横になって呻《うめ》いてる若い娘を集めて芝居を打つよりもタチが悪い……」

ヘレナは同じような話題で返そうとしているみたいだったが、おれが女のおしゃべりにわりこんだ。「それで、商売はどうだい、タレイア？　門衛の話じゃ、フロント亡きあとあんたが経営者になったそうじゃないか」

「誰かが責任者にならなくちゃならない。あたしか、どうしようもない能無し男か、どっちかだったからね」

どういうわけかタレイアは男についていつもおそろしく手厳しい。もっとも、この女の色事についてはあくどい話ばかり聞いているが……。

いま言ったフロントというのは、アリーナでの見世物にするエキゾチックな猛獣の輸入業者だ。上流階級の宴会に集う連中にはもっとエキゾチックな娯楽も提供していた。ところがこの男がちょっとした不運にみまわれた。その不運てのが豹《ひょう》の形をとって襲いかかり、そいつを食っちまったのである。遺されたビジネスはどうやら今、かつては宴会まわりのダンサーだったタレイアが引き継いだらしい。

「例の豹はまだいるのか？」冗談のつもりだった。

「もちろんさ」タレイアはそれがフロントにたいする敬意だと思っているらしい。なんてったって、あの獣の体内にはもと経営者が部分的にしろまだ存在しているかもしれないんだ。こんどはこっちに質問がとんできた。「あんた、悲しみにくれた未亡人の化けの皮をはいでやったのかい？」

じつは、フロントの未亡人の悲しみ方はあまり説得力があるとは言いがたかった。ローマではよくあるシナリオだ。命の値段が安いうえに、妻の機嫌をそこねた男にとって死はかならずしも自然の成行きばかりとはかぎらない。タレイアと彼女の蛇集団に初めて会ったのは、フロント未亡人と豹との共謀関係の有無を調査しているときだった。

「法廷にひっぱりだせるだけの証拠はなかった。しかし、遺産の要求だけは遠慮させた。今じゃそのときの弁護士と再婚している」

「そりゃ、いくらあのあばずれにしたって厳しい処罰だ！」タレイアは意地悪そうに顔をゆがめた。おれもにやっと返した。

「ところで、ボスになったってことは、もうあんたの蛇踊りは拝見できなくなったってことか？」

「まだ演《や》ってるよ。客を怖がらせるのは好きなんだ」

「でも、イアソンは調子の悪い日もあるから、共演はしないのね？」ヘレナが微笑した。ふたりは互いを認めたようだ。ヘレナはふだん、そうそう簡単には人とうちとけない。ヘレナと親しくなろうとしても、スポンジで油を吸いとろうとするみたいなもんで、容易なことではない。おれだって多少なりとも進展をみるまで六カ月もかかった。この頭脳、ルックス、豊かな経験をもってしてもだ。

「そう、ゼノンを使う」

それだけでその爬虫類の説明は事足りると言わんばかりだが、タレイアの出し物には本人も畏敬《いけい》の念をもって語るような巨大な蛇が出るってことは聞いている。

「そっちもニシキヘビなの？」ヘレナは好奇心いっぱいだ。「踊るのはその蛇なの、あなたなの？　それとも、ゼノンがじっさいよりいろいろしているように観客に思わせるのがコツなのかしら？」

「男とあれをするのと同じことさ……。あんた、頭のいい娘《こ》をめっけたね！」ぶっきらぼうに褒めた。「そのとおり。あたしが踊るのさ。ゼノンには踊ったりしないでもらいたいね。長さ二〇フィートのアフリカ産コンストリクター（獲物を絞めつけて殺す蛇）だよ、重くて持ちあげられたもんじゃない」

「二〇フィート！」

「それに、そのほかなんやかやとある」

「まあ！　それで、とっても獰猛《どうもう》なの？」

「そうだねえ……」タレイアは内緒話をするように鼻の頭をちょっとさすった。それから秘密を明かした。「ニシキヘビってのは、自分の口にすっぽり収まるものしか食わないんだよ。おまけに飼い蛇になると好き嫌いがかなり激しくてね。ものすごく力があるから、みんな獰猛だと思ってる。だけど、ニシキヘビが人間を殺そうなんて気を起こしたとこ、あたしは一度も見たことないよ」

　イアソンに抱いていた不安感を思っておれはちょっと笑った。そして、詐欺にあったような気がした。

「てことは、あんたの出し物ってのも、おとなしいもんなんだ！」

「あたしのでっかいゼノンと踊ってみるかい？」タレイアが皮肉っぽく挑んできた。おれは身振りで丁重にお断りした。「じつは、そうなんだよ、ファルコ。あの出し物、もうちょっとピリッとさせなくちゃって考えてたとこさ。コブラを入れるかどうかして、もう少し危ない感じにしなくちゃならない。檻《おり》のあたりをうろついてる鼠を捕まえるのにもいいだろうし」

コブラに嚙まれればふつう命がないことを知っているから、ヘレナもおれも沈黙した。すると突然話題がかわった。

「さて、あたしのほうはこんなとこ。それであんた、今はなんの仕事してんの、ファルコ?」

「それは難しい質問だ」

「かんたんよ」ヘレナがごく軽い調子でわりこんだ。「なにもしてないの」

それは正しくない。その朝、仕事の申し出をうけたばかりだ。ただしヘレナはまだ知らない。極秘だ。隠密裏の仕事、というだけではなく、ヘレナには隠しておかなければならない特別な理由がある。依頼人を知ったらヘレナが猛然と反発するからだ。

「あんた、密偵ってふれこみだったね?」

おれは半分上の空でうなずいた。さっきうけた仕事の実態をどうやったらヘレナから隠しおおせるか、まだくよくよ考えていた。

「遠慮することないさ。ここにいるのは友だちだけ、なんでも白状していいよ」

「それも、かなり有能なのよ」そう言いながら、ヘレナはおれを疑わしそうに見ている。何を隠してるのかはわからないとしても、なにかおかしいと思いはじめていた。おれは気持ちを天気に集中しようとした。タレイアが首をかしげる。

「つまり、どういう仕事なのさ、ファルコ?」

「情報だ、たいていは。法廷弁護士に頼まれて証拠を見つけたり――これはあんたも知ってるな。あるいは、ただゴシップを聞いてまわるほうが多いかな。選挙の候補者が対立候補を中傷するのを助ける。飽きがきた女房を離縁する口実を欲しがってる亭主を助ける。棄《す》てた情人から脅迫された人妻に、金を払わなくてもすむ算段をしてやる。男が本性を見抜いた相手の女を棄てる手筈《てはず》をととのえる……」

「ああ、社会奉仕ってわけだ」タレイアがふんと鼻を鳴らした。

「そのとおり。社会にとって真の恩恵だ……。盗まれた骨董品を追跡することもある」

そう言いそえたのは、品《ひん》みたいなものがかもしだせるかと思ったからだ。だが、贋物のエジプトの魔除けか、エロ小話の巻物でも追っかけてるみたいに聞こえただけだった。

「行方不明人の捜索なんてこともするのかい？」とつぜん思いついたみたいにタレイアが訊いた。嫌な感じがしたが、おれは首を縦にふった。おれの仕事は人に思いつきをさせないことだ。余計な思いつきは、時間がかかるばっかりで、儲けにはならない傾向がある。おれの心配はあたった。ダンサーが嬉しそうに叫ぶ。

「そうか！　あたしに金があったら、捜索および連れ戻しの仕事に雇うんだけどね」

「食わずにすむんだったら、お申し出をありがたくうけるところだね」穏やかに答えた。

その瞬間、ちび象が綱を見つけた。そして、どうしてスロープの散歩に連れだされたのか察知した。甲高い鳴声をあげると、なんとか踵《きびす》をかえすと、もときた道を突進しようとする。調教師たちがさっととびすさる。もう我慢がならない、てなことを呟《つぶや》きながら、タレイアが大急ぎでアリーナにとってかえした。その前に、蛇を見てて、とヘレナに頼んだ。どうみてもその仕事はおれには任せられないようだった。

象をなだめようとスロープを登っていくタレイアを、ヘレナとイアソンがじっとみまもる。調教師たちを口汚く叱りつける声が聞こえる。タレイアは動物を愛しているが、どうやら、最高の見世物には恐怖のしごきが不可欠だと信じているようだ。スタッフをしごくんだ。しかし連中もおれと同じく、この試みは失敗に終わる運命だと悟ったようだ。たとえあの不格好な灰色の曲芸師を空中におびきだすことに成功したとしても、あの綱はきっと切れる。このことを指摘してやるべきかどうか、おれは考えた。だが、そんなことをしても誰も恩にきさないにきまってる。ローマでは科学情報の評価は低い。

ヘレナはイアソンとうまくいっているようだ。なんたって、信用ならない爬虫類については経験を積んでいる。おれとつきあってるんだから。

ほかにすることもなかったから、おれは考えはじめた。密偵というのは暗いポルティコにしゃがみこんで長時間すごすものだ。ひょっとしてスキャンダルでも耳に入れば、どっかの嫌なやつから脂《あぶら》じみたデナリウス銀貨のひとつも稼げることもある。それを待つってわけだ。うんざりする仕事だ。必然的に悪癖のひとつかふたつ必ず身につけてしまう。ほかの密偵はときどき思いつきの悪行で気をまぎらす。おれはそういうことは卒業した。おれの悪癖はひとり考えにふけることだ。

象は胡麻《ごま》パンをもらったが、まだ気落ちしているようだ。おれも同じ。気にかかっているのは、さっき提供されたばかりの仕事のことだ。なんとか断る口実を探している。

おれはときどきウェスパシアヌスの仕事をする。この新しい皇帝は、中流階級から躍りでたもんだから、古くからの名門エリートのいけすかないスノッブ連中におさおさ注意を怠るわけにはいかない。だからちょっとした便宜を必要とするときがある。皇帝としての輝かしい業績を大理石の記念碑にブロンズ文字で刻ませるときなんかには、決して大威張りで公言はできないような類いの便宜だ。ローマには、ウェスパシアヌスを玉座から突き落とそうと虎視眈々《こしたんたん》の連中が山ほどいる。ただし、なるべく長い棒で突っつかないと、皇帝のほうがふいに振りかえって嚙みついてくるかもしれない。皇帝にとってできれば排除したい邪魔者はほかにもいる。かび臭い旧家の血統の粘着力で高位の公職にへばりついている、うんざりするようなやつらだ。頭脳も、エネルギーも、倫理観ももちあわせていない。皇帝としてはそういう連中をもっと明敏な才能ととりかえたい。陰謀を企てる者たちを排除し、面目を失墜させる仕事を、誰かがしなければならない。おれは敏捷《びんしょう》なうえに分別があるから、ウェスパシアヌスとしては、ささくれた端っこをきれいに揃える仕事を安心して任せられる。おれの仕事の結果、好ましからざる余波が生じたことなど一度もない。

初めて雇い、雇われる関係になったのは十八カ月前だった。その後も、借金の取立てがいつにもまして多いときや、どれほど嫌な仕事かをうっかり失念したときには、ときどき皇帝に雇われる。お国の道具になることについては忸怩《じくじ》たるものもあるが、なにがしかの現金を稼がせてもらったこともたしかだ。おれの周辺ではカネはいつでも大歓迎だ。

　おれの奮闘努力のおかげで、ローマとローマ属州のいくつかは前より安定した。それなのに先週、皇帝一家は大事な約束を反故《ほご》にしたのだ。おれの階級をひとつ上げてくれるという約束だ。階級が上がれば、ヘレナ・ユスティナと結婚できて、むこうの家族の不満も解消される。ところがでかけていって報酬を請求したおれを、カエサルたちは空手のまま宮廷の階段から蹴落とした。これを見てヘレナが怒り心頭に発した。ウェスパシアヌスの仕事はあれが最後、とおれに厳命したんだ。ところが皇帝のほうは、報酬不払いなんて些細なことでおれのプライドが傷つくなどと思いもよらなかったようだ。三日とあけずに、外交任務で海外へ行くのなんかどうだ、と言ってきた。ヘレナが知ったら烈火のごとく怒るだろう。

　またもや宮廷から呼出しの遣いがきたとき、運のいいことにおれはたまたま、ゴシップでも拾いに床屋へ行こうと階段を下りているところだった。伝言をもってきたのはケチな奴隷。ほとんど空っぽの脳ミソの上に、左右くっついたゲジゲジ眉毛をへばりつかせている。宮廷の伝令なんてこんなもんだ。短いテュニカの裾を後ろからぐいっとつかんで一階の洗濯屋までひきずりおろしたから、かろうじてヘレナに見つからずにすんだ。洗濯屋のレーアには、余計なことをしゃべらないように小銭をにぎらせた。それからその奴隷のケツを追いたてながら宮廷に向かう道すがら、おれの家庭に波風を立てるんじゃない、と厳しく警告した。

「いい加減にしてくれよ、ファルコ。わたしは行けと言われたところに行くだけだ」

「誰が行けと言ったんだ?」

　やつは悪びれた顔をした。無理もない――

「アナクリテス」

おれは唸《うな》った。ウェスパシアヌス、あるいはその息子たちのどっちかの御前《ごぜん》に出頭しろと言われるよりもっと悪い。

アナクリテスは宮廷の密偵頭で、おれたちは太古以来のかたき同士だ。このうえなく厳しい敵対関係にある。純粋に職業上の対立だ。やつは自分のことを、一筋縄ではいかない連中を危険な場面で手玉にとるエキスパートだと思いたがる。しかし現実には、あまりに軟弱な暮らしがすぎて、すっかり要領を忘れている。それに、ウェスパシアヌスに財源を切り詰められて、哀れな手下どもからは突きあげられるし、賄賂《わいろ》に使う金にも事欠いていた。この商売では小銭に不自由することは命とりにもなりかねない。

アナクリテスがなにか微妙な性格の任務でドジを踏むたびに、ウェスパシアヌスがおれを呼んで尻拭《しりぬぐ》いさせることを、やつも知っていた（そのうえ、おれは身銭を切るから安上がりでもある）。おれが上首尾をあげるたびに、アナクリテスの心に癒《いや》しがたい嫉妬がはびこった。今では、人前でこそ友だち面《づら》を崩さないものの、おれを未来永劫片づけようと狙っている。ちゃんと知っているんだ。

使いにもうひとつ威勢のいいキャリア・アドバイスをくれてやってから、おれは緊張みなぎる対決になるにきまっている場面にどすどすと登場した。アナクリテスのオフィスはおれのおふくろのランプ戸棚ほどの大きさしかない。ウェスパシアヌスの統治下では密偵が厚遇されることはない。この皇帝は、誰が自分の悪口を言っていて、それを誰が立聞きした、なんてことをいっさい気にかけないからだ。ウェスパシアヌスの仕事はローマ再建であって、そうした公共事業で業績をあげれば皇帝としての評価を高めるに十分、恐怖政治なんぞ必要ない、という見解をとっている。そうとう向こうみずだ。

この緩やかな体制のもと、アナクリテスの苦境は歴然としていた。青銅製の折りたたみ椅子なんぞ確保していたが、それに座って部屋の一隅にへばりついている。書記のためのスペースをあけるためだ。この書記はトラキア出身で、巨大かつひどく不格好な羊肉の脂の塊《かたまり》のようなからだを、派手な赤いテュニカにつつんでいる。どっかのバルコニーの欄干《らんかん》にでも干してあったのを失敬してきたにちがいない。こいつの巨大な足が、インクやランプ油の染みだらけのみっともないサンダルに覆われて、床面積の大半を占領していた。アナクリテスがいるってのに、この書記こそ来客が挨拶すべき偉い人であるかのような印象を与える。

この部屋にはどことなくプロらしくない雰囲気がある。魚の目絆創膏《ばんそうこう》の松脂《まつやに》と、冷えたトーストの入り交じった、奇妙な匂いがする。くしゃくしゃになった巻物や蠟板《ろうはん》があちこちに散らばっている。必要経費の請求書にちがいないとおれはにらんだ。たぶん、皇帝に支払いを拒否されたアナクリテスとその手下どもの請求書だろう。ウェスパシアヌスはしまり屋で有名だし、密偵というのは旅費の払戻し請求についてはおよそ良識というものをわきまえていない。

おれが入っていったとき、諜報活動のトップは、尖筆の尻を齧《かじ》りながら、壁にとまった蠅をぼんやりと見ていた。が、おれに気づくや、背筋をしゃんとのばして大物のふりをした。そして自分の膝をバシッと叩いて書記を仰天させた。おれもだ。それから椅子の背にもたれて、どうでもいいような顔をとりつくろう。おれは書記に片目をつぶってみせた。やつは自分のボスがどんなにいけ好かない男かよく知っているが、それでもおおっぴらに笑いかえした。

　アナクリテスは好んで薄いグレイやベージュ色のテュニカを着る。背景にとけこんで見えなくなっているつもりのようだ。だが服のカットはいつもどことなくきわどい。髪の毛はたっぷりの油で生え際から後ろになでつけてあって、そのきっちり具合におれの鼻がひん曲がる。こいつの外見的な見栄っ張りは、職業的自己認識のそれとぴったり合致している。演説がうまくて、なにげない優雅さで人に誤解させる。爪をきれいに磨き上げて、口先だけで人を欺《あざむ》く男を、おれは決して信用しない。

　おれの埃《ほこり》だらけの長靴が巻物の山を蹴散らした。

「なんだ、これは？　また、無辜《むこ》の民にたいする悪意の告発か？」

「ファルコ、あんたはあんたの仕事のことだけ考えていてくれないか。こっちはこっちでちゃんとする」

　自分の仕事は意義も興味もすごく深いが、おれの動機も手法も死んだ烏賊《いか》の樽詰めみたいに臭いってことを暗にほのめかしてくれた。

「いや、おおせのとおりだ。どうやらあの伝令が間違ったようだ。あんたがおれに用があるみたいなことを言ってたもんだから……」

「わたしが迎えに遣《や》った」

　まるでおれに命令を下すみたいに振舞いたがる。おれは侮辱を無視した――当面は。そして、書記に銅貨をにぎらせた。「林檎《りんご》でも買って、ちょっと外の空気を吸ってきたらどうだ」

自分の部下にちょっかいをだされたことにアナクリテスは猛烈に腹を立てているようだった。そんなことはするな、と命令しようかなと思っているうちに、トラキア人はすばやく出ていってしまった。おれは書記のスツールにどしんと腰をおろし、からだを思いさりのばしてオフィス面積のほとんどを占領すると、巻物をひとつとりあげて詮索がましく読みはじめた。

「ファルコ、その文書は極秘だ」

おれはかまわずパピルスをどんどん広げて、おやおや、というふうに眉毛をつりあげた。

「なんてこった。極秘にしといたほうがいい。こんなろくでもないもんを公にしたくはないだろうよ……」そして巻物を、スツールのうしろに投げた。アナクリテスの手は届かない。おれにどの秘密を見られたのかわからないまま、顔を真っ赤にしている。

じつは、わざわざ読むなんてことはしなかった。このオフィスからはナンセンス以外のものが出たためしはない。アナクリテスが進めている狡猾《こうかつ》な企てのほとんどは、ノォルムを歩いているふつうの人間が聞いたら、あまりのばからしさに呆れるだろう。そんなものを読んで不愉快になりたくなかった。

「ファルコ、わたしのオフィスを散らかさんでくれ！」

「用件を吐いてくれ。そうすればすぐに退散する」

アナクリテスはプロだから、つまらない言い争いで時間をむだにはしなかった。ぐっと自分を抑えると、声を落とした。「わたしたちは仲間のはずだな？」古い友だちが、酔っぱらったあげく、なぜ年老いた父親を崖からつき落としたのかをいよいよ打ち明けよう、ってときの前置きみたいだ。「どうしていつもうまくいっていないように思えるのか、わけがわからない！」

わけならいくつでも教えてやれる。こいつは、相手が誰にしろ胡散《うさん》臭い動機から操ろうとする邪《よこし》まな鮫《さめ》野郎で、できるだけ働かずに高給をとっている。おれは、ただのフリーランスの英雄で、厳しい世間で八面六臂《はちめんろっぴ》の働きをしているのに、ケチな報酬しかもらわず、それもいつも遅滞する。アナクリテスは宮殿にいて、小賢《こざか》しい概念をバチャバチャはねかしていればいいが、おれは外で、汚れ、叩きのめされながら、帝国を救っている。

おれは静かに微笑んだ。「おれにもわからん」

おれが嘘をついていると、やつにはわかっていた。それから、官僚の口から出るのをおれがもっとも恐れていることばを吐いた。

「それじゃ、すべてを修復するときだ。マルクス・ディディウス、わが友よ、一杯やりに行こうじゃないか」

そうして、宮殿の秘書官たちが使う居酒屋《テルモポリウム》へとおれを追いたてた。ここには前にも来たことがある。世界を支配していると思いたがるようないけ好かないタイプでいつだって満員だ。事務局のパピルスの虫たちは、人付き合いをするときも同じ種族とつるんで穴に潜りこまずにはいられないんだ。

潜りこむったってろくな穴じゃない。立ち席だけのしけた葡萄酒バーで、酸っぱい空気がただよっている。ぐるっと見まわして客筋をみればその理由もわかる。食い物の入った壺がいくつかあるが、どれも先週からの煮汁が縁にこびりついてぶ厚く固まっている。中のものを誰も食べない。縁の欠けた皿では、乾いちまった古い酢漬け胡瓜《きゅうり》ができるだけ立派そうに見せようと力んでいるうえで、二匹の蠅がつがっている。不格好で無愛想な下男が、並べた小鍋に香草の枝を放りこむ。鍋のなかでは葡萄酒が煮詰まって、乾いた血の色になっている。

昼時までまだかなりあるというのに、薄汚れたテュニカを着たインク染み野郎どもが八人から十人ほどくっつきあって、自分の過酷な仕事について、とり逃がした昇進のチャンスについて、しゃべくっていた。みんながぶ飲みしている。まるで、パルティア人たちがローマ兵五千人を虐殺したうえ、オリーブオイルの価格が大暴落したと、たった今聞かされたみたいだ。こいつらを見ただけでおれは気分が悪くなった。

アナクリテスが注文した。やつが勘定まで済ませたとき、おれはのっぴきならない事態だってことを悟った。

「いったいどうしたんだ？　宮殿に雇われてる連中は、勘定書きが視界に舞いこんでくるや便所の扉の陰に駆けこむはずだ！」

「気のきいたジョークのつもりだな、ファルコ？」

どういうわけでこれをジョークだと思うんだ？

「あんたの健康に！」じっさいはアナクリテスが魚の目とテベレ熱にかかることを願っている

ことが声にでないよう気をつけながら、おれは礼儀正しく言った。

「あんたの健康にも！　さて、ファルコ、やっとここまできた……」

きれいな女がテュニカをするっと脱ぎながら言ったのなら、これは期待すべきセリフだろう。やつの口からでるとひどく気持ち悪い。

「ああ、ここまできた」唸るように言いかえしながら、おれは、可及的速やかにここではないところに行こう、と考えていた。酒に鼻を近づけてみると、薄い酢の匂いがする。それから黙って、やつが本題に入るのを待った。アナクリテスを急《せ》かしたって、もっとのらりくらりするだけだ。

半時間もたったと思われるころ――もっともおれは、そのひどい葡萄酒を指一本分ほどしか飲んでいなかったが――やつがようやくきりだした。「ゲルマニアでのあんたの冒険についてはいろいろ聞いている」

やつがふだんのあからさまな敵愾心《てきがいしん》に、それとなく賞賛の色を加味しようとしたことに、おれはひとりほくそえんだ。

「どうだった、あっちは？」

「なかなかいい。暗くて湿った天気と、軍団のご大層ぶりと、高官の無能さの驚嘆すべき具体例なんかが好きならな。至極けっこう。獣の獰猛さを上まわるものといったら、ズボンをはいた野蛮人が喉元に突きつける槍くらいってな森で厳冬をすごすのが好みならな」

「ほんとにしゃべるのが好きだなあ」

「ところが、時間を無駄にするのは嫌いなんだ。アナクリテス、この見え見えのおべんちゃらは要するになんだ？」

やつは鷹揚《おうよう》に笑った。すっかりパトロン面《づら》だ。「またもや皇帝が帝国領外に遠征できる者をご要望だ——誰か分別のある者を」

ひょっとしておれの返答には皮肉な調子がまぎれこんだかもしれない。「つまり、皇帝はあんたにその仕事をするように言ったが、あんたは逃げたい、そういうことだな？　その仕事はただ危険なだけか？　それとも、不便な旅と、ひどい天候と、文明の利便性の完全なる欠如と、ローマ人とみると串に刺して火のうえで炙《あぶ》りたがる暴虐の王が絡んでくるのか？」

「いや、文明の地だ、あそこは」

ローマ帝国の外には文明の地はごくわずかしかない。そういう国は共通して、このまま外にとどまる、という決意も固い。結果として、わが帝国からの遣いは友好的ならざる迎え方をされる。平和的な意図で来たという態度を示せば示すほど、むこうは自分たちの国が次の属領の候補にでもされたか、と必ず思う。

「どうもいやな感じがする。わざわざ訊かれる前に言っとくが、答えはノーだ」

アナクリテスは無表情だった。黙って葡萄酒をすすっている。やつが上等のアルバニア産十五年物を痛飲するのを見たことがある。違いはよくわかっているはずだ。このひどい味の混ぜ物を、これまた軽蔑している男を相手に飲んでいながら、それを気にしないように必死で、奇妙な薄い色の目をパチクリさせているところはなかなかの見ものだ。

「わたしが命じられたと、どうしてそんなに確信があるんだ？」

「アナクリテス、あの人はおれに用のあるときは、じかにそう言うんだ」

「もしかしたら、意見を求められたわたしが、近ごろあんたは宮廷の仕事を喜ばないって進言したかもしれない」

「いつだって喜んだことなんかない」

最近の惨《みじ》めな挫折を口にする気にはなれなかった。もっとも、階級ひき上げの請願をウェスパシアヌスの息子のドミティアヌスに却下されたとき、アナクリテスもその場にいた。皇帝一族の慈悲深さの権化《ごんげ》のようなあの行為の裏に、じつは密偵頭が関わっていたのではないかという疑いさえある。おれの怒りを感じとったにちがいない。

「あんたの気持ちはよくわかる」自分ではなかなか魅力的だと思っているにちがいないしゃべりようだ。あばらの二、三本も折られるかもしれない危ない橋を渡ってるってことには明らかに気づいていない。「昇格のためにそうとう注《つ》ぎこんだんだ。断られたのはショックだったろう。ということはつまり、例のカミルスの娘との関係も終りってことだろう？」

「おれの気持ちは自分でめんどうみる。それに、おれの女についてあれこれ憶測するな」

「すまん！」おとなしく呟く。おれは自分が歯ぎしりしているのに気がついた。「なあ、ファルコ、これはあんたにとっていい話じゃないかと思うんだ。皇帝はこの件についてはわたしに一任なさった。わたしの好きなように誰に委託してもいいんだ。このあいだの宮殿での一件のあとだ、てっきり、ローマから遠く離れるチャンスは大歓迎だとばかり思った……」

アナクリテスはときどき、おれがヘレナと人生を語りあっているときに扉のむこうで立聞きしてたんじゃないかと思うような言い草をする。おれの住んでいるのは六階だから、やつの手先の誰かが我が身にむち打って階段をのぼって盗み聞きしたとは思えない。それでもおれは、目を細めながら、杯を握る手に力をこめた。

「弁解の必要はない、ファルコ」こいつは嫌になるほど観察眼が鋭くなることがある。それから肩をすくめ、ゆったりと両手をあげた。「好きにするといい。適当な密偵がみつからなかったら、わたしが行けばいいんだ」

「なぜだ、どこなんだ、そこは?」そんなつもりはないのに、思わず訊いてしまった。

「ナバテア」

「石のアラビア《アラビア・ペトラエア》の?」

「驚いたか?」

「いや」

おれは、外交政策のエキスパートを自認するくらいフォルムのあたりをうろついてきた。しかも、サトゥルヌス神殿の階段でゴシップを漁《あさ》ってる連中のほとんどは、ローマの外には一歩も出たことがない。あるいは、爺さんの小さな農場があるイタリア中部の田舎より遠くには行ったことがない。おれは違う。帝国の最前線を見てきた。辺境でなにが起こっているのか知っている。そして、皇帝が国境のさらにむこうに目をやるとき、その頭を占めていたのは何かってことも知っていた。

騒乱のつづいていたナバテアは、ウェスパシアヌスと上の息子ティトゥスとによって最近ようやく鎮圧された。我が帝国の領土ユダヤと、帝国属州エジプトとにはさまれている。はるか極東からアラビアを抜けてくるいくつかの大交易ルートの交差点だ。胡椒《こしょう》などの香辛料、貴石や海真珠、異国の木材や香料……。ナバテア人はこうしたキャラバン・ルートを警備して交易商人に安全を保障している。そして、そのサービスにたいして高額を請求する。秘密の砦《とりで》に固く守られたペトラがナバテア人の拠点で、交易の中枢だ。あそこの関税率の高さはつとに知られているが、贅沢品をもっとも貪欲《どんよく》に消費しているのはローマだから、その関税は結局はローマが払っていることになる。もし今ウェスパシアヌスが、富も力もあるナバテアに、ローマ帝国入りも悪くはないかも、って気にさせようと考えているとしたら、その理由はよくわかる。活況を呈する、実入りのいい交易の場が直接の支配下に入るんだ。

アナクリテスはおれの沈黙を誤解した。提案に興味をもった、と解釈した。いつもの媚《こ》びた口調で、この任務に当たれる密偵はそうはいない、などと言う。

「てことは、ほかにも少なくとも十人はあたってみたが、全員そろって、アタマが頭痛でども、ってわけだ！」

「注目をあびる仕事だぞ」

「てことは、おれがうまく片付けたら、結局たいした仕事じゃなかったたって結論になる」

「この業界をよく知ってるな」アナクリテスはにやっと笑った。一瞬おれは、いつもよりやつが好きになった。

「あんたこそうってつけだ、ファルコ」

「やめてくれ。おれはヨーロッパから出たことはないんだ」

「東方には関わりがあるじゃないか」

　おれはちょっと笑い声をあげた。「兄貴があっちで死んだってことくらいだ」

「ということは、関心があるだろう——」

「そのとおりだ！　あのクソいまいましい砂漠になんぞ金輪際行くもんかってくらいの関心がある！」

　それから、葡萄の葉っぱをからだに巻きつけて、臭い油の壺に頭から飛びこんじまえ、とアナクリテスに言って、自分の杯に残っていた酒をやつの酒瓶に意地悪くどぶどぶと戻すと、おれは意気揚々とおんでてきた。

　あとに残された密偵頭がにんまり笑っているのはわかっていた。おれがこのすばらしい提案をうじうじと考えたあげくに、ぺこぺこ戻ってくると確信していたんだ。

　アナクリテスはヘレナのことを忘れていた。

　びくっとして、おれはちび象に注意をもどした。

　ヘレナがおれの顔を見ている。何も言わなかったが、ヘレナ独特の静かな凝視だ。おれにとっては、刃物を持った盗賊が出没するので知られている土地で、高い建物にはさまれた暗くて狭い小路を歩かされるのと同じ効果がある。

新しい仕事の申し出があったことを口にだす必要はない。ヘレナはもう知っている。問題は、それをどう伝えるかということではなく、そんなこともちろんハナから言うつもりだったかのように思わせるにはどう言うか、ということだ。おれはため息をついてみた。ヘレナは目をそらした。

「象をちょっと休ませることにしたよ」タレイアがこっちに戻ってきながら不満そうに言う。

「そいつは行儀よくしてるかい？」

ニシキヘビのことだ、たぶん。

「とっても」ヘレナも同じようなとぼけた調子だ。

「タレイア、マルクスに仕事があるかもしれないって、どんな？」

「ああ、あれはなんでもない」

「なんでもなかったら、わざわざ口にださんだろう？」

「ちょっと、ある娘のことでさ……」

「マルクスは娘のからむ仕事が好きなの」

「そうだろうともさ」

「そういえば前に一度、仕事ですばらしい娘に会ったなあ……」おれは想い出にふける顔をした。前に一度仕事で会ったその娘が手を握ってくれた。かなりやさしく。

「こいつ、口先だけだよ」タレイアなりの慰め方だ。

「なんといっても、詩人でいらっしゃるから」

「そのとおり。唇と性衝動《リビドー》だけでできてるんだ」おれも自己防御しなくちゃならない。「とことんキザな男だよ！　うちの水圧オルガン弾きを連れて逃げたあんチクショウとおんなじ」

「それがあんたの探し人か？」おれは無理にも興味のあるふりをした。多少はプロ根性をみせようって気もあったが、肝心なのは、ヘレナの気をそらして、おれがまたぞろ宮廷に呼ばれたことを感づかせないことだ。

タレイアはアリーナ席に長々と寝そべった。その効果たるやじつに劇的だ。おれは象から視線を動かさないようにした。

「ソフローナってのがその娘《こ》の名前」

「そうだろうよ」近ごろじゃ、楽器ができるふりをする安っぽい女はどいつもこいつもソフローナと名のる。

「この娘《こ》はほんとにうまかったんだよ、ファルコ！」

おれはその意味するところを理解した（じっさい、タレイアがそう言うなら、たしかにほんとうにうまかった、ということだ）。

「たしかに弾けた、うけあうよ。皇帝の好みをいいことに、太鼓持ちみたいのが山ほどいたけどさ」

皇帝とは水圧オルガンを熱狂的に愛したネロのことで、愛すべきいまの皇帝ではない。ウェスパシアヌスの音楽的素養についてもっともよく知られている逸話は、ネロの竪琴演奏中に眠りこんだ、ってやつだ。このことでは幸運にも数カ月の流刑だけですんだ。

「ほんとの名人だったよ、ソフローナは」

「音楽の？」おれは無邪気に訊いた。

「なんともいい指使いでさ……。それに、あの器量だ！　ソフローナがせっせとくりだすと、男たちは座席でたったもんだ」

おれはこれを文字どおりに解釈して、ヘレナのほうを見ないようにした。ヘレナは上品な育ちのはずだ。それなのに、破廉恥なクスクス笑いが聞こえたのはどういうわけだ。

「あなたのところには長かったの？」

「生まれた時からと言っていい。あたし、むかし道化芝居の一座にまぎれこんでたことがあってさ。そこにいた痩せっぽちの踊り子があの子の母親さ。子どもの面倒なんてみられるありさまじゃなかった。て言うか、みる気がなかった。だからあたしがそのちびをもらいうけて、育てて、役にたつ歳になったら教えられるだけのことを教えた。背が高すぎて、曲芸はだめでさ。でも、運よく音楽の才能があるってわかったから、水圧オルガンが流行《はや》りとみたらすかさず習わせたのさ。金はあたしが出した。今みたいに景気がよくなかった時分だよ。それがいなくなったんだ、そりゃあたしだって怒るさ」

「どうしてそんなことになったんだ？　あんたみたいな世慣れた人が、一座の貴重なタレントを失うとは不注意だったなあ」

タレイアはふんと鼻を鳴らした。「あたしじゃない。おめでたいフロントさ。東方から客が来たことがあって、あいつが案内してまわってた。パトロンになってくれるかもしれないとかなんとか言ってさ。フロントはその連中を興行主とふんだらしいが、結局はただの時間潰しだった」

「ただで野獣を見たかっただけ、ってわけか？」

「それと、一糸纏《まと》わぬ女軽業師もね。フロント以外はみんな、あの連中から仕事がくる見込みなんてまずないとみてた。たとえ雇われたとしても、おっそろしく酷《ひど》い仕事で、ナップもお粗末だったろうさ。だから誰もたいして注目してなかった。その直後に例の豹が逃げだしてフロントを食っちまったんだよ。それからはもちろん、あれやこれやでてんてこ舞いさ。そのシリア人たちは気をもたせるみたいにもう一回やってきたけど、こっちもそいつらの鼻先で天幕を下ろしてやった。ローマから出てったんだろう、たぶん。そうしたら、ソフローナもいなくってわかったってわけさ」

「男がからんでるのか？」

「きまってるじゃないか！」タレイアの蔑《さげす》みの感情が爆発する。またヘレナが微笑んだようだ。

「すくなくとも、そのお客さんたちがシリア人だってことはわかってるのね。誰だったのかしら？」

「見当もつかない。フロントが相手をしてたからね」吐きだすような口調は、あの男のいかがわしい習慣すべてを非難してるようだ。

「フロントが豹の腹におさまっちまったあと、残ったあたしたちが思いだせたことっていったら、あの連中がおっかしな訛《なま》りのギリシア語をしゃべってたことと、長い縞の服を着てたこと、それに、『十の町《デカポリス》』とかいうところが世界一の都会みたいに思ってるふうだったことくらいでさ」

「デカポリスのことなら聞いたことがある。中央シリアにあるギリシア都市連盟だ。家出したオルガン弾きを探しに行くにはちょっと遠いな」

「とくに、あなたが探しに行ったら、その十のすてきな町をどういう順番であくせくまわっても、結局最後の町にいるのは決まっているし。やっとたどり着いたころにはくたびれきってて、その娘《ひと》を説得するもなにもできないでしょう」

「どっちにしたって無駄だ。そのころにはその娘も、双子のこどもをかかえて、おまけにマラリアまで患《わずら》ってる、ってことになるだろうからな。ほかに頼りになりそうな情報はないのか、タレイア?」

「飼育係のひとりが名前をひとつおぼえてた――ハビブ」

「あらまあ、東方ではたぶんガイウスくらいありふれた名前だわ」それから悪戯《いたずら》っぽくつけくわえた。「あるいは、マルクスくらい」

「娘が母親を探しに行ったってことは?」

養い親に育てられたこどもたちの後を追った経験から訊いてみた。タレイアは頭を振った。

「母親が誰だかあの娘《こ》は知らないよ」

「母親のほうが探しにきたことは？」

「ないだろうよ。あの女のことは二十年も風のうわさひとつ聞いたことがなかったんだから。名前を変えて働いてるのかもしれない。それに、ファルコ、考えてみりゃ、もう死んでるってのがいちばんありそうじゃないか」

　おれもその点については同感だった。「それじゃ、父親のほうはどうなんだ？　ソフローナに父親から音信があったって可能性は？」

　タレイアは大声で笑いだした。「どの父親さ？　候補者は何人もいたよ。誰もてんから自分だとは思ってなかったけどさ。考えてみると、ひとりだけなにがしか持ってる男がいた。母親のほうは、そいつだけは二度と顔もみたがらなかった。あたりまえだけど」

「一度はみたんだろうが！」意地悪く茶々をいれた。

　タレイアが哀れむようにおれを見てから、ヘレナに言った。「この男に現実ってもんを教えてやんなきゃ、あんた。どっかの男と寝たって、そのとんちきの顔を見なくちゃならないってことはないんだよ」

　ヘレナはまた微笑したが、その目にはさっきほどの同調の色はなかった。こういう品のない話はおしまいにしたほうがいいとおれはみた。

「そうなると、若気の恋ってことしかないのか？」

「まあ、落ち着きなよ、ファルコ」タレイアがいつもの率直さで言った。「ソフローナは大事なかわいい娘《こ》だったから、とりもどせるものならあたしは相当危ないこともするよ。だけど、あんたを雇って東方を回ってもらうような料金は払えない。ただ、今度砂漠のほうで仕事があったら、あたしのことも思いだしとくれ！」

「事実は小説より奇なりってね」おれは用心しながらしゃべった。ヘレナがじっと見ている。「東方は目下のところ活況を呈してるな。どこでもあっち方面の話でもちきりだ。イェルサレムが陥落してこの方、あの地域がそっくり発展しようってところだ」

「そういうことだったのね！」ヘレナが低い声で言った。「またなにか企んでるのはわかってたけど」

タレイアはびっくりした。「あんた、ほんとにシリアに行くの？」

「その近くにな、たぶん。そんな話が風にのってこっちのほうにただよってきてる」

ほんの一瞬、今ヘレナに打ち明けたほうが簡単なように思えた。八つ裂きにされないように護ってくれる強力な立会い人がいる。おれの頭に浮かぶいい考えってのはほとんどそうだが、これについてもおれの確信はすぐに消えた。水面下に渦巻くものなどタレイアは気づかなかった。

「ついでにちょっと探してもらったとしたら、払わなくちゃならないだろうか？」

「友だちからは、出来高払いで仕事を請負うこともある」

「足代は？」

「ああ、それか！　じつは説得すれば旅費を出しそうなのがほかにいて――」

「思ったとおりだわ！」ヘレナが怒って叫んだ。「その人、ウェスパシアヌスという名前じゃないかしら？」

「わかってるだろう、きみに言うつもりだったのは――」

「あなた、約束したじゃない、マルクス。もう仕事は断るって約束したわ」ヘレナは立ちあがり、さっとアリーナに降りると、象のほうに歩きだした。追わないほうが安全だと、その背中が言っていた。

おれは歩いていくヘレナをみつめた。背筋をまっすぐにのばして歩く、背の高い、黒っぽい髪の女。ヘレナを見ていると、カンパニア産葡萄酒がトクトクと杯に注がれる音を聞いてるみたいに気持ちがいい。とくに、それがおれの杯のときには。ヘレナはおれのものかもしれないが、それでも、ヘレナを怒らせることについては真剣に考えなおさなければならない。

タレイアは抜け目なさそうにおれを見ていた。「あんた、恋をしてるね！」

いろんなやつがまったく同じことを言う――いつも驚きと嫌悪のいりまじった口調で。

「じつに鋭い状況認識だ」にっと笑ってやった。

「それで、あんたたちのあいだにどういう問題があるのさ？」

「おれたちのあいだに問題はない。ほかの連中があるはずだと思ってるだけだ」

「ほかの連中って？」

「ローマのほぼ全部」

タレイアがふいっと目をあげた。「聞いてみりゃ、どっかよそに行ったほうが楽に暮らせそうじゃないか！」

「楽な暮らしなんか誰がしたいもんか」

それが嘘だってことは見抜かれている。

ほっとしたことに、癇癪《かんしゃく》がおさまるとヘレナは戻ってきた。今やヘレナにぞっこんの象を連れて。やつも、まずおれを排除しなければどうにもならないことがわかったんじゃないかと思う。鼻をヘレナの耳にすりつけている。いつもおれが好んでするやり方だ。ヘレナのほうは、しょうがないわね、って顔をして頭をそらしている。おれがうるさくかまうのを避けるときとおんなじだ。

「ヘレナはあんたに置いてかれるのが嫌なんだよ」

「置いてくなんて誰が言った？　ヘレナ・ユスティナはおれのパートナーだ。おれたちは危険も災難も、喜びも勝利もともに分かち――」

「そりゃ上等だ！」

疑ってるようなしゃがれ声のコメントだ。

おれの演説を聞いているヘレナのようすから思うに、すくなくとももうちょっと続けても大丈夫そうだった。

「目下の状況では、ローマを遠く離れることにおれは異存ない。とくにその費用が国庫負担だってことならな。問題はたったひとつ。ヘレナが行きたがるかどうかだ」

じっと見つめるおれの目をヘレナは静かにうけとめた。ほかの人間からの干渉や圧力なしにふたりでいっしょに暮らせる方法を、ヘレナだって模索している。旅がそのいい方法になりうることもすでに経験済みだ。

「その決定にわたしの発言権も認められるという条件なら、マルクス・ディディウス、あなたの行くところにわたしも行きます」

「そうよ、あんた。いつもくっついてて監視するのがいちばんだよ」

第一幕
ナバテア

およそひと月後。幕開きの場面はペトラ。砂漠のまんなかの、急峻なる山々にかこまれた秘境都市。その後場面は急転し、ボストラへ。

あらすじ
冒険家ファルコとむこうみずな娘ヘレナは、物見高い旅行者に身をやつして見知らぬ都にやってくる。なにを措《お》いても避けなければならないこの国の宰相に、宿敵アナクリテスがすでにふたりの到着を通報していたことも露知らず。三文《さんもん》台本作家ヘリオドールスの身に不快な事件がふりかかり、役者兼座長のクレメスがふたりの助力を求めるが、そのときすでに時遅し、みんな手当たり次第駱駝《らくだ》に飛びのって町から逃げだそうと必死だ。

第一場

ずっとふたりの男のうしろについて、おれたちは〝高きところ〟をめざしていた。ときどきやつらの声が頭上はるかに高い岩にぶつかってこだました。ポツリポツリと短いことばを交わしている。知合い同士が、無礼にならない程度に会話してるという感じだ。じっくり話しこんでるわけでもなく、喧嘩でもなく、かといって他人ってわけでもなさそうだ。他人同士ならまったく口をきかずに歩くか、気まずい沈黙を避けてもっと切れ目なくしゃべろうとするもんだ。神官がなにかの祭祀《さいし》のために登っていくのかな、とも考えた。

「それなら、わたしたちは引き返すべきじゃないかしら」

その日の朝ヘレナが口にした、最初のことばらしいことばだった。クールで分別臭い口調には、こんなところまで引きずってきた危険な阿呆《あほう》はおれだ、というあてこすりがさりげなくこめられていた。

ここは慎重な対応が肝要だ。わざとふざけてみせた。「おれは宗教には立入らないことにしている。とくに、山の主《ぬし》が究極の生《い》け贄《にえ》を要求しかねない場合はな」

ペトラの地の宗教についてはふたりともほとんど知らなかった。せいぜいが、岩の塊が主神の象徴で、その強くて謎めいた神を宥《なだ》めるには、支配なさる山々のてっぺんで血なまぐさいことをしなくちゃならんってことくらいだ。

「かわいい息子がドゥサレス神に奉納されたんじゃ、おふくろも喜ばないだろうさ」

ヘレナは黙っていた。じつは、山を登っているあいだほとんどずっと口をきかなかった。おれたちはすごい口論をしている。陰険に押し黙ってしまうくらいおそろしい剣幕の口論だ。だから、すぐ前をふたりの男がヒイヒイ登っていくのは聞こえたが、やつらがうしろにいるおれたちに気づいていなかったのはほぼ確実だ。気づかせようって気もなかった。そのときはそんなことが大事だとは思わなかった。

やつらのきれぎれの声は暢気《のんき》で、心配するようなことがあるとは思えなかった。神官だとしても、ふだんどおりの日常のお勤めで、きのうの供物《くもつ》（どんなに気持ち悪いものにしても）の後片付けにでも行くのだろう。山の上でピクニックと洒落《しゃれ》こむつもりの地元民かもしれない。おれたちのような旅人が、興味津々で天空の祭壇まであえぎながら登っているだけ、ってのがいちばんありそうだった。

だからおれたちも、他人のことより自分の足元のほうに、それに自分たちの喧嘩のほうに気をとられながらよじ登っていった。

〝高きところ〟までのルートはいくつもあった。

「下の神殿のとこでどっかの馬の骨が、生け贄の処女を運びあげるにはこの道を使うとかなんとか言ってたんだ」

「それじゃ、あなたはなんの心配もいらないわね」もったいなくもヘレナさまの仰せだ。

おれたちはふもとにある劇場の左側の、なだらかな階段みたいなところから登りはじめた。ところがその道がすぐに急な坂になり、狭い峡谷に沿った山道になった。最初のうちは、摩訶不思議な形にうがたれた岩壁が両側にそびえたち、行く手の頭上にのしかかっていた。しばらくすると、右手にじつに細い道が現れて、絶景がひらけた。細道の両端にかじりつくように樹木が茂っている。岩壁の赤、灰色、琥珀《こはく》色の縞目のあいだに見える、尖《とが》った葉の夾竹桃《きょうちくとう》や御《ぎょ》柳《りゅう》。おれたちの脇につづく崖の表面の縞目はとくに目を惹いた。ナバテア人が山頂までのこの通路を切通したときに、いかにも連中らしい入念さで砂岩の絹目のような模様を露出させたんだ。

とても急ぎ足のできるところじゃない。細い道が岩だらけの切通しを急角度でくねくね曲がり、峡谷を渡り、ちょっと広いところにでた。そこでおれは最初の息つぎをすることにした。てっぺんに着くまでにはあと何回か息つぎが必要になるだろう。ヘレナも立ち止まった。おれが邪魔で先に進めない、ってふりをしている。

「先に行きたいかい？」

「いいえ、おかまいなく」

ゼイゼイ息をしている。おれはにやっと笑いかけた。それからふたりともペトラの方角を見た。もう遠景になっている。谷間の砂利道がすぐ目の下でいちばん広くなって、劇場の脇を通りすぎ、なかなか品のいい岩山の墳墓群をくねくねと抜けて、はるかむこうの町までつづいている。

「そうやって一日中喧嘩してる気なのか？」

「たぶんね」押し殺した声。

ヘレナは黙ったまま埃だらけのサンダルの紐を仔細げに眺めている。なんだかわからないが、ふたりのあいだに割りこんできた問題について考えているんだ。おれも黙っていた。例によって、いったいなんで喧嘩になったんだかよくわからなかったからだ。


ペトラまでの道中は心配したほど大変ではなかった。アナクリテスは、耐えがたい苦しみが待ちかまえているようなことを、いかにも嬉しそうに言っていたんだが。おれは単純に海路ガザに渡った。そこで牡牛と荷車を借りた——「買いとった」っていったほうがいいような料金で。なんといっても扱い慣れている乗物だから仕方がない。それから隊商ルートを探した。よそ者は通らないほうがいいってことになってるが、毎年ナバテアには千ものキャラバンが集まってくる。あらゆる方向からペトラにやってきて、またそれぞれのルートに散っていく。エジプト北部に向かう西行きルートもあれば、内陸をボストラに向かい、さらに先のダマスクスやパルミラをめざすのもあった。まっすぐユダヤの海岸線をめがけるルートもたくさんあって、巨大なガザの港から貪欲なローマの市場へと急ぎの荷を発送している。何十人もの商人が駱駝や牛の長蛇の列を率いてのろのろとガザに向かって来るんだから、もと斥候のおれにとって、そのルートを逆にたどるなんてことはおちゃのこさいさいだ。物資の集散拠点など、秘密にしておけるものではない。いくら堅固な守備ったってよそ者の進入を防ぎおおせない。ペトラは基本的によく知られた町だ。

到着する前から、おれはウェスパシアヌスに提出する報告を頭のなかにメモっていた。ペトラへの接近ルートは岩だらけですごかったが、緑もたっぷりあった。ナバテアには澄んだ水が豊かに湧きでている。羊の群れと農耕についてのこれまでの報告はおおよそ正しい。馬はいないが、駱駝と牛はうようよいる。地溝に沿ってずっと、盛んに採掘がおこなわれている。それに、地場産業の窯業《ようぎょう》があって、花模様の皿やら、鉢やら、見事な装飾のきわめて繊細な陶器を大量に生産していることもわかった。要するにここには、たとえ交易商人からの実入りが期待できないとしても、ローマのありがたい思召《おぼしめ》しを惹きつけるものがたっぷりあった。

「あなたのご主人さまたちにご報告できるわね、富める王国ナバテアは帝国に併合する価値大有りです、って」ヘレナがうっかりモノを言ってしまった。無礼にもおれのことを、目をぎらつかせて属州漁りに狂奔する愛国者扱いだ。

「怒らせないでいただきたいね」

「あら、あの方たちにお土産がすごくたくさんあるじゃないの！」政治的当てこすりの裏に、おれ個人への嫌味がみえみえだ。

富めるナバテア人たちが同意するかは、また別の話。ヘレナだってわかっている。砂漠をわたるルートの安全を確保して、あらゆる種類の交易商人に市場を提供する役割を背負《しょ》いこむことで、ナバテアは数世紀にわたって巧みに独立を保ってきた。アレクサンドロスの後継者たちからローマのポンペイウスやアウグストゥスまで、侵略者になるかもしれない相手との和平交渉についちゃ、実習もたっぷり積んでいる。君主も感じがいい。今の王はラバルという少年で、母親が摂政《せっしょう》についている。この政体については文句をつける余地はなさそうだ。政府の日常業務のほとんどは長老の親玉の肩にかかっていた。王よりはずっと剣呑《けんのん》なこの人物は〝ブラザー〟と呼ばれていた。とにかく、そんな意味だとおれは解釈した。いずれにしてもペトラの住民だって、こんなに景気よく儲けていられるかぎりは、嫌ったり恐れたりする人物がいても我慢できるだろう。誰だってぶつぶつ文句の言える権力者のひとりやふたりいて欲しいもんだ。人生の不都合をなにもかも天気のせいにするわけにもいかない。

その天気だが、すばらしかった。陽の光が岩肌にぶつかって流れおちてすべてをかすませ、それが目も眩《くら》むばかりにまぶしかった。

おれたちはまた登りはじめた。

前よりもっと息を切らして二度目に立ち止まったとき、おれはベルトにつけていた水筒の栓を抜いた。あんまり暑くて喧嘩する気も失せて、大きな岩にふたり並んで腰かけた。

さっきヘレナが言ったことが神経に刺さったままだ。

「なんだって言うんだ？　おれが密偵頭に言われた仕事をしてるってわかったからか？」

「ふん、アナクリテスなんて！」

「だから？　やつはたしかにナメクジ野郎だが、ローマにいるほかのヌメヌメ連中より劣るってこともない」

「すくなくともウェスパシアヌスの指示だとばっかり思ってたのに。こんなところまでわたしを連れてきたのは、あなた……」

「うっかりしてたんだ」今では自分でもそう思い込んでいた。「話がそっちにいかなかっただけだ。どっちにしても、どういう違いがあるんだ？」

「違いはね、アナクリテスが独自に動いているときは、あなたにとって危険だってこと。あの人、ぜったいに信用できないわ」

「おれだって信用してない。だからそんなにカッカしなくてもいいんだ」

ヘレナをここまで引っぱりあげたのはちょっとした思いつきだったが、たしかに、もうガミガミ言う元気はなくなったようだ。もうすこし水を飲ませてやった。そしてそのまま岩の上に座らせた。柔らかな砂岩は筋肉質の背中にならいい背もたれになる。おれが岩に寄りかかって、ヘレナをおれにもたれかからせた。

「ほら、景色を見て、仲直りしろよ、きみを愛してる男と」

「ふん、あんな男！」

この喧嘩にもひとつ良いところがある。きのう、ペトラの外のキャラバンサライを出て、有名なすごく狭い岩の裂け目を通って町に入ったとき、ひどい口論をしていたおれたちから守備兵はみんな目をそらした。連れの女にあれこれケチをつけられておとなしく聞いているような男は、どこでもかなりすんなり通れる。武装はしていても、同じ男としてやつらの対応はどうしても同情的になるからだ。道の入口になっている壮大なアーチをくぐって、一段高くなった通路を通って岩の裂け目のなかへ進め、と手を振って急《せ》かした守備兵は、おれにガミガミ説教しているヘレナが、カエサルのように鋭い目と明敏な頭脳でやつらの砦を偵察していたとは夢にも気づかなかったはずだ。

　そのときまでに、岩から彫りだした墳墓や、ぽつんと立っている奇妙な階段状の屋根のついた岩塊や、刻銘やら浮彫りやらをすでにいやってほど見ていたから、おれたちは驚きもしなかった。それからあの危険きわまりない切通しにきた。そしてそこに高度な水道管設備が通っているのに気づいたんだ。

「願わくは、雨が降らざりしことを！」背後に入口の光が見えなくなったとき、おれはつぶやいた。「ここを奔流がきたらみんな流される……」

　通路はどんどん狭くなって、ついに人ひとりがやっと通れるくらい。両側から迫《せ》りだした岩が頭上でくっついているかのようだった。それから、突然広くなると、陽に輝く神殿の正面がチラッと見えた。ヘレナは感嘆の声をあげるどころか、ぶつぶつ言っている。

「この旅は無駄だわ。この入口、大軍が攻めてきたって、兵が五人もいれば守れるじゃないの」

　割れ目から出てみると、突如として目の前に神殿がそびえていた。願ったりだ。畏怖の念で止まった息をとりもどすと、おれは言いかえした。

「おれはてっきり、『まあ、マルクス、世界の七不思議はまだだけれど、こうして八番目を見せていただいたのね！』とかなんとか言ってもらえると思ったよ」

　ふたりとも、しばらく黙って立っていた。

「あそこの壊れた破風《はふ》のあいだの丸い張出しに立っている女神がすてきね」

「立派なエンタブラチュア（柱頭の上に載っている水平部分）を絵に描いたみたいだな」とおれは建築通ぶってみた。「女神のいる張出しの上の大きい球のなかにはなにが入ってるんだろう」

「バスオイルよ」

「やっぱりそうか！」

　一呼吸おくと、ヘレナがこの壮大な光景にぶつかる前のところに話をもどした。

「たしかに、ペトラは山にかこまれた飛び地だわ。でも、入口はほかにもあるの？　印象ではこれだけみたいだけれど」

なんてこった。この集中力！　アナクリテスはおれじゃなくヘレナに金を払うべきだ。ローマ人のなかには、そばにいる女たちをまるで頭の空っぽな飾り物みたいに扱ってすましている連中もいるが、おれは逆立ちしたってそんなことのできる立場じゃないことはわかっていたから、落ち着いて言ってやった。「そこが用心深いナバテア人の狙いさ。ほら、あの岩の豪奢《ごうしゃ》な彫刻を口でもあけて眺めるんだ。それから、インドの耳飾りとターコイズ・ブルーの絹地を一反ほど買いに山のこっち側まで入ってきました、ってな顔をするんだな」

「むかしの安っぽいガールフレンドたちといっしょにしないでちょうだい！」

　ヘレナがぷりぷりして言いかえしているときに、ちょうどナバテア兵がひとり通りすぎた。

怪しい顔をチェックしているのはあきらかだ。ヘレナもおれの意をくんだ。

「晒《さら》してない布があったら一梱《こり》そっくり買ってもいいわ。帰ってきれいに漂白させるから……」

おれたちは検問を通った。こういう歩哨はじつに簡単にごまかせる。それとも、女の尻に敷かれた男を逮捕するには忍びなかったのか。

ヘレナのこの憤怒《ふんぬ》の裏になにがあるのか、あれこれ考える暇がきのうはなかった。無邪気なおのぼりさん面《づら》もいつまでもつか心配だったから、切立った山腹にあるおびただしい数の墳墓や寺院の前を通りすぎて、町に入る乾いた土の道を大急ぎで進んだ。砂漠のなかだというのにあちこちに庭園がある。ナバテア人は湧き水があっても、雨の貯蔵を怠らなかった。いまだに遊牧の民としてのルーツにごく近く生きている連中にしては、おどろくほど優秀なエンジニアでもある。そんなこんなでも、やっぱりここは砂漠だ。ここまでの旅の途中、雨が降ったときには、服に赤茶けた埃が積もったし、髪を梳《と》かすと黒い砂粒が頭皮までくいこんでいた。

道の行止まりが居住区になっていた。立派な家や公共建物もたくさんあるが、下層階級の集落もある。それぞれ前庭に塀をめぐらせた、小さな四角い住居がびっしり並んでいた。そこに部屋を借りた。砂漠のまんなかでは部屋がどれくらいの価値のもんか、ペトラ人にはよおくわかっているってことを示す賃料だ。そしてゆうべは北側と南側の城壁を見てまわった。どちらもたいしたことはない。ナバテア人はむかしからどちらかというと、からだを張って敵に逆らうよりは協定を結ぶ道を選んできたからだ。おまけに、侵略軍に砂漠の道案内を申しでては、いちばん長くていちばん辛いルートをひきずりまわす習慣があったから、敵だってペトラに着くころには戦う気力もでないほど疲労困憊《こんぱい》していた（たいていの軍隊にヘレナほどのスタミナはない）。

今しもヘレナは、たいていの軍隊よりはるかに魅力的な目つきでおれを見ている。暑さよけにストールを頭からすっぽりかぶっている。だから涼しげに見えるが、抱きよせたからだは温かい。甘いアーモンドオイルの匂いがする。

「すばらしいところね」しぶしぶ認める。呟くような低い声だった。深い茶色の目はまだきらきらしているが、思いおこせば、そもそもヘレナが怒っているときにおれは恋におちたんだった。その効果については本人もじゅうぶん承知している。

「たしかに、あなたには世界のあちこちを見させられるわ」

「そりゃ、寛大なおことばだ」

言い返しはしたが、今にも降参しそうな感じはありありだ。ふたりの目がさらに間近なところで合った。よく知ってみれば、ヘレナの目には厳しいところなんかまったくなくて、陽気さと知性がただよっている。

「この土地の流儀で和平を提案してるのか、ヘレナ？」

「現に手にあるものを確保するほうが利口だわ。賢明なるペトラ方式よ」

「ありがとう」交渉ごとでは簡潔なやりとりがおれの好みだ。ただ、ナバテア人のもうひとつの政略がヘレナの耳に入っていないことを念じた。勝たせてやった敵に巨万の富を持たせて帰すのだ。ファルコ財政は、いつものことながら、とてもそんな状態ではない。

「いいわ、贅沢な贈物は勘弁してあげる」ヘレナが笑った。おれはなんにも言わなかったのだが。

権利を行使しておれはもう一方の腕もまわした。その腕は協定の条件として受け容れられた。幸せな気分がもどってきた。

太陽に照りつけられて燃えるように輝く岩に、埃まみれの葉を茂らせた草花がしぶとくしがみついていた。前を登っていた男たちの声は遠ざかってもう聞こえない。それほど非友好的とも思えない場所の、暑い静寂のなかに、おれたちだけだった。

ヘレナとおれのあいだには、有名な山のてっぺん近くで友好的な関係を結んできた歴史的経緯がある。おれに言わせれば、男が女にいい景色を見せに行く目的はただひとつ。その目的を山の中腹ですでに達成できれば、残った体力をもっといいことにまわせるというものだ。おれはヘレナをもっと近くに抱き寄せると、リクリエーションを楽しむ態勢に入った。厳しい顔つきの神官が行き来するやもしれぬ公道の脇で、ヘレナが認めてくれる限度いっぱいのところまで。

「ほんとにあれはうっかりだったの？」

しばらくして、ヘレナが訊いた。かんたんには誤魔化されない女だ。おれにキスさせれば態度が軟化するとでも思っていたとしたら——まさに図星だ。

「アナクリテスのことか？　もちろんだ。きみに嘘はつかない」

「男はいつだってそう言うわ」

「タレイアとしゃべってるみたいな言い方だな。ほかの嘘つき男全員の責任をおれはとれない」

「それに、言い争いのときにかぎってそう言うわ」

「するとなにか？　口先だけだとでも思ってるのか？　それは違う。しかし、百歩譲ってそうだったとしても、人間、いくつか逃げ道をつくっておく必要はあるだろう。なんとかふたりいっしょにいたい、とおれは思ってるんだ」切々と語りかけた（率直に話せばヘレナはいつも心をひらく。おれのことを狡猾なやつと思ってるからだ）。「きみは思ってないのか？」

「思ってるわ」

ヘレナはおれには決してカマトトぶったりはしない。だからおれもばつの悪い思いをせずに愛してると言えるし、同じ率直さをあてにしていいと知っている。ヘレナのほうはおれをあてになんかできないと思っているが。

「木曜の午後の遊び相手でしかない人と、こんな世界の果てまでくる女はいないわ」

おれはもう一度キスした。「木曜の午後？　すると元老院議員の奥方や娘たちは、木曜の午後に剣闘士の宿舎を勝手に使えることになってるのか？」

ヘレナが激しくからだをよじった。座っていた焼けつくように熱い岩が踏み均《なら》された道のすぐ脇になかったら、おかげでもっときわどい遊びに発展したかもしれなかった。どこかで石の落ちる音がした。さっきまで聞こえていた声のことを思いだして、あの連中が戻ってくるかもしれないと心配になった。山腹をもうちょっと奥に入ることも考えたが、すごく急だし石ころだらけで、やめたほうが無難そうだった。

ヘレナと旅をするのは大好きなんだが、狭い船室や窮屈な貸し部屋ばかりつづいて、おもいきり愛しあうことができない。突然おれは六階のアパートがすごく懐かしくなった。あそこなら階段を這いのぼってまで邪魔だてするやつもほとんどいないし、立聞きするのも屋根の上の鳩くらいのものだ。

「帰ろう！」

「えっ？　借りてる部屋に？」

「ローマにだ」

「バカおっしゃい。これから山の頂上を見るのよ」

頂上についておれが抱いていた唯一の興味は、あそこならヘレナを抱きしめるチャンスがあるかもしれない、ということだけだ。それでも、おれはまじめな旅人の顔になって、ふたりでまた登りはじめた。

頂上だと教えてくれたのは、ふぞろいの二本のオベリスクだった。もしかしたらあれはなにかの神を象徴していたのかもしれない。そうだとしたら、粗削りで、不可解で、人の顔をもつローマの神々とはまったく異質だった。ここまで石を運びあげたのではない。周囲の岩盤をそっくり六、七メートルほど削りとって、このドラマチックな二本の歩哨を彫りだしたようだ。そこに投じられた労力たるやおそるべきもので、その成果は不気味だった。似ても似つかぬ双子で、片方が少しだけ高く、もう一方は基部が広がっている。そのむこうにがっちりした建物らしきものがあったが、おれたちは検分を控えた。神官たちが生け贄の刀を研《と》いでいるやもしれない。

さらに急な階段を登って祭祀の場にでた。風の吹きすさぶ崖っぷちだ。どの方向を見ても、小さな環《わ》になってペトラをとりまく峻厳な山々が、岩塊を空高く突きあげている。息をのむ眺めだった。足もとは一段低くなった長方形の区画になっていて、おれたちはその北側に立っていた。区画をかこんで、たぶん見物人のためだろう、ベンチが三つ切りだしてある。正式な正《せい》餐室《さんしつ》の三脚組み寝椅子のような配置だ。むこう側は一段高い台になって供物が並べてあったが、これはさりげなく無視した。右側には主祭壇への階段。祭壇では黒い石柱が一本、神の代理をしていた。そのむこうには、もうひとつ、そこの岩をくりぬいたもっと大きな丸い水盤のような祭壇があって、矩形《くけい》の水槽と水路でつながっていた。

このときにはもうおれの想像力は身の毛もよだつ勢いで動いていた。畏怖の念をよぶ場所も、不気味な宗教も、おれはへっちゃらだと思いたかった。しかし、ブリタニアにも、ガリアにも、ゲルマニアにも行ったことがあるんだ。異教の不愉快な儀式についちゃ、知りたくもないくらい知ってしまっている。風がどうっと吹きつけてきて、おれはヘレナの手をつかんだ。ヘレナは恐れを知らぬふうで、このすばらしい景色を眺めながら低くなった区画に降りていく。夏場の観光客のために欄干をめぐらした展望台からスレントゥム（ソレント）湾をみおろしてでもいるかのようだ。

あの展望台にいるんだったらなあ、とおれは悔やんでいた。この場所にはどうも不吉な感じがある。畏敬の念なんかわいてこない。石柱の神々に陰惨な喜びを与えるために長いあいだ生き物が殺されてきた、ってな由緒ある場所がおれは大嫌いだ。地元の連中が、犠牲にした生き物のなかには人間もいるんだぞ、みたいな顔をするところはとくに嫌いだ。ナバテア人もそんな顔をしている。すでにその時点でおれは、災厄に踏みこんでいくみたいに警戒していた。ドゥサレスの祭祀の場にはたしかに災厄があったが、まだおれたちは直接には巻きこまれてはいなかった。避ける時間は、まだあったんだ。かなりそばまで近寄ってはいたが。

「さあ、これですっかり見た。もう帰ろう」

しかしヘレナがなにかに目をとめた。髪をかきあげると、おれにも見せようと手をひっぱる。祭祀の場の南側には、もうひとつ矩形の水槽があった。どうやら頂上から水を引いて、犠牲の儀式に新鮮な水をたっぷり供給するためのようだ。そしてこの聖なる場所でもそこだけは例外で、水のなかに人がいた。

その男は陽を浴びて水泳を楽しんでいる、ということもありえた。しかしそいつが目に入ったとたん、伊達や酔狂でそこに浮いているわけではないことがわかった。

おれにもうちょっと分別があったら、あの男はのんびりと水浴びをしてるんだ、と自分に言いきかせたはずだ。目を凝らしてよく見たりしないで、ふたりして踵をかえして急ぎ足で坂を下っていれば、ちゃんと宿に帰れたはずだ。そうすべきだった。首をつっこむべきではなかった。

その男は沈みかけていた。頭はもう水にもぐっている。なにかかさばる物が服の下にひっかかって、それで胴体が浮いていただけだ。

ふたりとも駆けだしていた。

「信じられないわ！」生け贄の壇から慌てて降りながら、ヘレナが苦々しげに叫んだ。「ここに来てたった二日しかたっていないのに、なんてもの見つけたの」

岩を掘った水槽に、おれのほうが先についた。泳げないことを忘れようとつとめながら、縁をのりこえて水のなかに入っていった。腰より上まであった。息をのむ冷たさだ。大きな水槽で、水深一・二メートルほど。じゅうぶん溺れられる深さだ。

おれが入ったことで波だち、男が沈みはじめた。浮力になっていた服をなんとか摑《つか》んだ。ほんのわずか遅く来ていたら、おれたちはこの災難を避けられた。こいつは溺死者らしくちゃんと底に沈んで、おれたちの視界から消えていたはずだ。もちろん、これが溺死だと仮定してのことだが……。

この荷物をおれはゆっくりと縁のほうにひっぱった。からみついたマントの下から膨らんだ山羊革の袋が浮きあがってきた。ヘレナが屈《かが》んで足をつかんで手を貸し、そいつの半身だけ水から引っぱりあげてくれた。元老院議員の娘にふさわしい立居振舞いを身につけてはいるが、緊急事態に手をこまぬいているなんてことはない。

　おれも水からでて仕事の仕上げにとりかかった。重い男だったが、ふたりしてなんとか水槽から引きあげ、うつぶせに寝かせた。顔は苦もなく横向きにできた。おれはそいつの肋骨の上にのしかかって、かなりの時間、蘇生を試みた。最初の一押しで出たのが水ではなく空気だってことに気がついた。それに、ほかの溺死体で見たような泡がまったくでないことも。溺死体はテベレ川でいくらでも見ている。

　ヘレナは最初、おれのそばに立って、風に服をはためかせながらあちこち眺めまわして考え事をしていた。それから、地面を調べながら水槽のむこう側に歩いていった。

　作業を続けながらおれも考えた。ヘレナとおれはかなりゆっくり登ってきた。さっきのリクリエーションも時間をくった。あれがなかったら、決定的瞬間にここに着いていただろう。あれがなかったら、このすばらしい吹きさらしの風景を、ふたりの生きている男たちといっしょに眺めたことだろう。

　この男にとってはおれたちは遅すぎた。蘇生術を始める前から、この努力が無駄なことはわかっていた。それでも礼は尽した。おれだっていつなんどき、見知らぬ他人に生きかえらせてもらうハメになるかわからない。

　ついにおれは、死体を仰向けにひっくり返して、立ちあがった。

　四十過ぎくらい。だぶだぶと太りすぎ。幅の広い赤茶色の顔、がっちりした顎、猪首《いくび》。日焼けの下の肌は斑《まだら》にみえる。短い腕。幅広の手。きょうは髭剃りは省略したようだ。まっすぐでごわごわした黒い眉毛に生え際が迫っている。わりと長い頭髪が、石の床にべたっと貼りついて濡らしている。長い、織り目の粗い茶色のテュニカ。そのうえに、びしょ濡れの色褪せたマントがまとわりついている。足指をそれぞれ小さな輪に入れて、甲のところで紐を結ぶ靴。武器はなし。しかし、服の下、腰のあたりになにやらかさばる物がある。書字板だ。なにも書いてない。

ヘレナが水槽の脇で拾ってきた物をさしだした。丸底の葡萄酒瓶だ。編んだ革紐で吊るすようになっている。底をおおっている籐《とう》編みに茶色い染みがあって、おれは栓を抜いてみる気になった。つい最近まで酒が入っていたらしいが、振っても掌に二、三滴しか落ちてこない。山羊革袋にも葡萄酒が入っていたのかもしれない。酔っぱらっていたとしたら、力負けした理由もわかる。

灼熱《しゃくねつ》の暑さから身を守る東方風の衣服だ。襲撃者から逃れようとしたとしても、これだけ布が巻きついていれば思うように動けなかったろう。襲撃されたことについては確信があった。顔に擦り傷や切り傷がある。たぶん水槽の縁から力ずくで水に押しこまれてできたんだろう。そのあとから誰かが水に跳びこんだ。こいつの頭を水に押しこむためではない。首に残っているのはどっちかというと絞められた痕《あと》のようだ。ヘレナが指すところを見ると、おれが水から這いだして濡らしたところとは別に、水槽の反対側の地面に似たような跡がある。殺したやつがぐしょ濡れであそこからあがったはずだ。そこからの足跡はすでに太陽の熱で薄くなりはじめていたが、祭祀の場のほうに戻っている。

おれたちは死体をそこに残し、祭壇の前を通って頂上のむこう側に行ってみた。足跡は太陽の熱と風で蒸発して、だんだん薄くなって消えてしまった。北側には月の神の神殿があって、てっぺんに三日月形の載った石柱が二本、壁龕《へきがん》をはさんで立っていた。そのむこうに幅の広い階段がくだっている。そのとき、人声が近づいてくるのが聞こえた。大勢の人が聖歌みたいなものを唱和しながら登ってくる。これが〝高きところ〟への祭祀用ルートだということがはっきりした。殺したやつがこの道を逃げたとは考えにくい。そんなことをしていたら、あの行列が乱されていたはずだ。

ヘレナとおれは向きを変えて、来たときの階段を下りた。神官の家だか守衛小屋だかまで急ぎ足で戻った。扉を叩いて助けを求めることもできた。だが、どうして安直な道を選ぶ？　殺したやつだってここで名乗ったりしないでこっそり通りすぎたはずだ、と自分に言いきかせた。鋭利な道具を手に、手軽な生け贄とみるかもしれないやつに出くわすのが嫌だ。

おれはもうひとつの小道に気がついた。やつはこっちを行ったにちがいない。おれたちがいちゃついてる前を通らなかったのはたしかだから。おれたちは人が来ないかと気をつけていた。慎みってものをわきまえている。なんといってもヘレナは元老院議員の娘だ。

つくづく思うが、おれってやつは物事を放っておくことを知らない。

「山を下りろ、ヘレナ。さっきの劇場の近くでおれを待つか、宿で会おう。来た道を帰るんだ」

ヘレナは逆らわなかった。死んだ男の顔が頭にこびりついているにちがいない。いずれにしても、ローマにいたっておれは同じことをしていたろう。たまたま今は文明の果つる土地を旅するとんちきだってことで、なにが変るわけでもない。たった今人が殺された。おれは殺《や》ったやつを追う。それしかできないことがヘレナにはわかっていた。同じスピードで走れたら、ついてきただろうが。

ヘレナの頬にそっと触れる。ヘレナの指がおれの手首を撫でる。それからもうなにも考えずに、おれは小道を下った。

おれたちが登ってきたのよりずっと緩やかな道だ。町に向かっているようだが、かなりの遠まわりだ。急な曲がり角を折れると、自分が空中高く浮かんでいて、足元にものすごい展望が広がっている――あっ、と足を止めることもしばしばだった。ちゃんと見てる余裕があったら、膝が震えていただろう。

おれはなるべく音をたてないように急いだ。もっとも、逃げている男が、すぐ後ろに追っ手が迫っていることを知っていると考える理由はなかった。しかし殺人犯てのは、のんびりと景色を眺めるなんてことはあんまりしない。

水流にうがたれた狭い谷を通った。ヘレナといっしょに頂上に向かって登っていった峡谷に似ている。いくつもの石段、崖の側面に刻まれた銘文、急な曲がり角、切れ切れの細い平らな道なんかをたどって、岩から彫りだしたライオンのところまで来た。長さは五歩分ほどで、いい感じに風化している。まっすぐな水路を通ってきた新鮮な水を管で引いて、口からあふれさせた水呑場だ。殺人犯がこの道をきたのはやはりたしかだ。ライオンの頭部の下の砂岩の縁が濡れている。そこに濡れた服の男が腰をおろして、大急ぎで水を飲んだ、ってところだ。おれも急いで頭にバシャバシャ水をかけると、ライオンに、情報ありがとよ、と言って、また追跡をはじめた。

ライオンの口からあふれた水は、崖に沿って腰くらいの深さに掘った水路を通って、おれの横を流れくだっている。曲がりくねった急な階段をころげるように下っていくと、ひっそり隠れているような涸れ谷《ワディ》にはいった。夾竹桃やチューリップが覆いかぶさるように茂るその安らかさに、おれはほとんど追跡をやめそうになった。だが、おれは殺人を憎んでいる。さらに歩きつづけた。小ざっぱりした神殿が現われた。付け柱の枠のなかに円柱が二本立ち、その後ろに、山肌を穿ったまるで洞穴のような聖堂。聖堂のポルティコへの幅の広い階段の足元に干からびた庭がある。そこに老いたナバテア人神官と、やはり神官らしい若い男がいた。ちょうど聖堂から歩みでたところ、というふうで、ふたりして山裾のほうをじっと見ていた。

おれが近づくと、こんどはふたりとも口をあけておれを見つめた。まず、思わずでたラテン語で、それからギリシア語で慎重にことばを選び、たった今誰か急ぎ足で通りすぎなかったか、と老人のほうに訊ねた。むこうはまじまじとおれを見ているだけ。それじゃ土地のアラビア語で、なんてことはおれには所詮無理だ。すると突然、若い男がなにやらしゃべった。通訳しているようだ。おれは手短に、〝高きところ〟で人が死んだ、どうやら事故ではなさそうだ、と説明した。これも老人に伝えられたが、反応はなし。おれは待ちきれずに歩きはじめた。すると老神官がなにか言った。若いほうがすぐさま庭から飛びだしてきて、おれと並んで大までで坂を下りはじめた。なんの挨拶もなかったが、同行を認めてやった。うしろを振りかえると、残ったほうの男が生け贄の祭壇のようすを見ようと、登っていくところだった。

おれの新しい連れは、砂漠の住人特有の浅黒い肌に、一途《いちず》な目をしていた。長い白い衣が足首あたりでパタパタはためいていたが、それでもかなりの早足で歩く。無言のままだが、動機はおれと同じとみた。だから、まったくの他人同士よりわずかに気を許して、おれたちはいっしょに急いで山を下り、ついに城壁にたどりついた。ずっと西寄りの、居住地が広がっているあたりだ。

そこまで誰にも会わなかった。城門を入ってしまえば、どこもかしこも人だらけで、探している男を識別するすべはない。おれの服がほぼ乾いているから、やつのは完全に乾いているにちがいない。もうどうしようもないように思えた。しかし若い男は歩きつづける。おれもひっぱられるようにいっしょに歩いた。

公共建造物や記念碑のあるあたりにでた。きれいな造作の砂岩ブロックを積んだ大邸宅の並ぶ地域を通りぬけると、中央大通りに沿った職人地区になる。砂利敷きの道は歩きにくくて、まともな舗装と列柱付き回廊が是非とも欲しいところだが、たしかにそれなりの異国情緒はある。左側に屋根付きの大市場がいくつかあって、そこに挟まれるように屋台店や家畜をつなぐ柱のある区画がある。通りに沿って、地面より三メートルほど低く、主水路が走っている。ところどころにお粗末な階段があって水路まで下りられるようになっているが、向こう岸の広々としたテラスの上に建つ王宮と神殿に行くには立派な橋がかかっている。

　こうした建物を尻目に、巨大な境界門に向かって進んだ。ここが市の中心だ。おれも知っている。通りの両側に壮大な神殿がいくつもそびえている。ただし、いちばんの大神殿はおれたちの進む先、聖域のなかにあった。小さな広場にでて、そこを通りぬけ、重々しい扉が大きく開け放たれた高い門をくぐった。入るとすぐに行政府の建物があった。連れの若い神官はその戸口のひとつで足を止めてなかの者と話をすると、こっちだ、と手でおれに合図した。入っていったのは細長い中庭のようなところで、水路の側は高い壁になっている。典型的な東方の神殿境内《けいだい》だ。石のベンチが周囲をぐるりとかこんでいる。とっつきの一段高くなったところに野外祭壇があった。そしてそのうしろが、山の神ドゥサレスを祀《まつ》る、ペトラの主神殿本殿だった。

　とほうもない大きさだ。おれたちは広い大理石の階段をよじのぼった。やはり大理石敷きの広大な壇上に出た。飾りのない、しかし巨大な四本の円柱にかこまれたポルティコは、ありがたくも深い影に沈んでいる。頭上は薔薇《ばら》模様とトリグリフスの静的なフリーズ。ペトラにはむかしギリシア人が侵入した。たぶん力ずくではなかっただろう。そして彫刻にその痕跡をのこした。それもごくかすかな痕跡で、ギリシアがローマ芸術に及ぼした圧倒的な影響とは大違いだ。

　なかに入ると広々した玄関広間で、高窓から射しこむ光が精緻な漆喰《しっくい》装飾やフレスコ画の建築模様を照らしていた。明らかにきわめて高位の神官と思われる人物がおれたちに目をとめた。おれの連れが真剣な顔で進みでる。このときに、踵をかえしてさっさと退散する時間が二秒ほどあった。しかし間違ったことはなにもしていない。だからびくともせずに足を踏みしめていた。背中を汗が流れおちた。暑いし、へとへとで、いつもの自信たっぷりな態度をつくるのはむずかしい。ふるさとを遠く離れて、潔白だってことだけじゃなんの防備にもならない土地にきてしまった、と感じた。

おれたちのもってきた知らせが伝えられた。突如として、いっせいに声がわきあがった。公共の場所で思いがけなく不自然な死が知らされたときにふつうに起こることだ。冒瀆《ぼうとく》行為がショックなんだ。この半年でいちばん恐ろしいことがあったみたいに、高官がとびあがった。土地のことばで喋りちらしてから、決断を下したようだ。なにやら公式の命令をだすと、急げ、という身振りをした。

連れの若者がおれに向きなおって、ついに口をきいた。

「話してください！」

「もちろんだ」正直な旅人であるおれが応える。「誰に話せばいい？」

「おいでになります」

敏感な耳にはかすかながら不吉な響きが聞きとれた。おれは窮地にはまったことを悟った。最高重要人物がおれの語ることに関心をはらおうとしている。ペトラではめだちたくないと思っていた。合法的な交易商人ではないローマ人がなぜここにいるのか、どうにも説明しにくいだろう。どういうわけか、この身に注意をひくのはひどくまずい、という気がした。しかし、すでにもう手遅れだ。

おれたちは待った。

砂漠では極端な気候や距離感のおかげで心構えがゆったりする。危機に際して急いで片付けちまおうなんてのは品のない態度だ。ニュースは心ゆくまで味わうのが趣味がいい。

おれはまた外に連れだされた。ドゥサレスの神殿は詮索好きな外国人のいるところではないらしい。これは残念だった。すごい装飾のある素晴らしい内部をよく見たかったからだ。高いアーチの奥の薄暗い聖所内陣に行ってみたかったし、上の階のバルコニーも好奇心をそそった。しかし、両の拳を握りしめて自分の山々を見つめている、背が高くて色の黒い神像をチラッと見ただけで、おれは外に追いたてられた。

名無しの偉いお方を待ってぶらぶらしていることの辛さは、ハナから身にしみた。ヘレナはどこだろうと考えた。ヘレナに知らせを遣るという考えは諦めた。宿の場所は説明するのがむずかしいし、だいたい書くものがない。あの死人の書字板を持ってくるんだったと後悔した。あいつにはもう用がないんだ。

若い神官は公式におれの見張り役に任じられた。だからってお喋りになったわけじゃない。ふたりして中庭のベンチに腰かけていると、いろんな知合いがこの男に寄ってきたが、おれのことは律儀に無視した。おれはだんだん落ち着かなくなった。あとで悔やむのは必至の状況にずぶずぶ沈みこんでいる、と痛感していた。一日をふいにして、その締めくくりに厄介事を背負いこんだと認めざるをえない。それどころか、このぶんではどうやら昼メシを逃すことにもなる。じつに嘆かわしい。

落ちこんだ気分をなんとかたてなおそうと、無理にでも神官と話をすることにした。断固としたギリシア語で訊ねた。

「逃げたやつを見たのか？　どんなやつだった？」

こう真正面から話しかけられたら、やつだって無視できない。

「男です」

「年寄りか？　若いのか？　おれくらいの歳か？」

「見えませんでした」

「顔が見えなかったのか？　それとも、うしろ姿が消えていくところだったのか？　髪の毛はあったか？　色は見えたか？」

「見えませんでした」

「役にたたんな、あんた」

はっきり言ってやった。腹もたつし、がっかりもするで、おれは黙りこんだ。もう知らん、と諦めたちょうどそのとき、のろまで癪《しゃく》にさわる砂漠式で、連れが説明をはじめた。

「わたしは神殿のなかにいました。足音が聞こえました——走っていく足音。外に出ると、遠くに男がチラッと見えました。そして視界から消えた」

「つまり、なにも気がつかなかったのか？　小柄だったか、背が高かったか？　痩せてたか、太ってたか？」

若い神官は考えこんだ。

「わかりません」

「さぞかし目立つ男だったろうよ！」

一呼吸おいて、神官が微笑した。思いがけなく冗談が通じたらしい。まだ会話をする気にはなれないようだが、どうやらやりとりの趣旨はのみこんだらしい。態度を少し和らげると、自分から明るい声で言いだした。

「髪は見えませんでした。帽子をかぶっていたから」

帽子とは意外だ。このあたりでは、たいていの人が着ている長衣で頭をおおう。

「どんな帽子だ？」

身振りで広めのつばを示しながら、なんとなく非難がましいふうだ。そいつは断然珍しい。ヘレナといっしょにガザに上陸して以来この方、だらっとしたフリギア風キャップ、ぴったりした小さな頭蓋帽《スカルキャップ》、平らで丸いフェルト帽なんかは見たが、つばのある帽子とは西方趣味もはなはだしい。

おれの考えを確認するように、神官が言った。「外国人がひとり、〝高きところ〟の近くでひどく急いでいるのは、ふつうではありません」

「外国人だとわかったのか？　どうして？」

相手は肩をすくめた。理由のひとつはわかる。帽子だ。しかし、よく見れば誰だってわかる。からだつき、髪や目の色、歩き方、髭や髪のスタイルなんか、すべてがヒントになる。一瞬チラッと見るだけでもわかるかもしれない。あるいはチラッと見るのではなく、ちょっとした音で……。神官が突然言いだした。

「口笛を吹きながら下りていきました」

「ほんとか？　知ってる曲か？」

「いいえ」

「おもしろい詳細情報はほかにないか？」

頭を左右にふって興味をなくしたようだ。どうやら限界だ。おれの頭には漠然とした、じらされるような印象しか浮かばない。これでは逃げた男を特定しようもない。

また、うんざりしながら待った。おれの気分もまた落ちこんだ。熱い金色の光が石にはねかえって、頭が痛くなる。

人が出たり入ったりしていた。ベンチに座ってなにやら嚙んだり、低い声で鼻唄を歌ったりしている者もいるが、ベンチなど無視して日陰にしゃがんでいる者のほうが多い。家具を蔑む遊牧民のなかにいることを強く感じさせられる。落ち着いてちゃいけないぞ、とおれは自分に言いきかせた。埃だらけの衣をまとったこのなめし革のような男たちは、墓場まであと一歩のように見えるが、世界でもっとも豊かな国の民なんだ。乳香と没薬《ミルラ》を、おれの家族がラディッシュ三本とキャベツ一個を点検するみたいに無造作に扱う。しなびた間抜け面のひとりひとりが、ローマがサトゥルヌス神殿の金蔵にしまってある金よりたくさんの金を自分の駱駝の鞍袋にしまいこんでいるんだ。

先のことを考えて、おれはどう逃げるかの算段にとりかかった。伝統的な外交手段でこのトラブルから抜けだす可能性はまったくない。それはわかっていた。おれの渡せるケチな金じゃ、賄賂というのもおこがましい。

節度はあるものの、連中は明らかにじっとおれたちを観察していた。これほど長くバシリカのフォルムの階段に座っていたら、下品な噂の種になるのは必定だ。あからさまに寄ってくるスリ、詩人、淫売、さめた揚げパイ売りなんかの餌食《えじき》になるばかりか、身の上話を聞かせようって退屈な連中が四十人は寄ってくるだろう。しかしここではみんな、おれがなにをしでかすのか見ようと、ただ待っている。気の抜けた退屈が好きなんだ。

動きの起こる最初の兆しがあった。大門のアーチをくぐって、小さな駱駝が曳《ひ》かれてきた。おれのみつけた溺死体を背中にのせている。好奇心にかられた群衆が、それでも少しも騒がずについてくる。

それと同時に、禁制区をかこむ壁にあいた大きな戸口から人が歩みでてきた。あの壁のむこうがどうなっていたのか、ついにわからずじまいだ。あの堂々たる入口の奥に神官の学寮があったのか、それとも、この高官の公邸にでもなっていたのか……。この男を直接見る前から、なぜか重要人物だとわかった。権力のオーラみたいなものをただよわせている。

男はまっすぐこっちに歩いてきた。供は連れていないが、その場にいる者はひとり残らずこの男を意識していた。宝石を嵌《は》めこんだベルトと、パルティア風の丈の高い被《かぶ》り物を別にすれば、ほかの連中とほとんど見分けがつかない。おれの神官さんは、ほとんど身動きもしなければ、表情も変えなかったが、それでも、やつがものすごく緊張しているのが感じられた。おれは声を押し殺して訊いた。

「誰だ？」

若者は声もまともにだせなかった。

「ブラザーです」

やつが怯《おび》えきっているのがわかった。

おれは立ちあがった。

ナバテア人はたいていそうだが、このペトラの宰相もおれより背が低く、痩せていた。例によって、裾が長くて、足首までとどく長衣を着て、その上にひっかけている上等の生地の外衣の袖をたくしあげて肩にかけて、後ろになびかせていた。だからピカピカのベルトが見えたわけだ。ベルトには短剣がはさんである。その柄《つか》には、凝った金細工のすきまもないくらい大きなルビーがはまっている。おでこが禿げあがり、被り物の下で髪がかなり後退しているが、動きは精力的だ。左右に大きい口は、感じのいい微笑を浮かべているような印象をあたえるが、おれはそんな手にはのらない。まるで愛想のいい——利息を誤魔化そうと心に決めている——

銀行家みたいだ。

「ようこそ、ペトラに！」よく響く低い声だ。ギリシア語だった。

「おそれいります」できるだけ本場アテネ風の発音を心がけたが、いかんせん、薄汚れた通りの角にさしかけた破れ日除けの下でギリシア語を習った身にはむずかしい芸当だ。

「さあ、見つけていただいたものを見るとしましょうか」

田舎の伯父さんから届いた籠をあけてみようじゃないかと誘ってるみたいだ。しかしどっこい、目が本性を暴露していた。瞼《まぶた》が厚ぼったくむくんで皺がよっているから、奥深い暗い光からはなんの表情もうかがい知れない。思っていることを隠す男はおれは大嫌いだ。こいつには、自分の母親を蹴飛ばして殺しちまったような、悪辣《あくらつ》でとんでもないイカサマ野郎に特有のはかりしれないなにかがあった。

ふたりで駱駝のところまで歩いた。駱駝はぐいっと鼻面を突きだした。誰かが慌てて手綱をひっぱって、おれの連れにたいする不敬を叱りつけた。ふたりの男が死体を降ろした。かなりていねいな手つきだ。ブラザーが前におれがしたのとまったく同じ手順で死体を検分した。頭のいい吟味法だ。ほかの連中はすこし離れて、ブラザーを熱心に見ている。群れのなかにあの庭のある神殿の年とったほうの神官がいた。おれのうしろに立っている若い神官に近寄る気配もみせない。若いほうはおれが助けを必要とするときのためにそこにいるんだ、と信じたかったが、じっさいに助けてくれるとは思えない。おれはこの事態のなかで孤立無援だ。

「この人物についてわかっていることは？」ブラザーがおれに問いかけた。どうやらこの見知らぬ他人について説明する責任はおれにあるらしい。

おれは死人の腰にある書字板を指した。「学者か、書記でしょう、たぶん」

それから、すこしむくんだでかい顔の擦り傷を指した。「あきらかに暴力をふるわれたが、叩きのめされたわけではない。現場で空《から》の酒瓶を見つけました」

「これが〝高きところ〟でおこった？」声にとくに怒った調子はなかったが、慎重なもの言いが山ほどのことを語っていた。

「そのようです。酔っぱらいが友だちと揉《も》めた、ってところですか」

「見たのか？」

「いいえ。声は聞こえましたが。だが親しそうでした。追っかけていって調べてみなければならない理由はなかった」

「あなたが犠牲の場に行った目的は？」

「敬虔《けいけん》なる好奇心です」もちろん、ひどく説得力がなく愚かに聞こえた。「禁制ではないと言われたのですが？」

「禁制ではない」まっとうな世の中なら禁制になっていたはずだ、と思っているような口ぶりだ。きょうの午後にでも、この男の執務室から禁令が発布されそうだった。

おれは自分の見解を述べた。「わたしができるのはこれくらいかと思います」

その意見は無視された。もし外国からの旅行者がローマのフンダヌス池で溺死体にでくわすという愚かな仕儀に至ったとしても、善き市民としての義務をはたしたことに礼を言われて、ささやかなる報奨金でももらって、静かに町の外に送られるだろう。すくなくともそう自分に言いきかせた。おれの思い違いかもしれない。もしかしたら、いちばん暗い牢にぶち込まれて、金の城砦《じょうさい》を薄汚い発見で穢《けが》すな、と叩き込まれるのかもしれない。

死体に屈みこんでいたブラザーが立ちあがった。

「それで、あなたのお名前は？」その感じのいい黒い目でじっとおれを見る。皺のよった厚い疲労のたるみの奥深くから、その目はすでにおれのテュニカの形やサンダルのスタイルを見てとっている。おれがローマ人だと見抜いていることはわかっていた。

「ディディウス・ファルコです」それほどやましい気持ちもなくおれは答えた。「イタリアからの旅人で――」

「ああ、なるほど」

気持ちがどっと沈んだ。おれの名前はここですでに知れている。誰かがこの国の宰相におれが来ることを警告したんだ。誰だか想像はついた。国を出るときは、おれはタレイアの水圧オルガン弾きとかくれんぼしにデカポリスに行くとみんなに言っておいた。ヘレナ・ユスティナのほかに、おれがここに来ることを知っていたのはひとりだけだ。アナクリテス。

そして、もしアナクリテスが先回りしてナバテア人に知らせていたとしたら、おれに外交儀礼を尽くしてくれるようにとブラザーに頼んだわけではないことは、蜂蜜が虫歯をつくるくらいあきらかなことだ。

ブラザーの鳩尾《みぞおち》に一撃をくらわせて、一目散に逃げだしたかった。もしこいつが嫌われ、恐れられているとしたら、群衆が黙って通してくれるかもしれない、と考えた。だが、もしおれが思っているよりももっと嫌われ、恐れられていたら、おれの足をすくってやつのご機嫌がとれれば、そのほうが得策かもしれない。

われわれローマ人は文明の民だ。おれは拳を下げたまま、やつと対決した。

「閣下、わたしは卑《いや》しい生まれの者です。わたしをご存知とは驚きです」

説明しようとする気もないようだった。やつの情報源を知っておくことが決定的に重要だった。それも、すぐに。はったりはなんの役にもたたない。

「ひょっとして、わたしのことはアナクリテスという官吏からお聞きになったんでしょうか？そして、その官吏は、ドゥサレス神の〝高きところ〟の生け贄リストのトップにわたしを載せるようにとでも申しあげたのでは？」

「ドゥサレスがお求めになるのは穢れなき生け贄だけである！」

皮肉としてはなかなか上品で――いちばん危険だ。おれはここで難しい立場にいて、それを承知しているという事実をやつは楽しんでいた。

やつがほとんどそれと知れないくらいかすかな動作で、とりまいている群衆にちょっとさがるように命じた。即座に周囲に空間ができた。ほんのかたちばかりのプライバシーのなかで尋問されるわけだ。

内心の動揺を抑えこんで、おれは軽い調子で応じた。

「きっとペトラにはほかにも迅速かつ簡便な始末法があるんでしょうな」

「そう、ある。鳥や太陽への供物台に置くこともできる」

その命令をだすのも面白かろう、って口調だ。屑肉《くずにく》みたいにジュウジュウ焼かれ、それから、猛禽《もうきん》の一族郎党にきれいにむしりとられて死ぬ……かねてからの望みどおりだ。

「そういう栄誉にぜひあずかりたいもんです。それで、わたしについてどんなことをお聞きになったんで？」

「もちろん、スパイだと」

どうやら礼儀正しいジョークらしい。しかしどういうわけか、おれはこの軽口に笑ってみせようという気にならなかった。この男ならこの情報にかならずなにか行動をとるだろう。

「いつもの外交辞令ってやつだ！　それで、お信じになった？」

「信じたほうがいいのかな？」

まだ、一見率直でうちとけたような、胡散臭い態度だった。頭のいい男だ。虚栄心もなければ、堕落もしていない。嚙みつき返すとっかかりがない。似たような戦法をとることにした。

「そりゃ、そのほうがよろしいでしょう。ローマは新しい皇帝を迎えました。めずらしく能率的な皇帝です、ウェスパシアヌスは。そのために目下棚卸《たなおろ》し中です。それには帝国領土と境を接するすべての地域の調査も入っています。誰か来ることは予想なさってたんじゃありませんか？」

ふたりとも死体をちらっと見下ろした。この男はもう少しちゃんと注目されていいんだ。それなのに、安っぽい内輪の喧嘩だかなんだかをやらかしたばっかりに、この予期せぬとほうもない世界問題論議のきっかけと化している。これが誰にしろ、おれの仕事に紛れこんできた。こいつの運命がおれの運命にくっついてしまった。

「ウェスパシアヌスはペトラにどういった関心をおもちなのかな？」

情熱のかけらもないような顔のなかで、狡猾で人を欺く目がすべてを語っていた。これだけ抜け目のない男だ、ローマが自領の境界のすぐ外の、重要な通商ルートを牛耳っている豊かな国にどんな関心をいだいているのか、重々わかっているはずだ。

政治談議となればおれだって、夕メシ前の二時間の空き時間をもてあましてフォルムにたむろしている男のどいつにもひけをとらずに口角泡をとばせるが、外国の都市で皇帝の見解を述べるなんざ、嬉しくもない。とくに、皇帝の外交方針がどうなってるのか、宮殿の誰も教えてくれなかったんだから（それに、皇帝が、そういった瑣末《さまつ》事について杓子定規な男で、おれがここでなにを言ったか遅かれ早かれ耳にしそうなこともある）。おれは逃げにでた。

「わたしにはお答えできません。一介の卑しい情報収集人ですから」

「それほど卑しくもないだろう！」

ギリシア語ではエレガントに聞こえたが、決してお世辞ではない。表情ひとつ変えずにせせら笑える男だ。

ブラザーは腕組みした。まだ、足元にころがっている死人を見つめている。びしょ濡れのからだと衣服からしたたる水が敷石を濡らしていた。死骸の内なるあらゆる組織がどんどん冷たくなっていることだろう。もうすぐ、卵を産みつける場所を求めて蠅がやってくる。

「身分は？　財産は多いのか？」

「ごく貧しい家です」

こう言ってから、前にヘレナが読んでくれた歴史書の一節に、ナバテア人は財産の獲得をとくに重んじる、とあったのを思いだした。さっきのセリフが儀礼的な謙遜だったと聞こえるように言い添えた。

「まあ、皇帝のご子息と宴をはってきた家柄ではありますが」

ナバテア人は宴会を好むはずだし、自国の統治者と気楽に食事をする男に感心するのに文化の違いはあまりないだろう。

提供された情報に、ブラザーはしばし考えこんだ——というふうにも思えた。おれとティトゥス・カエサルとの関係には訳のわからない面もいくつかあるが、はっきりしている点がひとつある。ふたりとも同じひとりの女にくびったけだってことだ。

その女の名は、ヘレナ・ユスティナ。

このことについてはおれもずいぶん考えた。外国の危険なところに行くたびに、おれが帰ってこないことをティトゥスは願ってるんじゃないかと思ったものだ。もしかしたら、アナクリテスがおれを排除しようと企んでいるのは、自分のためだけではないかもしれない。もしかしたら、ティトゥスの意をうけておれをここに送ったんじゃないか。ことによると、密偵頭がブラザーに送った手紙には、おれがこの地にながぁいあいだ、たとえば、永久に、留まることになれば、皇帝の世継ぎであるティトゥス・カエサルおん自ら恩にきる、とでも書いてあったのかもしれない。おれは気落ちしているのを気取られないように、ペトラの宰相に向きあった。

「わたしの訪問にはなんの魂胆もありません。こちらの有名な都市についてのローマの知識はやや乏しく、時代遅れになっておりまして、ごく古いわずかな書き物にしか頼れない状態です。なかでも主たるはストラボンによる記述であります。このストラボンはアテノドールスから事実を引いており、こいつはアウグスティヌス帝の家庭教師でした。この人物の目撃証人としての価値は、盲目であったという事実によって少々損なわれます。我らが新皇帝はこのようなものを信用なさらない」

「つまり、ウェスパシアヌスの好奇心は学問的なものだと？」

「教養人でして」

ウェスパシアヌスが一度、ある巨大な男根の持ち主についてギリシアの喜劇作家メナンドロスの芝居から下品なセリフを引用した、という記録がある。そのおかげで、先代の皇帝たちに比較すれば、ウェスパシアヌスは教育の高い才子ということになる。

しかし、外国の政治家の頭にあるのは、もっぱら、無愛想な古参将軍としてのウェスパシアヌスなのにちがいない。

「たしかに。しかし戦略家でもある」

おれは牽制《けんせい》策はやめることにした。

「それも現実的な。皇帝には精力を注ぐべきことが領内に山ほどあります。ナバテア人の関心が平和裡に自国の問題を追求することだけにあると信じられれば、先代諸帝と同じく、ペトラへの友好的な態度をとることを選ぶであろうことは、確信いただいてよろしいかと存じます」

「それを言うために派遣されたのか？」

　かなり尊大な訊き方だった。このときばかりは口元をひきしめるのをおれは見てとった。すると、ペトラはローマを恐れているんだ。ということは、おれにも条件交渉の余地がある。

　おれは声を落とした。「ローマがナバテアを帝国に併合しようと決めれば、そのときはナバテアに我々のほうに入っていただくことになる。それが現実です。こう申しあげても、あなたへの背信とはなりますまい。おそらく思いやりに欠ける、ということもないでしょう」おれの危うい基準に照らしても、そうとう大胆な発言をしている。「わたしは一介の平民にすぎませんが、まだそのときには至っていないのではないかと思います。それでも、先を考えておくほうがナバテアにとってもよろしいのではないでしょうか。貴国はユダヤとエジプトにはさまれた小国であられる。したがって問題は、帝国に入るか否かではなく、いつ、どんな条件で入るか、ということです。現時点では、そのコントロールはあなた方の手中にある。パートナーシップは平和裡に、そして貴国の都合のいい時期に実現されるでしょう」

「これは皇帝がそなたに仰《おお》せになったことか」

　アナクリテスから公式な接触は避けるように言われてきたくらいだから、もちろんおれはウエスパシアヌスに代わってものを言う指示はうけていない。正直に告白した。「おわかりでしょうが、わたしは使者としてかなり身分が低い」

厚い瞼におおわれた目が怒りで黒くなった。痩せた手の片方がベルトにはさんでいる宝石細工の短剣をいじくっていた。おれは静かな声で説得した。

「お気を悪くなさるな。そのほうがあなたにとってもお得でしょう。相手が高位の使節なら、なんらかの行動をとる必要がでます。デリケートな使命をおびて派遣された偉い人は、結果を出して当然と思うものです。築くべきキャリアってもんがありますから。ローマの元老院議員がおたくの記念碑を計測しているのをご覧になるようなことがあれば、そいつが自分の像を、月桂冠をかぶって、征服者みたいな格好をしたのを、立てるスペースを探しているんだとおわかりでしょう。ところがわたしが提出するような報告は、ウェスパシアヌスが現状維持を望めば、箱かなんかにファイルされて、それでおしまいです」

「そなたが報告をすれば、だ！」ブラザーはおれを脅かす楽しみにもどって、口をはさんだ。

おれはそっけなく答えた。「そのほうがよろしいでしょう。こちらのいらか段の祭壇のてっぺんにわたしを吊るすことになれば、かならずや反動があります。こんなみすぼらしい身なりですが、こう見えてわたしはローマ市民ですから、そのローマ市民が独断によって殺されたとなると、ローマ軍を派遣して即座にナバテアを併合する絶好の口実を提供することになるかもしれません」

それを想像してブラザーはかすかに微笑した。密偵の死、それも公式の書類を持たずに旅している密偵の死が、世界規模の政治的先制行動を正当化するとは考えにくい。おまけに、すでにアナクリテスがおれが来ることを報せている。それは、おれにたいする個人的憎しみのほかに、外交的にはナバテア人への警告の意味もあっただろう。ほら、ここに監視人がひとりいるぞ。ほかにも見逃しているかもしれない。ローマは自信満々だから、おまえたちを公然とスパイしているんだ……。

おれ自身の命運は外交問題にはならない。このツラが気に障《さわ》ったら、おれの死体を近所の掃きだめの山のてっぺんに放っておいても、誰にもなんの支障もない。それを了解したうえで、おれは穏やかに微笑をかえした。

足元には、すでにじっさいに死んでいる男が注目を待っていた。

「ファルコ、この身元不明の死体はそなたとどういう関係なのだ?」

「なんの関係もありません。わたしが発見した、偶然に、というだけです」

「この男がそなたをわたしの元に連れてきた」

偶然ってやつは、いつもおれを抜き差しならない状況に放りこむ悪い癖がある。

「この被害者も、殺した男もわたしを知りません。わたしは事件を通報しただけです」

「どうして通報した?」穏やかに訊ねる。

「殺した男が捕らえられ、裁きをうけるべきだと思うからです」

「砂漠にも法はある!」低い声が柔らかな調子でなじる。

「ないなどと申しておりません。だからこそ、あなた方に報《しら》せたのです」

「黙っているほうが得策だっただろう!」

まだペトラでのおれの役割にこだわっている。しょうがない。おれは認めた。

「そのほうが簡単だったかもしれません。わたしがスパイだという報せをうけていらっしゃるとしたら残念です。事態を正確にご説明すれば、あなたにそう報せてきた有益なる人物は、わたしに金を払ってここによこした男と同一人物です」

ブラザーは微笑んだ。ますます、浴場で服を脱ぐあいだちょっと財布を持っててくれと頼む気にはなれない人間に見えた。

「ディディウス・ファルコ、そなた危険な友人をもっているな」

「そいつとわたしが友人だったことは未だかつてありません」

屋外の広場のような場所で立ったままというには、非常識なくらい長い話になった。そばで眺めていた連中には、最初はふたりで死んだ男のことをあれこれ言っているように見えたにちがいない。しかしそれ以上のなにかが進行していると感じて、群衆はだんだん落ち着かなくなってきた。

この死体はブラザーにとって便利なカモフラージュになった。将来のいつかある日、分別あるナバテア人たちが、条件交渉の末に、自らをローマに引渡すことはおおいにありうるだろう。しかしそれまでにはたっぷり準備が必要だ。時期尚早に商売を混乱させるような風説を生じさせてはならない。この段階では、ローマの官吏と話をしていたという事実をブラザーはその民から隠しておく必要があるのだ。

会見は突然終った。ブラザーが、また明日会おう、と言った。ちょっとのあいだ若い神官をじっと見つめてから、アラビア語でなにか言い、それからギリシア語でおれを宿まで案内するように指示した。おれにはなにもかもよくわかっていた。仮釈放になったんだ。見張りがつく。むこうが隠しておきたい場所を調べることは許されない。町の人たちと自由に話をすることも許されない。その間に、おれをペトラから出していいかどうか決めるんだ、おれのあずかり知らぬところで。抗議することもできない。

これからは常に、おれがどこにいるか宰相のご承知のこととなる。おれの一挙手一投足はもちろん、おれの生存そのものさえ、こいつの意のままだ。じっさい、おれは気がついた。この男は今はニコニコして、あした薄荷茶《ミントティー》と胡麻ケーキでもいかが、とかなんとか言っておれを送りだしておきながら、半時間後には処刑人を遣るような、そんな信用ならない権力者だ。

おれは聖所から連れだされた。やつらが死んだ男をどうするつもりなのか見当もつかなかった。あの死体がどうなったのか、結局わからずじまいだ。

しかし、生け贄のための〝高きところ〟で発見した男とおれのつながりは、それでおしまいではなかった。

ヘレナは部屋で待っていた。トラブルを予想して、髪をきれいに結って飾りネットでくるんでいた。もっとも、おれたちが入っていったときは、白いストールを被ってそれを上品におおっていたが。すばらしい胸元に珠《たま》をつなげた首飾りを何本かさりげなくつけ、耳のあたりには金色の光をちらちらさせている。背筋を伸ばして手を組み、足首を交差させて座っていた。厳しく、それでいて待ちわびていた表情。ヘレナの周囲には品格を如実に示す静謐《せいひつ》さがただよっていた。

「こちら、ヘレナ・ユスティナだ」

然るべき敬意をもって遇すべきだぞ、と言外に匂わせて、おれは若い神官に告げた。

「おれはディディウス・ファルコ。知ってのとおりだ。あんたは？」

こんどはやつも無視できなかった。

「ムーサと言います」

「われわれはブラザー直々の賓客となった」

ヘレナのためにそういう言い方をした。もしかしたら、歓待の義務があるだろ、とムーサに催促してもいいかもしれない（たぶん、ダメだろう）。

「ムーサは、ブラザーのご希望で、ペトラ滞在中おれたちの世話をしてくれることになった」

ヘレナが事態を理解した。


これで紹介がすんだ。あとは会話だ。

「ことばはどうしようか？」

礼儀上訊いてみた。頭のなかでは、どうやってムーサを油断させて、ヘレナをここから安全に連れ出そうか、と考えていた。

「ヘレナはギリシア語に堪能だ。弟たちの家庭教師をひっさらって勉強した。ムーサはギリシア語とアラビア語を話せるし、おれが思うにアラム語もできる。おれのラテン語は低級だが、アテネ人に悪態をつけるし、ガリアの旅籠《はたご》の料金表を読めるし、ケルト人に朝メシはなんだと訊ける……。まあ、ギリシア語としようか」

そう鷹揚に提案してから、ラテン語にきりかえて、ひどくきつい下町訛りでヘレナに訊いた。

「それで、どうだい、ねえちゃん？」

まるでアウェンティーナの魚市場でナンパしているみたいだ。ムーサが見せかけ以上にラテン語を理解したとしても、これにはごまかされるはずだ。ひとつ問題は、カペナ門の豪邸でお育ちの上品な貴族の娘にわからないかもしれないことだ。

ヘレナがオリーブの包みをあけるのを手伝った。今朝方買っておいたんだ。あれはもう何週間も前のような気がする。

ヘレナは忙しく動いて、サラダを鉢に分けた。そうしながら、調理済みの豆のことでも話してるみたいなくだけた調子で答えた。

「〝高きところ〟から下りてきて、劇場の外に官憲風の男が立っていたから、話をしたの――」

ここで、奇妙に白っぽいチーズをまじまじと見つめる。

「羊の乳だ。あるいは駱駝かな」

ギリシア語で陽気に言った。そんなチーズがあるものかまったく知らなかったが。

「そばにいた人たちにも聞こえたにちがいないわ。芝居の一座が、溺れた男が自分たちの仲間かどうか、あれこれ言っていたの。わたしはへとへとだったから、もっと知りたかったらあなたに連絡してって言っておいたわ。風変りな人たちだった。連絡してくるかしら。役人のほうはお友だちを呼び集めて、死体を探しに登っていったけど」

「あとで見たよ、その死体を」

「とにかく、その人たちに任せて、わたしは抜けだしてきたの」

おれたちは敷物とクッションを敷いて座った。我らがナバテア人世話人はおしゃべりは苦手のようだ。ヘレナとおれのほうは考えることが山ほどあった。〝高きところ〟での殺人とおぼしき出来事にはふたりとも動揺していたし、その結果厄介な境遇に陥ったこともわかっていた。

おれは自分の鉢をじっと見つめた。

「ディディウス・ファルコ、あなたの鉢にはラディッシュが三つ、オリーブが七つ、レタスが二枚、それにチーズがひとかけら入ってます。みんなに平等に分けました。だから喧嘩はなしよ」

客に失礼のないように今度はギリシア語だった。おれはラテン語に戻して、まるで家長がごねているような口調で言った。

「たぶん、あの溺れた男には二度とお目にかからないだろうが、きみもおれも、緊迫した政治問題の対象になっちまったことはわかるだろう」

「この監視人を追っ払えるかしら？」

ラテン語で言いながら、ヘレナはムーサにむかってにっこりと微笑み、ペトラのぺったんこのパンから焦げたところを切って手渡した。

「いや、しつこいだろう」

　おれはひよこ豆の潰したのを匙《さじ》でとりわけてやった。

　ムーサはおれたちの出すものを礼儀正しく、それでもなにやら気懸かりなふうでうけとった。与えられたものをうけとって、そして食わなかった。たぶん自分が話題になっていることを知っていたんだろう。ブラザーの指示の簡潔だったことを考えれば、ひとりきりでふたりの危険な犯罪者といっしょにいることに不安だったのかもしれない。

　おれたちはがつがつ食った。おれはムーサの乳母じゃない。やつが好き嫌いを言うなら、おれとしては勝手に飢え死にしろ、と言うだけだ。しかし、こっちは力をつけておかなくちゃならない。


　扉を叩く音がした。開けると、ナバテア人の一団がいる。通りがかりのランプ油売りには見えない。武装して、断固とした態度だ。そいつらが興奮してまくしたてる。ムーサもおれたちのうしろに来ていた。そして、じつに嫌なことを聞いてしまった、という顔をしている。

「あなたたちは行かなくてはならない」

　ほんとうに驚いた声だ。

「ペトラから出るのか？」

　町に来た者をみんなこんなにすぐ追い出すとしたら、ここの連中が商売であれほど儲けているとは驚きだ。しかし、もっと悪い事態だっていくらでもありえた。おれはてっきり、ブラザーがおれたちをここに足留めするものとばかり思っていた——たぶん拘留されるだろうと。事実、なんとかこっそりあの切通しを抜けて、キャラバンサライに隠してある牛車をとりもどし、一目散に逃げだす方法はないか、と考えていたんだ。

「それじゃ、荷物をまとめよう」

おれは意欲満々で言った。ヘレナがもう始めていた。

「おさらばだ、ムーサ」

「いいえ、ちがいます」

神官は必死の形相だった。

「わたしはあなたといっしょにいろと言われました。あなたがペトラを出るなら、わたしも行かなければなりません」

おれはやつの肩を軽く叩いた。ああだこうだ言っているヒマはない。

「おれたちが行っちまえと言われてるんなら、誰かさんがあんたへの撤回命令を忘れただけだ、ぜったいに」

やつはこの説明にぜんぜん納得しなかった。じつはおれも信じていなかった。もしブラザーの立場だったら、おれだって部下にナバテア国境までくっついていかせて、船に乗るところまでしっかり見届けさせるだろう。

「まあ、好きなようにするんだな」

旅に出るとおれが常軌を逸した道連れを拾うのにはヘレナも慣れていたが、いくらなんでもこんどのは我慢にもほどがある、という顔をしている。自分でも確信がないまま、おれは微笑しながらヘレナを安心させようとした。「あんまり遠くまで来ないさ。故郷の山が恋しくなるにきまってる」

ヘレナもしょうがないというふうに微笑した。「だいじょうぶよ。いないほうがいい男の扱いには、わたし慣れてますから」

できるかぎりの尊厳を装って引ったてられながら、おれたちはペトラの外に出された。あちこちの岩のあいだに影が立ってそれを見守っていた。へんな駱駝が一頭、おれたちのうしろから蔑んだみたいに唾を吐いた。

一度だけ立ちどまった。ムーサが武装兵たちにまるで怒ったようになにか言った。やつらは足を止めたくないようだったが、ムーサが一軒の家に駆けこんでしまった。それから小さな丸めた荷物を持ってでてきた。こうしておそらくはナバテアの下着と楊枝《ようじ》を荷物に加えて、おれたちはまた急ぎ足で進んだ。

そのころには日はもうとっぷり暮れて、松明の炎のもとの旅路となった。青白い光が岩を彫った墳墓の基部の浮彫りに気味悪く揺らめいて、砂岩の上のほうまで長い影を投げた。柱や破風がチラッと見えては、すぐに暗闇に消える。四角に切った門戸が威嚇するように口をあけ、その黒い闇は得体の知れない洞穴の入口のようだ。おれたちは歩かされていた。市中を抜けるまではナバテア人兵士が荷物を持ったが、狭い切通しまで来ると、あとはおれたちだけで行かされた。ほとんどおれたちだけで。ムーサはあくまで付いてくるつもりだ。そこから外の世界にたどりつくまでは、ヘレナが燃える松明をかかげて道筋を照らし、おれが荷物と格闘しなければならなかった。怒りに燃えて先頭を進むヘレナは、冥府《めいふ》へと導く巫女《みこ》かなんかみたいに威圧的だ。

「絹地を何反も、香料の壺をいくつも買って、遺産を使いはたさなくってほんとうによかったわ」

ヘレナがつぶやいた。ちゃんとムーサの耳にとどく程度に。贅沢な買い物をするにはこれ以上はない絶好の機会をヘレナが楽しみにしていたのをおれも知っていた。もし母上がおれのおふくろくらい要領がよかったら、巻物三巻分のリストを持たされていたはずだ。威厳にみちたヘレナの背中におれはおずおずと捧げ物をしてみた。

「インド真珠の耳飾りを買ってあげるさ」

「まあ、ありがとう。これでわたしのがっかりも吹きとぶわ」

そんな贈り物が実現することはたぶんないだろうと、ヘレナも承知だ。

おれたちは切りたった崖と崖とにはさまれた石ころだらけの道をよろよろと下っていった。ここまで来るとその崖が両側から迫りだして、頭上は真っ暗だ。足を止めれば、ときおり落石の音が静寂を破るのが聞こえた。先を急いだ。

おれはかすかな絶望を感じていた。皇帝の仕事はいつだって迅速に片付けるのが好きだが、このおれの効率的基準からしても、一日にもみたないペトラ滞在はいつもの嫌なテーマ（地勢、防衛設備、経済、社会倫理、政治的安定、人民の心意気）について皇帝陛下にご説明申しあげるための根拠としてはいかにも薄弱だ。報告できるのはラディッシュの市場価格ぐらいのものだ。そんなことはおそらくウェスパシアヌスもほかの情報源からすでに得ていて、軍事委員会が侵略か否かを決定するうえであんまり役にはたたないだろう。

提供すべき情報もないいんじゃ、宮殿から手間賃をむしりとれる可能性は薄い。おまけに、アナクリテスがこれが最後の旅になれと願っておれをここに送ったとしたら、予算にたいした額を計上してないと思ったほうがいい。会計窓口でおれのほくそえむ顔が見られるとはたぶん誰も予想していないだろう。ということは、なにもこれが初めてってわけじゃないが、おれは破産と鼻面を突きあわせている。

ヘレナは、ぼうぼうと炎をあげる松明に手を焼いているうちに方向感覚をとりもどしたようで、状況についてはとくに意見はないようだった。ヘレナには金がある。おれが百歩譲れば、帰国費用をだしてくれるだろう。もしそれがヘレナの苦難を避ける唯一の方法ということになれば、最終的にはそうしてもらう。プライドを奥歯で噛み殺すと、おれはかなり機嫌が悪くなる。だからヘレナはおれたちふたりのために、これからどうする計画なのか訊ねないようにしていた。もしかしたら、自力でふたりを救出できるかもしれない。まあ、ありそうもないが。

いちばんありそうなのは、ヘレナも経験から知っているだろうが、どんな計画もないってことだ。

これはおれたちの人生最悪の災難ってわけじゃないし、おれの最大の失敗でもない。しかしおれは相当あたまにきていた。だから、ガタガタと音をたてて駱駝や牛車を連ねた小さな集団が切通しをうしろから近づいて来たとき、おれの最初の反応は、細い砂利道のまんなかから動かずに、そいつらを立ち往生させることだった。そして、うしろから声がして、牛車に乗りたいか、と訊かれたときには、理不尽なまでの軽薄さにとらわれていた。くるっと向きなおると、荷物を地面にどさっと置いた。最初の車が止まって、おれは牡牛のふたつの悲しげな目をにらみつけることになった。

「申し出はありがたい、見知らぬ人！　どこまで連れてってもらえるのかな？」

その男はこの挑戦にニヤッとかえした。「ボストラではどうだ？」

ナバテア人ではなかった。ふたりともギリシア語で話していた。

「ボストラはおれの旅程に入っていない。あっちのキャラバンサライで落としてくれるってのはどうだ？　そうすれば自前の乗物がある」

「了解」気さくな笑顔だった。

やつのしゃべり方にはおれと同じイントネーションがあった。おれは確信した。

「イタリアからか、あんた？」

「そうだ」

おれは申し出をうけた。

荷車に落ち着いてはじめて、いかに雑多な寄せ集め集団に拾われたものか気がついた。十人ほどが、荷車三台と老いさらばえた駱駝二頭に分乗している。ほとんどが青っ白い顔をして心配そうだ。さっきの御者《ぎょしゃ》がおれの顔に疑問を読みとった。

「わたしはクレメスという。役者兼座長だ。この一座はペトラから出ろと命令されていた。あんたたちを出すために夜間外出禁止令が解除されたのを見て、連中が気を変える前にこっちも急いで夜逃げを決め込んだわけだ」

「誰かさんが出るなと言うかもしれなかったのか？」すでに予想はついていたが、訊いてみた。

「仲間をひとり亡くした」ヘレナのほうにうなずいてみせた。「たしか、その人とあんたがそいつを発見したんだと思うが……。ヘリオドールスだ。山のてっぺんで不運なことになった」

あの溺れた男の名前をはじめて耳にした。と思うまもなく、別の声が耳に入ってきた。

「ボストラに行ってみるのもおもしろいかもしれないわ、マルクス」

なにやら思いをめぐらしているようなヘレナ・ユスティナの声だ。この令嬢はミステリーにはどうしても逆らえない。

第二場

もちろん、ボストラに行った。ヘレナはボストラ行きがおれのためになると知っていて提案した。おれも、あの溺死体を見つけて、すぐあとにその男の仲間たちと出くわしたことに興味をそそられた。この連中についてもっと知りたかった。そしてあの男についても。鼻を突っこむのがおれの生業《なりわい》だ。

最初の夜クレメスがキャラバンサライまで連れていってくれたので、牡牛をとりもどした。荷車というふれこみでおれたちに賃貸しされたガタガタの構造物といっしょに、ガザで手に入れた哀れな獣だ。そのころにはすっかり暗くなって、これ以上先に進むのはむずかしかったが、むこうの集団もこっちもペトラとの距離をなるべく稼ぎたかった。安全と安心のためにも、一団になって、松明も共有して進むことにした。砂漠では偶然の出会いは大事だとみんな感じているようだった。

野営地を設営したあと、おれは好奇心にかられて役者兼座長に近づいた。

「ヘレナとおれが見つけた男があんたの仲間だってのはたしかなのか？」

「あんた方の説明はなにからなにまで合致する。体格、顔や髪の色。酒癖の悪さ！」苦々しげだ。

「それならどうして遺体を引取らなかったんだ？」

「すでにトラブルで手いっぱいだった」陰謀でも企んでるみたいに目配せした。それはよくわかる。しかし状況はますます興味をひいた。

簡単な木組みに黒い山羊毛織布をさしかけた天幕を張ったあと、みんな外に出て、明るい焚き火をかこんで座っていた。ヘリオドールスの死に打ちひしがれてか、座員はほとんどがひとつにかたまっている。今度はクレメスがヘレナとおれのそばにやってきた。ムーサはすこし離れて、自分の世界にひたっている。おれは初めてまじまじと座長を眺めた。

あの死んだ男と同様、幅広の体格で、顔もでかい。しかし、もっと印象的なのが、がっしりした顎と堂々たる鼻。共和制時代の将軍でも演《や》ったらぴったりだろう。その声は、ふつうの会話でも、ほとんどやりすぎじゃないかと思うくらい朗々と響いた。一節ごとを明瞭に発音した。やつが今晩こうして近づいてきたのには理由があると、おれは確信した。ヘレナとおれを判定したいんだ。もしかしたら、それ以上のなにかを期待していたかもしれない。ヘレナはスリが財布の紐を切りとるくらいかんたんに情報を引きだせる。

「どちらのご出身ですの？」

「座員のほとんどは南イタリアの出です。わたしはトゥスクルム生まれで」

「故郷からこんな遠くに！」

「トゥスクルムを離れてもう二十年になる」

おれは笑い声をあげた。

「するとなにか、『女房がちょっとばかり多くなりすぎて、遺産相続からはずされちまって』っていう、よくあるお涙ちょうだいか？」

「トゥスクルムにはわたしにふさわしいものがなにもなかった。生きてるんだか死んでるんだかわからない、文明から隔絶された、ろくでもない田舎町だ」

世の中には、自分の生まれた場所をこきおろす連中がゴマンといる。まるでよそには小さな田舎町とは違う生活があるみたいに。

ヘレナはすこぶる楽しんでいるようだ。おれは進行をまかせた。

「そして、クレメス、どういういきさつでこちらに?」

「石ころだらけの舞台で、きょうの市場の話しかしたがらないドン臭い連中を相手に、雷鳴とどろくなかで一生の半分ほど演じてくると、もう麻薬みたいなものです。たしかに女房はひといます。大嫌いだし、むこうもわたしを憎んでいる。これから先も、この襤褸《ぼろ》をまとった気取り屋の一団を率いて街道筋の町から町へと渡り歩く以上の分別はもてないだろうし……」

クレメスは進んで話した。ほとんど進みすぎか……。どこまでがポーズだろう、とおれは考えていた。

「イタリアを離れたのはいつでしたの?」

「最初は二十年前ですよ。五年ほど前にまた東方にやってきました。あの有名なネロのギリシア巡業団に入って。袖の下をもらった審判から月桂冠をうけるのに飽きてネロが帰国したあとも、わたしたちは放浪を続けて、とうとう(シリアの首都の)アンティオキアまで流れつきました。ほんとうのギリシア人はギリシア演劇の伝統をローマ人が破壊したありさまなど見たがらなかったですよ。しかしこっちのいわゆるギリシア都市は、アレクサンドロス以後はほんとうのギリシアではなかったから、わたしたちが名作劇を見せてるもんだと思ってくれて、シリアではなんとか糊口《ここう》を凌《しの》げることがわかりました。連中は芝居狂です。それから、ナバテアはどうだろう、って思ったんですよ。すこしずつ南下してきたところが、ブラザーのおかげで、こんどはこうしてまた北行きってわけだ」

「ごめんなさい、よくわからないのだけれど？」

「ペトラではわたしたちの提供する文化は歓迎されません。ヒヒの群れの前で『トロイアの女』を上演するようなものだ」

「それでは、ヘリオドールスが溺れる前からペトラを出るおつもりだったの？」

「ブラザーに追いだされました。この商売ではよくあることです。まったく理由もなく町の外に追っ払われることもある。ペトラはすくなくともそれらしい口実を言ってきました」

「どういう？」

「あそこの劇場で上演を計画していました。たしかに、神々もご承知の、ひどく古臭い劇場ではあります。アイスキュロスなら一目見て即座にストライキをしたでしょう。いずれにしても、わたしたちは『黄金の壺』をかけるつもりでした。なんといってもあそこでは誰でも腐るほどもってるんだから、おあつらえ向きでしょう。うちの広告書きのコングリオが街のあちこちに上演案内を書いてまわりました。すると、劇場は儀式にしか使われない、という厳《おごそ》かな通告がきました。弔いの儀式だそうだ。要するに、あそこの舞台を芝居なんかで冒瀆すれば、われわれの弔いの儀式になるやもしれぬぞ、って意味でしょう……。おかしな民族だ」

　この種のコメントはたいてい沈黙をうむ。外国人についての否定的な意見を聞くと、つい自分の同族の者たちを思いだす。故郷に残してきたあの連中は分別もあり、まっしょうなやつらだったと、束の間自分に信じこませる。車座になったみんなのあいだにしめやかに望郷の念が拡がった。

ヘレナが考えこんだ。「みなさんでペトラを離れるおつもりだったのなら、ヘリオドールスはどうして散歩なんかにでかけたんでしょう？」

「どうして？　いつだってああいう迷惑者だったからです！　出発の用意万端というときにかならず行方不明になる」

「あんたたち、やっぱりあの男の身元を正式に確認すべきだったとおれは思う」

「あいつにまちがいない！」クレメスは怒って言いはった。「自分で自分を事故にまきこむタイプの男なんだ。それも、考えられる最悪のタイミングで。どこか神聖な場所でコロッといって、一座全員を地下牢にでも放りこませる――いかにもヘリオドールスらしい。うす寝惚《ねぼ》けた役人に誰がやつを死なせたのかって何年も議論させるなど、やつにとってはすばらしくうまいジョークだったでしょうよ！」

「喜劇役者でしたの？」

「自分ではそう思ってましたがね」クレメスはヘレナが微笑しているのを見て説明した。「ジョークはほかの者が代わって書かなくてはなりませんでした」

「創造性に欠けていたのね？」

「わたしがヘリオドールスをどう思っていたかはっきり言ったら、さぞ無慈悲に聞こえるでしょう。だからこう言うにとどめます。あいつは、言語と、機転と、タイミングのセンスが完全に欠如した、薄汚い、ふしだらな、よたよた男でした」

「とても控えめな批評家でいらっしゃる」ヘレナが厳かにのたまった。

「つねに公正であろうと心がけています」

「やつがいなくても誰も困らないというわけか？」

「いや、困るんだ！　あの男はある仕事をするために雇われていた。ほかの誰もできない仕事で……」

「ほかの誰もしたくない仕事、ってことだな？」自分の仕事上の経験からわかる。

「なんですの？」ごく親しい男がたとえパンくずでも稼がなくちゃならない状況に追いこまれている女の、軽い、なにげない調子だ。

「臨時雇いの台本作家です」

これにはヘレナでさえ驚いた。

「わたしたちが溺れているのを見つけたあの人が、芝居を書いていたのですか？」

「とんでもない！」クレメスは衝撃をうけていた。「わたしたちは評判のいい、れっきとした一座です。それなりの評価をうけた芝居しか上演しません。ヘリオドールスの仕事は翻案です」

「ということは？　ギリシア語からラテン語への翻訳かしら？」ヘレナはいつも単刀直入だ。

「それこそ、なんでも。全面的な翻訳ではなく、だらけた大仰な台本《ほん》にちょっとサビを入れて、わたしたちの口にのせられるようにするんです。物語の展開が一座の構成に合わないときには登場人物を変える。登場人物を足して筋をおもしろくする。ジョークを入れるのもヘリオドールスの仕事だったんですが、さっきも言ったように、あの男は、おかしな台詞《せりふ》にむこうから跳びつかれても見えなかった。わたしたちはおもにギリシア新喜劇を演《や》ります。ただ、ひどく不都合が点がふたつほどありましてね。新喜劇はもう新しくないし、率直に言って、あんまりおかしくもない」

ヘレナ・ユスティナは教育のある聡明な女だ。それに状況を鋭く読む。つぎの質問を発したとき、いったいどういう危険を冒しているのか、よくわかっていたはずだ。

「ヘリオドールスの後任についてはどうなさるおつもりなの?」

すぐさまクレメスがおれを見てニヤッとした。こいつには性悪《しようわる》なところがある。「仕事が欲しくないか?」

「どういう資格が要るんだ?」

「読み書きができること」

おれは自信なさそうに笑ってみせた。友人にむかってノーとはっきり言えない礼儀正しい男の笑いだ。しかし誰も決してこの意味を理解しない。

ヘレナが割りこんだ。「マルクスは読むのも書くのもできます。仕事が必要なの」

砂漠にきたら、星の降る下で愛する人と並んで座っているだけで幸せで、その男を行きずりの旅芝居の座長に売りこもうと画策などしない女だって、どこかにきっといるだろう。

「あんた、商売は?」クレメスがおれに訊く。いくぶん慎重だ。

「ローマでは密偵だ」率直なのがいちばんだ。ただし皇帝がスポンサーだってことを言うほどバカじゃない。

「それは！　それにはどんな資格が要るんだ？」

「ひょいとかわして、さっと逃げられること」

「ペトラにはどうして？」

「失踪人を探して東方に来た。ただのオルガン弾きなんだが。それが、どういうわけかブラザーはおれをスパイだと決めつけた。理由はまったく見当もつかない」

「気にしなさんな！　われわれの商売ではそんなことはしょっちゅうだ」クレメスが朗らかにうけあった。たぶん、そのほうが都合のいいときはそのとおりなんだろう。役者はどこにでも行く。ローマでもっぱら言われていることによれば、役者というのは出先でしゃべっている相手について煩《うるさ》いことは言わない。そして、上品なギリシア叙事詩のほかにもたくさんのものを売り物にする……。

「なるほど、マルクスくん、山のてっぺんの聖所から笞《むち》もて追われ、今やきみのデナリウスは青銅貨一枚分足りない、というわけだな？」

「そのとおりだ。しかし就業条件を聞かせてもらうまではスタッフ名簿に載せられるのは断る！」

「マルクスならできます」ヘレナがさえぎった。自分のガールフレンドに信用されるのは嫌いじゃないが、ここまで確信をもたれるのはどうも……。「ひまがあると詩を書いてますから」

暴露された。ごく私的な趣味を公にされたいかどうか訊いてもくれなかった。

「うってつけだ！」

おれは自分の立場を主張した――一応。「悪いが、お粗末な風刺詩や哀歌を書き散らすだけだ。それに、おれはギリシア劇は大嫌いだ」

「好きな者がいるかな？　そんなことはどうでもいい」

「とってもおもしろいわよ、きっと」

役者兼座長がおれの腕をたたいた。「ヘリオドールスにできた仕事だ、誰だってできる！」

まさにおれにお誂《あつら》えむきの仕事ってわけだ。

しかし、抵抗はすでに遅かった。クレメスが拳をつきあげて歓迎の叫び声をあげた。「我らが一座にようこそ！」

それでもおれは、このとんでもないドタバタ劇から我が身をひっぱりだそうと最後のあがきを試みた。「おれはまだ失踪人を探さなくちゃならない。おそらくあんたたちは、おれの行かなくちゃならん方面には行かんだろうし……」

「われわれが赴くのは、砂漠の民が自らのうちなる洗練されたギリシア遺産をほとんど自覚しておらず、恒久的な劇場建設には後れをとっているものの、その微《かす》かなるヘレニズム文化の末裔《まつえい》たる町の創始者たちが少なくともなんらかの集いの場をその民に与えており、舞台芸術家がその場を使用するを許すところである。すなわち、親愛なる密偵くん、われわれは――」

おれにはもうわかっていたから、長口上に割ってはいった。「デカポリスに行く！」

おれの膝に寄りかかって、神秘的な砂漠の空を見あげながら、ヘレナが満足そうに微笑んだ。

「それはとても好都合だわ、クレメス。マルクスとわたしもちょうどあちら方面を旅するつもりでしたの」

しかしまずボストラに行って、一座の残りのメンバーを拾わなくてはならなかった。ということは、オルガン弾きのソフローナを探そうと思っていた地域をそっくり通り過ぎて、デカポリスの町々よりはるか東寄りを旅することになる。しかし、後向きの旅には慣れている。おれは論理的な人生なんか期待したことはない。

ボストラに向かって進むうちに、この地域についてウェスパシアヌスにどう報告すべきかはっきりわかってきた。万一無事に帰れて、ウェスパシアヌスの前に出るチャンスがあったら、ということだが。ここはまだナバテアだ。したがって、まだ帝国領の外だ。じじつ、かつては大ペルシア帝国のものだったこの維持管理の行届いてたナバテアの街道を行くのでも、大変な道のりの旅で、優に十日もかかった。北部ナバテアはデカポリスの脇に長い指のようにすっきりと延びている。ローマにとってこの地の獲得を考慮すべきもうひとつの理由だ。シリアからまっすぐ延びた境界線なら地図の上でずっときれいに見えるだろう。

かなり肥沃《ひよく》な地域に入っていった。帝国穀倉の候補地だろう。ローマが香料交易の支配権獲得に意欲的なことを考えれば、交易ルートを現在より東に移して、北部首都であるボストラを通したほうが合理的だろうとおれは思った。ペトラは、すべての隊商が大きく迂回して自分のところを通るべきだと思ってるようだが、そんな言い分など無視する。ボストラのほうが、政治的中心地としてずっと感じがいいだろう。気候も穏やかだし、文明にも近い。現在の後部座席的立場から出世するんだから、この変更はボストラ住民には喜んで受け容れられるだろう。そして、偉そうにしているペトラ人は身の程を思い知らされることになる。

このすばらしい構想は、ペトラがおれを放り出したこととはまったく関係ない。新しいビジネスを手に入れたら、まず最初に人事の大幅刷新をはかって、物事が自分の方式で、自分に忠実なスタッフによって、運ばれるようにすべきだと信じているからにすぎない。

この構想はおれの目の黒いうちに実現することはないかもしれない。しかし、あれこれ構想を練るのは、喜劇の台本《ホン》を読むのに飽きたときの暇つぶしとしてちょうどよかった。

ペトラとの境界をなす峻厳な山々をあとにして、まず、ちらほら散在する集落のあいだを抜けてのぼり、すこし平坦な地にでた。四方には見わたすかぎり砂漠がゆったりと広がっていた。こんなのはほんとうの砂漠ではない、とみんな言う。皮肉にも〝恵まれたアラビア〟と呼ばれている地域の茫漠《ぼうばく》たる広がりや、ユーフラテス川のむこうの恐ろしい荒野に較べたら、なんでもないと。しかしおれにはじゅうぶん不毛で荒涼たるものにみえる。古い、古い土地を通っているると感じる。何世紀にもわたって、さまざまな民族がこの地へ潮のように押しよせては、去っていった。そして、時のつづくかぎり、戦争によって、平和的合意によって、同じことがくりかえされるのだろう。おれたちのこの通過がまったくなんの意味ももたない土地だ。道端に遊牧民の墓を標《しる》す歪んだ石積みが見える。はたして先週積まれたのか、数千年前のものなのか、知る由《よし》もない。

　ごつごつした感じがだんだん薄れていった。大岩が石に変った。まるできざんだ木の実みたいに、風景のなかにどこまでも散らばっていた石が砂利に変り、そして跡形もなく消えてしまった。あとには、豊かな黒々とした耕作土壌が広がり、畑や葡萄畑、果樹園がつづいていた。

　ボストラに入ったらすぐにクレメス一座の残りの団員たちと合流することになっていた。ヘレナとおれがペトラで会ったのは一座の主要メンバーで、ほとんどが役者だった。さまざまな裏方連中が、大半の舞台装置ともども、友好的なボストラで待っていた。南の山岳地で敵対的歓迎をうけるかもしれないと用心したためだ。殺人に関しては、こちらに残った連中は無視していい。吟味すべきなのは最初に会った一団のほうだ。

　旅を始めた早々、おれはクレメスに訊ねた。あの筋書きがまだ気になっていたからだ。

「ヘリオドールスはほんとのところどうして散歩にでたんだろう？」

「ふらっと出かけるなどはいかにもあの男らしい。みんなそうだ――それぞれ独自の考え方をもっている」

「飲みたかったからだろうか？　静かに、ひとりで」

「そうは思えんが」クレメスは肩をすくめた。あの男の死なんぞに興味のないことをあからさまに示している。

「いっしょに行った者がいる。誰だった？」見込み薄の質問だ。殺したやつの名前を訊いているんだから。

「みんなそれぞれどこにいたかわかってるのか？」もちろんクレメスは頷《うなず》いた。

「あとで自分で調べよう。もうちょっと押してみた。「だが、一杯やるのが好きなのがもうひとりいたはずだが？」

「そりゃ、その男には生憎《あいにく》だった。ヘリオドールスは自分の酒を人に飲ませるなんて金輪際しなかった」

「相手のほうも自分の酒をもっていたかもしれない。ヘリオドールスのほうがそれに目をつけていたのかもしれん」

「ああ、そうだ！　それなら説明がつく」

もしかしたら台本作家にはほかに誰も知らない友人がいたのかもしれない。「ヘリオドールスがペトラで誰かと親しくなったということはあるだろうか？　一座の者ではない誰かと？」

「それはないだろう」かなり断定的だ。「地元民は殻をかぶってるし、われわれは商人とはほとんど付き合わない。そのほかの人たちも同じだ。一座は小さい家族のようなもので、家のなかだけで波風がじゅうぶん立つ。わざわざ外にでかけてまで厄介事を探す必要はない。それに、知り合いができるほどあの町にいなかった」

「おれはあいつが山を登っていく声を聞いたんだ。いっしょにいる男は知り合いという感じだった」

クレメスはおれの質問の狙いを悟ったようだ。

「そうか、要するにあんたは、ヘリオドールスは一座の誰かに殺された、と言っている」

ここまできてクレメスはようやく、よく目を開いて、耳をそばだてていてくれ、とおれに頼んだ。正確には仕事を依頼されたわけではない。最終的に報酬になるような仕事なんてのは期待しすぎだろう。しかし、当初は気乗り薄だったクレメスが、もし一座のなかに犯人を匿《かくま》っているとしたら、それが誰なんだか知りたいと思うようになったわけだ。人間は、安心して仲間を侮辱したり、酒代を全部押しつけたりしたいものなんだ。そういうことをして怒らせた相手が、じつは散歩の連れの頭を冷たい水に突っこむような男かもしれない、てな心配はしたくない。そうでないことを確認しておきたい。

「ヘリオドールスについて教えてくれ、クレメス。とくにやつを嫌っていた者は？」ごく単純な質問じゃないか。

「へっ、誰もかれもだ！」吐きすてるようだった。

こいつは幸先がいい。クレメスの口調の激しさから判断するに、ペトラにいた座員はすべて台本作家殺しの容疑者になるにちがいない。だから、ボストラまでの旅のあいだ、ヘレナとおれは全員をじっくり観察しなければならなかった。

ボストラは黒々とした耕地にかこまれた黒い玄武岩の都市だ。繁栄している。交易もあるが、繁栄のほとんどはこの町で独自にうみだされたものだ。ナバテア建築の特徴がきわだつ立派な市門があって、ナバテア王の離宮もある。ローマ人にとっては異国的な雰囲気の都会だが、それでも、さっぱりわけがわからないというほどではない。どっちに行けばいいのかとウロウロしているおれたちを、機嫌の悪そうな騾馬《らば》使いが罵倒しながら通っていった。商人たちはありふれた小さな店舗から計算高そうな目を向けて、さあ、こっちに入って、ものを見てって、と叫ぶ。到着したのは夕刻近くで、浴場やかまどから立ちのぼる薪《まき》の煙の匂いが迎えてくれた。温かい食い物の屋台店からただよってくるうまそうな匂いは、ローマよりスパイスがきいているようだったが、なめし革工房から洩れてきたのは同じ嫌な臭いだったし、スラムにちらちらするランプの油も、わが故郷アウェンティヌス一帯にただよっているのとまったく同じ、胸の悪くなる臭いがした。

最初、一座の連中がみつからなかった。残していったキャラバンサライにいなかったのだ。クレメスはおおっぴらに訊いてまわるのが嫌なようで、ヘレナとおれは、クレメスの留守中にきっとトラブルがあったんだ、と推測した。おれたちが荷車と荷物を見張っているあいだ、一座のメンバーが三々五々仲間を探しに市中にでかけた。まず、黙りこくったままのムーサの手を借りて天幕を張った。それから夕食をとって、腰をおろして、ほかの連中の帰りを待った。それまでに発見したことについて話しあう初めての機会になった。

旅のあいだ、おれたちの荷車に乗らないかと誘っては、ひとりひとりを検分してきた。それに、むら気な牡牛の操作におれがてこずっていると、うんざりしたヘレナがひょいと飛びおりてはほかの車に乗せてもらっていた。だからおれたちは連中のほとんどと接触している。仲良くなったかは別問題だが。

動機については、みんなに可能性があるとみた。女たちを含めて。

「殺《や》ったのは男だ」おれは慎重に考えた。「山で男の声を聞いたろう。しかし、つむじ曲がりでなくても、理由が女かもしれないとは考える」

「あるいは、女がお酒を買ってあげて、計画を練ったかもしれないわ」まるで自分でもふだんからそんなことをしているみたいだ。「動機としてはどんなことを考えておけばいいかしら？」

「金とは思えない。この連中の誰もたいして持っていない。古典的な動機だ——妬《わた》み、あるいは色恋沙汰」

「ということは、あの台本作家についてどう思っていたか、みんなに訊かなくちゃならないわね。マルクス、どうしてわたしたちが訊きまわるのか、みんなへんに思わないかしら？」

「きみは女だから、ただの詮索好きで通る。おれは、犯人は仲間内にいる、あんたの身を心配してる、とかなんとか言おう」

「嘘八百クソ食らえ、だわ」

おれからおぼえた辛辣《しんらつ》な言いまわしを使って、優雅な貴婦人が嘲《あざけ》った。


この一座がどんな連中で構成されているかはすでにつかんでいた。相手にしているのは、気まぐれで、無気力な一団だ。よっぽど論理的に迫らなくては、捉えどころがない。

道中のほとんどをつかって、おれはひとりひとりがどんな人間かを知ろうとした。今おれたちは天幕の外の敷物に座っている。ムーサもいっしょだ。ただし、例のごとく、少し離れてしやがんで、ひとことも言わずに静かに聞いている。しゃべってる内容を知られて困る理由はないから、おれたちはギリシア語で話した。

「それじゃ、おんぼろキャストの検証といこうか。みんなごくありふれた人物のように見えるが、おれに言わせりゃ、見てくれどおりのやつはひとりもいない……」

リストのてっぺんはもちろんクレメスだ。おれたちに調べてくれと言ったことは潔白を証明するのかもしれない――が、狡猾だということかもしれない。クレメスについて知っていることを挙げてみた。

「クレメスは一座を運営している。座員を雇い、演目を決め、公演料の交渉をし、金庫のなかになにかしまってあるときは金庫を自分の寝台の下に隠す。物事が円滑に運ぶことだけにひたすら関心がある。一座の将来に差し障《さわ》りのあるようなことをするとしたら、それこそ深刻な理由がなければならない。ペトラのあの死体が一座全員を牢に放りこみかねないと気がついて、逃がすことを優先させた。しかし、ヘリオドールスを軽蔑していたことはわかっている。その理由は?」

「ヘリオドールスが無能だったからにきまってるわ」

「それなら、クビにすればすんだことだろう?」

「台本作家というのは見つけるのが難しいし……」ヘレナがうつむいた。

おれは呻いた。死んだ男の残したトランクに入っていた新喜劇の台本《ホン》を読むのにうんざりしていたからだ。新喜劇は、クレメスの言ったとおり、ヒドイもんだ。別れ別れになった双子、洗濯籠に跳びこむロクデナシ、自分勝手な遺産相続人と揉める浅はかな老人、くだらない冗談ばかり言うならず者じみた奴隷なんかにつくづく嫌気がさしていた。そこで話題を変えた。

「クレメスは女房が大嫌いで、むこうもクレメスをひどく嫌っている。どうしてだろう？　女房に恋人がいた——たとえば、ヘリオドールスだ。そしてクレメスが邪魔者を消した……」

「あなたらしい考えだわ」ヘレナがせせら笑った。「あの女《ひと》と話してみたわ。まじめなギリシア悲劇で主演することが望みなの。このおんぼろ一座で娼婦だの行方不明の女相続人だのを演《や》らなくちゃならないことに、とても惨めな思いをしているわ」

「どうして？　そういう役はいちばんきれいな衣装が着られるじゃないか。それに娼婦だって、最後の幕でかならず改心するし」勉強の成果をひけらかしてやった。

「もっといいものに憧れながら、置かれた状況で最善を尽しているんだと思うわ。女はたいてい同じだけれど」ヘレナの口調は冷淡だ。「みんなが言ってたけど、娼館をやめて神殿の巫女になるときのあの人のセリフにはぞくぞくするって」

「そりゃ拝見するのが楽しみだ」じっさいにそういうことになったら、劇場からおん出て外の屋台店でシナモン菓子でも買ってることだろう。「たしか名前はフリギアだったな？」

役者たちはみんな芝居からとった名前をなのっていた。これは理解できる。役者という職業は蔑《さげす》まれているから、どうしても偽名を使うことになる。おれもひとつ偽名を考えなければ、と思った。

フリギアは一座でやや歳をくった女の主役を演じる。背が高く、痩せこけていて、人生について極端なくらい辛辣だ。五十は過ぎているようにみえるが、舞台に立てば十六の美しい娘だと観客にやすやすと信じさせる、と誰もが言う。フリギアの演技がどんなに達者かをこう言いたてられると、ほかの役者たちの能力が心配になった。

「そのフリギアをどうしてクレメスは嫌ってるんだろう。そんなにうまいなら、一座にとって財産じゃないか」

ヘレナは厳しい顔つきだ。

「クレメスが男で、あの女《ひと》が上手だからよ。それが悔しいのよ、もちろん。いずれにしても、クレメスはもっとグラマーなタイプを追っかけてばかりいるらしいわ」

「水槽でみつかったのがクレメスで、フリギアがやつを山のてっぺんに誘いだしてるのをおれたちが聞いたってなら、それはいい説明になるが」

これはヘリオドールスとは関係なさそうだった。しかしクレメスのなにかがどうも気にかかる。やつについてもうちょっと考えてみた。

「クレメス自身、嫌味な老人の役で舞台にあがる――」

「ポン引きとか、父親とか、亡霊とかね」ヘレナも同調したが、これは役にたたない。

諦めて、ほかの役者たちについて考えた。「若者役の主演男優はフィロクラテスという名だ。そばで見ればそれほど若くもないが。じっさい少々軋《きし》みがきている。演《や》るのは戦争捕虜、若い遊び人、それに誰が誰だかごちゃごちゃ、ってくだらん間違いの喜劇じゃかならず主役級の双子の片割れ」

ヘレナの要約はすばやかった。

「ディレッタントでハンサムな嫌な男！」

「いっしょに夕メシを食いたくなるやつでもないな」

フィロクラテスとしゃべる機会が道中一度だけあった。牡牛に引き具をつけようと追いかけまわしているおれを、やつが眺めていた。あの状況にしてはクールな態度だった。つまり、おれが手を貸してくれというと、やつが高慢ちきに断ったんだ。まあ、おれにたいする個人的な恨みではないだろうと判断した。脛《すね》に一蹴りされたり、マントが汚れたりするかもしれない雑用など、フィロクラテスは自分よりはるか下のことだとみなしているだけだ。耐えがたい傲慢さを耐える気概がこっちにできたら、もっと調べてみるべき者のリストの上位にいる。

「フィロクラテスが誰を憎んでいるかは知らんが、自分自身を愛しているのはたしかだ。ヘリオドールスとの折合いがどうだったか知る必要がある。それから、ダウォス」

「正反対のタイプね。ぶっきらぼうでタフなプロ。あの人とおしゃべりしようとしたけど、寡黙で、よそ者に気を許さない。それに、女を拒絶するタイプだと思うわ。準主役をする男優。威張りちらす兵士とか、そんな役。上手だろうと思うわ。なかなか粋なのしのし歩きをするから。ヘリオドールスに台本作家として問題があったとしたら、ダウォスはそれをよくは思わなかったでしょう」

「それじゃおれも足元に気をつけよう。しかし、ダウォスがヘリオドールスを殺《や》ったただろうか？　あいつの仕事を軽蔑していたかもしれないが、下手なものを書いたからって水槽に突き落とすか？」

ヘレナがおれを見て意味ありげに笑った。それから、「でも、わたしはどちらかというとダウォスが好きだわ」と呟く。首尾一貫しない自分に腹をたてていた。

なぜかおれも同感だった。ダウォスに無罪であって欲しかった。しかし運命ってやつについておれの知るかぎり、それがかわいそうなダウォスを容疑者リストのてっぺんに押しあげることになるんだ、たぶん。

「つぎは道化たち、トラニオとグルミオだ」

「あのふたり、見分けるのがとても難しいわ」

「見分けちゃいけないんだ。主人公が若い双子って芝居では、あいつらが生意気な召使いを演《や》る——やっぱりそっくりのな」

おれたちは黙りこくった。あのふたりをペアとしてみるのは危険だ。ほんとうの双子ではない。兄弟でさえない。それでも、ふたりの舞台上の役どころをふだんの生活にもちこむ傾向が一座全体にあるようだ。ふたりの道化がいっしょに駱駝に乗ってふざけているのを見たことがある。ほかの連中に悪戯《いたずら》をしかけていた。

いつもくっついて歩きまわる。同じようなほっそりした体つき——痩せぎすで敏捷だ。背丈はまったく同じではない。ちょっとだけ高いトラニオのほうが派手な役回りのようで、すべて訳知り顔の、機知に富んだ都会っ子。一見仲よしのグルミオは、田舎っぽい道化として、ほかの演者の洗練されたジョークの的になる役回りで我慢しなければならない。これにグルミオが嫌気がさすかもしれないことは、ふたりをそれほどよく知らなくともわかる。しかしそうだとしても、台本作家を絞殺するか溺死させるより、最後の手段に出る相手はトラニオになるんじゃないか？

「利口なほうは、人を殺しておいて隠しおおせるほど頭がいいのだろうか？　じっさい、自分で思ってるほど頭がいいのか？　それに、どんくさいほうも、見かけほどバカだろうか？」

ヘレナはおれの巧みな修辞法を無視した。

おれの気分は険悪になってきた。知的栄養として『アンドロスからきた娘』を摂取して、そのあと『サモスからきた娘』、『ペリントスからきた娘』とつづけば、あんまり輝かしい気分にはならない。娘を誘うときに、どっから来たの、と訊ねるのをとっかかりにしているような独り者にはこの大仰な芝居がアピールするかもしれないが、ローマからきた娘が一年前におれを拾うと決めたときに、おれはそういうのから卒業した。

ヘレナがやさしい微笑を浮かべた。いつだっておれが考えていることがわかるんだ。

「それが男というものよ。とくに強い動機はないの。だから、わたしたちが声を聞いた犯人は、ほかの誰かを演じていたのかもしれない。女の人たちのことをもう一度考えてみましょうか？」

「おれはいつだって女のことを考えてる」

「まじめに！」

「いや、おれは……。フリギアのことはもう検討したな」

おれは大きく伸びをした。

「残るはこっそり立聞きする女中役だ」

「あなたなら酒場のカウンターでまちがいなく美人を見つけるわね！」

ヘレナが切り返したが、とんでもない、おれが悪いんじゃない。知らない娘にどこからやってきたか訊くのをやめざるをえなかった独身男にとっても、この美人は見逃せなかった。

名前はビリア。ビリアは嘘偽りなく若い。間近によってしげしげ見られても問題なく耐えられる美貌だ。完璧な肌、ぐいっと抱き寄せたくなる姿態。おだやかな性格。大きな、すばらしい目……。

「もしかしたらビリアがヘリオドールスにもっといい台詞をもらいたかったのかしら？」有頂天とはほど遠い調子でヘレナが言う。

「ビリアが誰かに死んでもらいたいと思うとしたら、そりゃ当然フリギアだろう。そうすればいい役が自分のものになる」

これまでに読んだ台本《ホン》からわかったことだが、まともな女優の役がひとつあるかないかの芝居では、ビリアは台詞のある役をもらえるだけで幸運なんだ。その芝居にいいところがあるとしたら、フリギアがみんなもっていってしまって、うら若き美女は指をくわえて見ているしかない。フリギアは座長の妻だから、主役は当然彼女のものになるが、ほんとうは誰が主演女優であるべきかみんな知っている。じつに不公平だ……。

おれの愛する娘が冷たい声で言った。

「あなたたち男性のみなさんが見つめるようすから判断すると、フリギアがビリアを排除したいと思っても不思議ではないわ！」

おれはまだ台本作家の死の動機を探していた。もっとも、それを発見するまでにどれくらい長くかかるか知っていたら、その場でやめていただろう。

「ビリアはヘリオドールスを殺してはいないが、あれくらいの美貌になると男たちに激しい感情をまきおこさせる。そうなると、どうなるかわかったもんじゃない」

「ビリアをよおく調べるのね、きっと」

その愚弄《ぐろう》は無視した。

「ビリアが台本作家のほうを追っかけてたってことはありうると思うか？」

「まさか！　ヘリオドールスがみんなが口を揃えて言うように嫌な人だったら、そんなことありえないわ。いずれにしても、あなたのすばらしいビリアは、ヘリオドールスを手にとらなくたって、石榴《ざくろ》の山から好きなのを選べたわ。でも、あの人に直接訊いてみればいいのに」

「そうする」

「そうするでしょうね、もちろん」

おれは口論をする気分ではなかった。もうできるかぎりの議論はしつくしたから、探偵仕事は放棄して、ひと眠りしようと仰向けに体を伸ばした。

ヘレナは礼儀をわきまえた人間だから、ナバテアの神官に目をむけた。やつはいっしょに座って、完全なる沈黙で議論に貢献していた。いつものことだ。たぶん、慎みというのがやつの宗教の教義のひとつなんだろう。おれには無理だ。

「ムーサ、犯人が山から下りてくるのを見たのでしょう？　一座に見覚えのある人はいないの？」

ヘレナは、おれがすでに訊いただろうと思っていたにちがいないが、じっさいには知らない。いずれにしてもムーサは丁重に返事をした。

「帽子をかぶっていました」

「帽子に気をつけなければならないわ」ヘレナが厳粛な顔で言った。おれはひとつ意地の悪いことを思いついて、ムーサの顔を見てニヤッと笑った。

「この謎が解けなかったら、罠を仕掛けるのもいいかもしれない。ムーサが犯人を見たってことをそれとなく触れまわるんだ。誰だか公表するつもりだってな。そして、ヘレナ、きみとおれは岩陰かなんかに隠れて、ムーサを黙らせにくるやつを見張る。帽子をかぶってくるか、かぶってこないか……」

ムーサはその提案を恐れるわけでも、興奮するわけでもなく、いつもとおなじ冷静さで聞いている。

すると誰かが近づいてきた。一座の広告書きだった。

ヘレナとおれは目配《めくば》せした。この男を忘れていた。ペトラにいたんだから、容疑者リストに当然入れるべきだった。この男のなにかが、忘れられることがこいつの永遠の役どころだと教えていた。いつも見過ごされるということはどんな動機にもなりうる。しかし、本人はそれを受けいれているのかもしれない。もっと与えられて当然だと思うのは、たいていはすでに持てる者だ。持たざる者は人生になにも期待しない。

現われたのはそういう訪問者だった――惨めな人間の見本のようなやつ。おれたちの天幕の角を静かにまわってきた。ずっと前からあたりにいたのかもしれない。どれくらい立ち聞きされたか、とおれは思った。

「やあ、こっちに来ないか？　たしかコングリオとか言ったな、あんた？」

ソバカスだらけの色白の顔に、まっすぐで薄い髪。いつもびくびくしている。そもそもたいして背が高くないところに、細い雑草のような身体が〝社会不適応〟という重圧に押しつぶされている。やつのなにもかもが、哀れな人生をおくっている、と語っていた。いま奴隷でないとしたら、かつて奴隷だったろう。なんとか掴みとったこの生活も奴隷に毛が生えたようなものだ。定収入のない者たちのなかで下賤の者でいるのは、豊かな地主の所有する農場で囚《とら》われの身でいるよりずっと悪い。ここではコングリオがちゃんと食べているか、飢えているか、誰も気にもしない。誰の所有物でもないから、やつが蔑《ないがし》ろにされても誰も困らない。

そんな男が足をひきずるように近づいてきた。無視すれば自分が心ない人間みたいに感じられ、愛想よくすれば恩着せがましく感じさせられる、そんな哀れなうじ虫みたいな男。

「あんた、チョークで宣伝文を書いてまわるんだろう？　おれはファルコだ。新しい臨時雇いの台本作家だ。仕事中に万一手助けが必要になったときのために読み書きのできる人間がいないか探してるんだが」

「おれは書けない」

　ぶっきらぼうなもの言いだ。

「クレメスが蠟板に書いてくれる字を写すだけだ」

「舞台には立つのか？」

「立たない。だが、夢みることはできる」

　最後のひとことを挑戦するように言った。自嘲の気はどうやらないようだ。

　ヘレナがにっこり笑いかけた。

「わたしたちになにかご用だったのかしら？」

「グルミオとトラニオが町から酒袋を持って帰ってきた。いっしょに飲みたいかあんたに訊いてこいと言われた」

　おれはもう寝たかったが、気がひかれるような顔をした。

「にぎやかな夜になりそうだな、え？」

「キャラバンサライの客をぜんぶ夜っぴて寝かさないで、自分もあしたの朝死んだみたいな気分になりたければな」

　率直な助言だ。

　ヘレナがおれをチラッと見た。あの町者と田舎者の双子にはいったいどうしてこの三人のうち誰が自堕落者かわかったのかしら、という顔だ。しかしヘレナの許可は要らない。すくなくとも、ヘリオドールスについて調べるいい口実になる場合には。だからおれはわざわざ自分の顔に泥を塗りにでかけた。ムーサはヘレナとあとに残った。ムーサを誘ってもみなかった。我らがナバテアの影ぼうしは飲む口じゃない、と決めてかかっていたからだ。

コングリオはおれと同じ方向に行くようにみえたが、途中でふいっと曲がる。

「あんたは飲まないのか？」

「あのふたりとはな」

そう言いながら荷車のむこうに消えた。

表面的には、友人を選ぶならもうちょっとましなのを、と言っているようだったが、その下に激しい調子が感じられた。ふたりがやつを苛《いじ》めるからだ、というのがすぐに考えられる理由。しかしもっとなにかがあるのかもしれない。この広告書きを詳しく調べなければならない。

考えにふけりながら、おれは双子の天幕に向かった。

グルミオとトラニオは一座のおんぼろ野営設備では標準的な、簡素な天幕をつくっていた。棒を立てたうえに覆いを一枚かけて、外を通る者が見えるように（そしてやつらの場合は、無礼な評論ができるように）長い一辺をそっくり開けはなしている。ふたりの棲家《すみか》のまんなかにカーテンが吊るされ、ちょうど半分ずつのプライベート部分に分かれているのにおれは気づいた。どっちも同じように乱雑だったから、整理整頓についての方針の違いのせいではないだろう。むしろ、ふたりの関係のよそよそしさを思わせた。

ゆっくり、じっくり観察すれば、ふたりはまったく似ていなかった。逃亡奴隷や愚か者を演じる〝田舎者〟グルミオは、なかなか気がよさそうで、ポチャポチャ顔、まっすぐな髪を頭頂からぐるっと同じ長さに切っている。背が高いほうの〝都会者〟トラニオは、後頭部を短く刈上げ、頭頂部から前に流している。鋭角的な顔だちで、敵にしたって嫌味がすぎる、と思いたくなる話し方をする。ふたりとも、黒くて抜け目なさそうな目で世間を批判的に観察していた。

「お招き、どうも！　コングリオは来ないそうだ」

広告書きも当然呼ばれていると思いこんでいるかのように、おれはすぐに言った。

威張りくさった兵士のけばけばしい召使を演じるトラニオが、大仰な身振りでおれの杯になみなみと酒をついだ。

「いかにもコングリオらしい！　あいつはふてくされてるのが好きなんだ。おれたちみんなそうだが。ということからすぐに、我らが陽気な一座にはこの見せかけの気立てのよさとは裏腹に、険悪な感情がうずまいている、ということが推論できる」

「おれもそうなんじゃないかと思った」

おれは杯をうけとると、ふたりがしているように、野営地を貫く通路に沿って置いてある衣装袋に寄りかかって寛いだ。

「ヘレナとおれはほとんどしょっぱなから、座長が女房を憎んでて、むこうもやつを憎んでるって聞かされた」

「クレメスが自分で言ったにちがいない。あのふたりはいつもそのことで大騒ぎだ」

トラニオが訳知り顔に言う。

「違うのか？　フリギアはやつがスターの座を奪ったっておおっぴらに嘆いている。それにヘレナの見るところ、クレメスはしょっちゅう家をあける。要するに、女房は月桂冠を追い求め、亭主のほうは竪琴弾きとやりたがる……」

トラニオがにやりと笑った。

「あいつらがどういうつもりか誰にわかるもんか。もう二十年も互いに噛みつきあってるんだ。クレメスはどういうわけか踊り子と出奔しないし、女房はやつのスープに毒を入れ忘れてばかりだ」

「どこにでもいる夫婦のようだな」

おれはしかめ面になった。トラニオはおれがほとんど飲みはじめてもいないうちから、おれの杯に酒を注ぎたす。

「あんたとヘレナみたいな？」

「おれたちは結婚していない」

おれはヘレナとの関係を決して説明しなかった。言っても、人は信じないか、あるいは理解しない。どっちにしたって、これはおれたちの問題だ。

「するとつまり、今晩こうしておれを招《よ》んだのは、ヘレナとおれがこんなところでなにをしてるのか探りだそうっていうあからさまなる試みなのかな？」

当てこすりを言って、反対に探りを入れてみた。

「おれたちはあんたは〝雇われトリックスター〟だとみてるよ」

ぐずのはずのグルミオがにやりと笑った。落ちつきはらって、新喜劇の常連登場人物の名をあげる。初めて口をきいた。思ったよりずっと頭がよさそうだ。おれは肩をすくめた。

「尖筆で手を酷使してるところだよ。あんたたちの台本作家が死んでるところを見つけちまったもんだから、ペトラから放りだされてね。あいにくちょうど路銀が底をつきかけてたところで、仕事が欲しかった。ここの仕事は楽そうだったからな。没薬《ミルラ》の樽をもちあげて腰をやられたり、駱駝の列を操って蚤《のみ》にたかられたりするより、クレメスに言われたとおりあれこれ書き散らしてるほうがマシに思えた」

双子は両方とも杯に鼻を突っこんだままだ。なぜおれが台本作家の死に関心をもっているのか、その理由についてやつらの好奇心が満足したのかどうか判然としない。

「ヘリオドールスの後がまに据わるについては条件をつけた。楽団でタンブリンを振れとおれに言わない。ヘレナ・ユスティナに決して舞台にあがって演じさせせない」

「どうして？　良家の出なのか？」

グルミオが訊いた。こいつはちゃんとわかっている。少々おつむの足りないふうはみせかけかもしれない。

「いいや、奴隷だったとこを救いだしてやった。林檎二袋と雌山羊一匹と引き換えに……」

「あんた、そうとうなお笑い商人だ！」

グルミオが笑う。そして、またもや酒袋を傾けている片割れにむかって言った。

「どうやらスキャンダルをつかんだぜ、おれたち」

おれはトラニオから杯を隠すのに失敗しながら、穏やかな声でグルミオに言いかえした。

「ヘレナの関わったスキャンダルはたったひとつ、おれと暮らすと決めたことだけだ」

「興味をそそる関係だ！」

「興味をそそる女なんだ」

「そうして今では、あんたを助けておれたちを探ってるってわけか？」

トラニオが突っこみを入れる。これは挑戦だ。おれが待っていたはずの。このふたりがここにおれを呼びつけたのは、何をしているか探りだすためだ。簡単にはごまかされないだろう。

「おれたちはなにも探ってない。しかしヘレナとおれが死体を見つけた。誰が殺したのか知りたいのは当然だ」

トラニオが一気に杯をあけた。

「あんたたち、殺《や》った男を見たっていうのは本当か？」

「誰が言った？」

負けじとばかり、おれも酒を一息に飲み干した。トラニオはただ鼻を突っこんでいるだけなのか——それとも、どうしても知りたいという切実な理由があるのか、と考えながら。

「あんたたちがいったいなんのためにこうして一座といっしょにいるのか、みんな知りたがってるんでね。ペトラにはただの観光だったとすれば、だが」

意味ありげだ。

予想どおり、間髪を入れずに杯に酒を注がれた。はめられたってときはわかる。密偵を何年もやっていれば、自分の酒量の限度についてもはっきりわかっている。おれは、まるで昂《たか》ぶる感情を抑えきれない、ってなふうに杯を置いた。

「一生一度の大旅行の最中に放りだされたんだぞ！」

失意の旅人としての憤懣《ふんまん》は、冷たくあしらわれた。

「それで、あんたのあの陰気なアラブ人はそこにどう絡んでくるんだ？」

トラニオがずばり訊く。

「ムーサ？」おれはびっくりしてみせた。「通訳だ」

「へっ、そうだろうとも」

おれは信じられない、というふうに軽く笑い声をあげた。

「どうして？　ムーサが犯人を見たとかなんとか、そんな噂でもあるのか？」

トラニオが微笑して、おれと同じ一見うちとけた調子で応じる。

「見たのか？」

「いや」

それは真実だ。

グルミオが焚き火をつついたので、おれも曲がった小枝を拾って火の粉をパチパチとはじかせた。

「それじゃ、あんたたちのどっちか、ヘリオドールスはどうしてあんな嫌われ者だったのか教えてくれるかな?」

代表演説を買ってでたのは、才気煥発なトラニオのほうだ。論理を組み立ててるってふうに、手首を優雅に返しながらしゃべる。

「おれたちはみんなあいつの支配下にあった。影の薄い役やつまらない台詞はおれたちにとって命取りだ。あのケモノ野郎はそれを知っていた。おれたちをもてあそんだんだ。選択肢は三つ。あいつにへつらう。考えるだけでも嫌なこった。または、袖の下を握らせる。これは不可能な場合が多い。そして、誰かがあいつのキンタマを摑んで握りつぶしてぶっ倒してくれるのを、ただじっと待つ。ペトラに行くまでは誰も行動にでなかったが、あれは時間の問題だった。誰が最初にかかっていくか、賭けとくんだった」

「過激だなあ」

「ひとりの作家に生殺与奪の権を握られてるってのはすごいストレスなんだ」

新しい台本作家としては、あまり深刻にうけとらないようにした。トラニオが助言をくれた。

「犯人を捕まえたかったら、ひどい役をもらうのも我慢の限界にきた役者を探すんだな」

「たとえば、あんたか?」

やつは下を向いた。しかし、もしおれのことばにうろたえたとしても、すぐに立ちなおった。

「おれじゃない。おれはきまった台詞なんか要らないんだ。やつに台詞を削られたら、自分で即興で演《や》る。やつにはそれがわかっていたから、意地悪根性だしてもおもしろくない。グルミオも同じだ、もちろん」

おれはグルミオを見た。最後の恩着せがましいひとことでムッとしたかと思ったが、陽気な顔は相変わらず淡々としている。おれはちょっと呻いて、酒をもう一口すすった。

「おれとしては、あの男にとっておきの銀のベルトをあんまり頻繁に拝借されすぎて、誰かさんの我慢の限界がきたのかと思ったんだが」

「あいつは豚だった」

グルミオが沈黙を破った。

「そりゃわかりやすい。どうしてだ?」

「威張りちらしてた。目下の連中はぶちのめした。手をかけるのが憚《はばか》られる連中はもっと遠まわしな方法で脅した」

「女たらしだったか?」

「それは女たちに訊いたほうがいい」

グルミオのことばに、ちらっと嫉妬のようなものがあったか……。

「尋問するなら付添いで同席してやってもいいのがひとり、ふたりいるが」

この際だから、あらゆる可能性をあたってみることにした。

「あるいは、若い男を追っかけたことは?」

ふたりとも、どうでもいいってふうに肩をすくめた。じっさいこの一座には、ふつう浴場で少年たちに色目を使うような男にとって魅力的な若い男はひとりもいない。もっとおとなの関係があるとしたら、まず最初にこの双子を探ったほうがいいだろう。かなり密着した暮らしぶりだ。しかしグルミオはかなりあからさまに女に興味があるようだ。トラニオのほうも、尋問に同席云々のジョークににやりと笑っている。例によって、ことば数多く説明するのはトラニオのほうだったが。

「ヘリオドールスは、二十歩先からでも二日酔いのやつを見分けた。繊細なる思春期の肌にひとつできたニキビも、失恋も……。おれたちひとりひとりがなにを望んで生きているのか知っていた。それに、ひとりひとりの弱点をものすごい欠陥みたいに思わせる方法も熟知していた。希望を決して手の届かない不可能な幻想に思わせる方法も」

トラニオはなにが自分の弱点だと思っているんだろう、と思った。そして、やつの希望はなんなのか。あるいは、かつて胸にいだいていた希望は……。

「ひどい暴君だったんだ！　それにしてもここの連中はそうとう忍耐力があるんだな」

双子はふたりとも朗らかに笑った。

「それで、あんたたちみんな、どうしてそんなやつに我慢してたんだ？」

「クレメスがやつとは長い付き合いだったからな」

グルミオがうんざりして言った。

「やつが必要だった。あんな仕事ができるのは大馬鹿者だけだからさ」

トラニオがおれを侮辱した。心底嬉しそうに。

奇妙な二人組だ。一見しっかりつながっているようだが、いっしょに仕事をする職人同士としてくっついているにすぎない、とおれは判断した。基本的に互いにたいする義理は守るが、好んで私的な付き合いはしない。それでもトラニオとグルミオは、この旅回りの一座で、みんなからひとつのユニットとみなされて、ひとつ山羊毛織の屋根の下に寝起きしなければならない。欺瞞を維持するうちにひっそりと緊張が高まっていくかもしれない。

おれはひどく興味をそそられた。友情というのは、お気楽なのと、もうちょっと感情的になりがちなのとの組み合せのほうがうまくいく場合がある。この組み合せがまさにそうなんじゃないかと思った。ぼんくらグルミオはトラニオと友だちでいられてありがたいと思っているにちがいない。おれも正直言ってトラニオのほうが気に入った。おれの杯に酒を注ぎまくることを別にすれば、皮肉屋で風刺家のこいつはまさにおれ好みの男だ。

ふたりのあいだに職業上の嫉妬があるだろうかと思ったが、その兆候は見えなかった。台本《ホン》を下読みしたから知っているが、舞台にはふたり分の場が十分にある。それでも、もの静かな道化グルミオには、意識的になにか抑えているものがあるようにおれは感じた。感じよくて無害な男に見える。しかし密偵にとっては、それはなにか危ないことを隠している、という意味にも容易にとれるのだ。

酒袋が空になった。見ていると、トラニオが袋をふって最後の何滴かをしぼると、肘《ひじ》ではさんでぺしゃっと平らにつぶした。それから話題を変えた。

「てことは、ファルコ、あんた劇作は初めてなんだ。どうだ？」

新喜劇についておれの思うところを言った。とくに、そのもっとも退屈な特徴についての暗い絶望感を長々と語った。

「じゃ、読んでるんだな？　てことは一座の台本箱をもらったのか？」

おれはうなずいた。巻物がごちゃごちゃに詰まった巨大なトランクをクレメスから受けとっていた。その巻物を演目ごとのセットにまとめる仕事は、パズルみたいな仕事が好きなヘレナに手伝ってもらっても、ボストラまでの旅のあいだずっとかかった。

トラニオがなにげないふうで言う。

「こんど見せてもらいに寄るかもしれない。ヘリオドールスに貸してあったものかあるんだが、あいつの私物のなかに見つからない……」

「ああ、いつでも来てくれ」

おれも応じた。どういうことだ、とも思ったが、そのときは、尖筆ナイフやらバスオイルの瓶なんかについて詮索する気分ではなかった。突然おれは、もう肝臓にも脳みそにもこれ以上無理をさせたくなくなった。ふらふらと立ちあがった。思っていたよりずっと長くヘレナをひとりにしてしまった。寝床にもどりたかった。

切れるほうの道化が、おれの酩酊ぐあいを見てとって、にやりと笑った。だが、おれだけじゃない。グルミオなんかもう焚き火のそばに長く伸びて、目をつぶり、口を開けて、世間とは絶縁状態だ。トラニオが笑い声をあげた。

「あんたの天幕までいっしょに行くよ。思いついたときにやっちまおう」

支えてくれる腕があってもよかったから、やつが明かりを持ってついて来ることに、おれは異議を唱えなかった。

ヘレナはぐっすり眠っているようにみえた。だがおれは、ランプの芯を揉み消したばかりの匂いに気づいた。ヘレナは眠そうに、起こされた、ってふりをした。

「夜明けを告げる鶏の声を聞いたのかしら。それともあれは、すっかり惚《ほう》けたわたしの愛しい人が、倒れる寸前に天幕に転がりこんできた音かしら？」

「おれだ、惚けた……」

ヘレナには決して嘘はつかない。騙そうったってむこうのほうが上手だ。それから急いで言い足した。

「友だちを連れてきた」

ヘレナが呻き声を押し殺したような……。

トラニオのかかげる炎が天幕の後壁に狂おしく光を這いまわらせている。おれは巻いた手荷物の上にできるだけちゃんと座りこむと、台本の入っているトランクを身振りで示して、トラニオに仕事にかからせた。ヘレナが道化を睨みつける。おれに向けた目はもうちょっと優しい、とおれは自分に納得させた。

トラニオは遠慮なしに箱の底をひっかきまわしながら説明した。

「ヘリオドールスがくすねてったもんがあって、ちょっとこの箱を調べてみたかった……」

夜中過ぎ、野営地のごく狭い内輪の寝所で、この説明はひどく説得力に欠けていた。演劇関係者というのは気の利かない連中らしい。

「わかってるよ、ヘレナ。ブリタニアの黒い沼地でおれを見つけて、おれの行儀と気だてのよさにぞっこん参ったとき、いつか砂漠の隊商宿で呑んだくれに眠りを妨げられるなんぞとは露思わずに……」

「くだらないたわごとはやめなさい、ファルコ。でも、そのとおりだわ。ぜんぜん思わなかった！」

　おれはヘレナに愛情こめて笑いかけた。ヘレナは目をつぶった。この微笑。あるいはそこにこめられた真摯《しんし》な愛情に抗するためには目を閉じるしかないんだ、とおれは自分に言いきかせた。

　トラニオの捜索は徹底的だった。トランクの底まで掘りかえして、それから全部の巻物を戻しながら、改めてひとつひとつじっと見ている。なんとかこいつを追いだしたくて、おれは朦《もう》朧《ろう》とした意識のなかで言った。

「なにを探してるんだか言ってくれれば、あとで……」

「いや、たいしたもんじゃない。それに、ここにはない」と言いながら、まだ探している。

「なんなんだ、いったい？　あんたが東方の法悦カルト集団の女神の神殿でセックス奴隷としてすごした五年間の日記か？　ルシタニアの金鉱と猿の曲芸団を残すって書いてある金持ちの未亡人の遺言か？　出生証明書か？」

「もっとろくでもないもんだ」

やつは笑った。

「巻物を捜してるのか？」

「いやいや、そんなもんじゃない」

知らない者にたいする礼儀ともとれる沈黙のなかで、ヘレナがやつをじっと見つめている。おれは見るならもっと魅惑的なもののほうが好きだ。だからヘレナをじっと見つめた。トラニオがとうとう蓋《ふた》をばたんと閉めて、その上に腰をおろすと、鋲《びょう》を打ったトランクの側面を踵《かかと》で蹴りだした。この社交的な男はあれこれしゃべりながら夜明けまでそこにいそうな気配だ。

「だめか？」

「だめだ、チクショウ」

ヘレナがおおっぴらに欠伸《あくび》をした。トラニオはわかったと大げさな身振りをすると出ていった。

おれの疲れきった目がヘレナの目と一瞬合った。トラニオが残していった松明の弱い光のなかで、その目はいつもよりなお黒く、そして、挑戦的な色がなくもなかった。

「ごめんよ」

「あなたのお仕事ですから、マルクス」

「それでも、悪かった」

「なにかわかったの？」

「言うのはまだ早い」

ヘレナはそれがどういう意味だか知っている。なにもわからなかった、ということだ。冷たい水で顔を洗っているとヘレナが言った。

「クレメスが来たわ。ほかの人たちが見つかったから、あしたここで公演しますって」

トラニオが早く行かないかじっと待っているあいだに言うこともできた。だがヘレナとおれはニュースの交換は慎重にしたいほうだ。ふたりだけで物事を話しあうのは、おれたちにとってじつに大事なことになっている。

「ヘリオドールスが演《や》っていた金貸しの役を削るように、って言ってたわ。その人物を削除しても大事な台詞に支障がないように気をつけて。そうでないと――」

「そいつの台詞をほかの登場人物に割りふればいいんだ。できるさ」

「よかったわ」

「おれが金貸しになって舞台に上がったっていい」

「そういう依頼はなかったわ」

「どうしてかなあ。金貸しに化けるくらいかんたんだ。なんてったって、あの連中とはゴマンと付き合ってきた」

「バカなことを言わないで。あなたはアウェンティヌス育ちの生まれながらの自由市民よ。誇りが邪魔してそこまで身を落とせないわ！」

「きみは違うのか？」

「もちろん。わたしは元老院議員の子よ。名誉を汚すのは家門の伝統です！　母のどのお友だちの家でも、人前で芝居をしておじいさんを悲憤慷慨《ひふんこうがい》させた面目つぶしの息子のひとりやふたり、必ずいるわ。誰も口にしないだけ。わたしがしなかったら、両親はさぞ失望することでしょう」

「それじゃ、おれがきみの責任をもっているかぎり、おふたりには失望していてもらおう」

ヘレナ・ユスティナの監督責任など口にするのは軽率だった。ヘレナが笑った。

「わたし、あなたに道を踏み外すようなことはさせないってあなたのお父さまに約束したの」

おれの負けだ。

「きみは親父に約束なんてしていない……」

してるだろう。そんなとてつもない大事業をおれに任せるほど親父はバカじゃない。

おれは長靴を脱ぐのにてこずっていた。

「どうぞ、そのまま読んでてくれ」

ヘレナは枕の下から巻物をとりだした。思ったとおり、おれが厄病神みたいに姿を現わすまで、あれを静かに読んでいたんだ。

「どうしてわかったの？」

「鼻のあたまにランプの煤《すす》がくっついてる」

どっちにしても、ヘレナと一年もいっしょに暮らせば、四十巻ものパピルスの巻物のそばにおいたら、まるで図書館の飢えたゴキブリみたいに一週間で全部読みあげてしまうことはわかっている。

「これもろくでもないわ」

「なんだ、今読んでるのは？」

「とっても下品な逸話や小話の寄せ集め。あなたみたいな無垢《むく》な魂にはきわどすぎるわ」

「ポルノって気分じゃない」

寝床に狙いを定め、薄い毛布の下にすべりこんで、恋人のまわりに身体を巻きつける、という試みを何度かくりかえしたあげく、ようやく成功した。ヘレナは文句を言わなかった。どうしようもない酔っぱらいと議論してもしょうがないとわかっていたのかもしれない。もしかしたら、からだをすっぽりくるまれるのが好きなのかもしれない。

「もしかしたら、トラニオが捜していたのはこれかしら？」

トラニオなんかもううんざりだったから、なくしたのは巻物ではないとはっきり言っていた、と指摘した。

「人はときどき嘘をつくものよ」

ヘレナが物知りぶって言った。

双子と同じく、おれたちも天幕のなかを二つに仕切っていた。プライバシーのためだ。にわか拵《ごしら》えのカーテンのむこうからムーサの鼾《いびき》が聞こえる。野営地全体がしんと静まりかえっている。ふたりきりでいられるごく稀《まれ》な瞬間だった。ヘレナが読みふけっていたのはギリシアの下卑た小説かなんかしらないが、おれはそんなものに興味はなかった。なんとかその巻物をヘレナからとりあげて、脇に放った。そして、おれがどういう気分でいるか教えてやった。

「あなた、できる状態じゃないわ」

ヘレナがぶつぶつ言った。まあ、道理がなくもない。それにたぶん、残念そうでもあまりない。

おれはヘレナもびっくりの奮闘努力でからだをよじると、炎を水差しに逆さにつっこんだ。ジュッという音とともに暗くなると、ヘレナの認識不足を立証しようと向きなおった。

おれが本気で、しばらくは目を覚ましているだろうと認めると、ヘレナはそっとため息をついた。

「準備しなくちゃ、マルクス」

「いい女だ！」

おれは手を離した。もっとも、おれのからだを乗り越えて寝床からでようとするヘレナを愛撫で手間どらせて怒られはしたが……。

ヘレナとおれはひとつ。いつまでも続くパートナーだ。しかし、ヘレナが妊娠を怖がっていて、おれが貧乏を恐れているために、今のところはまだ家族をふやさないと決めている。運命の女神を欺く重荷を共に担っている。おれの姉妹の何人かがつけている毛むくじゃらの蜘蛛《くも》の護符は拒否した。その効き目がどうも疑わしい、というのが主たる理由だ。おれの姉妹はみんな大家族持ちだから。いずれにしてもヘレナは、護符くらいで遠ざけておけるほどおれが蜘蛛を怖がってはいないだろうとふんだ。そのかわりおれのほうは、避妊がアウグスティヌス帝家族法違反であることを忘れさせるために薬剤師に袖の下を渡すという、じつに恥ずかしい状況に立ちむかった。そしてヘレナは、蜜蠟《みつろう》に混ぜたカリ明礬《みょうばん》という、高価で屈辱的でベタベタ扱いにくいものの使用を耐え忍んでいる。ふたりいっしょに失敗の恐怖に甘んじている。もし失敗したら、おれたちのこどもを胎児のまま堕胎師に殺させることはできない、だから生活は深刻な急転換を余儀なくされる、とふたりとも重々わかっている。しかしそれでも、この処方薬についてどうしても笑ってしまうのだ。

暗闇のなかで、おれたちを子なしにしておいてくれるはずの、ねばねばした蠟膏の入っているソープストーンの小箱をあちこち手探りしながら、ヘレナが呪ったり笑ったりしているのが聞こえた。しばらくぶつぶつ言ったあと、寝床に飛びこんできた。

「はやく、溶けてしまわないうちに……」

ときどきおれは思うのだが、カリ明礬の効果は、行為を不可能にするということにあるんじゃないか。男ならみんな知っているが、はやく、と指示されると、意欲がもろくも崩れる。何杯もの酒のあとには、そういう事態はとくに生じやすい。もっとも、蜜蠟はすくなくとも狙いを定める助けにはなる。しかしそのあとは、おれの体操トレーナーのグラウクスのよく言う〝一定の姿勢を保つ〟ことがかえってむずかしくなる。

こうした問題点に注意をはらいながらおれはヘレナとセックスした。ふたりの下品な道化にさんざん飲まされてきた男に女が期待できるくらいには巧みに。それに、指示されるとかならず逆らうおれだから、とにかくゆっくりと、そしてできるかぎり長い時間をかけた。

何時間もたってから、ヘレナが囁《ささや》くのが聞こえたような気がした。

「ギリシア人とローマ人と象がそろって売春宿にでかけたんですって。出てきたとき、ニコニコしてたのは象だけだった。どうしてか？」

おれは眠っていたにちがいない。夢をみていたにちがいない。十年も昔、まだ連隊の悪ガキだったころ、兵舎仲間のペトロニウス・ロングスがおれを叩き起こして言っては、大笑いしていたたぐいのジョークだ。上品な育ちの元老院議員の娘は、そもそもあんなジョークが存在することさえ知らないはずだ。


ボストラはおれたちの最初の公演だった。ある種の状況は鮮明に記憶に焼きつく。気に食わないパトロンが開いた経費切り詰めパーティのあとに、喉元にこみあげてくる嫌なソースの味みたいに。

芝居のタイトルは『海賊兄弟』。この誉れ高い一座は定評ある演目しかとりあげない、というクレメスの主張とは裏腹に、この芝居は特定の作者の作品ではない。ほかの芝居で役者たちがおもしろいと思った所作の断片から自然発生的に生まれて、何年もかけて作りあげた骨組を、その晩たまたま思いだした古典劇の台詞で脚色したようなものだ。ダウォスがおれに囁いたところでは、一座に銅貨がもう数枚しか残っていず、みんなひどく腹がへっているときに、この芝居はいちばん成功するそうだ。緊密なアンサンブル演技が必要で、絶望感がそこにうまく働くらしい。海賊はでてこない。これは観客を集めるための策略だ。それに、台本とされるものをおれも読んだが、タイトルの〝兄弟〟がどこにでてくるのかもわからずじまいだった。

おれたちは暗い劇場でこのぶざまな芝居をわずかな観客の前で上演した。ギイギイ軋む木の座席に座った観客のなかに一座の余ったメンバーをまぎれこませた。熱狂的に拍手喝采《かっさい》して熱気みなぎる雰囲気を創りだす訓練がよくできている。連中のどいつもローマのバンリカに行けば訴追側の弁護士に卵を投げつけてさぞいい稼ぎができるだろうが、ナバテアの陰気な雰囲気を破るにはいたく苦労していた。

すくなくとも座員の数が増えたから、度胸もつく。ヘレナは野営地をあちこち嗅《か》ぎまわって、どんな顔ぶれが増えたのかみてきた。

「料理人、奴隷、それに横笛吹きの女たち」

ヘレナが言う前におれが教えてやった。

「あら、たしかに下読み仕事をしたのね！」

感心したような嘲りが返ってきた。ヘレナはいつだって出し抜かれるのが大嫌いだ。

「何人いた？」

「ちょっとした大群だわ。団員とエキストラ。全員が衣装や装置の制作を兼ねているわ。入場料をとる公演ではお金をうけとる人もいるし」

おれたちふたりともすでに学んだことだが、理想的なのは、大衆の好意を獲得すれば次の選挙に好都合だとかなんとか言って、騙しやすい地元の行政官をうまく説得し、一座の公演に助成金をださせる、という戦術だ。そういう男が一晩の公演をまるまる買いあげてくれれば、誰にもおいでいただかなくてもこっちはなんの心配もない。クレメスはシリアの町ではこれをうまくやってきたのだが、ナバテアでは、政治家が選挙民を買収するというローマの洗練された習慣を誰も知らない。おれたちにとって、空っぽの平土間にむかって演じるということは、空っぽの鉢から食うということにほかならない。そこで、興味をそそる『海賊兄弟』の広告を家々の壁にチョークで書きまくるべく、コングリオが朝っぱらから町に遣られた。あとに残ったおれたちは、やつが熱心な芝居愛好家を怒らせないことを念じていた。

じっさいは、「熱心な」というのはここボストラにあてはまる形容詞ではない。おれたちが入場料をとるってことは、ほかにライバルとなる興行がおこなわれているということだ。莫大な金の動くかたつむり競走賭博か、あるいは老人ふたりが壮絶な戦いをくりひろげるチェッカー・ゲームか……。

雨がそぼ降っていた。砂漠ではこういうことは起こらないはずだが、ボストラは穀倉だから、穀物に必要な雨がときどき降るのだろうとは思っていた。今夜がそのときなんだ。

「劇場に雷がおちても上演はするそうよ」ヘレナが眉をひそめて言った。

「おお、勇敢なる者たちよ！」

おれたちはまばらな観客にまじって、ひとつマントを頭からかぶって座り、いまいましい霧のむこうで演じられている芝居をなんとか理解しようとしていた。

芝居が終ったら、立役者として舞台上に呼ばれるものだとばっかり思っていた。すごく時間をかけて台本《ホン》に手を入れたし、きょうの午前中も、時間の許すかぎり新しい台詞に磨きをかけたり、古いのをあれこれいじったりした。そして昼メシ時に、誇らしい気持ちでその改訂版をクレメスに手渡した。ところがクレメスは、午後のリハーサルに出て、大事な変更箇所の指摘をしようというおれの申し出を一蹴した。やつらはあれをリハーサルと呼んでいたが、客席の最後部に陣どって進行状況に耳を澄ましていたおれはすっかり困惑した。ほとんどの時間を、みんなして横笛吹きの女の妊娠のことや、クレメスの衣装がバラバラにならずにもう一晩もつかどうか、なんてことをしゃべくってすごしていた。

じっさいの上演はおれの懸念を実証するものだった。苦労して書きかえたところはわきに打っちゃられた。役者全員が完全に無視したんだ。芝居が展開するなかで、いもしない金貸しのことをくりかえし口にした。ぜったいに登場しないってのに。そして最後の幕になると、その場しのぎの台詞をいくつかでっちあげて、なんとかつじつまを合わせた。おれがあんなに軽妙洒脱な再構築をなしとげた筋は、じつにばかばかしいたわ言になって萎《しぼ》んでしまった。もっとも屈辱的だったのは、このくだらないでたらめを観客が鵜呑みにしたことだ。まじめな顔をしたナバテア人たちがじっさいに拍手をしたのだ。礼儀正しく立ちあがって、頭上で手を打ち鳴らしたのだ。花と思しきものを投げるやつさえいた。洗濯屋の預かり札だったかもしれないが……。

「気分を害しているのね」

人を押しのけながら出口をめざしていたとき、ヘレナが言った。出口近くで、賞賛のまなこの女たちに横顔をひけらかしていたフィロクラテスの脇をつきすすんだ。うっとりした表情で美しきビリアを待っている男たちの群れのなかをヘレナを連れて突っ切った。いずれにしてもビリアはとっくに脱けだしていたから、男たちは長いスカートを着けたものならなんにでも視線を投げた。高貴な育ちのおれの恋人を横笛吹きの女と間違えられるのは最悪だった。

「そんなに気にすることはないわ、わたしの愛しいマルクス……」

ヘレナはまだ芝居のことを言っていた。

非論理的で無学でどうしようもない役者たちが、舞台の上でも下でも、なにをしようとおれは屁とも思わない、とヘレナに簡潔に説明した。それから、すぐに戻る、と告げた。そして、まあまあ人気《ひとけ》がなさそうなところで岩でも蹴りつけようと、探しにでかけた。

雨が激しくなってきた。人が落ちこんでいるときに、さらに頭を踏みつけにするのが運命のやり方だ。

どいつもこいつも追い越して速足で歩いて、野営地の中央にきた。大型の荷車が何台かかためて停めてある。座員の天幕で周囲をかこめばこそ泥も防げるんじゃないかってハラだ。舞台道具を雨風から守っているぼろぼろの革の覆いの下を隠れ場所にしようと、おれは手近な荷台に跳びのった。このガラクタ掘り出し市を近くでよく見るのは初めてだ。さっきの芝居について存分に罵《ののし》ってから、猛烈な辞任の啖呵《たんか》をあれこれ工夫した。クレメスは泣きべそをかくにちがいない。それから、火口《ほぐち》をとりだして半時間ほどすったもんだしてから、ようやく大きなランタンに火を入れた。暗闇に乗じた陰謀の場面で使われるランタンだ。鉄細工の枠のなかでほの白い炎がふらふらと危なっかしく揺れた。

すこしでも楽な姿勢をとろうともぞもぞからだを動かす。この荷車をおれと分けあっている、破れ、色褪せた大道具、小道具一式を陰鬱な気分でひとわたり見渡す。そのあとはどうしても、人生とか、運命とか、いったいぜんたいどうしておれはクソおもしろくもない仕事をして報酬はゼロ、こんなとっ散らかったところにいるんだろう、というところに想いは移っていった。たいていの哲学的思考と同じく、それは時間の無駄だ。一匹のわらじ虫に気がついて、その歩みを目で追いはじめた。どっちの方向にさまよっていくか、自分自身と賭けをしながら。だんだん寒くなってきて、そろそろ天幕に戻って、ヘレナ・ユスティナにおれの尊厳を立て直す仕事をさせてやろうか、なんて考えていたとき、足音が聞こえた。誰かがどすどすと荷車に近づき、後ろの垂れ幕をさっと横に引きあける。せかせかと苛だったような動きがあって、ひょいと飛びのってきた。フリギアだ。たぶんひとりになりたかったのだろうが、おれを見つけてもとくに不愉快そうな顔はしなかった。

フリギアは葱《ねぎ》みたいに細長い。たいていの男よりはるかに背が高いだろう。そのうえ、ちりちりに縮れた髪を高々と結い上げ、おっそろしく厚底の靴でふらふらと歩きまわって背の高さをさらに強調する。壁龕に据えると決めてつくった彫像のように、正面から見ると完璧な姿だが、うしろから見ると仕上げはいかにもお粗末だ。一分のすきもない化粧の手本のような顔、胸にかけたストールの入念にたたんだ襞のうえに、金メッキの首飾りを胸当てよろしく何層にもジャラジャラつけている。しかしうしろから見ると、結い上げた髪を押さえているピンがひとつ残らずとびだし、胸を飾る装身具のすべてがぶらさがっている錆《さび》だらけの一本の鎖がやせて骨ばった首に赤い筋をつけている。ストールはくしゃくしゃに丸まり、靴は踵がすり減っている。長い服は前に優雅な襞が寄るよう、背後でぐっとひっぱってまとめてピンで留めている。フリギアを町の通りで見たことがあるが、表向きのイメージをほとんど壊さずに、からだを斜めにしてすべるように歩いていた。舞台の上で強烈な存在感で観衆を陶酔させられるから、田舎者が嘲笑《あざわら》ってもなんの痛痒も感じないんだ。

「こんなところですねてるのはあんただろうと思ったわ」

そう言うと衣装籠のひとつに寄りかかるように身を投げだして、パタパタと袖の滴を振りはらった。おれにも何滴か振りかかった。小さな安楽椅子に座っていたら、痩せているが元気旺盛な犬が乗ってきたみたいだ。

「もう行かないと。ちょっと雨宿りを……」

おれはもごもごご言った。

「なるほど。あなたのあの娘に、座長の女房と荷車に閉じこもってたなんて知られたくないわけね？」

おれは力なく座りなおした。無礼はしたくない。フリギアはおれより五十歳は年上に見える。もっとかもしれない。辛辣な笑い声をたまわった。

「仲間を慰めるのはわたしの特権よ、ファルコ。一座の母だから！」

おれも義理がたく声をあわせて笑った。それから、一瞬恐怖を感じた。フリギアの慰めをうけることは一座の男の義務なんだろうか、と思ったからだ。

「おれのことはご心配なく。もうおとなだ……」

「あら、そう？」

その口調におれの気持ちが縮こまった。フリギアが挑戦してきた。

「それで、初日はどうだったの？」

「まあ、ヘリオドールスがどうして世間に背を向けていたかよくわかった、と言うか……」

「だんだんわかるわ」

慰めてくれてるんだ。

「あんまり文学的にしないことね。それに、政治的風刺を入れようと時間を無駄にしないこと。あなたはアリストファネスじゃないし、入場料を払うのも教養あるアテネ人でもないの。わたしたちが演技して見せているのは、親戚としゃべったり、おならをしたりするために出かけてくる芋《いも》たち。見せなくちゃならないのは、ドタバタ活劇と低レベルのジョーク。でもそれは全部舞台のわたしたちに任せておけばいいのよ。どうすればいいのか、わかってるんだから。あなたの仕事は基本的な枠組みに磨きをかけること。モットーは簡潔よ。短い演説、短い台詞、短い言葉！　それを忘れないこと」

「それなのに愚かにもおれは、社会の失望、人間性、正義なんて大テーマを扱ってるもんだと思ってたわけだ」

「テーマなんか放っておきなさい。あなたの扱うのは変わりばえのしない嫉妬と新しい恋」

密偵として扱ってきたこととほとんど同じだ、じっさい。

「バカだったな」

「ヘリオドールスはね」

フリギアは調子を変えた。

「あの男はそもそも性悪だった」

「何が問題だったのかな」

「神々のみぞ知る、だわ」

「とくに敵対関係にあった者がいますか？」

「ううん、公平な男でね、みんなを平等に嫌ってたわ」

「そしてみんなのほうも平等にやつを嫌った？　あんたはどうなんです、フリギア？　やつとはうまくやっていたんですか？　あんたほどの地位の女優になれば、あいつの悪意もとどかなかったんでしょう？」

「わたしの地位！」

苦々しそうに呟く。おれは黙って座っていた。

「わたしにもいい時はありました。エピダウロスでメディアを演《や》るチャンスもあった……」

何十年も昔のことだろう。だがおれは嘘だとは思わなかった。今晩舞台で巫女を演じたあのひきしまったスター演技が、往時はどんなだったかをかいまみせてくれた。

「見たかったなあ。あんたがイアソンに喚《わめ》きちらして、こどもたちを打ちのめしているとこが目に浮かぶ……。どうなったんです？」

「クレメスと結婚したのよ」

そしてクレメスを決して許さなかったんだ。しかし、まだやつを気の毒に思うのは早い。ほかにもふたりの関係を歪めた危機があったのかどうかまだわからない。仕事柄おれは、夫婦についてあれこれ軽率に判断を下してはならないことをずっと前に学んでいた。

「ヘリオドールスはあんたがメディアを逃したことを知っていたんですか？」

「もちろん」静かな声だった。もっと詳しく探る必要はなかった。あいつがそれをどんなふうに利用したかはじゅうぶん想像できる。フリギアの抑制そのものがとてつもない苦悩を語っていた。

フリギアは偉大な女優だ。今のこれも演技かもしれない。もしかしたらフリギアとヘリオドールスは熱烈な恋人同士だったのかもしれない。あるいはフリギアのほうはそう思っていたが、やつが冷たくしたのかもしれない。そこでフリギアが水難事故のお膳立てをした……。運のいいことにヘレナはここにいない。この埒《らち》もない説も侮蔑のことばは免れた。

「クレメスはどうしてあの男を雇いつづけたんです？」

フリギアとその夫がふつうは口をきかない仲だとしても、一座のことについては話しあっているだろうと思った。もしかしたらそれが、ふたりをつなぐたったひとつの絆《きずな》かもしれない。

フリギアはにやりとした。

「クレメスは気が弱くて誰もクビにできないのよ。そこにつけこんで一座の仕事にしがみついている連中がたくさんいる！」

おれは顔をひきしめた。「おれにたいする当てこすりなら、憐《あわ》れみは要らない。あんた方に会う前から仕事はあるんだ」

「密偵だってクレメスが言ってたけど？」

「ソフローナって名前の若いオルガン弾きを捜しています」

「あら！　政治がらみだとばっかり思っていた」

おれはびっくりしたような顔をした。

「この娘を見つけだしたらちょっとした儲けになります。わかってるのは、この娘が水圧オルガンをまるでアポロから直接教わったみたいにうまく弾くってことと、デカポリス出身の男といっしょにいるってことだけ。たぶんハビブって名の男」

「その名前は有力な情報だわね」

「そう、頼りにしてます。デカポリスってのはかなり茫漠としている。荒野をさまよう預言者みたいに、とっかかりもなしにウロウロするには広すぎる」

「誰に頼まれたの？」

「きまってるでしょう。金を使ってその娘を訓練した興行主ですよ」

フリギアがうなずいた。訓練された演奏家が価値ある商品であることを知っている。

「みつからなかったらどうなるの？」

「無一文で帰国です」

「わたしたちも手伝ってあげるわ」

「そりゃ、ありがたい。一座の仕事を引きうけた甲斐があった。デカポリスに着いたら、探すのを手伝ってもらおう。おれは、書くほうはお粗末だとしても、ヘリオドールス殺しの犯人を見つけるために最善を尽してお返しとする……」

女優が身を震わせた。たぶん演技ではないだろう。

「このなかの誰かが……、わたしたちの知っている誰かが……」

「そうです、フリギア。あんた方と食事をしている誰か。おそらくは誰かと寝ている男……。リハーサルには遅れてくるかもしれないが、本番ではいい演技をする誰か。あんた方に親切で、笑わせてくれて、ときには、とくになんという理由もなくおっそろしく苛々させられるような誰か。要するに、一座のみんなとそっくり同じような誰かだ」

「なんて恐ろしい！」

「殺人です」

「ぜったい見つけましょう！」

できれば自分も手伝う、と言わんばかりだった（おれの長い経験ではこういう場合、肝心なところでこの女が必ず邪魔だてする、と覚悟しておかなければならない）。

「それじゃ、ヘリオドールスを憎んでいたのは誰です？　動機を探しているんです。やつが誰と関係があったかわかれば、とっかかりになる」

「関係？　ビリアをどうにかしたいと一生懸命だったけど、ビリアのほうがあいつを近づけなかった。ときどき楽団の娘たちの周りをうろうろしていることもあったわね。だけどたいていの娘は、あいつのちっちゃな道具をどこにおいとくべきか、はっきり言ってやってたわ。でも、あの男は自分の陰険さの殻にすっぽりはまっていて特別な色恋沙汰にはかかわらなかった」

「遺恨をかかえた男だった？」

「そうね。ビリアにはとくに敵意をもっていた。でも、わかってるでしょうけど、あの娘《こ》は山には行きませんよ。クレメスが言ってたけれど、あなた、犯人の声を聞いたそうね。男の声だったとか……」

魅力的な女はあらゆる種類の愚かな行為の動機になりうる。

「ビリアを守ろうとしていたのかもしれない。ほかにあの娘に気のあった男は？」

「全員」

これまででいちばん辛辣な声だ。それから考えこむように唇をすぼめた。

「ビリアに恋人はいない。あの娘《こ》のためにも言っておくわ」

「今晩、ビリアの出てくるのを待ちかまえている色目使いは山ほどいたが」

「ビリアは出てきた？」

「いや、こなかった、たしかに」

「驚いているのね！　ビリアは若いからああいう連中の言うことに耳を貸して、わたしは歳だからおべんちゃらがわかる、って思ってたでしょう！」

「あんたにはきっと崇拝者がたくさんいるだろう。しかし、あの娘のことはあんたの言うとおりです。ビリアはヘリオドールスに肘鉄をくらわした。そして安っぽい人気なんかには無関心。それじゃ、あの娘にはなにがあるんです？」

「あの娘は野心家よ。短い情熱の一夜とひきかえに、長い幻滅の日々なんかしょいこみたくはない。仕事がしたいのよ」

フリギアは思っていたほどあの美しい娘を憎んではいない、という結論におれは達していた。あきらかに、ビリアの強烈な演劇的野心を好意的にみている。もしかしたら、成功を祈っているのかもしれない。例の典型的理由から——ビリアは若いころの自分を思いださせる……。

「すると、芸を磨くのに熱心で、男とはかかわらない……」

それは容易に男を惑わせる。

「あの娘にとくにまいっている男はいませんか？　ひたむきなビリアにかなわぬ恋をしているやつは？」

「言ったでしょう、ろくでなし男たちみんなよ！」

おれはそっとため息をついた。

「それじゃ、邪魔なヘリオドールスを蹴りだす気になったかもしれない、と思いあたる男がいたら教えてください」

「そうするわ」

フリギアは穏やかに承諾した。

「でも、全般的に言ってね、ファルコ、行動を起こすってことは男とは無縁よ。とくにそれが女のための行動なら」

おれもそのひ弱な男のひとりだ。それでもフリギアはまだ話をする気があるようだったから、ごく事務的に容疑者リストをさらっておくことにした。

「犯人はペトラに行っていた連中のひとりにちがいない。あんたの亭主を別として――」

フリギアの顔にはなんの感情もよぎらない。

「いたのは、道化のふたり、すばらしく美男のフィロクラテス、広告書きのコングリオ、それにダウォスだ。ダウォスはなかなか興味をひくが――」

「あの人じゃないわ!」

ピシッと言う。

「ダウォスはあんなバカなことはしない。古くからの友だちよ。ダウォスを侮辱するのは許さないわ。あの人には分別がある。それにとても穏やかだし」

人は自分の仲よしだけは疑惑の外にいるべきだと信じている。じっさいは、ローマ帝国で不自然な死に方をする者は、古くからの友だちにやられる確率がいちばん高いのだが。

「あいつはヘリオドールスとうまくいってましたか?」

「驟馬のクソみたいに思ってたわ。でも、台本作家なんてほとんどみんなそんなものだと思っているから」ざっくばらんに言ってくれる。

「ダウォスと話をするときには忘れないようにしよう」

「気をつかわなくてもだいじょうぶ。ダウォスが自分からそう言ってくれるでしょう」

「それは待ち遠しい」

　この創造的仕事をくさすことばは聞き飽きた。時間も遅いし、ひどい一日だったし、ヘレナがやきもきしているだろう。心配するヘレナを慰めているところを想像すると、ものすごく帰りたくなってきた。雨がやんだようだ、と言った。それから一座の母に、ぶっきらぼうな息子のように、おやすみ、を言った。

　ウチの天幕に足を踏み入れるや否や、今晩おれはあんなところにいるべきではなかったことを知らされた。


　我らがナバテア人神官の身になにかおこったのだ。

　天幕のおれたちの区画で、ダウォスがムーサのからだを支えている。支えていなければ今にも倒れこみそうだ。ヘレナがそばについている。ムーサは全身ずぶ濡れで、震えている。寒いせいか、恐怖のせいなのか。死人みたいに蒼白で、ショック状態のようだ。

　たった今話を聞きはじめたところだとわかった。ダウォスとおれが神官の濡れた服をはぎとって、毛布にくるんでいるあいだ、ヘレナは奥ゆかしくむこうを向いて火を掻きたてていた。ムーサはおれやダウォスよりは体格が劣っていたが、それでもじゅうぶん丈夫そうだ。生まれ故郷の高い山々を登ったり下りたりして暮らした歳月が頑丈なからだをつくってくれたんだろう。終始視線を落としたままだ。

「あんまり口をきかない」

ダウォスが低い声で言う。ムーサについてはとくに異常なことではない。

「なにがあったんだ？　たしかに外は冷水浴場の便所みたいにばしゃばしゃ降ってたが、ここまで濡れるはずはない」

「貯水池に落ちた」

「バカも休み休み言え、ダウォス！」

「ほんとうだ！」

ダウォスが優しい穏やかな声で説明した。

「芝居がはねてから、われわれ何人かで、道化たちが知っているという酒場に出かけた」

「信じられん！　土砂降りのなかを？」

「役者というのは緊張をほぐさなくちゃならないんだ。ふたりがこの男にいっしょにこないかと誘った」

「それも信じられん！　こいつが飲むところなんか見たこともない」

「その気になったのは確かなようだ」

ダウォスが言いはった。ムーサはあいかわらず黙りこくって、毛布にくるまって震えている。ふだんよりもっと緊張している。ムーサが信用ならないことはわかっている。ブラザーの代理なんだ。こっちは信用できるんだろうかと考えながら、おれは役者のほうをじっと見た。

ダウォスは角張った顔に、穏やかな悲しそうな目をしている。実用一点張りって感じに短く切った黒い髪が頭にのっている。からだつきはケルトの石積みケルンみたいだ。簡素で、長もちしそうで、頼りになり、基部が広い。たいていのことではひっくり返りそうもない。人生観は醒《さ》めている。見るべきものはすべて見た、もう一回入場料を払うなんて無駄はまっぴら、って顔をしている。おれの狙いに関しても、見せかけをつくるなんて無駄な努力をするには辛辣すぎるように思われた。もっとも、おれをたぶらかそうと思ったらいい役者だろうこともわかっている。

それでも、ダウォスを殺人犯とは考えにくい。

「それじゃ、詳しく話してくれ」

ダウォスが先をつづけた。すばらしいバリトンで、この声で話されるとまるで舞台の演技のようだ。これが俳優の困ったところだ。やつらの口からでるとなんでもすっかり信じられる。

「双子の言う〝スゴイお楽しみの店〟は城壁の外にあるってことだった。街の東側の――」

「観光案内は省いてもらいたい」

なぜそばにいなかったのか、とおれは心のなかで自分を蹴りとばしていた。このばかげた遠征に行っていたら、すくなくとも何が起こったのか見とどけられたはずだ。もしかしたら防げたかもしれない。おまけに、一杯飲めたかもしれないんだ。

「それと貯水池とどういう関係があるんだ」

「雨水を溜める巨大な貯水池がふたつある」

今晩あたり満杯になっていることだろう。運命の女神は一年分の降雨をボストラにぶちまけている。

「そのひとつをまわりこんで歩かなくてはならなかった。貯水池の周囲が大きな土手になっている。高く盛りあげた土手の上に細い通路があって、そこでみんな少々ふざけていて、どういうわけかムーサが水に滑りおちた」

尻すぼみに声を落とすなんぞは沽券《こけん》にかかわるのだろう。ダウォスはもったいぶって間をあけた。おれはやつを長いあいだまじまじと見た。舞台の上であろうと下であろうと、その意味は明らかなはずだ。

「正確に言って誰がふざけていたんだ。どうしてムーサは〝滑る〟ことになったんだ?」

神官がはじめて顔をあげた。まだ口は開かないが、答えるダウォスをじっと見ている。

「誰がふざけていたと思う?　双子だ、もちろん。それに裏方連中が数人。互いを土手から突き落とすふりをしていた。しかしこの男がどうして滑ったのかは知らない」

ムーサは口をきくつもりはないようだ。ここのところは放っておくことにした。

ヘレナが熱い飲み物をもってきた。保護者みたいにああだこうだとムーサの世話をやいて、おれとダウォスがちょっと離れて話ができるようにしてくれた。

「おれたちの友人を誰が押したのか、ほんとうに見なかったのか?」

ダウォスも声を落とした。

「見ている必要があるとは思っていなかった。自分の足元を見ていたよ。真っ暗で、バカどもがふざけなくてもじゅうぶん危なっかしかった」

「酒場に行く途中で起こったのか、それとも帰り道か？」

「行きだ」

　ということは、誰もまだ酔っぱらってはいなかった。ダウォスもおれの考えを察した。誰かがこのナバテア人をよろめかしたとすれば、突き落とすつもりだったのはまちがいない。

　おれは考えこみながら訊ねた。

「あんた、トラニオとグルミオをどう思う？」

「くるってる。しかしそんなものだ、伝統的に道化は舞台の上では常に才気煥発でいなくちゃならん。どうしても予測のつかない人間になる。無理はない、台本作家の書くジョークを見ればわかる」

　おれは肩をすくめて、職業的侮辱をおとなしく聞き流した。

「いずれにしても、たいていの道化は梯子《はしご》から落ちる回数がちょっとすぎる……。頭がへこんで、かなりおかしくなってる」

「ここのふたりは頭がよさそうだが」

「面倒を起こせるくらいにはいい」

「人殺しまでするだろうか？」

「探偵はあんただ、ファルコ。教えてくれ」

「おれが探偵だって誰が言った？」

「フリギアが言っていた」

「頼みがある。その情報はそこで止めておいてくれ。ベラベラしゃべられるとおれの仕事にさしつかえる」

この一座じゃひそかな聞込みなんてことは不可能だ。黙ってこっちに仕事をさせるってことを誰もわかっていない。

「フリギアとは親しいのか?」

「あのすばらしい背高のっぽは二十年も前から知っている。そういうことを訊いてるんならな」

焚き火のむこうでヘレナが興味深そうにこの男を見つめているのがわかった。あの鋭い直観でよく観察して、ダウォスが過去にフリギアの愛人だったのか、今そうなのか、あるいはたんにそうでありたいと願っているだけなのか、あとで教えてくれるだろう。ダウォスの口ぶりには、古くからの知合いとしての、そして新参者について相談をうける権利のある古参の座員としての自信が感じられる。

「あの人が言ってたんだが、エピダウロスでメディアを演じるチャンスがあったとか……」

「ああ、あれか!」

静かに言って、そっと微笑した。

「そのころから知ってたのか?」

ただうなずく。まずい返答だ——単純で、こっちは袋小路に入り込むだけだ。そこで正面から攻めてみた。

「それじゃへリオドールスはどうだ？　長い付き合いだったのか？」

「長すぎた！」

待っていると、ダウォスはもうちょっと穏やかな声になってつづけた。

「五、六シーズンくらいだ。クレメスがイタリア南部で拾った。アルファベットをひとつふたつ知っていたからな。あの仕事にはうってつけだ」

こんどの攻撃の矢も無視した。

「あいつとはうまくいってなかった？」

「どうかな？」

けんか腰ではない。たんにごまかしているだけだ。罪悪感や恐れのような単純な動機からでるけんか腰のほうが見抜くのは容易だ。ごまかしは説明がいくらでも考えられる。なかでいちばんわかりやすいのは、ダウォスが礼儀正しい男で、はっきり言いたくないんだという説明。しかしおれはこの控えめな態度をたんなる如才のなさのせいにはしなかった。

「台本作家としてひどくお粗末だったからか、それとももっと個人的なことか？」

「どうしようもない脚本家だった。それに、虫唾《むしず》の走るくらい嫌な男で、どうにも我慢ならなかった」

「どういう訳で？」

「訳？　山ほどある！」

とつぜんダウォスの堪忍袋の緒が切れた。立ちあがって出ていこうとした。だが、退場の前に口上を述べる習慣に負けてしまった。

「誰かがかならずあんたの耳に入れるだろう。まだ入れてないとしたらな。あの男は厄介事の因《もと》だから一座から追いだすべきだ、とわたしはクレメスに言ったばかりだった」

ダウォスは一座の重要人物だ。その進言は重いだろう。しかし、それだけではなかった。

「ペトラでクレメスに最後通牒を言いわたした。ヘリオドールスを放りだすか、わたしを失うか、どちらかだと」

びっくりしたが、なんとかことばが出せた。

「クレメスの結論は？」

「なんの結論もだしていなかった」

声にこめられた侮蔑は、ダウォスがヘリオドールスを嫌っていたとしても、座長についての評価もたいして高くはないことを暴露している。

「クレメスが決断をしたのは、フリギアと結婚したときだけ、生涯でただ一度だ。それも、フリギアがお膳立てした。事情が事情だったから」

おれが訊きかえすんじゃないかと心配したヘレナに蹴られた。ヘレナはすばらしく長い脚をしている。きれいな足首がちょっとのぞいて、おれは興奮を覚えた。目下の事情ではちゃんと追及できないのが残念だが。しかし警告は必要ない。おれだってきのうや今日密偵になったわけじゃない。ダウォスのことばがどういうことを仄《ほの》めかしているのかわかっている。しかしそれでも、おれは訊いた。

「それは暗に、歓迎されざる妊娠を指しているわけだ、おそらく？　今クレメスとフリギアにはこどもがいないということは、赤ん坊は死んだと思っていいんだな？」

ダウォスは黙って口を歪めていた。しぶしぶ認める、というふうだ。

「それでフリギアはクレメスに縛りつけられてしまった。明らかにまったく無意味に？　ヘリオドールスはそれを知っていたのか？」

「知っていた」

自分自身の怒りにかられながらも、ダウォスはおれの怒りに気がついた。短く答えると、そのあとの不快な展開をおれに勝手に推測させた。

「思うに、やつはそれを利用して、独特の友好的態度で関係者を愚弄したんだな？」

「そうだ。あらゆる機会をつかまえて、ふたりを刃で突き刺した」

おれとしてはそれ以上言うことはなかったが、ダウォスにつづけさせようと圧力をかけた。

「悔やむべき結婚についてクレメスを嘲った――」

「クレメスはあれが人生最良のことだったとわかっている」

「そしてフリギアのほうは、不幸な結婚について、失われたエピダウロスでのチャンスについて、そしておそらくは亡くしたこどもについても、責め苛《さいな》んだ」

「そう、そのぜんぶだ」

ダウォスが応じたが、どこか用心していた……。

「じつに悪辣だ。あんたがクレメスにやつの排除を迫ったのもわかる」

こう言ったとたん、クレメスが台本作家を溺れさせたと言っているようにとられかねないことに気がついた。ダヴォスはその意味をくみとったが、陰鬱な微笑をみせただけだった。おれの感じでは、もしクレメスが告発されるようなことがあったとしても、クレメスが有罪になるのをダヴォスは喜んで傍観していることだろう。その告発が正しいか、誤りかなんぞに関わりなく。

微妙な気まずさを察知して、調整するに敏なヘレナが割りこんできた。

「ダヴォス、ヘリオドールスがそんなにいつもみんなをひどく傷つけていたんなら、あなたが辞めさせるように頼んだとき、一座の座長としては、個人的な理由のほかにもとてもいい口実ができたんじゃないかしら?」

「クレメスには決断ということができない——どんなにやさしい決断でも。そしてこれは難しい決断だった」

ダヴォスがヘレナにむかって重々しく言った。そして、どうしてと訊ねる前に、天幕から出ていってしまった。

だんだんと絵が見えてきた。クレメスがいて、フリギアがいる。そして、ふたりの過ちと自分自身の失われたチャンスを嘆く、古い友人としてダヴォスがどこに嵌まるのか。ヘレナと目が合った。

「どう思う?」

「恋愛関係はないわ。過去には、フリギアにとってあの人が今より大事だったときがあったかもしれないけれど、それはたぶんずっと昔のことだと思う。フリギアやクレメスと二十年もつきあってきて、今は批判的ではあるけれど忠実な、ただの友だちだわ」

ヘレナが蜂蜜を温めておいてくれた。立ち上がって焚き火からそれをとってくれる。おれはコップを手に、楽な姿勢で座りなおすと、大丈夫だ、というふうにムーサに笑いかけた。しばらくのあいだ誰も口をきかなかった。互いに身を寄せあって、起こったことを考えていた。

ふと、雰囲気の変化に気がついていた。ダウォスが天幕から出ていくや否や、ムーサがリラックスした。寛《くつろ》いだ態度になった。毛布のなかで身を縮めていたのが、今は乾さかけて毛先がおかしな具合にカールした髪を指でなでつけている。その髪のせいで若くみえる。黒い目はなにか深く考えているみたいだ。表情がみてとれるというだけでも、やつの変化がわかる。

どういうことなのか、おれは気がついた。ヘレナがまるで身内みたいにかいがいしく世話をやいて、ムーサが前のような警戒心をほとんど見せずにされるままになっているのに気がついたんだ。これはもう明らかだ。おれたちはもう二週間もいっしょに暮らしている。そこに最悪の事態が起こって、忌々しいナバテア人寄生虫は家族の一員に変ったのだ。

「ファルコ」

これまでムーサに名前で呼びかけられた記憶はない。おれは頷いてみせた。冷たい表情ではなかったはずだ。血のつながった親類縁者のためにとってある嫌悪の対象という地位にはこの男はまだ到達していない。

「なにがあったのか、話してちょうだい」ヘレナが囁いた。天幕の外に誰か徘徊しているかもしれないと恐れているみたいに、おれたちは低い声で話した。その心配はなかったろう。外はまたひどい土砂降りだった。

「ばかげた遠征でした。意図も悪かったし、計画も悪かった」夜の街にくりだして陽気にやることをまるで作戦行動かなんかのように言った。「松明が足りなくて、せっかく持っていったのも濡れて消えそうでした」

「だいたい誰があんたをこの飲み会に誘ったんだ?」

ムーサはちょっと考えた。「トラニオだった……と思います」

「そんなこったろうと思った!」

トラニオは第一容疑者ではない——少なくとも今のところは証拠がない。しかし全般的に、ごたごたを起こす張本人としては、まず名前が挙がる男だ。

「どうして行くって言ったの?」

ムーサはヘレナに向かって驚くくらい大きくニヤッと笑った。顔が二つに割れたみたいだ。

「あなたとファルコが今晩の芝居のことできっと喧嘩するだろうと思ったから」ムーサの最初のジョークだった。おれを笑いものにしている。

「おれたちは喧嘩なんかしたことはない」

「それなら、お詫びします!」

同じ天幕に暮らして真実を知っている男のわざとらしい礼儀正しさだ。

「事故のことを話してちょうだい」ヘレナが促した。微笑している。

ムーサも今までおれたちに見せたことのないような悪戯っぽい微笑を浮かべていたが、話しはじめるとすぐに真剣になった。

「とても歩きにくかったです。わたしたちは頭を下げてよろよろ歩きました。みんなブツブツ言っていましたが、帰ろうと言いだす人はいませんでした。そして、貯水池の堤防のところに来たとき、誰かがわたしを押しました。こんなふうに」と、突然おれの腰のあたりをうしろから掌でぐいっと押した。脹脛《ふくらはぎ》に思い切り力を入れなければ焚き火に顔から突っ込むところだった。かなりの力だ。「そして側壁から落ちて――」

「なんてこった！　おまけにあんたは泳げないときてる！」

自分が泳げないから、おれはその苦しさが痛いようにわかった。しかしムーサの黒い目はおもしろがっている。

「どうしてですか？」

「妥当な推測だろう。砂漠の砦育ちだ」

いかにもトンマなことを聞いたってなふうに、ムーサがぐいっと眉をあげた。「ペトラにも貯水池があって、男の子はいつでもそこで遊びます。わたしは泳げます」

「なるほど」それがやつの命を助けた。しかし誰かがおれと同じような誤解をしたに違いない。

「でも、とても暗かった」ムーサは軽い調子でしゃべりつづけた。「わたしはびっくりしました。水が冷たくて息ができませんでした。水から這いあがれそうな所も見えません。怖かったです」素直で率直な認め方だ。ムーサのすることなすこと、みんな同じだ。「水がとても深いのがわかりました。人の背丈の何倍もある感じでした。息ができるようになってすぐ、とても大きな声で叫びました」

ヘレナが怒りに眉根を寄せた。「ぞっとするわ！　誰が助けてくれたの？」

「ダウォスがすぐに水ぎわまで降りる道を見つけました。大声で指示をしました。わたしにも、ほかの人たちにも。ダウォスは、ええと……」ムーサはギリシア語のことばを探していた。

「有能、だったと思います。それからほかの人たちも来ました――道化たち、裏方の人たち、コングリオ。手が伸びてきて引きあげてもらいました。誰の手だったかはわかりません」

それはどうでもいいことだ。ムーサが水底に沈まず、助けられそうなことがはっきりしたら、水に突き落としたのが誰にしろ、形跡を隠すためにも救出に手を貸すだろう。

「肝心なのはあんたを押したほうの手だ」おれは容疑者リストを頭に浮かべて、暗闇の土手の上で誰が何をしていたのか想像しようとした。

「クレメスもフィロクラテスも名前がでなかったな。いっしょじゃなかったのか？」

「はい」

「どうやらダウォスは犯人として除外してもよさそうだが、ほかの全員については予断なしに見ていこう。直前にいちばん近くにいたのが誰だかわかるか？」

「はっきりわかりません。双子だったと思うのですが。少し前には広告書きのコングリオと話をしていました。でも、あの人はだんだん遅れていました。堤防の上の通路が高くなっていて風があったので、みんな歩くのが遅くなって、列が広がっていました。人影は見えましたが、誰が誰だかはわかりませんでした」

「一列につながって歩いていたのか?」

「いいえ。わたしはひとりでしたが、ほかの人たちはいくつかのグループになっていました。それくらいの幅はある通路です。高くなっていて、真っ暗だし、雨で滑りやすかったから危ないように思えましたけれど」話す気になれば、ムーサはものすごく正確だった。頭のいい男が外国語でしゃべっている。おまけに細心の注意力だ。危うく死にそうになったばかりでここまで冷静でいられる人間も少ない。

しばらく沈黙があった。いつものとおり、もっとも際どい問いをずばっと口にしたのはヘレナだった。「ムーサは意図的に貯水池に突き落とされた。なぜ、標的になったのかしら?」

穏やかな声だ。

それにたいするムーサの答えも正確だ。「みんなは前の台本作家を殺した男をわたしが見たと思っています」

おれの気分がかすかにざわついた。やつの言い方では、台本作家であればそれだけで危険みたいな感じがするじゃないか。

それからムーサの言ったことをじっくり考えた。「そのことは誰にも言ってない。いつだってあんたのことは通訳だと言ってる」

「きのう話していたことを広告書きが聞いたかもしれません」

　ムーサの頭の回転が気に入った。コングリオがいやに近くをうろついていたのを、おれと同じく、ちゃんと気づいていて、怪しいと睨んでいる。

「あるいは、やつが聞いたことをほかの誰かに言ったかもしれない」おれは低い声で罵った。

「あんたを囮《おとり》に使おうなんておれが軽口をたたいたせいでこの事故になったとしたら、ムーサ、すまなかった」

「みんなわたしたちのことを怪しいと思っていたわ」ヘレナが反論した。「三人についてそれこそいろんな噂があるのよ」

「ひとつたしかなのは、一座に飛び込んだことで、おれたちは台本作家殺しの犯人をものすごく神経質にしたってことだ」

「あそこにいました」とムーサが厳粛な調子で断言する。「あの男がわたしの上に、あの堤防の上にいたのはわかっています」

「どうしてだ？」

「わたしが落ちたときには、誰も水の音に気がつかなかったようです。わたしはすうっと沈んで、それから浮かびあがりました。息をつこうと必死でした。最初は声がでませんでした。一瞬、完全にひとりぼっちのような気がしました。ほかの人たちの声はずっと離れて聞こえました。その声がだんだん遠くなるのがわかりました」

　ムーサはことばを切って、焚き火を見つめた。ヘレナが手をのばしておれの手を握る。貯水池の暗い水のなかで、仲間のほとんどがなにも気づかずに歩み去っていくときに、なんとか生き延びようともがいているムーサの孤独な恐怖の瞬間をおれたちも味わっていた。

ムーサの顔にはなんの表情もない。全身がひっそりと静かだ。苦情を言うわけでも、今に見ていろ、とののしるわけでもない。ただ、声の強さだけが、犯人が今度ムーサに会ったら大変なことになる、とはっきり告げていた。

「あの男はあそこにいました。暗闇に消えていくみんなの声に混じって、ひとりが口笛を吹きはじめました」

〝高きところ〟から下っていった男とまったく同じように。

「すまなかった、ムーサ」おれはもう一度謝った。「これは予測できたはずだ。おれはあんたを守るべきだった」

「わたしは無傷です。なんでもありません」

「短剣は持っているか？」

ムーサはまた襲われるかもしれない。おれのを持たせるつもりだった。

「ええ」

ダウォスといっしょにムーサを裸にしたときにはなかった。

「それじゃ、いつも身につけていろ」

「はい、ファルコ」

「この次はそれを使うことになる」

「そうですね」さっきまでの説得力あふれることばと裏腹の、いつもの調子にまた戻っている。この男はドゥサレスの神官だ。短剣でどこを狙うべきかは承知しているだろう。暗闇で口笛を吹いた男には、たちまちにして大変な運命が襲いかかるはずだ。

「ファルコ、あなたとわたしがあの山賊をきっと見つけます」ムーサは毛布を慎み深くからだに巻きつけながら立ちあがった。「もうみんな寝なければいけません」

「そのとおり」おれはさっきのジョークを返してやった。「ヘレナとおれはこれからたっぷり喧嘩しなけりゃならん」

ムーサの目がからかうように光った。「やっぱり。それでは、終るまでわたしは貯水池に戻っていましょう」

「寝なさい、ムーサ！」ヘレナが叱った。

あしたはデカポリスに向けて出発だ。決して気をゆるめずにこの二人を守らなければならない、とおれは心に誓った。

第二幕
デカポリス

その後の数週間。場所は、岩だらけのでこぼこ道。それに、山間《やまあい》のあちこちに散らばる、いいことばかりとは言いがたい町々。駱駝が何頭かウロウロしながら、奇妙なものでも見るように舞台を眺めている。

あらすじ

臨時雇いの台本作家ファルコとその相棒ヘレナは、どうも判然としない理由で神殿を飛びだしてくっついてきたムーサとともに、真実を求める旅をつづけてデカポリスを行く。関税係官に疑われたり、新たな仲間のなかにひそむ誰とも知れぬ者に危険な目にあわされたり……。どうしたらそいつの正体を見破れるか、誰かいい考えはないか？

第一場

フィラデルフィア。美しいギリシア語の名前をもつ、美しいギリシアの町。ただし、現在のところ少々打ちひしがれてはいる。数年前のユダヤの叛乱で、そのユダヤ人たちに掠奪《りゃくだつ》されたからだ。ユダヤの一部狂信者たちは、かねてから、ヨルダン川対岸の「十の町《デカポリス》」にギリシア文化栄える町のあることがなんとしても気に入らなかった。こっちでは、善き市民であることのほうが、厳格な宗教的血脈を受け継ぐ者であることより値打ちがあるとされている。まともなギリシア都市の学校に行けば誰だってそう学ぶ。しかしユダヤから攻めてきた掠奪者たちは、そんなとらえどころのない寛容な精神について自分たちがどう思っているのか、凶暴な破壊行為をもってはっきりと示した。そのあと、ウェスパシアヌス率いるローマ軍が、こんどはユダヤ人に、破壊ってことについておれたちローマ人がどう思っているのかを、やつらの財産を例にして徹底的に示してやった。しかしこのところユダヤはかなりおとなしくしているから、デカポリスは新たな安定の時代を享受している。

フィラデルフィアは急峻な七つの山にとりかこまれている。しかし、ローマの七つの丘に較べると、カラカラに干からびた山だ。断崖絶壁の絶妙な位置に要塞があるが、町はそこから広い谷底にむかって広がっている。谷底にはなかなか魅力的な川がうねって流れていて、どうやらここでは貯水池は必要なさそうだ。たいへん結構。野営地を設営してから、みんなそれぞれの天幕のなかで待った。これは時間がかかるな、とおれはみていた。クレメスが上演の条件を交渉に出かけたのである。

　ここはもうローマ領シリアだ。ペトラからボストラまでの旅のあいだは一座の台本トランクの中身をせっせとさらっていたおれだが、デカポリスまでの道中は周囲に注意を向ける余裕もできた。ボストラからフィラデルフィアへの道はいいとされている。すなわち、人がたくさん通るってことだ。

　この地域で旅回りの一座をやるのは容易なことではない。田舎の連中は、おれたちをギリシア化してしまった町と同一視して嫌う。一方、町の連中は、旅回りの一座を文明とは無縁な遊牧民だとみなす。村では毎週市がたつが、連中が価値をおくようなものは一座にはない。町は行政の中心だから、人頭税も資産税も払わず、選挙権もないおれたちはアウトサイダーだ。

　町がおれたちを蔑んだとすれば、こっちにもそれなりの偏見がある。おれたちローマ人は、ギリシア人の建てたこういう町を不道徳の温床とみている。もっとも、フィラデルフィアにはそれらしきものはほとんど期待できそうもない（ほんとだ。おれはよく調べた）。この町には感じのいい繁栄がある。まあ、ローマ人には過疎の村くらいにしか見えないが。

　どうやらここは典型なんじゃないかって気がする。大交易ルートがなかったら、ローマにとって東方はパルティアの勢力にたいする緩衝地帯以上のものにはなりえなかった。その交易ルートでさえ、十の町《デカポリス》のほとんどが小さな町で、たいていは人里離れた土地にぽつんと孤立している、という印象をぬぐえない。なかには、世界制覇の旅の途中でアレクサンドロス大王のお目にとまったっていうんで、それなりのステータスを獲得した町もいくつかある。しかし、そのどれも、度重なるユダヤの襲撃からポンペイウスが最初に解放してやって、ローマ領シリアを確立したからこそ歴史に名をとどめているんだ。シリアはパルティアとの境界だから大事だ。しかしパルティア人はユーフラテス川のむこう側でくすぶってるし、ユーフラテス川だってデカポリスから何マイルも離れている。

すくなくとも町なかではみんなギリシア語を話すから、おれたちは値切ることも、ニュースを拾うこともできる。

「そろそろあんたたちのあの〝通訳〟を帰すのか？」グルミオがかなりつっけんどんに訊いた。ここに到着したときだ。

「もう二度と水浴びをしなくてすむようにか？」

ほとんど死ぬところだったムーサからしずくもまだすっかり切れてはいないくらいのときだ。おれはプリプリしていた。ヘレナがもうちょっと穏やかな声で応えた。

「ムーサはわたしたちの道連れ、わたしたちの友だちです」

ムーサはいつものようになにも言わなかった。しかし天幕のなかで三人だけになると、また驚いたように眉毛をぐいっと上げた。

「わたしがあなたたちの友だち！」

穏やかながら、心の底からおもしろがっていることを露骨に示している。このあたりには多いタイプだが、ムーサにはいかにも気立てのよさそうな魅力がある。そしてそれをぞんぶんに発揮してかなりの得点を稼いでいる。おまけにディディウス家の一員に迎えられたことで、これで一生ふざけている権利も獲得したことをよく承知しているようだ。

クレメスはプラウトゥスの『綱引き』でフィラデルフィアに活を入れようと計画している。この芝居の筋に綱はほとんど登場しない。重要な小道具は悶着のタネになる旅行用トランクだ(原作のギリシア劇では紐のついた鞄みたいなものだが、おれたちローマの台本作家は脚色にあたってものごとをでっかくする)。このトランクの所有をめぐる引っ張りっこが延々とつづく。ウチの舞台ではトラニオとグルミオがこれをする。ふたりがこの場面をリハーサルしてるのを見たが、あいつらの滑稽きわまる演技は新進の台本作家にとって学ぶところがじつに多かった。とくに、台本《ホン》なんかどうでもいいんだ、という点だ。観衆を総立ちにさせるのは演技であって、どんなに鋭い尖筆をもってしても演技を書くことはできない。

フィラデルフィアの町でタレイアの失踪人について訊いてまわってみたが、体力を無駄にしただけだった。それに、例の名前もしつこく売りこんだのに知っているやつはいなかった。ハビブ——ローマを訪ねて、嘘か真《まこと》か、サーカス興行に関心があると言った、謎のシリア人実業家。世界を巡る旅行者を気どりながら、胸の盛りあがった蛇使い女とお友だちになって歩いてるのを、いったいそいつの女房は知っているんだろうか(心配ないわ、すべてお見通しよ、とヘレナは保証したが)。

『綱引き』はうまくいった。次の晩も同じ芝居を掛けると、こんどはひとりも来なかった。おれたちは町を出た。

次の目的地はゲラサだ。五十マイルほど北になる。まともな輸送手段なら二日の旅だが、安手の駱駝と過剰積載の荷車の集団では、たぶん二倍はかかるだろう。おれたちを見棄てた無教養なフィラデルフィアを呪いながら、そして、クソおもしろくもない三文作家野郎、とプラウトゥスを罵倒しながら、この芝居を台本の山のいちばん下に放りこんで、おれたちは町に背を向けてギシギシと進んだ。すくなくともゲラサは景気がいいって評判だ。金を持ってる連中はその金をなにかに使いたがるものだ（どっちかといえば、おれたちの『綱引き』が念仏みたいに退屈だって噂のほうが先にむこうに到着しているだろう）。

いずれにしても、ビリアとの面接が緊急に必要になっている。死んだヘリオドールスはあの娘への満たされぬ欲望を抱いていた。そして男の容疑者のほとんどが同じ状況にあるらしい。おれは荷車から飛び降りて、道端の岩にふてくされた顔で座りこんだ。ヘレナはムーサといっしょだから、互いを守っていることになる。おれはふたりのどっちも、保護なしで長いあいだほうっておかないことにしている。

くたびれきった座員たちの列が通りすぎていく。荷台にのびた剝《む》きだしの脚、はちきれそうな籠、ろくでもないジョーク。駱駝を持っているやつらはたいてい手綱を引いて歩いている。駱駝に乗ったことがあれば理由はわかる。荷車の連中だって乗り心地はほどんど変らない。裏方連中のなかには、肋骨を揺すられるのに嫌気がさして歩いているのもいる。砂漠の盗賊の襲撃にそなえて、みんな棍棒や長い刀を帯にはさんでいた。楽団員のなかには楽器を吹いたり叩いたりしている者もいた。さすらいの強盗団を遠ざけるにはこのほうが武器より有効だ。

ビリアが自分の荷馬車を操ってきた。この女の性格をよく示している——誰とも行動をともにしない、誰にも頼らない。ビリアが近づくとおれは手を振った。乗せたくはないんだが、キャラバンも最後尾に近い。おれを置き去りにしないためには乗せざるをえなかった。台本作家がいなくなっても誰も困らないが、嘲笑の的にはとっておきたいものだ。

「元気だせよ！」しなやかにからだを捻ってひらりと荷車に飛び乗ってから、魅力的な笑顔をつくっておれは言った。「きっと大丈夫さ！」

ビリアはしかめっ面のままだ。「時代遅れのセリフはやめて、ファルコ」

「すまん。古い文句こそ最上の——」

「いいかげんにしてよ！　その口に蓋しときな、気どりや！」

二十歳か、あるいはそこまでもいってないか……。たぶん初舞台からもう八、九年たっている。美貌に恵まれた少女が幼いうちから始める商売だ。別の社会にいたら、巫女になれる年齢だ。女司祭と女優のあいだにそれほどの違いはない。社会的ステータスだけだ。儀式的パフォーマンスで観衆をだまして、信じ難きを信じさせる、ということでは同じだ。

おれはできるだけプロらしい態度をとろうとした。しかしビリアの美貌を無視するのは不可能だ。顎の細い三角形の顔。エジプト猫みたいな緑色の目が離れてついている。高い頬骨、細い完璧な鼻。口は奇妙な具合に片方が下がっていて、世間に倦《う》んでいるような皮肉な感じを与えている。姿のほうも顔と同じくらいすごい。小柄で曲線美。秘されたものの可能性を想像させる。そのしめくくりが髪だ。温かな茶色の髪をまとめてくるっと巻いて、ブロンズのヘアピン二本で留めるドラマチックなコツを心得ている。じつに個性的なだけでなく、くずれずに留まっていて、すごく魅力的な首筋をたっぷり見せている。

小柄な体格には不似合いに低い声。気だるそうな振舞いといっしょになると、完璧に心を乱すハスキーな声。目の前でくりひろげられている競争を距離をおいて眺めながら、そこから抜けだして近づいてくるいい男を待っているみたいな印象を与える娘だ。だから、それは誤解だとわかっていながら、どの男も運を試してみたくなる。

「男嫌いはどういうわけなのかな？」

「いくらか知ってるからさ」

「特別な誰かのことを言ってるのか？」

「特別？　あたしはまた、男のことを話してるのかと思ってた！」

行詰りはおれもわかる。腕を組んで黙りこんだ。

このあたりは誰も管理していない、古いナバテアのキャラバン道だ。物寂しい風景が広がっている。ときどきずっと遠くに遊牧民の天幕が這いつくばっているのが見えるだけ。その天幕あたりにも人の気配はめったにない。低木がまばらに生えた丘にはさまれた岩だらけの道を荷車で行くのは難儀だ。ビリアは操作に集中しなければならなかった。

しかししばらくするとお嬢さまは、もっと攻撃の矢を放ちたくなった。思ったとおりだ。

「訊きたいことがあるんだけどさ、ファルコ。いつになったらあたしの中傷をやめるつもり？」

「こりゃ驚いた。おれはまた、おれのマントの仕立屋の住所でも訊かれるのかと思った！　中傷って、なんだ。さっぱりわからん」

「あんた、ヘリオドールスはあたしのせいで死んだって、誰かれかまわず触れまわってるじゃないさ」

「そんなことは言ってない！」

それは可能性のひとつにすぎない。これまでのところ、台本作家の溺死の筋書きとしてはいちばんもっともらしいが、証拠が出るまでは、おれはあらゆる可能性の余地を残している。

「あたしはいっさい関わりないからね、ファルコ」

「あんたがあいつを貯水槽に突き落として頭を水のなかに押さえつけたわけじゃないことはよく知っている。やったのは男だ」

「それじゃどうして、あたしが関わってるみたいなこと言うのさ」

「そんなこと言った覚えはない。しかし、考えてもみろよ。あんたがどう思っているにしろ、あんたは人気者だ。ヘリオドールスがあんたを追っかけてたが、あんたが鼻もひっかけなかったってことはどいつもこいつも言っている。あんたの友だちのひとりがあいつを襲ったのかもしれない。ひそかにあんたを崇拝してる男ってこともありうる。あのロクデナシが消えればあんたが喜ぶと思って、誰かが人助けのつもりでやったたって可能性はある」

「かもしれないって、そんな恐ろしい！」ひどく顔をしかめる。

ビリアだとしかめっ面もなかなかいい。

おれは庇《かば》ってやりたい気分になってきた。あの殺人がビリアとはまったく関わりのないことを証明したい。このすばらしい目はとんでもない魔法をしかける。しかしおれは自分に言いきかせた。別の動機を見つけたい。おれはプロだ。左右に離れたきれいなおめめをした華奢《きゃしゃ》な美人女優に圧倒されるわけにはいかない。それから、どうしていけないんだ、と自分に言った。どうすべきかわからなくなった。誰だって同じだ。みんな殺人犯が美人なのは嫌なんだ。あとでビリアが共犯だってことを示す証拠なんかを見つけちまったら、きっとおれは、その証拠を古い飼い葉袋に押しこんでドブの底にでも放り込もうかどうしようかと迷うことだろう……。

「それじゃ、ヘリオドールスについて教えてくれ」声がかすれてる。おれは咳払いした。「やつはあんたに執着していた」

「ちがうね」静かな声だ。「あいつはただ、自分の欲しいものを手に入れることに執着していただけ」

「なるほど。強引だったのか？」

「それは男の言い草だ！」今度は辛辣な声が高くなる。「強引だった、って言い方は、あいつの当てがはずれたのはまるであたしが悪いみたいに聞こえる」

このあたりは道が平らなのに、ビリアはまっすぐ前を見つめている。右手のずっとむこうで、少女が痩せた茶色の山羊の群れを見張っている。反対の方角では、禿げ鷲が優雅に旋回している。朝早く出発したのだが、石だらけの地表からすでに熱気が陽炎《かげろう》になってたちのぼっていた。

ビリアにはおれを助けようって気はないようだ。もうちょっと細部を押してみることにした。

「ヘリオドールスが迫ってきて、あんたは肘鉄を食らわした？」

「そう」

「それでどうなった？」

「どうなったと思う？」声はあいかわらず危険をはらんで平静だ。「ノーっていうのは、ええ、いいわ、力ずくでね、って意味だときめてかかったのさ」

「強姦か？」

感情の爆発を慎重に抑えることで怒りを表すタイプだ。この新しい局面におれがたじろいでいる一瞬のあいだ、ビリアも沈黙していた。それから、軽蔑するように挑んできた。

「いつだって女の側から挑発があった、って言うつもりでしょ。女はいつだってそれを望んでるんだ、強姦なんか絶対にありえない、って」

「ある」

互いに相手にむかって怒鳴っていた。どうしてだかおれにはわかっている。だが、わかっても役にはたたない。

「強姦はある。知合いだろうが、見知らぬ他人だろうが、男が女に襲いかかることだけじゃない。夫が妻に乱暴する。父親が子どもに〝誰にも内緒〟のことをする。主人が奴隷を肉屋から買った肉みたいに扱う。看守が囚人を拷問する。兵士が新兵を痛めつける。上役が部下に強要して……」

「うるさい！」

この女をおとなしくさせる方法はない。緑色の目をきらっと光らせると、頭をぐいっとそらした。巻き毛が激しく揺れた。しかしその動作には誘惑するようなところはまったくない。そして、おれを誤解させたことを明らかに喜んでいるふうに叫んだ。

「あいつはあたしを地べたに押し倒して、両手首を頭の上で押さえつけて、スカートをまくりあげた。腿のあいだに膝をこじ入れられてできた痣《あざ》は一カ月たった今もまだある。だけどちょうどそのときあいつを探しに来た人がいて、あたしは助かった」

「それはよかった」そう言ったのは本心からだ。しかし、その情景を細かく聞かせたビリアのやり方はなんとなく不愉快だ。「その役にたつ友だちは誰なんだ」

「あんたの知ったことじゃない」

「もしかしたら大事なことかもしれない」無理にも言わせたかった。その助けた人物を知っておくべきだという直感があった。ビリアはおれが聞きたいなにかを知っている。もう少しでおれはヘリオドールスとなんら違わない強引さをみせるところだった。

「あたしにとって大事なのは、ヘリオドールスが強姦するつもりだったとあたしが思った、ってことだよ」とビリアがものすごい剣幕で言う。「あのあとは、ひとりでいるところを見つかったら最後、また同じことをされるだろうってわかって暮らさなくちゃならなかった。だけどあんたは、あたしが絶対にあいつのそばには行かなかったってことだけ知ってればいいんだ。いつも必ず、あいつからできるだけ遠くにいるようにしたからね」

「それじゃ、これはどうだろう」ヒステリックな物言いを無視して言ってみる。「あの男がペトラの最後の日に山に登ることは知っていたか？　誰かいっしょに行くのを見たか？」

「つまり、誰があいつを殺したか知ってるか、ってことだろう？」

この娘はやすやすと見透かす。そしてわざとこっちを馬鹿みたいに感じさせる。

「ううん。みんなで劇場に集まって出発しようとしたときに、座付き作家サマがいないって気がついただけ」

「それじゃ」はぐらかされたままじゃいられない。おれは別の方向から攻めてみた。「誰がその集合場所にいた？　そして、みんないつ現われた？」

「そんなことなんの役にもたたない。あんたのいい人が役人に死体を見つけたって言ってたとき、あたしたちはもうヘリオドールスがいないのに気がついて、ぶつぶつ言ってた。あんたたちが死体を見つけて、ヘレナが山を下りてくるのにかかった時間を考えれば」――おれは証人に考えてもらうのが大嫌いだ――「ヘリオドールスはあたしたちがまだ誰も劇場に着いていないころに死んだことになる。じっさい、あたしが着いたときにはほとんどの人がもう来てた。トラニオとグルミオはあたしとほとんど同じくらいに来たし、いつもどおり、へべれけに酔っぱらってた」

「あんたはどうして遅れたんだ？」おれはずうずうしい笑顔をうかべてみた。自分を立て直そうとするむなしい試み。「愛しい男と名残でも惜しんでたのか？」

前方で一座が止まっていた。日盛りの暑さを避けてひと休みだ。手綱を引いたビリアが、おれを荷車から文字どおり突き落とした。


自分の荷車までぶらぶらと歩いた。

「ファルコ！」ムーサは東方の人間の流儀どおり、服で顔の下半分を覆っている。痩せて、涼しげだ。短いローマ風テュニカ姿で、剝きだしの腕や脚をひりひりと焼かれ、熱を帯びた布地の下で背中に汗をしたたらせているおれよりずっと賢そうに見える。ビリアはこいつにも魔法をかけたに違いない。いやに好奇心いっぱいだ。「あのきれいな人からなにか聞きだせましたか？」

おれは昼メシの入っている籠に顔をつっこんだ。「いや、たいして」

「どうだった？」とヘレナも無邪気に訊く。

「手におえない女だ。迫ってくるのをかわすのが大変だった。騾馬が暴れだすんじゃないかと心配でさ」

「まあ、それくらい才気煥発でハンサムだと、それは避けようもない問題ね」

ムーサが珍しく声をあげて笑いだす。

おれはふたりを無視して、なつめ椰子《やし》の実の種をぷっと吹きとばしながら、ものすごく興味深いことについて考えにふけっているふりをした。

第二場

ゲラサ。別名、黄金の川のアンティオキア。

ゲラサは、小山の上に城壁をめぐらした小さな町から、大きな郊外拠点に発展した。そこを「黄金の川」が貫流している。高貴なるテベレ川に較べればせせらぎみたいなもので、雑魚《ざこ》を獲《と》る漁夫三人と、汚らしいシャツを石に叩きつけて洗っている女の五、六人もいれば、ほとんどいっぱいになる。叛乱でユダヤ人に掠奪され、ユダヤ叛乱の首謀者のひとりがゲラサ人だったという理由で、そのあとまたローマ人に荒らされた。最近になって新しい城壁ができた。てっぺんに見張り塔がいくつも突きだしていて王冠《ダイアデム》みたいだ。そのうちのふたつは水門を見張っている。黄金の川はその水門から流れでて、堰《せき》でかなりの圧力がかけられた水が三メートルほどの滝となって落ちている。税関で足どめをくっているおれたちの右手にその滝が見え、水の落ちる音が聞こえた。

「あそこは事故にうってつけの場所だ！」おれは聞く耳のあるやつみんなに警告した。耳があったのはムーサだけだ。やつはいつもの真面目くさった顔で頷いた。〝真実〟のためなら自分から堰のふちに立って、例の殺人犯に急流に突き落されるのを待ちかねない、狂信者みたいな顔をしている。

「こんなふうに待たされるのは良くないことかしら？」ヘレナが低い声で訊く。

「おそらくな」

寄せ集め楽団の楽士のひとりが笑った。「心配ないさ。あの税関役人がめんどうなこと言いだしたら、アフラニアをけしかければいいんだ」

アフラニアは自信ありげに落ち着いた、すばらしい美人で、フルートを吹き、ダンスも少しする。自分の名前が聞こえるとこっちをふりかえった。そして、穏やかな顔かたちとは裏腹な、じつに卑猥《ひわい》な身振りをした。

「あんな男、あんたにくれてやるよ、イオーネ！　塩漬けの役人には熟練女じゃなくちゃね。あたしなんかあんたにゃとっても敵《かな》わないさ」

イオーネはばかにしたように友だちに背中を向けた。おれたちを仲間とみなして、ニヤッと笑いかけて（歯が二本欠けている）、それからくしゃくしゃのスカートのどこからかパンの塊を半分ひっぱりだすと、いくつかにちぎって、みんなに分けた。

タンブリン奏者のイオーネは、ぎょっとするような人物だ。ヘレナとおれはじろじろ見ないようにしたが、ムーサは臆することなく凝視している。こぢんまりとまとまったからだにすくなくとも二枚のストールを、胸のところで交差させてしっかり巻きつけている。左腕には腕の長さの半分ほどの幅の蛇の腕輪、手にはガラスをはめた指輪をいくつもはめている。肩にすれるほど長い三角の耳輪には、赤や緑色のビーズ、金属の環や珠《たま》がジャラジャラぶらさがっている。笞みたいなベルト、紐サンダル、薄物のスカーフ。道化風の化粧が好みのようだ。ちりちりの縮れ毛が生え際から自由奔放に広がって、頭のぐるりに王冠《ダイアデム》のように輝いている。その大きなかたまりからはみでた言うことをきかない巻き毛を細いお下げに編んで羊毛の切れ端で結び、あちこちに垂らしている。色で言えば、髪は青銅の色に染められ、面倒な喧嘩沙汰のあとの乾いた血みたいな、艶《つや》のない赤茶けた筋がところどころに混じっている。どことなく断固とした雰囲気があって、喧嘩をすれば必ず勝つんだろうとおれは見た。

このけばけばしい衣装の下のどこかに、こぢんまりした容姿の、頭の切れる、心の広い若い女がひそんでいる。見かけよりずっと聡明なはずだ。たいていの男にとってそれは危険な女ということになる――。おれは大丈夫だが。

イオーネはムーサの凝視に気がついた。ますます大きく口をあけてニヤニヤ笑いかけたので、さすがのムーサもバツが悪くなった。

「ヘイ、あんた！」しわがれた、威勢のいい声だ。「あんまり黄金の川のそばに立たないほうがいいよ。それにあの二連貯水池にも近づかないことだね。びしょ濡れのままマイウマ祭の犠牲になりたかないだろ、えっ？」

ペトラの山の神ドゥサレスが神官に純潔を要求するのかどうか知らんが、イオーネの大胆さはこの神官には度がすぎた。ムーサはしゃがんでいた姿勢から立ちあがると、つんとしてむこうを向いた。そんなことをしてもだめだ、と教えてやればよかった。

「おや、まあ、たいへんんだ。怒らせちまった」タンブリン奏者は高笑いした。

「内気な青年でね」イオーネに笑いかけてもおれは心配ない。おれには保護者がいる。「古くからの海のお祭りのことよ」外国に行く計画をたてると、ヘレナはいつだって徹底的に読みあさる。「悪名高いわ」と、そういえばおれの耳がピンとたつと知ってるみたいにつけくわえた。「フェニキアの起こりだとされています。いろいろと恥知らずなことがおおっぴらに行なわれるけれど、そのなかに、女たちが全裸で聖なる水槽に浸かる儀式があるの」

「そりゃいい。ここにいるあいだに、聖なるお池見物の宵を計画に入れるのはどうだ。淫乱な儀式のひとつかふたつ挿入できれば、おれの回想録もずっとおもしろく――」

「お黙りなさい、ファルコ!」どうやらおれの元老院議員の娘はお楽しみの池でひと泳ぎするおつもりはないらしいと拝察した。ヘレナは偉そうな態度を楽しんでいる。「わたしの想像では、そうとうな金切り声や叫び声があがって、酸っぱい葡萄酒が不当な高値で売られて、終るとみんながテュニカに砂をべっとりつけて、水虫をもらってうちに帰るんだわ」

「ファルコ?」ヘレナがおれの名前を言うと、イオーネがビクッとして、最後のパン切れを慌てて呑みこんだ。パン屑を口のまわりにつけたまま、目を細くしておれを斜めに見る。「あんた、例の新入りだ? へっ!」と愚弄するように叫ぶ。「最近なんかいい芝居書いたかい?」

「おれの仕事は創造的なアイデアと、気のきいた筋と、うまいジョークと、刺激的な思索と、深遠なる会話を提供しても、陳腐な紋切り型しか頭にない演出家がそれをぜんぶ反故にしちまうんだってことを学べば十分だ。最近なんかいい曲を演奏したか?」

「あたしはただ男たちに調子を合わせてひと叩きすればいいだけさ」おれとしたことが、この女が当てこすり好きだってことは知ってたはずだ。「それじゃ、ファルコ、どんな芝居が好きなのさ?」ごくまっとうな質問のように聞こえる。どうやら、毒舌をちらつかせておいて、不意に相手の趣味に興味を示して警戒心を解く、ってタイプの女のようだ。

ヘレナがふざけた。「ファルコにとってはね、オイディプスの悲劇三部作をぜんぶ、お昼の休憩もとらずにたてつづけに見られれば、それが劇場でのいい一日なの」

「わあ、ギリシア人だねえ!」この女はスブリキウス橋の下の生まれに違いない。じつに正統的なテベレ川地域のもの言いをする。ローマ人だ。〝ギリシア人〟とは、考えうるかぎり最悪の侮辱のことばだ。

「こののっぽの青スカートから聞こえてくる音は無視するんだな。知ってることといったら、嘘をつくことくらいだ」

「そうかあ」イオーネはヘレナを尊敬の眼差しで見つめる。

自分でも思いがけないことが口をついてでた。「自分の芝居を書きたい。いいアイデアがうかんだんだ」

フィラデルフィアからここまでの五十マイルの旅に飽きあきしていたうえ、この税関でもう長いあいだ足止めをくっていた。おれはうっかり罠にはまって自分の夢をしゃべってしまった。

「幕開けは、若い役たたず男が自分の父親の亡霊に会うところで——」

ヘレナとイオーネが顔を見合わせて、それから声をそろえて忌憚《きたん》のないところを言った。

「だめ、だめ、ファルコ!　そんなの切符が売れっこない」

「あんた、仕事はそれだけじゃないよね」イオーネが慎重に訊く。密偵としての長い経験から、そう切りだす前に微妙にもったいぶった間《ま》のあったことに気がついた。なにかでてくるぞ。

「あんた、ペトラの魔の山のてっぺんで起こったことについて嗅ぎまわってるっていうじゃないさ。あたし、ちょっとは教えてやれるよ」

「ヘリオドールスのことか？　おれがあいつの死んでるのを見つけたんだ」それはたぶん知ってるだろう。しかし開けっぴろげな態度は害にならないし、考えをまとめる時間を稼げる。

「だから、誰があいつを沈めたのか知りたくってさ」

「どうして沈めたのかって考えるべきじゃないか？」イオーネは、宝探しゲームでおれを焦《じ》らしているみたいに、あからさまに興奮していた。ほんとうに何か知っているとしたら、ちょっとまずい。ほとんどの容疑者が近くにいて、たぶん聞き耳をたてている今は。

「あんたがそれを教えてくれるってのか？」おれは軽い調子で、笑顔を返すふりをした。

「まあ、あんたもそれほどバカじゃない。いつか行きつくだろう。だけど、ヒントくらいは教えてやってもいいかな」

もっと押して詳しく聞きだしたかったが、税関所はあまりに人目が多い。殺人犯を確実に見つけるためだけではない。イオーネ本人のためにも黙らせなくてはならない。

「いつかまた話してもらえるかな？　ここじゃなく」

イオーネが視線を落とした。ほとんど閉じた瞼に線を描きこんで、睫毛《まつげ》を長く見せていた。金粉みたいなものが刷《は》いてある。ローマの宴で元老院議員さまのお相手をする高級娼婦たちは、イオーネの化粧品屋に紹介してもらうためなら何千でも払うだろう。長年情報を買ってきた経験から、イオーネが押し売りしようとしているこの情報を手に入れるには、紫縞目の大理石の箱やら、ピンクのガラスの香水瓶やらがいくつ要るだろう、とおれは考えていた。

しかしつい好奇心に負けて、ヒントだけでももらおうとした。「おれは、女がらみでやつを憎んでいた男の仕業という線で探ってるんだが——」

「はっ！」イオーネは大声で笑いとばした。「見当違いだね、ファルコ！　ぜんぜん違う。いいかい、あの台本作家が水にもぐらされたのは、純粋に職業的な理由だよ」

さらに聞きただす時間はなかった。いつも楽団の女たちのまわりをウロウロしているトラニオとグルミオが、乱痴気騒ぎの宴会でチップをまきあげようとする手持ち無沙汰の給仕みたいに、にじりよってきた。

「またあとでね」とイオーネがおれにウィンクした。性的な恩恵の約束みたいな言い方だ。

「どこか静かなところで、ふたりっきりの時にさ、ね、ファルコ？」

おれは勇敢にも笑って答え、ヘレナ・ユスティナはパートナーに蔑《ないがし》ろにされてやきもちを焼いている女の顔をつくった。

背の高い、小賢しいほうの道化、トラニオが、無言のままおれをじっと見つめた。

税関の役人が突然おれたちに目を向けた。おれたちがウロウロとこの貴重なスペースを占領している理由がまったくわからない、という顔で、シッ、シッ、と追いたてる。やつの気が変らないうちに、みんなして大急ぎで門をくぐって町に入った。

南門から入ると、劇場がすぐ近いという利点があったが、薄汚いこどもたちの群れの格好の餌食になるという欠点もあった。こどもたちは手に手に安物のリボンやらできの悪い呼び子やらを持ってまわりに群らがり、無言で商品を差しだす。このこどもたち以外、通りは堪えがたいほど喧《やかま》しかった。

とにかくものすごい喧騒だ。この町ではおれたち一座なんか、狂乱サーカスのなかの小さな出し物にすぎない。金満都市ゲラサの噂が東方の隅々から芸人を引き寄せていた。フルートと太鼓とタンブリンの演奏付きの単純な芝居なんかゴミみたいなものだ。むさくるしい軽業師の一団（テュニカはぼろぼろに破れ、ただひとり左足だけ靴を履いていた）、癇癪《かんしやく》の塊《かたまり》みたいな火食い芸人、皿回し芸人と蕪《かぶ》を放り投げるジャグラーの一団、片腕だけの竪琴弾き、関節炎を患っている竹馬乗り……ありとあらゆる見世物がひしめいている。半デナリウスも払えばアレキサンドリア一ののっぽ男（ナイル川で縮んだに違いない、おれより一フィートも高くはなかった）が見られたし、頭が後ろ向きについた山羊は銅貨一枚でよかった。その山羊なんか、あと一、二クワドランスも足せば買いとれたくらいだ。山羊を見世物にしていた男はこの暑さと実入りのなさにうんざりしていて、故郷に帰って豆を植えたいと言っていた。

この男とはかなり長いこと話し込んだ。そのうちにおれはその山羊をあやうく買いそうになった。男にのせられると、ぱっとしない珍獣でも、これを買って見世物商売をするのも悪くないかな、という気にさせられる。ゲラサとはそんな町だ。

「まったく、どうしようもない！」とクレメスが叫んだ。これからどうするかを話し合おうと、みんなで集まっていた。フィラデルフィアの二回目の公演で完全に失敗した『綱引き』へのクレメスの嫌悪感は早くも薄れていて、双子が綱引きの練習ができている今のうちに、またあれをかけるつもりになっていた。しかし、ダウォスの言っていたクレメスの優柔不断がまたぞろ頭をもたげたようだ。道具を取りだす間もなく、新しい疑念が生じたようだ。「ファルコ、あんたには『調停裁判』に手を入れておいてもらいたい」

すでに読んであったから、おれは冗談めかして、『綱引き』のほうがずっと引きつける力が強い、としゃれをきかせた意見を言った。クレメスは無視した。台本《ホン》についてのくだらないあら探しは、クレメスにとって問題の半分でしかなかった。「このまますぐに旅を続けるか、あるいは、なんとか舞台を踏めるようにできるだけのことをしてみるか。ここにとどまれば、契約役人に渡す賄賂で切符の売上げのほとんどが消えるだろうが、このまま去ったらまるまる一週間なんの稼ぎもないまま浪費したことになる――」

明らかに苛々して、ダウォスがさえぎった。「あんたがどこまでできるかやってみるのに賛成だ。言っておくが、安っぽい見世物とのこの競合状態では、雨降りの木曜日にオリュントスで、例の決して口にしてはならない芝居を演《や》るようなものだが……」

「決して口にしてはいけないって、どの芝居ですの？」ヘレナが質問した。

ダウォスが腹立たしそうにヘレナを見て、だから口にしないと言っているだろう、と指摘した。そして、おとなしく謝罪すると肩をすくめた。

おれはレパートリーについての座長の誇大妄想を戒めようと、もうひとつの手を試してみた。

「クレメス、ここはぜひいい呼び物が必要だ。演《や》ってみたらどうだろうと思う新しい芝居がある。遊び人の若い男がいて、ついこのあいだ死んだばかりの父親の幽霊にでくわす。それが言うには――」

「父親は死んでるのか？」まだ本筋に入ってもいないのに、クレメスはすでに混乱している。

「殺された。そこがポイントなんだ。その幽霊が主人公のテュニカの袖を引いて、誰が父ちゃんを殺《や》ったのか暴露する――」

「まさか！　新喜劇では亡霊は決してしゃべらない」

おれのすばらしいアイデアもそこまでだ。天才を潰すことにかけちゃクレメスも断固たるもんだ。おれの傑作を退けると、やつはまたぐたぐた言いはじめた。おれはすっかり興味をなくして、藁《わら》を嚙みながら座っていた。

とうとうクレメスでさえくだらないお喋りに嫌気がさして、足どり重く劇場支配人に会いに出かけていった。後ろ盾としておれたちはダウォスもいっしょに送りだした。残った連中は半病人みたいな顔でのらくらしている。暑いし、気が滅入るしで、なにがどうなるかわかるまで、みんな何もする気になれなかった。

グルミオには事を荒だてる癖がある。

「決して口にしてはならない芝居ってのは、テレンティウスの『義母』だ」

「あなた、今口にしたわ！」ダウォスに咎《とが》められたヘレナは、こだわっている。

「おれは迷信は信じない」

「あの芝居のどこがいけないのかしら」

「タイトルが縁起でもないが、そのほかは、べつに。テレンティウスのいちばんの作品だ」

「それじゃ、なんでそんなに評判が悪いんだ？」

「必ず失敗するって伝説があるからさ。ボクサーや、綱渡りやら、剣闘士なんかとの競争に負けて」

おれはテレンティウスの気持ちが想像できた。

みんな暗い顔だった。一座の状況もおそろしいくらい似ている。おれたちがささやかな芝居を必死で演《や》っても、ゲラサでは観衆を集められるとは思えない。ここに暮らしてるのは、フェニキアのマイウマとかいう洒落た淫らな祭りを独自に考案して、静かな宵を楽しもうって連中だ。おまけにここの大道芸人たちの芸はおれたちもすでにチラッと見ている。ケラサでは、おれたちの芝居なんかの二倍は目先が変って、三倍は賑やかで、値段は半分っていう娯楽が求められているのがわかっていた。

状況の悪さを考えたくなくて、ひとり抜け、ふたり抜けして、みんなどこかに出かけていってしまった。

グルミオはまだそばに座っている。おれはやつに話しかけた。いつものことだが、豊かな文学的会話とみるや、ほかの連中は完全に放っておいてくれる。決して口にしてはならない芝居について訊いてみると、グルミオが演劇史について深い知識をもっていることがすぐわかった。じっさい、かなり興味深い人物だ。

グルミオを軽くみるのは簡単だ。丸い顔は単純な性格そのもののようにもとれる。ふたりの道化のうちの愚鈍なほうを演じることで、舞台の上でも、舞台を降りても、添えもの的な役割を押しつけられてきた。ところがじっさいは、とことんプロだってことはもちろん、すごく頭がいい。トラニオの騒々しい才気煥発の影の及ばないところでひとりにしてみると、グルミオは古《いにしえ》からの栄誉ある技の体現者だった。

「それで、あんたはどうしてこの商売に入ったんだ、グルミオ？」

「ひとつには遺伝だろう。爺さんと親父の跡を継いだ。貧乏もある。うちは土地をもったことがない。ほかの商売もやったことがない。あるのは、生まれついての機知という、たいていの人に欠けている貴重な才能だけだ」

「それがあれば生きていけるのか？」

「近ごろはそうもいかなくなった。だから劇団に入ってるんだ。おれの先祖たちはこんな苦しい思いをすることはなかった。昔は〝笑い男〟は独立していた。あちこち旅してまわって、いろんな技で食い扶持《ぶち》を稼いだもんだ。手品、軽業、朗誦、踊り……。だが、なんといっても中心は、ありとあらゆるジョークだ。体操は親父に仕込まれたが、気の利いたセリフは家族の六十年分の遺産を相続した。クレメスの一座に入ってこんなふうに台本《ホン》に縛られてるのは、おれにとってはがっかりだ」

「だが、あんたうまいよ」

「ああ、だけどつまらない。自分の機知で生きる際《きわ》どさがない。自分の足で立って、自分のジョークを捻りだす、当意即妙に切り返す、完璧な警句をバシッととばす……そのぎりぎりの面白さがない」

田舎道化のこの新しい側面におれはすっかり魅入られてしまった。この男はおれが思っていたよりずっと深い考えで自分の芸に励んでいる。もっとも、バカを演じる男はバカだと勝手に決めたのはおれの落度だ。いまや、グルミオが笑い芸に敬意をはらって献身的な仕事をしていることがわかった。一座のお粗末な喜劇を演ずるにも自分の技を磨いている。もっとも、そうしながらも常になにかもっと高いものを渇望しているが。やつにとって昔からの話芸こそがいちばんなんだ。とくに自分がそれに新しい装いを与えるときが。

ここまで献身できるということは、グルミオがひとりを好む、深みのある人間ってことだ。女の尻を追っかけ、酒を飲んでいるぼおっとしたところだけではない。ろくでもない芝居のなかはもちろん、〝非番〟のときもトラニオに引きずりまわされているだけでない、なにかがこの男にはある。そのかなり薄手の仮面の下に自分をもっている男だ。機知を伝えるというのは孤独な芸だ。独立した魂が要求される。

臥台に寝そべる正式な宴でフリーのお笑い芸人をつとめるなんぞは、さぞ神経を消耗する暮らしだろうとおれには思える。しかしそれができる人間がいるとしたら、風刺芸人の市場はあるんじゃないだろうか。どうして意に染まない畑に入ったのか、とおれは訊ねた。

「仕事がない。親父や爺さんの時代なら、マントと靴、酒瓶と垢すり器、宴席にもっていくコップとナイフ、それだけあれば道化は生きていけた。それに稼ぎをしまっとく小さい財布と。少しでも金があれば誰でも放浪のお笑い芸人をウチに呼んだものだ」

「放浪の哲学者そっくりだ」

「そのとおりだ。犬儒派《シニック》の」とグルミオもすぐに応じた。「ほとんどの犬儒派《シニック》哲学者は機知に富んでいて、すべての道化はシニカルだ。道でばったり会っても、どっちがどっちだかわからないさ」

「おれはわかる。おれは良きローマ人だ。哲学者を避けるためなら五マイルだって遠回りする」

グルミオがおれの思い違いを正した。

「心配することたあない。それができる道化はもういないんだ。おれがどこかの町で演《や》ってみたとして、給水塔のまわりにたむろして誹謗中傷を捻りだしている暇人たちに町から追いだされるのが関の山だろう。いまじゃ、猫も杓子《しゃくし》も人を笑わせたがる。おれたちみたいな芸人ができることといったら、そいつらにバカみたいにおべっか使って、素材を提供することくらい。おれはまっぴらだ。イエスマンにはならない。ほかのやつらのバカさ加減におもねるなんざ吐き気がする」グルミオの声にはひりひりした調子があった。ばかにしている素人《しろうと》芸人たちへの心の底からの憎しみ、自分の職業の堕落についての真の嘆きだろう（自分の優秀さへの自信はちょっと癇に障った。道化ってのは傲慢な人種だ）。「それに」とグルミオはさらに文句をいいたてる。「道徳ってもんがまるでない。最近の〝ユーモア〟は、もしそんな呼び名に値すればだが、あれは悪意に満ちたゴシップ以外のなにものでもない。ことの本質を突くんじゃなくて、下品な話を、それが本当のことなのかどうか確かめもせずに、ただべちゃべちゃ並べたてればいいだけだ。じっさい、卑劣な嘘をでっちあげることが立派だってことになっている。今じゃ、〝道化師〟は完全に世間の厄介者になった」

密偵もよく同じ非難をうける。おれたちも、盗み聞きしたゴミを売る不道徳な商人ということになっている。事実を提示できなければ勝手にでっちあげる卑賤な知ったかぶり、計算ずくのいざこざ挑発人、利己主義者、ゴタゴタを起こす張本人……。おれたち密偵を道化と呼んで侮辱することこそふさわしいとされているくらいだ。

グルミオが突然よろよろと立ちあがった。なんだか落ち着きがない。そのときまで気がつかなかった。もしかしたらおれが仕事の話をさせたせいかもしれない。たいていの人間はそれで気分が落ち込む。

ほんの一瞬、おれが不快にさせたか、怒らせたかしたんだと思った。しかし、まあまあ愛想よく手を振ると、グルミオはぶらぶらと行ってしまった。

「なんの話だったの」とヘレナが興味津々で訊いてきた。自分の関心事にすっかりかまけている、と思ったちょうどそのときにすっと近づいてくるのは、いつものとおり。

「道化の歴史についての授業だった」

ヘレナは微笑した。ヘレナ・ユスティナは考え深そうな微笑に、牛乳桶で死んでいる鼠より多くの問いをこめることができる。「ああ、男同士の話ね」

おれはヘレナをみつめた。たぶんちゃんと聞いていたんだろう。それにヘレナのことだ、ちゃんと考えもしただろう。おれたちはある種のことにたいして同じ本能が働く。おれはヘレナも感じているはずのなにかの感覚に悩まされていた。どこかで、なにか、ひょっとしてものすごく重要かもしれない問題が提起されたのではなかったか……。


びっくりしたことにクレメスが一時間もしないうちに慌てて帰ってくると、劇場を確保した、とみんなに告げた。それも、あしたの晩だ。どうやらゲラサ人には順番を守るという概念がないらしい。クレメスとダウォスが予約責任者と話をしたいと要求しているときに、別の一座からのキャンセルの通知が入った。そこでその空きをおれたちがひったくった。地位を利用して私腹を肥やすことに汲々《きゆうきゆう》とする役人にお馴染みの〝わずかな手数料〟を払って。ほかに誰が順番待ちをしていたかなんぞ知ったことではない、ってわけだ。

「ここの連中はめんどくさいのが嫌いだ」とクレメスが教えてくれた。「予約係の知りたがったのは、わたしたちがたしかに鼻薬を嗅がせるかどうかということだけだ」その鼻薬がどれくらいの額だったかクレメスが言うと、たった今ゲラサを出て、遊牧の羊の群れの前で『調停裁判』を演《や》ったほうが儲けになる、という意見もでた。

「だからその一座も荷物をまとめて出てったんじゃないか？」

大勝利を収めてきたのに文句ばかりでるので、クレメスはだいぶ憤慨している。「わたしの得た情報では、そんなことはない。低俗なサーカス演芸だ。主役のブランコ乗りが落下して全身麻痺になったことはたいした問題ではなかったらしいが、芸を仕込んだ熊が風邪をひいたときには——」

「すっかり怖気《おじけ》づいた」とトラニオが割り込んだ。「先にこの町に来ていた連中が、おれたちが列の先頭に割りこんだことを知って押し寄せてきたときに、おれたちが怖気づくようにな！」

「わたしたちはこの町に見る価値のあるものを見せる。それから大急ぎで逃げる」クレメスがこともなげに答えた。この一座がこれまでにいったい何度大急ぎで逃げ出してきたのかをよく示している。

「牡牛半島重量挙げ団にそう言ってみることだな」とトラニオが呟く。

それでも、いくらかでも金が手に入りそうなときには、誰だって倫理にそうこだわりたくはないものだ。

今晩は全員自由行動になった。あしたは仕事だ、と生き返った想いで、食べ物を持ち寄ってみんなでいっしょに食べ、それから思い思いに外出した。金があるやつは、古典ギリシア悲劇を見ることもできた。キリキアから来ているものすごく陰気な劇団が演じている。ヘレナとおれはそんな気になれなかった。ヘレナは楽団の女たちにまじっておしゃべりをして、おれは『調停裁判』をとりだして、偉大なるメナンドロスもわずかばかり粗削りなまま残したな、と思う場面にちょっと手を入れてみた。

それに、ここにいるあいだにしなくちゃならないこともある。今晩が好都合だ。イオーネと緊急に話をしなくてはならない。しかし、イオーネはヘレナが交じっているグループにいる。そしておれは気がついた。ヘレナはたぶん密会の約束をまとめようとしているんだ。結構だ。ヘレナが訊きだせれば、そのほうが、おれになにか漏らすように説得するより安上がりだろう。女同士のゴシップのやりとりに賄賂なんか渡さない、とおれは明るい気分になった。

その代わり、タレイアの失踪人のほうに注意を向けることにした。劇場の支配人が水圧オルガン弾きについてなにも知らないことは、クレメスがすでに確認してくれている。それでこの町での捜索は終りにしていいだろう。もし水圧オルガンが町に入ってくれば、気づかれないはずはない。小部屋ほどの大きさだってことを別にしても、あの音は聞き逃しようはない。ソローナのことは忘れていいだろうと思ったが、フォルムをひとまわりして、ローマに行ってきたハビブっていう実業家を誰か知らないか訊いてみて、だめ押し捜査のふりでもしてみるつもりだった。

ムーサがいっしょに来ると言う。ナバテア神殿があるから行ってみたいそうだ。ボストラでの強制的な水泳の一件以来、ムーサをひとりにしておきたくなかった。だからふたりでいっしょに事にあたることにした。

出てすぐの通りの角で、グルミオが樽の上に乗っていた。

「どうした、グルミオ、売り物になりそうな古いギャグでも思いだしたか？」

話芸を始めたばかりのところらしかったが、すでに群衆がとりまいていた。おまけにかなり感心しているふうだ。グルミオがニヤッと笑う。

「クレメスが劇場のために払った賄賂分くらい取りかえそうと思ってさ」

グルミオはたしかにうまい。ムーサとおれは観客に交じって笑いながら、しばらく見物した。投げ輪と鞠《まり》を使ったジャグリングがあった。それから、みごとな手品が披露された。曲芸師や奇術師がゴマンといるこの町でも、この才能は際だっている。しかしおれたちは行くことにして、うまくやれよ、と合図した。このときにはほかの芸人たちもそれぞれの持ち場を離れて、グルミオにすっかり魅入られている観衆にまぎれこんでいた。


すばらしい宵だった。穏やかな気候はゲラサのいちばんの贅沢品だ。ムーサとおれは、本来の目的にとりかかる前に、あれこれ見物しながらぶらぶら歩きを楽しんだ。自由を楽しむ男ふたり。色欲を充たそうってわけではなく、トラブルさえ求めていない。気ままな自由を楽しんでいるだけだ。ふたりで静かに一杯飲んだ。おれは家族へのみやげ物を二、三買った。市場を、女たちを、食い物の屋台店を眺めた。驢馬《ろば》の尻を叩き、水呑場の水を試し、荷車の下敷きになりそうだったこどもたちを助け、婆さんたちに親切にし、おれたちを土地者と誤解した連中にでたらめの道順を教え……。要するにのんびりと寛いだ。

旧市街の北側、発展著しい新都市の中心となるはずの地区に、神殿がいくつかかたまっていた。なかで抜きんでて威容をはなっているのが、この町の祖先とされている女神を祀ったアルテミス神殿。堂々としたコリント式円柱が十二本並んでいるが、そのうち何本かの周囲に足場が組んである。ゲラサではどこでも見かける風景だ。その横にディオニュソス神殿がある。どうやらディオニュソスとドゥサレスは強引に統合できるようで、その神殿内にナバテア人神官たちが小さい区画をもっていた。挨拶してから、おれはもうちょっとタレイアの探している娘について調べようと聖所から飛びだした。ムーサにはおれが戻るまでここを離れるなと言いおいた。

調査はどうにもならなかった。誰もソフローナのこともハビブのことも聞いたことがない。じっさい、たいていのやつが自分はよそ者だと言った。足が棒になったとき、おれは神殿に戻った。ムーサはまだしゃべっていた。おれはやつに合図してから、気持ちのいいイオニア式ポルティコに座って休んだ。おれたちにくっついてペトラを出たときの慌ただしさを考えれば、故郷に緊急に言い送りたいこともあるだろう。家族に、庭のあるあの聖所の同僚神官たちに、そして多分ブラザーにも。おれだって、おふくろにまだ生きてると知らせてもいいころだ、と気が咎めた。ムーサも同じ問題をかかえているかもしれない。ボストラにいたときにも言伝てを頼める者を探したのかもしれないが、おれの見たかぎりそんなふうはなかった。これがたぶん最初のチャンスだ。だからおれはムーサに好きなだけしゃべらせた。

侍者たちが現われてランプに灯《ひ》を入れたとき、おれははっとした。時間のことをまったく忘れていた。ムーサが同胞たちを離れてとぼとぼ近づいてきた。そばに来ると、隣にしゃがむ。なにか心に懸かっていることがあると見た。

「なにも問題なしか？」と当たり障りのない訊き方をした。

「そうですね」

ムーサは謎めかすのが好きだ。頭をおおっている布を引っ張って顔の下半分をおおい、両手を組んだ。ふたりとも神殿の境内のほうを見つめた。どこの神聖なる場所も同じで、この聖域もごったがえしている——ほんとうならうちに座って強い棕櫚《しゅろ》酒でも飲んでいるべき信心深い老婆たち、小型の神像を売りつけるペテン師、金を払って自分の妹とひと晩過ごす気のある旅行者を探す男……。じつに平和な光景だ。

おれは神殿の階段に座っていたが、からだを少しずらしてムーサをまっすぐ見た。型どおりに全身をすっぽり覆ったムーサは、目しか見えない。しかし、正直で賢そうな目だ。この暗い深遠な凝視を女ならロマチックだと思うかもしれない。おれは行動で判断する。痩せて、タフで、やつなりに率直な人間がそこにいる。もっとも、ムーサがなにやら想いにふけっているときには、そもそもブラザーに命じられてついてきたんだった、とおれも思いだす。

「結婚してるのか？」ブラザーの見張り役としておれたちと旅を始めたもんだから、ふつうに知り合ったときのような質問をしたことがなかった。ここまでいっしょに旅をしてきて、ムーサの身の上についてはまったく知らない。

「いいえ」

「予定は?」

「たぶん、いつか。結婚は認められています!」ドゥサレスの神官たちの性に関する規定についてのおれの好奇心を予想して、微笑する。

「ご同慶の至りだ」とおれも笑いかえす。「家族は?」

「姉がひとり。生け贄の〝高きところ〟にいないときは、姉の家で暮らします。今この旅のことを知らせました」なんだか謝っているみたいに言う。おれがやつの行動を疑ってると思ってるんだろう。

「そりゃよかった」

「それからシュライにも言伝てを頼みました」

声にまたおかしな響きがあったのが耳に残った。どうしてなのか、もうひとつわからなかった。「シュライって誰だ?」

「わたしの神殿の長老です」

「おれが殺人犯を追って山から下りてきたときにあんたといっしょにいた年寄りの神官か?」

ムーサが頷く。やつの声の微妙なニュアンスを誤解したのかもしれない。部下が上司に、なぜ任務をさぼったのかをどう説明しようかと心配している、といったたぐいのものなのかもしれない。

「それから、わたし宛てに伝言がきていました」とやっと口にした。

「どういう?」

「ブラザーからです」おれの心臓がどきんとした。デカポリスはローマの支配下にあるが、各町は独立の地位を保っている。ナバテアがヘレナとおれの引渡しを求めたとしたらどうなるのか、よくわからない。しかし現実的に考えなくちゃなるまい。ゲラサはその繁栄をペトラに依存している。ペトラが要求したら、ゲラサは応じるだろう。

「ブラザーはあんたがここにいることを知ってるのか？」

「ここに来るかもしれない、と伝えてあったのです。ブラザーからの伝言は」とムーサはちょっと口ごもった。「もうあなた方といっしょにいなくてよろしい……」

「そうか！」

それじゃ、ムーサはいなくなるんだ。おれはすごくがっかりした。ムーサが道連れでいるのにすっかり慣れてしまっている。一座のなかでヘレナとおれは部外者だ。ムーサも同じ。だからおれたちは仲間になる。自分の役割をよく果たすし、愛すべき人柄だ。旅の途中でいなくなるのは、ものすごい損失のように思えた。

ムーサはおれに気どられないように、おれを観察していた。「あることを伺ってもよろしいか、ファルコ？」

やつのギリシア語がいつもより危なっかしくなっている。

「なんでも訊いてくれ、おれたちは友だちだ！」

「そうですね。もし迷惑でなかったら、あの殺人犯人を捕まえるのを手伝いたい」

おれは嬉しくなった。「いっしょにいてくれるのか？」ムーサはまだどことなく確信なさそうだ。「まったく問題ないさ」

こんなに自信のなさそうなムーサは初めて見た。「でも前は、ブラザーの命令でした。あなた方の天幕にわたしを入れてくれる必要はなかった。それなのに入れてくれて――」

おれは笑いだした。「さあ、行こう。ヘレナが心配してるぞ、きっと」そして勢いよく立ちあがると、ムーサに手を差しのべた。

「あんたはおれたちの客だ、ムーサ。あの忌々しい牛車の運転と天幕を張るのを手伝ってくれさえすれば、大歓迎だ。ただし、客としておれが責任を負っているあいだは、誰かに溺れさせられないでくれ」

さっきと同じ街角の、同じ樽の上に、まだグルミオがいた。同じ顔ぶれと思われる観客が、まだ群らがっている。ムーサとおれも立ちどまった。

グルミオはすでに観客と親密な関係をつくりあげていた。ときどき観客のひとりを引っぱりあげて手品を手伝わせる。合い間に、誰彼となく冗談にしてからかっている。どうやらおれたちが戻ってくるまでこのパターンでずっときていたらしい。場の雰囲気をぴりぴりさせかねないほど辛辣なことばでからかっているのに、観客は誰も文句を言わない。基本は、デカポリスのほかの町にたいする侮辱だ。

「スキュトポリスの出身者はいるか？　いない？　そりゃよかった。スキュトポリスの人がトンマだとは、おれは言わない。言わないが……」なにやら期待の波が広がる。「だが、あんたたち。スキュトポリス人がふたりして家の前の道に大きな穴を掘ってるのを見かけたら、訊いてみるんだな。そうだ、なにしてんの、って訊くんだ。玄関のカギをまた忘れらまってね、って言うぞ、絶対。それじゃ、ペッラだ。誰かペッラから来た人は？　ペッラとスキュトポリスは大昔から揉めてるよな——。やめとこう、ペッラ人がいないのに、ペッラを笑いものにしても面白くない。たぶん、ここまで来られなかったんだ。なんてったって、やつら、道を訊けない。あの訛りじゃ、なに言ってんだか誰もわからん……。アビラから来た人は？」驚いたことに手があがった。「そりゃ、お気の毒だ、だんな。アビラもそれなりの名を馳せたことも……。おや？　だんな、うしろから顔をだしてるのは、そりゃおたくの駱駝かな？　それとも奥さん？」

　低級な芸だ。しかし大道芸としてはうける喋りだ。

「なんて嫌なやつだ……。さあ、マルクス」ムーサがおれの腕をつかんだ。が、一瞬遅かった。グルミオは前からおれたちに気づいていたんだろうが、ここでようやく、おれを血祭りにあげる用意ができたようだ。

「みなさん、友だちのマルクスだ。こっちに来いよ、マルクス。さあ、拍手、拍手！」おれのことだとわかると、群衆が手を伸ばしてきて、次々と前に渡して、いちばん前に押しだされた。

「やあ、マルクス」とグルミオが樽から飛び降りながら挨拶する。声は少し低くなったが、目を光らせて、なにやら魂胆がありそうだ。おれは三枚に下ろされる鰊《にしん》みたいな気分だった。

「さて、こんどはこのマルクスが助手をしてくれます。ここに立ってくれ。ただし、パンツを濡らしちまったって顔にはださないでくれよ」

グルミオがおれを観衆に向けて立たせた。おれは素直に、なるべく間抜けな顔をして立った。

「さて、お立会い。この男をよおく見てください。なんてこともない男だが、こいつの女はなんと元老院議員の娘だ。とにかくしゃっちょこばってるから、例のナニをするときには、こいつがカノジョの足首をひと蹴りする。すると女はばたんと仰向けに倒れて――」

ヘレナにたいするこんな愚弄《ぐろう》は、ほかのときなら誰だって許さない。首根っこをへし折ってやる。しかしおれは罠にはまっていた。そこに立ってじっと耐えた。観衆も緊張が走るのを感じていた。おれがさっと顔色を変え、歯をぎりぎりと嚙みしめたのを見たにちがいない。今度グルミオが笑い芸の歴史について話したがったら、ごく真面目な新しいことばをいくつか教えてやる。

まずは、この状況から抜けださなくてはならない。

最初は手品だった。もちろんおれが介助役だ。おれが広げて持ったスカーフから木の卵が消えて、おれのからだのある部位から現われる。観客がどっと笑いだすようなところだ。垢抜けない芸。おれの耳のうしろから羽根が、袖から家畜の脚の骨が出てくる。最後に、思い出しても赤面するようなところからふたつの玉が現われた。次は玉を使ったジャグリングだった。

これはよかった。グルミオが即興の手ほどきをして、ときどきおれにも投げてよこした。おれが取りそこねて玉を落とすと、観客がわいた。バカみたいだからだ。ちゃんと取ると、驚いて大声をあげた。じっさい、おれはかなりの数ちゃんと取った。そのはずだ、グルミオが取れるように投げてくれた。

最後に投げ玉をひとつひとつ別のものに入れかえていった。脚の骨、輪、鞠、蠅追い箒《ほうき》、コップ。これはむずかしくて、おれの出る幕ではなかった。突然グルミオが屈みこんだ。そしてあっという間におれの短剣を抜きとった。長靴の内側に隠しているおれの短剣だ。そこにあるってどうしてわかったんだ？　この男、おっそろしく目敏《めざと》いにちがいない。

群衆がはっと息を呑んだ。なんとも不運なことに、短剣は抜き身でやつの手にある。

「グルミオ！」

だがやつは手を止めない。誰もが短剣に気がついた。そういう芸だと思ったろう。やつが短剣を宙に投げあげると、刃がくるくるまわって光った。それだけでもじゅうぶん怖い。それなのに今度は、またいろんな物をおれに投げはじめた。短剣が現われたときのおれのうろたえように笑っていた見物人たちも、今は黙って前にのりだしている。おれはグルミオが手を切るのではないかと恐怖にとらわれた。群衆はみんな、やつが剝きだしの刃をおれに投げるのを待っている。

輪とコップは、なんとかつかまえて投げ返せた。次にくるのは骨か箒、そのあとグルミオがきれいに収めてこの出し物を終らせるだろう、と思っていた。こんちくしょうめ、最後の瞬間をひきのばしている。おれは必死で注意を集中させた。汗が滴りおちた。

と、観衆のむこうのなにかがおれの目をとらえた。

動くものではない。群集の端に立ってじっと動かずに立っている。背の高い、背筋のまっすぐ伸びた、青い服の、黒っぽい髪を柔らかく巻きあげた女。ヘレナは怒っているようにも、怯えているようにも見えた。

ヘレナが目に入ったとたんに気が萎《な》えた。おれが危険な目にあっているところを見てもらいたくない。おれはグルミオに警告しようとした。やつの目を捕らえた。そこに浮かんでいたのは意地悪そうな、道徳観念など皆無の表情だった。箒が宙に舞った。鞠がくるくると飛びあがった。

それから、短剣がとんできた。

おれはつかんだ。柄《つか》だ、もちろん。

驚くことはないだろう?

軍団で五年も勤めあげ、おまけにブリタニア西部の凍えた河口の要塞にぶちこまれたら、誰だってナイフ投げくらいやったことがある。ほかにすることはほとんどないんだ。女はいない。いたとしても百人隊長と結婚したがっているのばかりだ。同じ戦術で百晩もすごせば、徴募兵はみんな退屈する。おれたちは泳ぎ、食い、飲み、一部の者は女と交わり、ひょっとしてブリタニアの小人が聞いているかもしれないと霧にむかって悪口雑言を叫び、それから、おふくろから何千マイルも離れている若者の常として当然、肝試しに命をかけた。

おれはナイフをつかめる。ブリタニアでは、背中に向けて投げられたナイフをくるっと向き直ってつかむのが得意技だった。二十歳のころは、ぐでんぐでんに酔っぱらっていてもできた。じつは、しらふより酔っぱらっているほうがいい。あるいは、女のことを考えているほうが。

今は女のことを考えていた。

おれは短剣を長靴に戻した。鞘《さや》に収めて。観衆は恍惚《こうこつ》として、口笛を吹いた。ヘレナが見える。まだまったく動かない。ムーサが人込みを分けて必死にヘレナに近づこうとしていた。グルミオは慌てふためいた。「すまない、ファルコ。骨のほうを投げるつもりだったんだ。あんたが突然動いたから、不意を突かれちまって……」おれのせいかよ、えっ？　こいつは大馬鹿者だ。おれはグルミオに注意を戻した。やつは観衆の大喝采に低いお辞儀で応えている。頭をあげたとき、その目はぼんやりしていた。ひどいショックをうけたみたいに、息を切らしている。「なんてこった。ほんとうだ、あんたを殺そうとしたわけじゃない！」

「実害はなかった」冷静な声がでた。たぶん、ほんとうに冷静だったんだ。

「帽子を持ってまわってくれないか？」と投げ銭集めの帽子をさしだした。てっぺんがクシャっと折れて、ソックスをかぶってるみたいに見える、例のフリギア帽だ。

「ほかにすることがある――」あとは勝手に始末させて、おれは群衆のなかに飛びこんだ。ぎゅう詰めを押し分けておれが前進しているあいだ、やつはしゃべくりを続けていた。

「すごかっただろう、あれは。ご苦労、マルクス！　なんてやつだ……。さあこと、誰かカピトリアス出身の人は？」

ムーサとおれは同時にヘレナにたどりついた。

「なんだ、いったいどうしたんだ？」おれはその場に棒立ちになった。

ムーサはおれのただならぬ声に、わずかに身を引いた。

ヘレナは深い静けさにつつまれていた。ヘレナをいちばんよく知るおれがまずそこに興奮を読みとったが、ムーサもすぐに同じことをみてとった。グルミオの行為とはまったく関係ない。ヘレナはおれを探してここに来たんだ。しかし、しばらくのあいだその理由を口にできないでいる。おれの頭を最悪の事態がよぎった。

ムーサもおれもヘレナが襲われたのかと思った。ヘレナをそっと、だがすばやく、人のいない隅に連れていった。おれの心臓は激しく打っていた。ヘレナにもそれがわかって、二、三歩歩くとすぐに足を止めた。「わたしは大丈夫よ」

「ヘレナ！」このときばかりは運命に感謝して、ヘレナを抱きしめた。おれは死人みたいな顔をしていたにちがいない。ヘレナがしばしおれの肩に頭をのせた。ムーサが、ふたりだけにしようと、なにやらモゴモゴ言った。おれは首を振った。まだなにか問題がある。力が必要になるかもしれない。

ヘレナが頭をあげた。こわばった顔だが、落ち着きをとりもどしている。「マルクス、いっしょに来てちょうだい」

「何があったんだ？」

ヘレナは悲嘆にくれていたが、なんとか口に出した。「マイウマの貯水池でイオーネと会う約束だったの。行ってみるとあの人が水のなかにいたのよ。沈んでいた」

思いだすのは蛙だ。

穏やかな美しさが魂を慰めてくれるべきところだった。昼間は、太陽の光と鳥のさえずりにあふれた聖地なのだろう。すでに夕闇が降りて、鳥たちは口をつぐんでいた。そして、まだ温かい、心地よい水をたたえた池をかこみ、おびただしい数の蛙がアリストファネスが喜びそうな狂乱のコーラスをくりひろげていた。人間の危機などにお構いなく、啼《な》きわめいている。

おれたち三人は急いで調達した騾馬に乗ってやってきた。町の南の端から北のはずれまでつっきらなければならなかった。北門から出て、緩やかな丘陵地の木々のあいだにのどかに散らばっている金持ちの郊外屋敷を横目に、肥沃な谷に沿った行列道を進んだ。涼しくて静かだった。夜になって人気《ひとけ》の絶えた神殿も通りすぎた。

もう真っ暗になっていて、道がよく見えない。しかし聖なる池のアーチをくぐると、木々に蛍のようにランプが吊るされ、地面にはあちこちに松明台が差し込まれてタールが燃えていた。誰かが聖地を守っているにちがいないが、あたりには誰も見えない。

一頭の騾馬にふたり乗りして、おれはヘレナをしっかりと抱えた。ヘレナがことの顛末《てんまつ》を詳しく話しているあいだ、そんな危険を冒したことに怒って怒鳴りださないよう、必死でこらえていた。

「イオーネがヘリオドールスについて仄めかしていたことを、わたしたち、ちゃんと訊ねる必要があったでしょう?」

「なかったとは言わない」

「イオーネとちょっと話せたから、ここの池でふたりだけでゆっくり話をする約束をしたのよ」

「なんでここだ? 素っ裸の混浴でもしようってか?」

「ばかなこと言わないで。何人かで見物にくる予定だったの。お祭りでなくても、ふだんでもここで水浴びをしてるって聞いたから」

「そうだろうとも」

「マルクス、黙って聞いて! みんなほかにすることがあったから、あんまりきっちりした約束ではなかったわ。わたしは天幕のなかを片付けたかったし——」

「そりゃ結構。淫らな祭りで羽を伸ばす前に、まず家事を片付けてこそまともな女ってもんだ。賢母はいつだって娘に、水に浸かるのは床をちゃんと磨いてからだよ、って言ってる」

「怒鳴り散らすのはやめてちょうだい」

「それじゃ、おれを脅かさないでくれ!」

恋人が卑猥な邪教に近づいたと考えるだけでひどく動揺したのはたしかだ。ヘレナはかんたんには抱きこまれない。しかし、それなりの密偵だったらたいていは、良識あるはずのあの子をおかしな宗教の毒牙から救いだしてくれ、と悲嘆にくれた親類縁者から依頼をうけたことがある。すっかり洗脳されて、虚《うつ》ろな目をしてぼんやりと微笑している金持ちの可愛い娘なら、いやになるほど目にしている。おれの恋人には騙されて汚らしい祭りにはまるなんてことは絶対にさせない、とおれは決意していた。シリアでは、女たちが恍惚のうちに男の睾丸《こうがん》を切り取って、それを投げつけるなんてとんでもない邪教もある。おれは異教の神殿すべてにものすごく不安を感じた。

気がついたら、ヘレナの腕を痣ができるほど強くつかんでいた。怒りながらも、握った手をはなし、ヘレナの皮膚をこすった。「おれに言っていけばよかったんだ」

「言えたら言ってたわ」ヘレナも激しく言い返す。「だけど、どこにもいなかったじゃないの」

「ごめん」おれは唇を嚙んだ。ムーサといっしょにあんなに長く留守をした自分に腹がたった。ひとりの女が死んだんだ。この際おれたちの感情は重要ではない。喧嘩を脇において、ヘレナが話を続けた。「ほんとのことを言うと、あんまり急いで行かないほうがいい感じだったの。イオーネに約束があるみたいな印象だったから」

「男と？」

「わたしはそう思ったけど、イオーネはただ、あたし先に行くよ、ちょっとお楽しみの予定があるからさ、って。だから、わたしはほかの人たちより前に池に行く約束だったけれど、あの人のお楽しみを邪魔したくなかったからあまり急がなかったの。今となってはほんとうに後悔してるわ。もう少し早ければ助けられたかもしれない」

「ほかに行くことになってたのは？」

「ビリアよ。アフラニアも行きたそうだったけど、ほんとうに来るつもりだったのかどうかわからない」

「女だけか？」

ヘレナがつんとした。「そうよ」

「なんで夜に来なくちゃならないんだ？」

「バカなこと言わないで。そのときは暗くなかったわ」

おれは冷静でいようと努力した。「きみが池に着いたとき、イオーネは水のなかにいたんだな？」

「池の傍《そば》にあの人の服があったの。じっと横たわっているのを見たとたん、わかったわ」

「ああ、ヘレナ。おれがいっしょにいるべきだった。それで？」

「周りには誰もいなかった。端のほうに水を汲みに下りるための階段があるの。あの人はそこの、浅くなっているところの水底にいたの。だからわたしひとりで引っぱりあげられたのよ。そうでなければとてもできなかったわ。それでも大変だったけど、とにかくわたしすごく怒ってたから。あなたがヘリオドールスを蘇生させようとしたときのことを思いだしてやってみた。ちゃんとできたのかどうかわからないけれど。でも、うまくいかなくて――」

おれはそっとヘレナの口を抑えた。「見棄てたわけじゃない。きみは努力したんだ。イオーネはすでに死んでいたのさ。それから？」

「証拠が残ってないかと思ってあたりを探していたら、突然、イオーネを殺した人がまだいるかもしれない、って思って怖くなったの。周りはぜんぶ樅《もみ》の木にとりかこまれているの。誰かに見られているような感じがして——。だから助けを求めに走ったの。町に戻る道で、ビリアが来るのに出会ったわ」

おれは驚いた。「ビリアは今どこだ？」

「そのまま池に行ったわ。殺人犯なんて怖くない、誰かがイオーネを守ってあげなくちゃいけない、って言って」

「それじゃ、急ごう」

ほどなく、おれたちはヘレナを怯えさせた樅の木の林のなかにいた。それからアーチをくぐって、池に着いた。ほの暗い明かりが灯り、蛙の啼き声が響きわたっていた。

大きな矩形の貯水池があった。町全体に水を供給していたんだろうと思うくらい巨大だ。それを擁壁が二分して、堰をつくっている。長辺に水底に下りる階段。水は深そうだ。

池の反対側で人が浮かれ騒いでいるのが聞こえた。女だけではない。蛙と同じで、悲劇的な場面などまったく無頓着に、好奇心さえおこさず自分たちのどんちゃん騒ぎにふけっている。イオーネの遺体は水際によこたわっていた。その脇に人影がひとつ跪《ひざまず》いている。ビリアだ。これは男の仕業だ、という非難の顔だ。おれたちが近づくと立ちあがった。そしてヘレナと抱きあって、涙にくれた。

ムーサとおれは死んだ女に静かに近づいた。ヘレナのストールだった白い布に覆われて、イオーネは仰向けによこたわっている。ずっしり重そうなネックレスのほかは真っ裸だ。ムーサが息をのんだ。あからさまな剝きだしの肉体に当惑して、後退《あとずさ》りした。おれはランプを手にとってよく見た。

イオーネは美しい女だった。どんな女も望むほど、あるいは、どんな男も所有したいと願うほど、美しかった。

「それを掛けて!」とムーサのきつい声がかかる。

おれも怒っていたが、しかしここで癇癪を起こしても誰の得にもならない。

「この女《ひと》に無礼をはたらいているつもりはない」

おれは結論をくだし、それからイオーネに布を掛けて立ちあがった。

神官はむこうを向いている。おれは水をじっと見た。ムーサがおれの友だちのペトロニウス・ロングスではないことを忘れていた。暴力に破壊されたたくさんの死体をいっしょに調べてきた、ローマの警備隊長だ。男も女も違いはない。丸裸だろうが、服を着ていようが、あるいはボロにくるまれているだけでも、見えるのはその無意味さだけだ。それに、運がよければ、犯人を示すなんらかのカギと。

まだ度を失って、それでもなんとか気持ちを抑えながら、ムーサが向きなおった。「それで、なにが見つかりましたか、ファルコ?」

「見つからないものがいくつか」おれは考えながら静かに言った。「ヘリオドールスは力ずくで押さえつけられた。イオーネには同じような傷痕がない」

そしてあたりをすばやく見まわした。「ここには酒を飲んでいたような形跡もまったくない」

おれの真意を理解して、ムーサは冷静になった。「ということは？」

「もし同じ男なら、イオーネが知っている一座の者だ。ヘリオドールスも知っていた。しかしヘリオドールスとは違って、イオーネはすっかり油断していた。殺した男はイオーネを驚かす必要も、おとなしくさせる必要もなかった。友だちだったからだ。あるいは友だち以上か……」

「もしそれがあの人があなたに名前を教えようとしていた男なら、ヘレナに話をする直前に会う約束をするのは無分別でした」

「そうだな。しかし危険な感じがこたえられない、って人間もいる――」

「マルクス！」

ヘレナが突然低い声で呼んだ。どんちゃん騒ぎの連中のなかの良心的な誰かが通報したのかもしれない。聖所の使用人がひとり近づいてきた。面倒を予想して、おれの気持ちは沈んだ。

縞模様の長いシャツを着て、四、五日分の無精ひげをのばした、年寄りの管理人だった。ランプに給油してまわっているふりができるように、汚らしい片方の手に油の瓶をぶら下げている。紐サンダルを履いて音もなく現われたとき、おれはすぐに理解した。こいつの生きる楽しみは、樅の木の陰に屈みこんで、浮かれ騒いでいる女たちを盗み見ることだ。

この男がおれたちの輪に入ってきたとき、ムーサもおれも身構えた。それでも男は勢いよくストールを剝《は》ぐと、イオーネをじろじろ見つめた。

「また事故だ！」

ピレウスの波止場あたりでさえかなり下品に響くだろうようなギリシア語だ。ムーサがアラビア語でぶっきらぼうになにか言った。この管理人が本来しゃべるのはアラム語だろうが、ムーサの侮蔑的な調子はよくわかったはずだ。

「ここじゃ死人がたくさんでるのか？」おれも我ながら高飛車だと思う声になった。いかに現地人を見下しているかをみせつける、在外勤務の傲慢な武官みたいだ。

「興奮がすぎるんだ！」好色な老いぼれミジンコがケッケッと笑った。ムーサとおれ、ヘレナとビリア、みんなして危険な淫乱遊戯にふけっていたと思っているのは明らかだ。おれは傲慢な物言いを後悔するのをやめた。世界のどこにいようと、蔑むべきやつはおのずとわかるものなんだ。

「それで、手続きはどうなるんだ？」できるかぎり辛抱強く訊ねた。

「手続き？」

「遺体をどうすればいいんだ？」

やつは驚いたようだ。「その娘があんたたちの連れなら、連れてって埋葬してやれ」

わかっているべきだった。帝国のはずれ、乱交祭りの聖地で全裸の娘の死体を見つけるのは、警備の行届いたローマ市内で死体を発見することとは違うんだ。

一瞬、公式捜査を要求したくなった。ものすごく怒っていたからだ。警備団。治安判事。目撃者の出頭を求める広告をフォルムにだす。捜査中はおれたち一座の連中は足止め。半年後に全貌が法廷にもちだされる……。良識が勝った。

おれは油じみた管理人を脇に引っぱっていって、耐えられる限度ぎりぎりの小銭を握らせた。

「あの女《ひと》は連れて行く。ただ、どういうことがあったのか、見ただろう？」

「とんでもない！」嘘だ。紛れもない嘘だ。それと同時に、ローマとこの薄汚い享楽の池とのあいだにある言葉と文化の違いに邪魔されて、こいつの嘘を決して暴くことはできないだろうこともわかっていた。おれは無力感に打ちのめされた。国に帰るべきなんだ、住みなれたあの通りにいるべきなんだ。ここで、おれは誰の、なんの役にもたたない……。

ムーサがおれの肩口に立った。いつもよりもっと低い声を朗々と響かせてなにか言う。脅している調子はない。ただ紛うことない権威があった。厳格な山の神、ドゥサレスの登場みたいだ。

ふたりはアラム語で何度かやりとりした。それから油瓶を持った男はするするっと木立のあいだに消えた。貯水池のむこう端の騒がしいあたりに向かったようだ。あっちで浮かれている連中のランプはまだじゅうぶん明るいが、やつなりのいかがわしい用事があるんだ。

ムーサとおれは立っていた。夜の闇がますます黒々として、それにつれてこの聖所は寒々と、薄汚く感じられた。蛙の合唱はいっそう激しくなる。足もとには止むことなくうちよせる小波がぴちゃぴちゃと音をたてる。ゆすり蚊の蚊柱《かばしら》が顔に襲いかかる。

「ありがとう、ムーサ！　何か訊きだせたか？」

ムーサは厳しい顔をしている。「あの男は落ちた葉や実を掃いたり、ここの秩序を保つ仕事をしています。イオーネはひとりで来た、と言いました。それから男がひとりやってきた。あのうつけ者は、それがどんな男だったかわからないそうです。女のほうだけ見ていたから」

「どうやってそれだけしゃべらせたんだ?」

「あなたがとても怒っているから面倒なことになるだろう、そうしたらこの事故について責任を問われるぞ、と言いました」

「ムーサ! 脅してしゃべらせる手口をどこでおぼえた?」

「あなたを見ていて」穏やかに言う。こんな状況でも、ムーサのからかい癖は生きていた。

「冗談じゃない! おれは職業倫理にもとる手法は使わん。それで、あのプールサイドの覗き屋からほかに何をしぼりだした?」

「イオーネと男は恋人のように振舞っていたそうです、水のなかで。ふたりが熱中していたときに、イオーネがなにやら難儀しているようにあがいて、階段のほうにむかって、それから動かなくなった。男が水から上がって、急いで周囲を見まわすと、木立のあいだに消えました。あの不快な男は、助けを求めに行ったと思ったそうです」

「やつはその助けを申しでなかったのか?」

「いいえ」とムーサの声はおれと同じくらい冷淡だ。「するとヘレナがやってきて、事故を発見しました」

「なるほど。ヘレナが見られてるように感じたのはこの陰険な覗き屋だった……。ムーサ、イオーネが死んだのは事故じゃない」

「証拠はありますか、ファルコ？」

「見る気があるならな」

　おれは死んだ娘の横にもう一度だけ跪いて、覆いを必要なだけもちあげた。顔が黒く変色している。おれは、ビーズのネックレスの鎖が喉のところで引っ張られてできた窪《くぼ》んだ痕をムーサに見せた。重い石のビーズがいくつか、肌を小さくつまむようにまだ皮膚をはさんでいる。目の周りに塗った顔料が流れて顔を汚している。ネックレスによる擦り傷と滲《にじ》んだ化粧の下の肌に小さな赤い斑点が無数にできている。

「さっきよく調べていたのはこれだ。このネックレスはイオーネが水の中でバチャバチャやっているあいだに自然に巻きついた可能性もある。しかしおれは、男の手で圧迫された痕だと思う。小さな赤い点々は、特殊な状況で死んだ者のからだに現われるものだ」

「溺死ですか？」

「いや。それなら顔が白いはずだ。イオーネは絞め殺された」

　その夜のその後と翌日はさまざまな難儀がつづいて、みんな疲労困憊した。まず、できるだけ丁寧に死体をつつんだ。ヘレナとビリアが片方の騾馬に相乗りして、ムーサとおれはイオーネを乗せた騾馬の両脇を歩いた。かわいそうな娘が騾馬の背中からずり落ちないように、品位が保たれるように、支えるのは一苦労だった。この気候だ。死体は急速に硬直していった。おれひとりだったら、しっかり紐を掛けて、藁の梱《こり》のように見せかけただろう。ほかの連中の手前、遺体に敬意をはらわなくてはならなかった。

聖所のランプを盗んできて足元を照らしながら進んだが、それでも行列道が尽きる前に、この荷とともに町をよこぎるのは不可能だとわかった。おれもいろいろ派手なことをしてきたが、染めた髪からまだ水を滴らせ、つきだした剝きだしの腕を土埃にまみれさせている死んだ女を連れて、人でごった返す大通りを行くことはさすがにできなかった。商人や地元民がどっとくりだして、他人がはまり込んだ苦境を眺めて楽しもうとぞろぞろ歩いている大通りなんだ。この土地の群衆は押し合いへし合いしながら後からぞろぞろ付いてくるタイプだ。

さっき通りすぎた、市門のすぐ外の神殿に助けてもらった。神官たちが夜の礼拝のために戻ってきていた。ムーサがそこの同輩神官たちに頼むと、翌日まで遺体を守ることを約束してくれた。

皮肉なことに、イオーネを預かってくれたのはネメシス（因果応報の女神）の神殿だった。

足手まといから解放されて、おれたちの足は速くなった。おれはまた、横乗りするヘレナを前に抱いて騾馬に乗った。ビリアはムーサと相乗りすることを了承した。ふたりともひどくバツが悪そうだった。ムーサはおそろしく背筋をのばし、ビリアはそのうしろで騾馬の尻にちょこんと乗って、気がすすまないようすでムーサの帯につかまっていた。

おれはビリアが気になった。聖なる池以来ほとんど口をきいていない。前はあんなに勇ましかったのに、今では芯まで冷えきったふうに、恐怖に打ちのめされ、深い衝撃をうけている。天幕まで安全に送りとどけるとムーサが言うので、今晩は女連中の誰かについていてくれるように頼め、と助言した。

天幕に戻っても、またもや危機があった。ムーサが帰ってこない。あたりを見まわしてみたが、ずっとむこうで楽団の連中が騒いでいるほかは、野営地全体が静まりかえっている。ビリアの天幕の内側にぼんやりした明かりが灯っていたが、入口の垂れ布はしっかりと下りている。ヘレナもおれも、ムーサがビリアと親密な関係になったとは思えなかったが、ひょっとしてと思うと、邪魔に入ってバカ面をさらす勇気もなかった。ふたりともムーサが心配で、一晩中ほとんど眠れなかった。

「あいつはおとなの男だ」

「それだから心配なの」

ムーサは朝になって帰ってきた。帰ってきても、いつもとまったく同じようすで、説明する気もなさそうだ。

「それで？」と、ヘレナが火をおこしに外に出て、男同士の話のできるすきができたときに、おれはひやかした。「いっしょにいてくれる女が見つからなかったのか？」

「そうです」

「それで、あんたがいっしょにいることにしたわけだ？」今度はおれの嫌味に答えない。話す気はまったくないんだ。それならと、なぶりものにした。「なんてこった！　ベッピンの若い女を夜っぴて慰めてきた男、ってふうにはぜんぜんみえないぞ」

「そういう男はどんなふうに見えるはずなんですか？」ムーサは静かに挑んでくる。

「疲労困憊、しかもピカピカに輝いている……。いや、からかっただけだ。貞操のかたいので有名なビリアのことだ。たとえお願いしたとしても、夜の闇に放りだされるのが関の山だ」

「たぶんそうでしょう。お願いしないのがいちばんです」これは二通りにとれる。お願いされつけている女は、遠慮されると不思議に誘惑を感じるのかもしれない。

「てことは、ビリアはあんたに感服して、むこうがお願いした、ってことか？　うまい計略だ！」

「そうですね」ようやくふつうの男のような笑顔をうかべて同意した。「それはたしかにうまい計略です、ファルコ！」理論上は、ってことだ、どうやら。

「言っちゃ悪いがな、ムーサ、あんたは人生をさかさまに生きている。たいていの男はまず美人を誘惑して、それから、やきもちを焼いたライバルに堤防から突き落とされるんだ。あんたの場合、大変なほうを先に済ましてる」

「もちろん女に関してはあなたがエキスパートだわ、マルクス・ディディウス！」ヘレナが前触れなしに入ってきた。「でも、わたしたちのお客さまを見くびらないほうがいいわ」

ナバテア人の顔にかすかな微笑が浮かんだように思った。

ヘレナはいつだって話を変えるタイミングを心得ている。如才なくムーサをなだめた。「この人は他人のことに立入るのが仕事なの。ごめんなさいね、ここはウチだってことをすぐ忘れるのよ。ほかにも調べることはたくさんあるでしょう。マルクスはゆうべ、生前のイオーネについてお友だちに訊いてまわっていたけれど」

　ムーサは首をすくめたが、「わたしも少し情報を手に入れました」と言う。

「ビリアを徹夜で慰めながらか？」

　ヘレナにクッションを投げつけられた。

「タンブリンを演奏していた人は」ムーサは辛抱強くつづけたが、死体になった娘の名前を口にするのは、情報の出どころを明かすのと同じくらい気がすすまないようだ。「おそらくクレメス座長と、それからあのハンサムなフィロクラテスと関係があったようです」

「そう思っていた。クレメスはお定まりの遊びを要求した。たぶん仕事をやる代償だろう。フィロクラテスは口説き名人として楽団全体を漏れなく手にかけるのが義務だと思っている」

「たぶんダウォスもあの人が好きだった、とも聞きました」

「人好きのする娘だったから」とヘレナ。かすかに咎めるような調子があるような……。

「そうですね」ムーサが真面目な顔で応じた。非難にどう対応すべきかを知っている。どこかの誰かがこの男にどんなときに従順な顔をすべきかを教えたんだ。ペトラでいっしょに住んでいる姉というのは、ひょっとして、おれの姉のいずれかに似ているのだろうか。

「聞いたところでは、イオーネが定期的にいちばん仲良くしていたのは双子だそうです」

　ヘレナがおれをチラッと見た。ふたりともこの発言がビリアからでたことを知っている。ビリアの情報なら当てにしていいだろう。なかなか目敏い女とおれは見ている。自分は男嫌いだが、ほかの女たちの行動を好奇心をもって観察することはできる。ほかの女たちがビリアには男のことを遠慮なく話した、ということだってあるかもしれない。ビリアのような評判の女は、自惚《うぬぼ》れている、いい子ぶってる、と思われて、距離をおかれるのがふつうではあるが……。

「考えてみれば、それは納得いく。双子は両方ともペトラにいた。ふたりともヘリオドールス殺しの容疑者リストに入っている。おまけに、ふたりのうちひとりに絞ることもできそうだ。グルミオはゲラサ人の群衆を前に、近隣住民をバカにして大笑いをとっていたんだ」

ヘレナが残念そうな顔をした。「ということは、トラニオということね！」おれと同じで、ヘレナもトラニオのウィットを好ましく思っているんだ。

「そのようだな」と同意はしたが、こんな誂えたみたいな安直な結末はおれはどうも信じられない。

朝めしという気分ではなかったので、おれは早くから全員を探りにでかけた。まず、もっとも関わっていそうもない連中を除外して足もとを片付けることにした。すぐにわかったことだが、クレメスとフリギアはゆうべはいっしょに夕食をとっていた。フリギアが旧友ダウォスを招いて、フィロクラテスもほぼずっといっしょだった（クレメスが傲慢な男優を意図的に招じ入れたのか、それともフィロクラテスが押しかけたのかははっきりしなかった）。昨晩この四人が座長の天幕の外で静かに座っていたのをおれも見た。これでアリバイは固まった。

フィロクラテスにはそのあとに別の約束があった。本人がそう言った。チーズ売り女の獲得という記録達成を自慢げに話す。

「その女の名前は？」

「知るもんか」

「どこに行けば見つかる？」

「羊にでも訊けよ」

それでも、とりだしてみせた羊乳チーズ二つ――ひとつは半分かじってある――を当座の証拠として認めることにした。

これでトラニオにとりかかる準備ができた。やつがフルート吹きのアフラニアの天幕から現われたところをつかまえた。おれに質問されるのを予想していたようで、攻撃的な態度にでてきた。昨晩はアフラニアといっしょに飲んだり、そのほかの楽しいことをしたりして過ごした、というのが言い分だ。アフラニアを天幕の外に呼びだした。もちろん娘も、そのとおりだと言う。

アフラニアは嘘をついているようだが、揺さぶりをかけて本当のことを言わせるわけにはいかない。トラニオのほうもなんだかようすがおかしい。しかしようすがおかしいからといって有罪にはならない。もし有罪だとしたら、やつはそれをうまく隠す術《すべ》を知っている。愛らしいフルート吹きが、ある男がその機能のすべてを備えた状態でいっしょにベッドにいた、と証言すれば、どんな陪審もそのとおりだと信じるだろう。

おれはトラニオの顔を正面から見すえた。ぎらぎらと挑戦的なこの目が、人を二度殺し、ムーサを溺死させようとした男の目かもしれないことはわかっていた。ふしぎな感覚がわきあがる。むこうも嘲るようにまっすぐ見返す。おまえが犯人だと言ってみろよ、と挑んでいる。しかし、まだだ。準備ができていない。

おれがトラニオとアフラニアに背を向けたとき、おれに言ったことについて反目するように、ふたりも互いに背を向けあったのはたしかだ。もし真実を言っていたのなら、もちろん、反目する理由はない。

朝の捜査にはいまひとつ満足がいかなかった。しかし、もうひとつ、緊急にしなければならないことがあった。イオーネの葬儀だ。おれがその責任者になっていた。だからあとは急いでグルミオとしゃべって、聞き込みを終えることにした。

グルミオは道化たちの天幕にひとりでいた。ものすごく疲れているうえ二日酔いだ。おれは状況を直接ぶつけることにした。「イオーネは親しくしていた男に殺された。率直に言おう。あんたとトラニオがイオーネといちばんひんぱんに付き合ってたって耳にしたんだが」

「たぶんそのとおりだろう」と陰気に言ったが、問題をごまかそうとするようすは見えなかった。「トラニオとおれは楽団の連中とは遠慮のない仲だ」

「とくに親しい関係は?」

「正直言って、ない」

「みんなの昨夜の行動をたどっている。もちろんあんたは簡単に除外できる。大観衆を喜ばせていたからな。一晩中やってたのか？」型どおりの質問だ。やつはうなずいた。昨晩樽に乗っていたのをおれ自身の目で二、三度目撃しているから、それで決まりだ。

「トラニオはアフラニアといっしょだったという。しかし、イオーネとも同じような関係だったのか？」

「そうだ」

「特別な関係か？」

「いや、ただいっしょに寝ただけだ」

ヘレナだったらそれは特別だと言うだろう。いや、違う。おれは自分の恋人をロマンチックに考えすぎる。ヘレナは前に結婚していた。現実ってものを知っている。

「アフラニアと寝ていないときに、ってことだ」とおれが厳しい顔で言った。

「あるいは、イオーネがほかの誰かと寝ていないときにだ！」グルミオは相棒のことが心配なようすだ。やつには個人的な利害があることは理解できる。トラニオと天幕をいっしょに使っているんだ。今度五、六杯ひっかけて酔いつぶれてしまう前に、トラニオに水の入ったバケツに頭を押し込まれないかどうか知っておかなくてはならない。

「トラニオの疑惑は晴れたのか？　アフラニアはなんと言ってる？」

「トラニオの言ったことを裏づけてるさ」

「それで、あんたとしてはどういうことになる、ファルコ？」

「藪《やぶ》のなかだ！」

その日はそれから、ムーサの同僚のナバテア人たちの助けを借りて、慌ただしい葬儀の準備に忙殺された。ペトラでのヘリオドールスとは違って、イオーネはすくなくとも遺体をひきとられ、礼をもって遇され、友人たちによって神々のもとに送られた。式は予想より豪華だった。イオーネはたくさんの人に送られた。見知らぬ人たちからも記念碑のための寄付が集まった。演芸業界の連中がイオーネの死を聞きつけていたからだ。ただし、その死に方は別だ。真相を知っているのはムーサとおれと、殺した男だけだ。ほかの連中は溺死だと思っていた。ほとんどの人が性行為中に溺れたと思っていたが、まあ、それをイオーネが気にしたとも思えない。

いうまでもないが、『調停裁判』はその晩予定通り上演された。クレメスが「故人もきっとわたしたちが予定通りことを進めることを望んでいるだろう……」云々の見えすいた常套句をひっぱりだしてきた。おれはあの娘をほとんど知らなかったが、それでも、イオーネが望んでいたのは生きつづけることだけだったと確信している。しかしクレメスは劇場がいっぱいになるだろうと思っていた。汚いシャツを着たプールサイドの覗き屋が一座の悪名を広めたにちがいないからだ。

クレメスは正しかった。突然の死は商売にとって申し分のない宣伝になる。おれの士気には悪影響をおよぼしたが。

次の日に旅立った。夜明け前に町をよこぎって北門から出ると、最初は聖なる池に向かう同じ行列道を行った。ネメシス神殿で足を止め、イオーネに最後の安息の場を与えてくれた神官たちにもう一度礼を述べ、道端に記念碑を建てる手配のための金を置いた。ローマ式に石盤を注文した。ゲラサを通る楽士たちがここで足を止め、イオーネを想ってくれることを願って。

ヘレナとビリアが、神官たちの許可をもらい、頭を覆って神殿のなかに入っていった。陰気な報復の女神への祈りのなかで、ふたりが何を願ったのか、おれにはわかるような気がする。

それから、まだ夜もあけないうちに、ヨルダン峡谷を抜けて海岸へと向かう大交易ルートにのり、西へと進んだ。ペッラへの道だ。

こんどの旅にはひとつ嫌でも目につく特徴があった。朝まだき、みんな背を丸めて黙りこくっている。強烈なまでの凶運の感覚にすっぽりとつつまれている。一座はヘリオドールスを失ったことは軽くうけとめたが、イオーネの死には打ちのめされた。ひとつには、ヘリオドールスはひどく人気がなかったが、イオーネはどこにでも友だちがいたってことがある。それに加えて、これまではなんとなく、ヘリオドールスはペトラで誰かよそ者に殺された、ってふりもしていられたが、こうなるともはや疑う余地はなくなった。自分たちのなかに殺人者がいる。そいつが次に誰を襲うのか、とみんなが考えていた。

唯一の望みは、この恐怖によって真実が光のもとにひきだされるのではないか、ということだけだった。

第三場

ペッラ。アレクサンドロスの将軍だったセレウコスによって築かれた町だ。古くからの立派な歴史がありながら、近代的で、好景気に浮かれている雰囲気もある。ほかのすべての町同様ユダヤの叛乱で破壊されたが、元気に立ちあがってここまできた。自分の価値をよく知っている小さな蜜蜂、とでも言うべきか……。

ペッラの民と、谷をはさんで対峙《たいじ》するスキュトポリスの連中とのあいだの怨念の確執についてては警告をうけていた。しかし、通りでの喧嘩騒ぎを期待していたおれたちがっかりしたのはいうまでもない。全体としてペッラは、面白味のない、行儀のいい、小さな都会だった。しかしここには、ティトゥスがイェルサレムを征服し、破壊したときに、あそこから逃れてきたキリスト教徒の大きな共同体があった。地元ペッラ人は、この連中をいじめてエネルギーのはけ口にしているようだ。

ペッラの住民は明らかに文化好きだった。しかし一座は、いちばん好きな『海賊兄弟』をかけた。ショック状態の役者たちが無理なく演《や》りおおせる演目だ。

「誰も芝居をしたがらない。ひどいもんだ！」

おれが文句を言った。その日の夕方、衣装をひっぱりだしているときだ。

「ここは東方だ」とトラニオ。

「いったいどういう関係があるんだ？」

「今晩は大入り満員だ。ここらあたりではニュースはピュッと伝わる。おれたちが前の公演地で死に見舞われたってことを聞きつけているさ。これで左団扇《うちわ》だ」

　イオーネのことを口にしたとき、おれはトラニオに厳しい目を向けたが、やつの態度にはとくに変ったところはなかった。罪の意識なし。嬉しくないことが暴露されないよう、あの娘の口を封じたとしても、安堵したふうもなかった。ゲラサでおれが問い質《ただ》したときにみせた反抗的な態度の片鱗もない。


　意図的にとらえどころない態度をとるトラニオの態度を測りかねて、芝居が始まるまでの空き時間をタレイアのオルガン弾きについて町で聞込みをしてつぶした。いつもどおりなんの成果もなし。

　しかしこれが思いがけなくも、ちょっとした裏づけをとるチャンスになった。野営地に戻ろうとぶらぶら歩いていると、トラニオのガールフレンドにでくわした。フルート吹きのアフラニアが、くっついてくるペッラの若者の一団をふりはらおうと苦労しているところだった。もっとも、そいつらもいちがいには責められない。男っぽいものと見ればなんでも、うちまでついてきて欲しそうな目つきで見るという危険な癖のある、なまめかしくふくよかな女なんだ。ここいらの若者たちはこんな女は見たこともないだろう。おれだってあんまりない。

おれは若者たちに、ごく友好的に、失せろ、と言った。なんの効果もなかったので、古風な外交手段に訴えた。石を投げたんだ。アフラニアはその横で金切り声をあげて連中を罵倒した。やつらもようやくこっちの言わんとすることを理解したようだ。おれたちはともに成功を祝った。それから、フーリガンたちが援軍をひきつれて追いかけてこないともかぎらないから、いっしょに急いで帰った。

息づかいがふつうに戻ると、アフラニアは突然言いだした。「あれはほんとだよ」なんのことを言っているのか想像がついたが、しらばっくれた。「なにが?」

「あたしとトラニオのこと。あいつ、あの夜はほんとにあたしといっしょだった」

「あんたがそう言うならそうだろうよ」

せっかく教えてやったのに、おれが信じないのに腹がたったようだ。「そんなしらばっくれた顔しないでよ、ファルコ!」

「わかった」おれは正直に言うことにした。アフラニアみたいな女には、いつだって世慣れた男らしく対することにしている。「あんたたちに質問したとき、なんかおかしな具合になってるような雰囲気があった」

「あたしじゃないよ」頭をゆすって野性的に広がる黒い巻き毛を後ろに振りはらう。その身振りは、かろうじて覆われている胸も揺する効果があった。

「あんたがそう言うならそうだろう」

「ほんとにほんとだよ。あのバカのトラニオのほうだよ」

おれは黙っていた。野営地が近づいていた。アフラニアが秘密をうちあけようなんて気になることなど二度とないとわかっていた。うるさくつきまとう男たちから救ってもらいたがるような状況がまた起こるとは思えない。たいていの場合、来る者は拒まないタチだからだ。

「あんたがそう言うならそうだろうよ」おれは疑っているような調子でくりかえした。「あの男があんたといっしょにいたんなら、イオーネ殺しの嫌疑は晴れる。まさかそのことで嘘はつかないと思う。なんてったって、イオーネはあんたの友だちだったはずだからな」

このことについてはアフラニアのコメントはなかった。じっさいはふたりのあいだにかなりの対抗意識があったことは知っていた。しかし次にアフラニアが口にしたことには驚いた。

「トラニオはちゃんとあたしといっしょにいた。でも、いなかったって言えって言ったんだ」

「なんだって？　いったいなんのために？」

なかなかまともな女だ。困惑した顔をしている。「いつもの悪ふざけなんだって。あんたを混乱させて……」

おれは苦い笑い声をあげた。「そんなことまでしなくても、おれなんか簡単に混乱する。それにしてもわからん。トラニオはどうしてわざわざ人殺しについて自分の身を危険にさらすようなことをするんだ？　あんたにしても、どうしてそれに一役買うんだ？」

「トラニオはイオーネを殺してないよ」アフラニアは自信たっぷりに言う。「だけど、あのろくでなしのバカヤロウが何を企んでんのか、あたしに訊かないどくれ。知るわけないんだ」

悪ふざけというのはあまりにもありそうもない話で、きっとトラニオがアフラニアについ言っただけだろうとおれは推測した。しかしどうして嘘をつかせようとしたのか、ほかの理由を考えようとしても、まったく思いつかない。たったひとつ、ごくわずかな可能性としては、ほかの誰かから目を逸らすため、というくらいか……。しかし、やってもいない殺人で訴追されるかもしれない危険を冒すには、その誰かによほど大きな借りがなければならない。

「最近誰かがトラニオにでっかい恩を売ったってことはないか？」

「あたしだけさ！」ピシャッと答える。「あいつと寝てやった」

おれは、わかった、わかった、って顔をして笑った。それから急に方向を変えた。「イオーネがあの池で誰と会ってたか知ってるか？」

アフラニアは首を振った。「ううん。あの娘《こ》とときどき言いあったのはそれだからさ。トラニオに目をつけているんだとばっかり思ってた」

じつに好都合じゃないか。死んだ娘との関わりがあったらしいと指摘されているトラニオだが、まさにうってつけの時に確固としたアリバイがある。

「それでも、あいつではありえない」おれはかなりそっけなく言った。「すてきなトラニオは一晩中あんたとみごとなアクロバット演技をくりひろげていたんだから」

「そうさ！」アフラニアが言い返す。

「そうすると、あんたはどうなるのさ、ファルコ？　イオーネは一座ぜんぶを相手にしてたにちがいないんだ！」

その女を誰が殺したのか確定しようとしている探偵にとって、それはあまりにも役にたたない情報だ。

一座の荷車が視界に入ると、アフラニアは急に話に興味を失ったように振舞う。女を勝手に行かせて、おれは考えた。トラニオともう一度話をすべきか、それともやつのことは忘れたふりをすべきか……。

そして、しばらく放っておいて、こっそり観察することにした。

ヘレナはいつでもそれを密偵の怠け癖だと思っている。しかし、このことはヘレナの耳に入れない。きれいな女から情報を得たときには、どうしても仕方ないときを除いて、ヘレナには言わない。


『海賊兄弟』の上演中、ペッラの観衆は整然と列になって座り、なつめ椰子の実の蜂蜜漬けをかじりながら静かに鑑賞し、終ると厳粛に拍手した。ペッラの女たちは鼻高々のフィロクラテスを群れをなしてとりかこみ、ペッラの男たちは夢み心地でビリアを追いかけたが、楽団の女たちで我慢した。クレメスとフリギアは町の執政官から正餐に招かれた。そして、残りの座員も今回は給金を払ってもらえた。

状況が違っていたら、ペッラにもう少し長くいたところだが、イオーネの死のせいで一座はすっかり落ち着かない気持ちになっていた。運よく、次の町はかなり近くて、ヨルダン峡谷をはさんですぐ向かい側だ。そこですぐにスキュトポリスに向かって移動した。

第四場

スキュトポリス。以前は始祖の名からニュサと呼ばれていたが、人を混乱させ、発音しにくくするため改名した。それ以外はなんでもない町だ。ヨルダン川西岸を走る幹線ルート上の要所に位置し、そこから収益をあげている。特徴は予想していたとおり。ギリシア人が神殿を置いた高い要塞と、そこから斜面を急速に下って広がっている近代的な建物群。丘に囲まれて、ヨルダン川からすこし離れ、対岸のペッラと向かいあっている。

しかしおれにとってはスキュトポリスは特別なところだ。あることのために、おれはこの町にとても来たかったが、その半面、ひどく恐れてもいた。ユダヤの叛乱のあいだ、ここはウェスパシアヌス率いる第十五軍団の冬営地だった。その司令官が皇帝になって、もっと上等な運命の成就のためにローマにとって返しちまったので、第十五軍団は今ではパンノニアに配置換えになってこの属州を離れた。しかしスキュトポリスは今でも、デカポリスのほかの町よりローマ的なたたずまいを残しているような感じがする。道路がすばらしい。軍団兵のために造られたすばらしい浴場がある。商店や屋台店は、この町で鋳造された硬貨のほかに、デナリウスも喜んで受けとる。東方でここほどラテン語が聞かれるところはないだろう。見覚えのあるような目鼻立ちのこどもたちが埃のなかを転げまわっていた。

ここの雰囲気におれは自分で認めたくないほどひどく動揺した。理由はある。この町の軍事的過去に強く関わっている。おれの兄フェストゥスは第十五軍団アポリナリスにいた。ユダヤで戦死する前の、最後の所属軍団だった。死ぬ前の最後の冬、フェストゥスはここにいたにちがいない。

だから、スキュトポリスは今も記憶にはっきり残っている。あの町では、ひとりであちこち歩きまわり、自分ひとりの考えにひたって長い時間をすごした。

おれは酔っぱらっていた。

さすがのおれも、酔ってないぞ、というふりもできないほど酔っていた。ヘレナとムーサ、それに訪問客がひとり、天幕の外で火を囲みちんまりと座っておれの帰りを待っていた。一目で状況は判断できたろう。自分としては平然としたぶらぶら歩きと思える足どりでなんとか天幕までたどりついた。たぶん、軒先から墜落しそうな雛鳥《ひなどり》と同じくらい平然としていたにちがいない。誰もなにも言わなかった。

ヘレナが立ち上がるのが、見えたというより聞こえた。それからおれの腕がどういうわけかヘレナの肩にまわった。助けを借りて客人たちの前を爪先立ちで通って、天幕のなかのベッドに倒れこんだ。当然、説教がくるもんだとばかり思っていた。しかしヘレナはひとことも言わずに、おれの上体をなんとか垂直近くまで起こすと、大量の水を飲ませた。

「外にいるあれは誰だ？」

「コングリオよ。ここでかける芝居についてクレメスの伝言をもってきたの」

芝居なんかどうでもよかった。ヘレナはまるでおれにまだ理性が残ってるみたいに静かに話しつづける。

「イオーネが亡くなった夜にあの人がなにをしていたのか訊いてないことを思い出したから、あなたが帰ってくるまでどうぞお待ちになって、って言ったの」

「コングリオ……」酔っているときの常で、おれの反応は何分か遅れていた。「コングリオを忘れていた……」

なんて醜態だ。ひとりきりで、すごく重大な考えにふけると、どうしておれは必ず酒壺に行きつくんだろう？

暗くなった天幕の内部があちこち揺れて、おれの耳がぶんぶん歌うなかで、静かに横になっていた。こうして倒れこんでしまうと、あれほど焦がれた眠りはどうしても来てくれない。

「マルクス・ディディウスには気に懸かっていることがあるの」

元いた場所に優雅に座りなおしながら、ヘレナの説明は簡潔だった。ムーサも広告書きもなにも言わなかった。

たしかにおれには気に懸かっていることがある。大部分が〝死〟だ。おかげで寛容な気持ちがすっかりなくなっている。

人の死は計り知れない波紋をもたらす。そのことを政治家や将軍は無視する。殺人犯と同じだ。ひとりの兵士を戦闘で失うことは――あるいは人好きのしない台本作家を溺れさせ、いてほしくない証人の首を絞めることは――必然的にそのほかの人間にも影響を与える。ヘリオドールスもイオーネもどこかに家族がいるはずだ。この知らせは故郷への路をゆっくりとたどり、家族を蹂躙《じゅうりん》する。なんとか納得のいく説明がないものかと、いつまでも苦悩がつづく。いくつとも知れないほかの生命に未来永劫傷を与える。

こういう間違いを正すんだ、と心に激しく誓っていると、ちょうど同じ瞬間にヘレナがコングリオに軽い調子で言うのが聞こえた。

「よかったらクレメスからの伝言を伺いましょうか？　あした必ずファルコに伝えておきますけど」

「仕事なんかできるだろうかね？」

コングリオは「だめです、できないそうです」という悲観的な返事をもって帰るのが好きなタイプのメッセンジャーにちがいない。

「仕事は仕上げます」ヘレナが答える。断固とした女だ。楽観的でもある。あしたおれは巻物を見ることもできないだろう。書くなぞ論外だ。

「それじゃ、演《や》るのは『鳥』だ」とコングリオ。おれは無感動に聞いていた。それが芝居なんだか、もう読んであるのか、読んでいたらどう思ったのか、まったく思いだせなかった。

「アリストファネスのね？」

「あんたがそう言うんならそうだろう。おれは芝居の広告を書くだけだから。短い名前のほうが好きだ。チョークが少なくてすむ。あの芝居を書いたやつがそんな名前なら書かないでおこう」

「ギリシアのお芝居よ」

「そうだ。鳥だらけの。誰もかれも元気になるってクレメスは言っている。みんな羽根のついた衣装が着られる。それを着てギャーギャー鳴きながら跳ねまわるんだ」

「ふだんと違うと思う人がいるかしら?」とヘレナ。おれはものすごく可笑《おか》しいジョークだと思った。賢明にもこの会話に入っていなかったムーサもくすくす笑っていた。

コングリオはヘレナのコメントをそのままうけとった。「いないだろう。広告に鳥を描いてもいいかなあ? 禿げ鷲、あれを描いてみたいんだ」

ヘレナはコメントを避けた。「クレメスはなにがお望みなの? まさか、ぜんぶをラテン語に翻訳するんじゃないでしょう?」

「あっ、心配になったんだ!」とコングリオは嬉しそうに笑った。だがヘレナはこのうえなく冷静(もっとも、コングリオの芸術的野心を聞いたあと、声がかすかに震えてはいた)。

「ギリシア語で上演するってクレメスは言っている。あんたたちの持ってるトランクにセットの巻物があるって。それをさらって、アテネ的すぎるジョークがあったら今風に直してくれってさ」

「ええ、トランクにあったわ。大丈夫です」

「それじゃあんた、なかにいるあんたの男はできると思ってるんだ?」

「なかにいるわたしの男はなんでもできます」すごく道徳的な育ちの娘けたいていそうだが、ヘレナは嘘をつくのがうまい。それに、あの忠誠心も見あげたもんだ。もっとも声にはかなり辛辣な調子がこもっていたが。

「嘴《くちばし》と羽根のそのすばらしい衣装はどうなるの、コングリオ？」

「いつもどおりさ。みんなクレメスに金を払って借りるんだ」

「クレメスは鳥の衣装を一揃いもう持っているのね？」

「ああ。二、三年前にこれを演《や》ったから。縫い物ができる人は、羽根を縫い付けることになるって覚悟しといたほうがいいぞ！」コングリオが陽気に脅す。

「警告ありがとう。残念だけれど、わたし、針を持つ指がちょうどひどい瘭疽《ひょうそ》になってしまって」と滑《なめ》らかにでっちあげる。「ご遠慮しなくちゃならないわ」

「あんた、なかなかの人物だ！」

「それも、ありがとう」

その声から、おれの創作任務についてはこれで十分、とヘレナが判断したのがわかった。ムーサも雰囲気の変化に気づいたようだ。黙ったまま頭にかぶった布の陰にさらにひっこんで、ヘレナひとりに容疑者尋問を任せるのがわかった。

「クレメスの一座に入ってどれくらいになるの、コングリオ？」

「さあねえ……四、五年かな。イタリアにいたころからだ」

「ずっと同じお仕事を？」

とっつきが悪く見えることもあるコングリオだが、このときばかりは話をするのがじつに嬉しそうだ。「いつでも広告をやるんだ」

「特別な技術が要るの？」

「そうさ！　それに大事な仕事だ。おれが仕事をしなけりゃ誰も見にこないから、みんな稼ぎがなくなる。すべてがおれにかかってるんだ」

「すばらしいわ！　それで、どういうふうにするの？」

「反対勢力を出しぬくんだ。おれは誰にも気づかれずに通りを歩ける。あちこち行って、ものすごく速く広告を書かなくちゃならない。土地の連中に見られて、うちの白い壁をどうしてくれるとかなんとか文句を言われる前にな。やつらは、ひいきの剣闘士の宣伝や、女郎屋の下品な標識なんかにスペースをとっておきたいだけだ。だからこっそり割り込まなくちゃならない。おれはその方法を知っている」自慢のし方についてもエキスパート並みに知っている。ヘレナの関心ありげなようすに有頂天になって、コングリオはついうちあけてしまった。

「一度は芝居に出たこともある。偶然だが、この『鳥』って芝居だ」

「だからおぼえているのね？」

「そうだとも！　あれはなかなかの経験だった。おれは梟《ふくろう》を演《や》った」

「まあ！　どういうふうにするの？」

「この『鳥』って芝居では」とコングリオは厳かに講釈をたれた。「たぶんもっとも重要な場面だと思うが、天にいるすべての鳥たちが集まる場面がいくつかある。そこでおれが梟を演《や》った」もしかしてヘレナがよく理解できていないといけないと思って、つけくわえた。

「ホーホーって鳴いたんだ」

おれは枕に顔をうめた。ヘレナはこみあげてきたにちがいない笑いをどうにか押し殺した。

「叡智《えいち》の鳥ね！　いい役だわ」

「ほんとは別の鳥になるはずだったんだが、クレメスに外された。口笛のせいで」

「どういうこと？」

「吹けないんだ。吹けたことがない。歯並びかなんかのせいだ」

アリバイを目的に嘘をついているということもありえるが、台本作家を殺した犯人がペトラの〝高きところ〟の近くで口笛を吹いているのを聞かれたとは、おれたちは誰にも言っていない。

「それでホーホーはうまくいったの？」ヘレナは礼儀正しい。

「すごくうまくできた。あれは難しそうには聞こえないが、タイミングが大事なんだ。それに感情をこめなくちゃならん」いかにも得意そうだ。これはほんとうに違いない。コングリオはヘリオドールス殺しの容疑を自分で晴らした。

「その役がとても楽しかったのね？」

「もちろん！」その短い言葉に、コングリオは本心をさらけだした。

「いつかあなたも役者になりたいの？」ヘレナの問いには優しい思いやりがあった。

コングリオが勢いこむ。「おれだってできる！」

「きっとできるわ！　なにかを心から望めば、ふつう、なんとか叶《かな》うものよ」

コングリオは希望がわいたように、背筋をのばして座りなおしたようだ。それはおれたちみんなに向けられたことばだった。

ヘレナは右耳の上に挿《さ》した櫛《くし》を押しこんでいるにちがいない。こめかみあたりの柔らかな髪がはみだして落ちてくるのをうるさがって直す癖がある。今度はムーサが場面に区切りをつけた。小枝を見つけて残り火をつつくと火花がはじけ、サンダルを履いた骨ばった足でそれを踏み消した。

ムーサは、口はきかないが、沈黙のまま会話に参加していられる男だ。外国人だから会話に入れないようなふりをしているが、よく聞いていることはおれも気づいていた。そういうときには、やつがブラザーの下で働いていたことにたいする疑念がおれのなかでひっそりと頭をもたげる。ムーサにはまだおれたちが知っている以上のなにかがある。

「一座のこんなトラブルはほんとうに悲しいことだわ」ヘレナが呟く。「ヘリオドールスでしょう、そして今度はイオーネ……」コングリオの呻くような同意の声が聞こえる。ヘレナが無邪気なふりで続けた。「ヘリオドールスはどうやら自ら災いを招いたらしいわね。とても不愉快な人だったってみんなから聞いたわ。コングリオ、あなたはあの人とうまくいっていたの？」

なんの迷いもない返答だった。「大嫌いだった。ずいぶんこづきまわされた。それに、おれが役者になりたいと思っているのがわかると、そのことでも苛めた。だけどおれは殺してないよ！」急いで言いそえる。

「もちろんよ」ヘレナが当然のように言う。「あの人を殺した人物についてはわたしたち知っているることがあって、あなたはそれにあてはまらないの」

「どういうことだ、それは？」鋭い質問がきたが、ヘレナは口笛については言わなかった。この人をくった習慣は、殺人犯についてわかっているたったひとつの事実だ。

「あなたが役者になることについてヘリオドールスはどんなふうに苛めたの？」

「字が読めないことを大声でふれまわった。だけどそんなことはなんでもないんだ。役者の半分は当て推量で演じてるんだから」

「コングリオ、読み方を勉強したことはあるの？」コングリオが首を振っているようだ。さあ、たいへんだ。ヘレナ・ユスティナがおれの理解しているとおりの女なら、コングリオが望む望まないには関わりなく、もう字を教えるつもりだ。

「いつか誰かが教えてくれるわ、きっと……」

驚いたことに、ムーサが突然割りこんだ。「ボストラでわたしが貯水池に落ちた夜のことを憶えていますか？」

「足を踏みはずしたのか？」コングリオが笑う。

ムーサは冷静だ。「誰かが後押しして手伝ってくれました」

「おれじゃない！」いきりたって叫ぶ。

「わたしたち、その前に話をしてました」

「おれが手をだしたなんて言わせないぞ。ダウォスが音を聞きつけてみんなを呼んだとき、おれはずっと離れていたんだ！」

「わたしが落ちる寸前に、誰がそばにいたか見ましたか？」

「見てない」

ムーサが黙りこむと、ヘレナが同じ事件を話題にした。「コングリオ、ペトラで犯人を見たってみんなに言いふらそうかって、マルクスとわたしがこの人をからかってるのを聞いたでしょ？　そのことを誰かに言った？」

「みんなに言ったと思うよ」こんどもまたいとも率直なようだし、まったく役にたたない。スキャンダルを言いふらして仲間うちのウケを狙うタイプの意気地なしだ。

内心感じているはずのイライラをヘレナはおくびにもださなかった。「ただ念のためだけれど、コングリオ、ゲラサでイオーネが殺された夜、あなたがどこにいたか誰か裏づけてくれる人がいるかしら？」

コングリオは少し考えこんだ。それから笑い声をあげた。「いるさ！　あの次の日に芝居を見にきたやつら全員だ」

「どういうこと？」

「かんたんだ。あんたたち女連中が聖なる池に水浴びに出かけたあと、おれは『調停裁判』の広告を書いてまわった。ゲラサは大きな町だ。ひと晩中かかった。おれがあんなふうに仕事をしなかったら、劇場には誰も来なかったさ」

「あら、でも、次の日の朝にだってできたわ」

コングリオがまた笑った。「朝にもやったよ。クレメスに訊いてくれ。証明してくれるさ。イオーネが死んだ夜におれはゲラサのあちこちに広告を書いた。クレメスが翌朝いちばんにそれを見て、おれにもう一度全部やり直せって言った。おれがいくつ書き直したか、クレメスが知ってるさ。どれくらい時間がかかったかもな。二回目はおれにくっついて来て、そばで仕事を見張ってたから。どうしてか聞きたいか？　一回目におれが字を間違ったからさ」

「題の？『調停裁判』って字を？」

「そう。だから次の日にクレメスが、どうしてもひとつ残らず消して書き直せ、って」


ヘレナが質問を終えて間もなく、もう話題の中心でなくなってつまらなかったのか、コングリオはふいと立ちあがっていなくなった。

しばらくのあいだ、ヘレナとムーサは黙って座っていた。とうとうムーサがきりだした。

「ファルコは次の芝居を書くでしょうか？」

「それは、あの人はどうなってしまったのか、ということを遠まわしに訊いているのかしら？」ムーサは肩をすくめたようだ。ヘレナはまず文学上の質問に答えた。「書いたほうがいいとわたしは思うわ。ぜひ『鳥』を上演させなければならないからよ。あなたとわたし、もし意識が戻るようだったらファルコも、いっしょに舞台の袖に座って、誰が口笛を吹けるのか、よおく聞いていなければならないわ。コングリオは容疑者ではなくなったようだけど、まだほかにたくさんいるわ。わたしたちにはこの小さなカギがすべてだから」

「この問題についてシュライに問い合わせました」とムーサが突然言いだした。ヘレナにはなんのことかわからない。ムーサが説明した。「シュライはわたしの神殿の長老神官です」

「それで?」

「殺した男が山を走り下りてきたとき、わたしは聖所のなかにいて、去っていく姿をチラッと見ただけでした。しかしシュライは外にいました」静かな声だ。「庭の手入れをしていました」

ムーサがもっと前に言わなかったことにヘレナが腹をたてたとしても、興奮が先にたってしまった。「ということは、シュライはその男をはっきり見たのね?」

「見たかもしれません。訊ねる機会がありませんでした。でも今では、シュライからの伝言をうけとるのはむずかしいです。わたしがどこにいるのか、シュライはわかりません。でも、新しい町に着くたびに、神殿に行って、わたしに伝言がないか訊いています。なにかわかったら、ファルコに知らせます」

「そうよ、ムーサ、ぜひそうしてね!」

またしばらくふたりは黙っていた。それからムーサが催促した。「作家先生がなにを悩んでいるのか、おっしゃいませんでしたが……? わたしにも話していただけることですか?」

「ああ、そうね!」ヘレナがそっとため息をついた。「あなたはわたしたちのお友だちだから、お話ししていいと思うわ」

それから、兄弟のあいだの愛情と対立について、どうしておれがスキュトポリスで酔っぱらわずにいられなかったのか、手短に話した。だいたいそのとおりだとおれも思った。

　それから間もなく、ムーサが立ちあがって天幕の自分の部分に入った。

　ヘレナ・ユスティナはひとり、消えかかった火のそばに座っていた。おれが声をかけようかな、と思っていると天幕に入ってきた。横になって、おれのからだの窪みにすっぽりはまるようにからだを丸める。おれは重い腕をなんとかもちあげて、髪を撫でた。ヘレナの頭が胸の上で重くなったと思ったら、もう眠りこんでいる。世の中全般について、とりわけおれについて、ヘレナの心配が止んだことを確信してから、おれはヘレナについてもう少し心配して、それから眠ってしまった。

　翌日目を醒ますと、尖筆がものすごい勢いで書字板をひっかく音が聞こえた。訳は想像ついた。クレメスがおれに手を入れろといった芝居に、ヘレナが手を入れているんだ。出て行くとチラッと見あげる。優しい表情だ。おれはちょっと頷くと、ひとことも言わずに浴場に出かけた。

　さっぱりして、髭も剃り、清潔な服を着て、それでもまだ動きはのろのろと戻ってくると、書き直しはすんだようだった。ヘレナはさっきよりきちんと身じまいして、瑪瑙《めのう》の耳飾りと腕輪を二本着けて、ちゃんとしたローマの家に相応しい折目正しい敬意をもって一家の主を迎えた（もっとも、ふだんとまったく違う控えめな態度で。おれの仕事をよこどりしたから、よほど注意が必要だと思っているようだ)。おれのほっぺたにやはり折目正しいキスをした。それから、温かい飲み物をつくるために鍋で蜂蜜をとかす仕事に戻った。皿に焼きたてのパン、オリーブ、ひよこ豆のペーストがのっている。

おれは立ったまましばらくヘレナを見つめていた。ヘレナは気がつかないふりをしている。恥ずかしがらせてうろたえさせるのがおれは好きだ。「お嬢さん、きみはいつかきっと、エジプトの絨緞《じゆうたん》やアテネの壺がひしめく館に住んで、大理石の噴水のしらべにそのきれいな耳を慰められるだろう。きみの評判の悪い恋人が千鳥足でご帰館となれば、何百人って奴隷が待ちかまえていて、きみに代わって汚れ仕事をしようと争うのさ」

「そんなのきっと退屈だわ。何か食べて、ファルコ」

「『鳥』はすんだのか?」

かん高いかもめの鳴き声が答えだった。

おれは注意してゆっくり座り、少しだけ食べた。そして待った。もと兵士で、百戦練磨の遊び人としての経験から、すっかりかき乱された内臓がどんなに不快なワザを仕掛けてくるか待ったんだ。時間つぶしに訊ねた。「ムーサはどこだ?」

「神殿に行ったわ」

「ほう、いったいどうしたわけで?」知らんふりで訊く。

「あの人は神官です」

おれはこっそり微笑した。シュライのことはふたりの秘密にしといてやろう。「そうか、宗教か。おれはビリアでも追っかけてるのかと思った」

　何があったか（あるいはなかったか）知らないが、ムーサとビリアがいっしょに過ごしたあの夜以来、ヘレナとおれはロマンチックな関係の兆しはないかとひそかに目を光らせていた。次にふたりが人前で顔を合わせたときは、厳粛な顔で頷きあっただけだった。娘のほうが恩知らずなのか、おれたちのムーサがおっそろしくグズなのか……。

　ヘレナはおれがなにを考えているかわかって、微笑した。やつらに較べて、おれたちの関係はオリュンポスの山みたいに時を経て、堅固なものだ。おれたちの背後には、猛烈ないきおいで言い争い、途方もない状況で互いに助けあい、そして可能なかぎりいつでもベッドに倒れこんできた二年間がある。ヘレナは三本むこうの通りを行くおれの足音がわかる。おれは数時間前にヘレナがいた部屋に一歩入ればそれとわかる。おれたちは互いをあまりにもよく知っているから、話をする必要もない。

　しばらくするとヘレナが言いだした。「よかったらわたしが手を入れたところがいいかどうか見てくださいな」

　ヘレナは気のきいた作家だった。

「とてもいい改訂だと思うよ」それよりキスをつづけたほうがもっといい。

「でも、この仕事は無駄になるかもしれないわ。今晩の公演について大きな疑問符が浮上しているのよ」

「なんで？」

ヘレナがため息をついた。

「楽団がストライキに入ったの」

「ヘイ、見ろよ！　おれたちの始末に作家を送ってくるなんざ、事態はよっぽど悪いぞ！」

おれが現われると、楽団と裏方の面々から嘲るような拍手が起こった。連中は野営地の一角にかたまって暮らしている。楽士と道具方、その取り巻きが十五人から二十人ほど、闘争的な顔つきで座り込み、やつらの不満に劇団中核の連中がいつ注意を向けるのかと待っていた。顔をベタベタにした赤ん坊がヨチヨチ歩きまわる。犬が二匹ほど、蚤の食い痕を引っ掻いている。怒りをはらんだ雰囲気がおれの肌にぴりぴりと痛かった。

「何事だ、いったい？」おれは単純で愛想のいいタイプを装った。

「あんたが聞かされたとおりだよ」

「おれはなんにも聞いてない。自分の天幕で酔っぱらってたから。ヘレナさえもう話をしてくれない」

まだ不吉な緊張感に気づかないふりをして、輪のなかに入って座り、無邪気な観光客みたいに連中に笑いかけた。そして、睨み返す視線のなかで、誰がいるのか見まわした。

楽団を構成するのは、フルートを吹くアフラニア。もうひとり、パンパイプを吹く娘。日焼けして皺だらけ、鉤鼻《かぎばな》の年とった男は、小ぶりのシンバルを見かけとは不釣合いな繊細さで叩いているのを見たことがある。そして青白い顔の若い男は、気がむくと竪琴をかき鳴らす。楽団を率いているのは背の高い、痩せた、禿げ頭の男で、二本管でそのうち一本は先が上を向いている大きな楽器をブンブンと吹くときもある。吹きながら、足踏みの道具でカチャカチャ拍子をとって楽団を指揮した。よその劇団付きアンサンブルに較べて大規模な構成だが、楽士たちが踊りもするし、湿気《しけ》った蜂蜜菓子を売ったり、芝居がはねてから観客に娯楽を提供したりすることを忘れてはならない。

楽団といっしょにいたのが、重労働の道具方。がに股の小柄な男たちで、女房たちはそろって、頑丈で、むっつり顔。パン屋の店先で前に割り込もうなどと思わないほうがいいような田舎女だ。出身地はバラバラ。住んでる区画を見ると、芸術的な気ままさをみせている楽団とは対照的だ。道具方は、艀《はしけ》の船頭や鋳掛け屋のように、ごく近い親族同士だ。生活の場も一点の染みもなくきれいにしている。みんな流浪の生活のなかで生まれた。新しい場所に着くたびに、いちばん先に生活環境を整えるのがこの連中だ。天幕がまっすぐな列をなして並び、一方の端に手の込んだ衛生処理設備を配する。巨大な鉄鍋を共有していて、そのなかでスープを煮ては、厳格なローテーションを組んでかき混ぜる。今もその鍋が見える。湯気が渦を巻いてたちのぼり、おれの胃が思いだしたようにムカムカしてきた。

「なんかおかしな雰囲気になってる？」

「どこにいたんだ、ファルコ？」鉤鼻のシンバル奏者が、犬に石を投げながらけだるそうに言った。犬を狙ってくれてよかった。

「言っただろう、酔っぱらって寝てた」

「なるほど、台本作家の生活にいともたやすく順応したな！」

「この劇団で書いてたら、あんただって酔っぱらうさ」

「あるいは、貯水池で溺れる！」うしろの方からせせら笑う声。

「あるいは、死ぬ」おれも静かに同意した。「ときどきそれが心配になる。ヘリオドールスを殺《や》ったやつが誰にしろ、たぶん台本作家はみんなの嫌われ者で、次はおれだってな」イオーネのことはまだ口にしないように気をつけた。もっともここでは、溺れた作家よりイオーネが肝心だったに違いない。

「心配することないさ」パンパイプの娘が嘲笑った。「あんた、そこまでうまくないよ！」

「へっ！　どうしてあんたにわかる？　役者連中でさえ台本《ホン》を読んでないんだ。あんたたち楽士なんかぜったい読んでないさ。しかし、まさか、ヘリオドールスがまともな作家だったなんて言ってるわけじゃないよな？」

「あいつはクズだ！」アフラニアが叫んだ。「プランキーナはあんたを怒らせようとしてるだけだよ」

「なんだ。誰も彼もいろいろ言うが、ヘリオドールスは案外まともだったと言われてるのかと、もうちょっとで思うところだった。しかし、それはみんな同じことじゃないか？」おれは傷ついた作家の顔をつくろうと努めた。容易ではなかった。自分の仕事の質のよさはよく知っているからだ。真の批評センスをもつ人間が読めば、ということだが。

「あんたは違うよ、ファルコ！」アフラニアがプランキーナと呼んだ、そっけないサフラン色のテュニカを着た、がさつなパンパイプ吹きだ。

「それはどうも。誰かに保証してもらいたかった……。それで、野営地のこっち側のこの暗いムードはなんなんだ？」

「消えな！　経営側と話すことはない」

「おれはあっちの仲間じゃない。役者でさえない。ほんの偶然この一座にでくわしただけだ。クレメスに近づかなきゃよかったと思いはじめている、しがないフリーランスの作家さ」

　周りに広がった不満の呟きが警告になった――これは気をつけなくちゃいけない。さもないとこの集団を説得して仕事に戻すのではなく、ストライキ指導者になっちまう……。調停員が、五分後には叛乱首謀者に豹変だ。上首尾じゃないか、ファルコ！

「別に秘密なわけじゃない」裏方のひとりが言いだした。ひときわ哀れなみてくれだ。

「昨夜おれたちはクレメスと一戦交えた。退きさがるつもりはない」

「いや、言わなくていい。あんた方の問題に立ち入るつもりはないんだ」

二日酔いの頭は、三十フィートはある破城槌をくらった要塞門の凹《へこ》みみたいな感じだったが、それでもおれのプロ根性は無事だ。話さなくていいと言ったとたん、相手はなにもかもぶちまけたくなった。

　推測どおりだった。連中の不満の根底にはイオーネの死があった。われわれのど真ん中に狂人がいると、とうとう気づいてしまった。台本作家を殺して逃げおおせたそいつが、今やその目を楽士に向けた、次は自分たちのうちの誰が狙われるのか、と疑心暗鬼になっている。

「びっくりするのも無理はない、当然だ。しかし、昨夜のクレメスとの喧嘩はなんのことだったんだ?」

「わたしたちはもう辞める」とシンバル奏者。「今期分の給金をもらいたい——」

「待て、待て。おれたちは昨夜収益からそれぞれの分け前をもらった。あんたたちの契約条件は違うのか?」

「違う。役者や作家は別の仕事口を見つけるのがむずかしいことをクレメスは知っている。あんた方はむりやりおん出されなきゃ辞めたりしない。しかし楽士や裏方労働者はいつだって仕事が見つかるから、ほんのちょっぴりくれたあとは、残りは巡業が終るまで待たせるんだ」

「そしてクレメスはその残りを今払ってくれない?」

「のみ込みが速いな、ファルコ。今辞めるんなら払わん、やつの寝台の下の箱から金をださない、と言うんだ。だからこっちは、そうかい、そんなら『鳥』を檻にでも入れて、ここからアンティオキアまでずっと囀《さえず》ってろ、と言ってやった。おれたちが一座にいるかぎり、やつは別のスタッフを雇えない。おれたちが警告するからな。しかしおれたちは仕事は拒否する。音楽も舞台装置もなしだ。ここらあたりのギリシアの町がクレメスを笑いものにして舞台から引きずり降ろすだろう」

「『鳥』だとさ! あれが我慢の限界だった」若き竪琴弾きのリベスがぶつくさ言う。アポロとは似ても似つかない。あれほど弾けるわけないし、威厳ある美しさで畏敬の念を起こさせることもない。気をそそること、きのう炊いた粟粥《あわがゆ》程度だ。「おれたちに忌々しい雀みたいにチイチイ言わせようなんて……」

「リュディア旋法とドリア旋法の違いをちゃんと弾きわけるプロにたいして、そりゃたしかに無礼ってもんだ！」

「そんな嫌味をもう一度言ってみろ、ファルコ。おまえの嫌がるところを象牙のピックではじいてやる」

「悪かった。なにしろおれはジョークを書くために雇われてるもんで」

「ぼちぼちそいつを始めたらどうなんだ」誰かが笑いながら言った。

アフラニアが心なしか態度を和らげた。「ファルコ、いったいどういうわけでこっちにお出ましになったんだい？　面倒をおこす下層階級のところなんかにさ」

「みんなに相談にきた」思い切って言った。「おれは誰がふたりの人間を死なせたのか探ってる。それをあんたたちが助けてくれるってのはどうだ？　おれのほうは、あんたたちの誰にも危険が及ばないことを保証してやれる」

「どうしてそんなことができる？」と楽団長。

「ゆっくり説明しよう。こんなに残酷で、しかも、平然と人の命を奪える男だ。おれは軽率に請け合ったりはしない。ヘリオドールスがどうして殺されたのか、ほんとうのところまだよくわからん。しかしイオーネの場合は、理由はずっとはっきりしている」

「長靴の紐にこびりついた泥くらいはっきりしてるさ！」プランキーナが声をあげた。まだ敵意がありありだ。しかしほかの連中はほとんどがじっと耳を傾けている。

「イオーネはヘリオドールスを殺したのが誰か知っていると思っていた。そいつの名前をおれに教えてくれると約束した。暴露されるのを恐れたそいつに殺されたに違いない」

「ということは、あんたが『いったい誰が殺《や》ったのか皆目わからん』と大声で触れてまわれば、安全だということか？」楽団長が皮肉な調子でかえした。ただ、耐えがたいほど皮肉っぽくはなかった。おれは無視した。

「死んだ夜にイオーネが誰に会っていたかわかれば、すべてがわかる。イオーネはあんたたちの仲間だった。誰かなにか知ってるはずだ。イオーネがあの夜のことを言ってなかったか。あるいは、別の折りに、仲良くしている男のことを口にしたとか――」野次がとんできて邪魔される前に急いでつけくわえた。「イオーネが人気者だったことは知っている。ここにいるみんなのなかにも、ときにはイオーネに秋波をおくられたやつがいるだろう、そうじゃないか？」

屈託なく白状した者がひとり、ふたり。残りのうち、自分には女房がいる、と言った者が数人。無実だという意味らしかった。いずれにしても、女房が現にそこにいるんじゃ、尋問もできない。イオーネと絡んだことのない男も、考えたことがあるのはたしかだ。それは誰もが認めるところだった。

「そう、それが問題なんだ」おれはため息をついた。「あんたたちの誰でも不思議はない。あるいはどの役者でも」

「あんたでもね！」とアフラニア。ふくれっつらだ。この話題が出るたびに、悪意を露骨にする。

「ファルコはヘリオドールスと知合いじゃなかったぞ」公平な指摘がでた。

「いや、知合いだったかもしれない」と自分で返した。「見も知らぬヘリオドールスを見つけたと言ったが、前から知っていたのかもしれない。知っていて、反感をもって、事が終ってから、一座に入りこんだのかもしれない。なにか途方もなくねじくれた理由で――」

「あいつ仕事が欲しい、とか？」竪琴弾きが意外な機知を発揮した。ほかの連中がどっと笑って、おれは無罪とみなされた。

役にたつ情報は誰からも出なかった。それは、誰も情報をもっていない、ということではない。誰かがついに勇気を奮っておれの天幕にやってきて、人目をしのんで決定的なヒントを囁くのを聞くことになるかもしれない。

「一座にとどまるべきかどうかについては、おれはなんとも助言できない。しかし、こう考えてみたらどうだろう？　あんた方が仕事を拒否すればこの巡業はおしまいだ。クレメスとフリギアも、音楽と舞台装置がなければ喜劇はできない。伝統的にどっちも必要で、観客は当然期待してくるからな」

「笛の演奏の効果なしにプラウトゥスの独白を演《や》るなぞは、死んだ酵母でパンを焼くようなものだ」と楽団長が厳かにのたもうた。

「そうだとも！」おれは尊敬の念があからさまになるよう努力した。「あんた方がいなければ、切符を売るのもむずかしくなって、結局は一座は解散ということになる。しかし忘れないでくれ。解散になれば、殺人犯はまんまと逃れることになる」そして立ちあがった。全員を見渡して、ひとりひとりの良心に訴えかけるんだ。しかし、と考えた。この連中は、提供するものとて実質的にはなにもないが、鉛色の顔をして、吐き気に悩まされている酔っ払いに訴えかけられたことがいったい何度あるだろう？　あの役者兼座長の下で働いているんだ、そりゃ何度もあるだろうさ。

「あんたたち次第だ。イオーネの仇を討ちたいか？　それとも、どうでもいいのか？　あんた方ひとりひとりが決めることだ」

「あんたにはどういう得があるのさ、ファルコ？」とアフラニアが声をあげた。「フリーランスだって言ってるじゃないか。どうしてさっさと逃げださないのさ？」

「関わっちまったんだ。逃げるわけにはいかない。おれがヘリオドールスを発見した。おれの恋人がイオーネを見つけた。誰がやったのか、そして、そいつがちゃんとツケを払うことを、この目で見なくちゃならないんだ」

「この人の言うとおりだ」とシンバル奏者が理性を示す。「殺したやつを見つけるたったひとつの方法は、みんなでいっしょにいて、集団のなかにそいつを閉じ込めておくことだ。しかし、どれくらいかかるだろうか、ファルコ？」

「そいつが誰だかわかるまでさ」

「だけど、あんたが探してるって知ってるよ、そいつ」アフラニアが警告してくれる。

「おれだって、そいつに観察されているのは承知の上さ」トラニオのアリバイについてのあのおかしな言い分を思いだしながら、アフラニアをじっと見つめた。あれは嘘だという確信がまだある。

「あんたが迫ってきたと思ったら、あんたを狙うかもしれないぞ」とシンバル奏者。

「ああ、きっと狙うだろう」

「怖くないのかい？」プランキーナは、おれがやられるのを見るのが、血まみれの二輪車競《チャリオット》争の次くらいに楽しみだって顔をしている。

「おれを狙ったとき、やつは自分の間違いを思い知る」自信に満ちた声だ。

楽団長がいつもの悲観的な口調で助言をくれた。「あんた、このあとしばらくは、水を飲みたくなってもごくごく小さなコップを使うことだ！」

「おれは溺れ死ぬつもりはない」

面倒な状況になったら頼りになる男だぞ、というふうに、腕組みをして、両足を開いて地面にふんばってみせた。この連中はまともな演技がなんたるかを熟知している。そんなことでは騙されなかった。「おれはあんたたちに代わって決めることはできない。しかし、ひとつだけ約束しよう。あんたたちが残ると言ったら、おれも残る。そうすれば、すくなくともあんたたちの利害はおれがめんどう見ると思っていい……」

正気を失っていたに違いない。昨夜の酒でとことん泥酔するまでは理性ももうちょっと持ち合わせていた。プランキーナやアフラニアのような放埒《ほうらつ》な女たちをこの手で守ると宣言してしまったことを、ヘレナにいったいどう説明すればいいのか……。

楽士と裏方たちは結局一座にとどまって、仕事を続けた。おれたちはスキュトポリスに『鳥』を贈った。スキュトポリスは大喝采を返してくれた。

ギリシア人にしては驚くほど寛容だった。

第五場

ディオンに近づいたところで、あそこでは疫病が流行していると教えられた。おれたちはさっさと退散した。

アビラは公式には「十の町《デカポリス》」地域にある有名な十の町のひとつではない。この町は、ギリシア都市連盟に属している町が享受している名声や、襲撃に対する共同戦線の安心感が欲しくて、連盟の一員だと主張しているだけだ。誰かが襲撃してきて、証明書を見せろとでも言ったら、その主張はもろくも崩れ、おとなしく掠奪されるままになるしかないだろう。

ひどい道を旅して、おれたちは午後遅くなってアビラに入った。みんな不機嫌だった。荷車の一台の車軸が折れて、しばらく足止めをくった。どうやら山賊が定期的にパトロールしていそうな道路だ。それに、路面のでこぼこで、みんなからだが粉々に壊れるかと思うくらい揺すぶられた。町に着くと、まず天幕を張り、それから、今後の計画なんぞどうでもいいとばかりにそれぞれの天幕に引きこもってしまった。

おれたちの天幕では、辛抱強いムーサが外で火をおこした。どんなに疲れていても、この仕事と、水を汲んでくることは欠かさず、それからようやく寛ぐのだった。ここはひとつ協力的な態度をみせなければ、とおれも牛に餌をやった。とんでもない獣だ。おれの義務感あふれる行為に、足を踏んづけて報いた。ヘレナが食べ物を用意してくれたが、誰も腹が減っていなかった。

あんまり暑いし、気がむしゃくしゃするしで、眠る気にもなれない。だからおれたちはあぐらを組んで座って、とりとめのない話をした。

「わたし、とっても気落ちしてしまって……。もう町も残り少ないのに、なんにも解決していないわ。あとどこが残っていたかしら？　カピトリアス、カナタ、それにダマスクスだけよ」

ヘレナは自分で質問しては自分で答えるうちにまた元気になってきた。ムーサとおれは惚《ほう》けて虚空を睨んでいるだけだと思っている。しばらくそう思わせておいた。ヘレナを怒らせようとしていたわけではなく、そんな雰囲気だったからだ。しかし結局おれが反応した。

「ダマスクスは大都会だ。ソフローナが見つかる可能性もありそうだ」

「でも、あの人がディウムにいたとしたら？」

「それならきっと疫病にかかってるさ。タレイアだって連れ戻して欲しいと思わんだろう」

「それでも、あの人を探しつづけるのね」ヘレナは無駄な努力が大嫌いだ。おれは密偵だから、そんなことには慣れている。

ムーサがかすかに微笑んだ。いつものように黙ってそこに座っている。下手をするとその沈黙に癇癪をおこしそうなくらい苛々していたから、それを避けるためにも積極的にでることにした。

「どうだ、現状分析をしてみようじゃないか」これで同席者たちに気合が入ると思ったら、大外れだった。ふたりとも相変らず気乗りのしない、陰気な顔をしている。それでも続けた。「ソフローナを探すことはたしかに無意味かもしれない。今ごろはどこまで行ってしまっていてもおかしくない。だいたい、イタリアを出たかどうかさえはっきりしない」これは悲観も度が過ぎるだろう。「おれたちにできるのは、できるかぎり徹底的に探すことだけだ。こういう仕事はどうしようもないこともある。一方で、偶然にすごい幸運にぶつかって、結局解決できることもある」

ヘレナもムーサもしらけた顔をしている。うまそうな死骸を見つけたと思って砂漠に舞い降りてみると、壊れたアンフォラにどこからか飛んできた古いテュニカがまとわりついていただけだったときの禿げ鷲みたいだ。おれはなおも陽気に振舞おうと努力した。しかし水圧オルガン弾きについては諦めていた。探しはじめてから時間がかかりすぎている。あの娘からはすでに現実味が失せていた。おれたちの関心が薄れるのにつれて、こっちで見つかる可能性らしきものもすっかり薄らいでいた。

突然ヘレナが息を吹きかえした。「それで、殺人犯はどうなの?」

もう一度、おれは事実をさらってこの場を活気づけることにした。「われわれにわかっていることは? そいつは男だ。口笛が吹ける。かなり頑強に違いない。ときに帽子をかぶる

――」

「度胸がある」とムーサがつづけた。「もう何週間もわたしたちといっしょにいます。わたしたちが追っているのを知っている。それでも間違いをしません」

「そうだ。よっぽど自信がある。もっとも、突然びくつくことがある。パニックをおこして、ムーサ、あんたを舞台から引き降ろそうとしたし、イオーネを黙らせた」

「それに残酷だわ」とヘレナ。「おまけに説得力がある。ヘリオドールスもイオーネも、その男とふたりだけで出かける気になった。イオーネはその男が殺人を犯したかもしれないと疑ってたのに。ヘリオドールスの場合はそうではなかったと思うけど」

「ペトラでのことをもう一度考えてみよう。主だった役者たちがあっちに行って、台本作家を欠いて帰ってきた。この連中のことでわかっていることは？　ヘリオドールスの散歩を水浴びに変えるほどやつを憎んでいたのは誰なんだ？」

「ほとんどの人よ」ヘレナが指でひとりひとり数えあげた。「クレメスとフリギア。うまくいっていない結婚のこと、フリギアの行方知れずの赤ちゃんのことであの男がとやかく言ったから。フィロクラテスは、ビリアをめぐってどちらもうまくいかないライバル同士だったから。ビリアも、あの男に強姦されそうになったから。ダウォスは、ひとつにはフリギアへの忠誠心から、もうひとつはあの男が……」とヘレナが言いよどむ。

「クソ野郎だったから」とおれが補った。

「それより悪いわ。下手な作家だったから！」三人ともちょっとニヤッとした。ヘレナがつづけた。「コングリオはすごく苛められたからヘリオドールスを憎んでいたけれど、口笛を吹けないから除外していいわ」

「それは調べたほうがいい」

「クレメスに確かめたわ」とヘレナがピシッと言いかえす。「双子は、ヘリオドールスが嫌いだったたって自分で言ったわ。でも、特別な理由があるのかしら？　殺す動機になるほどの強い理由が？」

「たしかに。あるとしたら、おれたちはまだ掘りだしてない。ヘリオドールスは舞台の上ではあのふたりを屈服させることはできなかった、と本人たちは言っている。どんなにひどい役を書いても、道化は即興でいかようにも演じられたから。まあ、その通りだってことはわれわれも知っている」

「だからあの人たちはヘリオドールスに支配されてはいなかった。それでも、ひどく嫌ってたって言ってるわ」

「そうだ。それに、もっとあとのことを言えば、すくなくとも片方は、つまりトラニオは、イオーネが殺された晩に満足なアリバイがない。ほかの全員があの夜の居場所を説明できる。哀れなコングリオはゲラサ中を走りまわって、広告を書きまくって字を間違えていた。グルミオは通りに立って精根尽きるまでジョークを飛ばしていた。クレメスとフリギア、ダウォス、フィロクラテスはいっしょにメシを食ってた――」

「フィロクラテスがチーズ屋さんと寝るために途中で席を立つまではね」ヘレナが眉をしかめ

る。

「チーズを見せられた」おれはニヤッと笑った。「あのハンサムは人を殺している時間もないほど忙しいでしょう」

ムーサもおおっぴらに笑った。

「チーズを食うのにな」おれが毒づく。

ヘレナは真面目だ。「チーズはいつでも手に入れられたでしょう――」

「店のカウンターが適当な高さならな！」

「いいかげんにして、マルクス！」

「わかった」おれは真面目になった。「トラニオを除いてみんなアリバイがある。トラニオはアフラニアといっしょだったと言ってかわしているが、おれは信じないな」

「それじゃわたしたち、ほんとうにトラニオを疑っていいの？」ヘレナが決断を促す。

おれはまだもうひとつ腑に落ちない。「証拠がないのが気になる。ムーサ、あんたの口笛男がトラニオってことはありうるか？」

「ええ」と言いながら、ムーサも困っている。「でも、ボストラの堤防から突き落とされた夜――」あの事件をたとえおれが忘れることがあっても、ムーサは絶対ないだろう。今あらためて、いつもと同じように慎重に考えなおしている。「あの夜、トラニオはたしかにわたしより前を歩いていました。コングリオとグルミオとダウォス……はわたしの後ろだった。この三人のうちの誰でも可能性がありますが、トラニオではありません」

「確信があるんだな？」

「ええ」

「あの直後にあんたに訊いたとき――」

「あれ以来ずっと考えてきました。トラニオは前でした」

この点を考えることにした。「あの夜にあんたの身に起こったことが意図的だったってのは確かなんだろうか？　あれ以来何もないな」

「いつもあなたたちのそばにいるから――わたしは完璧に守られています！」ムーサは大真面目な顔でそう言ったが、皮肉の片鱗もなかったかどうか決めかねた。「強く押されたのを感じました。それが誰だったにしろ、わたしとぶつかったのはわかったはずです。それなのに、わたしが落ちても助けを呼ばなかった」

ヘレナが考えこんだようすで別の点をもちだした。「マルクス、あなたが犯人を探しだそうとしているのはみんな知っているわ。多分、その男は前より注意しているんでしょう。あなたを襲ってこないもの」ヘレナも襲われていない。口にはださなかったが、一時期そのことがおれの恐怖だった。

「やってくれるといいんだが」おれは呟いた。「そうすれば捕まえられる！」

そしてひとりで考えた。これはどうも嫌な感じがする。なにか決定的なことを見逃しているのか、あるいは、この悪者を暴きだすことはこれまでになく難しいのか……。時間がたてばたつほど、この謎を解ける可能性は少なくなる。

「それに、口笛も吹かなくなりました」とムーサが言い添えた。

人殺しもしなくなったようだ。こっちが完全に立ち往生だと知っているに違いない。これ以上なにもしなければ、あいつは安全だ。

何かさせなければならない。

クレメスはアビラではまた別の芝居をかけることにした。ヘラクレスが神々によって地上に下されるという、深遠なギリシア神話を粗野なローマ風刺劇に翻案した、ちっともおかしくない笑劇だ。ダウォスがヘラクレスを演じた。役者は全員すべて心得ているようすで、おれは事前になにもしなくてよかった。リハーサルでは、ダウォスがクレメスの指示などまったく無用に、すばらしく響きわたるバリトンで役どころを難無くこなしている。ちょうどいい機会だから、いつか内密に話がしたい、と座長に申し入れた。するとその晩の夕食に招かれた。

その晩は公演がなかった。地元の連中が太鼓やハープをうるさくかき鳴らす演目を一週間上演しているために、おれたちは劇場が空くまで待たなければならなかった。お約束に赴くために野営地をよこぎって歩いているときも、その音楽がピロピロ、ドンドンと聞こえていた。おれは腹ぺこだった。クレメスとフリギアの夕食は遅い。我が家では、いっしょに招《よ》ばれなかったヘレナとムーサがこれみよがしにご馳走を並べているのを脇目に、ウロウロ時間待ちをした。ほかの連中の天幕では、すでに食い物にありついた幸運なやつらが、外に座って通り過ぎるおれに杯を振りたてたり、オリーブの種をペッと吐きだしたりした。

どこに何のために行くのか一目瞭然だったにちがいない。片手にナプキンを持ち、もう一方の腋《わき》に手土産の酒壺を抱えていたんだ。いちばんいい（虫食いがいちばん少ない）テュニカを着込み、髪に櫛を入れて砂漠の砂を落としておいた。遊牧民式に通路に直角になるように張った長い黒い天幕の列から両面攻撃を受けながら歩いていると、自分がひどく目立っている気がする。ビリアの天幕はほとんど真っ暗だ。双子は両方とも天幕の外にいて、プランキーナと酒を飲んでいた。今夜はアフラニアの姿がない。通りすぎてから、双子のひとりが立ちあがって黙っておれの背中を凝視しているのを感じた。

座長の天幕に着くと、どっと気落ちした。クレメスとフリギアは口論の真っ最中で、メシの用意などまだできていなかった。このふたりは、なんとも奇妙で不似合いなカップルだ。フリギアは、おそろしく背の高い復讐の女神が罪人たちに厳しい責め苦を準備しているところ、ってなふうにひらりひらりと歩きまわっている。焚き火の明かりに照らされた顔は、いつもよりもっと痩せ衰えて、不幸せそうだ。かなりそっけなく迎えられたが、フリギアのとりとめのない動作もいつかはおれになにか食わせるためなんだからと、なるべく愛想よくしていた。憤怒のしかめっ面をぶら下げて天幕の外にだらっと座っているクレメスも老けて見える。顔には深い窪み、ベルトの上に酒による太鼓腹と、その目立つ容貌に早くも崩壊の兆しがしのびよっていた。

フリギアが天幕のなかで皿をガチャガチャいわせているあいだに、クレメスとおれは持ってきた酒壺をこっそり開けた。

「さて、マルクスくん、どのような秘密のご用件かな？」

「いや、とりたててなにも。おたくの殺人犯捜査についてもう一度ご相談したかったもんで」

「駱駝のつなぎ柱にでも相談したほうがましよ！」中からフリギアが叫んだ。

「なんでも相談したまえ」連れ合いのうんざりした声が聞こえなかったかのように、座長が低音をとどろかせる。険悪な結婚生活が二十年にもわたると、ほんとうに耳が選ぶようになるのかもしれない。

「容疑者の範囲はかなり絞られたが、この悪者を特定するにはまだ決定的な事実が必要だ。イオーネが死んだときには、新たなカギが出てくるかと期待したんだが、あのタンブリン奏者には男友だちが多すぎて、整理しようとしてもどうしようもない」

見てないようなふりをしながら、クレメスの反応を観察した。おまえもその「男友だち」のひとりではないのか、というさりげない仄めかしに気づいていないようだ。フリギアのほうがよくわかっている。おれたちの会話を監督しようと天幕から出てきた。少しばかり手間をかけただけで、今晩の宴の女主人らしく優雅に変身していた。たぶん絹だろう、軽やかなスカーフを肩から華やかに流し、スプーンほどの大きさの銀の耳飾りをつけ、大胆に顔料を塗っている。気だるそうな大仰な身振りで料理を並べながら、態度もさっきより丁重になった。

食事は、おれの心配をよそに、じつに豪華だった。東方の珍味を盛ってオリーブとなつめ椰子の実で飾った大皿、温めたパン、穀類、豆類、香辛料をきかせた肉類、何種類ものピリッとした味のディップの小鉢、ティベリアス湖産の塩や魚醤《ガルム》もたっぷり。フリギアは、この大ご馳走をでっちあげた手腕に自分で驚いているみたいに、無造作に皿を並べた。生きるうえで食べ物なんぞはほんの付随的なものだって顔をしながら、このふたりは最上のものしか食べていないとおれは見た。

家庭内のいざこざは中断された。放棄されたのではなく、延期だろう、たぶん。

「あの娘《こ》は自分のしていることをよくわかっていました」フリギアがイオーネについてコメントした。苦々しくも、非難がましくもない。

おれは反論した。「そのために殺されるとわかっていたはずはないでしょう」ふだん慣れているよりずっとフォーマルな雰囲気だったから、行儀に気をつけた。意地汚く見えないように、できるだけたくさんの料理を、少しずつ取り皿にとる。「生きることをあれほど楽しんでいたんだ。命を投げだすはずはない。しかし抵抗しなかった。あの池であんなことが起こるとは予想していなかったからです」

「あそこに行くなんて愚かだ！」クレメスが叫ぶ。「まったく理解の外だ。会うつもりの男がヘリオドールスを殺したと思っていたなら、どうしてあんな危険を冒すのか？」

フリギアが救いの手をさしのべる。「ただの娘だったのよ。ヘリオドールスを憎んでいた人が、同じ理由で自分も憎むとは思わなかった。殺人を犯す者に理屈なんて通らず、予測もできないことを理解していなかったんです。マルクス――」どうやら下の名前で呼び合う仲になったらしい。「ご遠慮なく。たくさん召し上がれ」

「それでは」とおれは蜂蜜のディップを平たいパンにのばしながら訊ねた。「イオーネはそいつに、犯人だと知っているぞと知らせたかったとお考えですか？」

「ええ、きっとそうだわ」フリギアはこのことについてよく考えたにちがいない。もしかしたら、自分の夫が関わっていないことを確めたかったのかもしれない。「その危なさに惹かれたのよ。でも、あのおばかさん、その男が自分に脅威を感じるとは本当のところわかっていなかった。強請《ゆす》るようなタイプの娘ではなかったけれど、その男は強請られるんじゃないかと思ったのでしょう。イオーネのことだから、すごく面白い冗談みたいに思っていたんだわ」

「すると犯人のほうはイオーネに笑われていると感じた。あの娘は最悪のことをしたんだ」おれは呻いた。「ヘリオドールスのほうはどうです？　イオーネはあの台本作家が世の中から排除されて残念だとは思っていなかったでしょう？」

「あの男を嫌っていたわ」

「どうして？　ヘリオドールスが言い寄ったことがあるとききましたが」

「あの男は動くものならなんにでも言い寄った」とクレメス。聞いているところから推すに、これがクレメスの口からでるとは皮肉だ。「わたしたちはいつでもあいつの魔手から娘たちを救出しなければならなかった」

「そうですか？　ビリアを助けたのもあなたでしたか？」

「いや。あの娘は自分で自分の面倒をみられるはずだ」

「あら、そうですか？」フリギアが軽蔑したように叫んだ。クレメスが歯を食いしばる。

「ヘリオドールスがビリアを強姦しようとしたことをご存知でしたか？」とフリギアに訊いた。

「そんなことを聞いたような気もするわ」

「隠しだてする必要はありません。本人から聞いています」

クレメスがお代わりをとっていたから、おれも屈みこんでまたあれこれ皿にとった。

「そう、ビリアが言ったのなら……。あのあと、あの娘《こ》が悲嘆にくれてわたしのところに来て知りました。一座を辞めたいと言ってきたので、辞めないように説得しました。あの娘《こ》はなかなかいい女優です。ろくでもない男のために有望な将来を棒にふることはありません！」

「ヘリオドールスには何かおっしゃいましたか？」

「もちろんだ！」口いっぱいにほおばったパンを嚙みながらクレメスがもぐもぐ言う。「フリギアに手落ちはない！」

「あなたが絶対なにもしないってわかっていたからよ！」フリギアがくってかかった。クレメスがうしろめたそうな顔をした。どういうわけか、おれもうしろめたい気がした。「まったくひどいものだわ。あの男にはきちんと対処すべきでした。あなたがあの時あの場で追いだすべきだったのよ」

「すると、あなたがヘリオドールスに警告した……」指についたソースをなめながら訊いた。

「警告というより脅迫だったわ！」容易に信じられる。フリギアの迫力はかなりのものだ。しかし、行方不明のこどもの消息をなにか知っているかもしれないと思いながら、ヘリオドールスをほんとうに追いだしたかどうか、とおれは思った。フリギアは断固として言う。

「もう一度でも悪事をしてごらん、クレメスが甘くみるだろうなんて思うな、さっさと出て行ってもらう、って言ってやりました。わたしが本気なことはあの男もわかってたわ」

「わたしはあの男に非常に不満を抱くようになった」クレメスがまるでそれが独自の考えみたいに言いだした。勝ち目のない状況を最大限うまく使おうとしている。おれは笑いをかみころした。「もちろん妻の助言を受け容れるつもりだった」

「しかしペトラに到着したとき、やつはまだ一座にいましたね？」

「執行猶予中だった！」

「解雇通告済みよ！」

もうちょっとデリケートな問題に踏みこむことにした。「ダウォスがそれとなく言っていたのですが、フリギア、あなたにはヘリオドールスに反感をもって当然の理由があったとか？」

「なるほど、あなたにあの話をしたわけね？」厳しい口調だ。クレメスがほんのわずか座り直したような気がした。「ダウォスのやつ！」とフリギアが怒鳴った。

「詳しいことはなにも。ダウォスは友人として、ヘリオドールスがあなたを苦しめていることに憤《いきどお》っていました。あいつがどんなにひどい畜生か、例を挙げただけで……」おれは雰囲気を和らげようとぼそぼそ言った。

フリギアはまだ腹をたてている。「たしかにひどい畜生だったわ」

「すみません。動揺させて――」

「動揺なんかしてません。あいつがどんなやつかよくわかっていました。口ばっかり。男はたいてい同じ」

おれは、何のことを言っているのか理解できない、助けてくれ、と訴えるようにクレメスを見た。クレメスは、思いやりを示そうというのか、急に声を落とした。

「ヘリオドールスは、フリギアが行方を探している親戚の者について情報がある、と言っていた。わたしに言わせれば、あれは罠だった――」

「今となっては知りようもないわね？」フリギアが怒りに燃えて怒鳴った。

引き際は心得ている。この問題はそこまでとした。


おれは肉料理をじっくり味わった。油で揚げてから香辛料のきいた漬け汁《マリネード》に漬け込んである。一座が全体としておんぼろでも、その中心人物たちは結構な暮らしぶりだ。フリギアはこの巡業中、胡椒に金を惜しまなかったに違いない。ナバテアやシリアでは、隊商から直接買えば仲買人に金を払わなくてすむのだが、それでも香辛料は高価だ。このあいだの裏方連中や楽士たちの抵抗の呟き声が今にしてよく理解できた。ぶっちゃけた話、台本作家としてもらう給料の微々たるを思えば、おれだってストライキをしてよかったんだ。

おれの前任者の人生最後の日々の状況について、なかなか興味深い絵ができあがりつつあった。ペトラではすでに要注意人物になっていたんだ。ダウォスがまえに言っていたように、ダウォス自身がクレメスにヘリオドールスの解雇について最後通牒を言いわたしていた。そして今、フリギアも同じことをクレメスに言ったと言う。行方知れずのこどもを使ってフリギアを牛耳ろうとしたのに……。

ヘリオドールスの仕事を引き継いだことで、やつの気持ちを多少なりともわかってみると、ほとんど気の毒になってきた。ひどい給料で、仕事もバカにされていたうえに、一座での居場所もはっきりと脅威にさらされていた。

雰囲気が和らいで、また口をきいても大丈夫そうになった。「すると、ペトラに入ったときには、ヘリオドールスは辞めることになっていたわけですね」

フリギアがそのとおりだと言った。クレメスは黙っていたが、それはなんの意味もない。

「やつがおはらい箱になったってことはみんな知っていましたか？」

フリギアが笑いだした。「どう思う？　知ってたんだ。

なかなか面白い、と思った。ヘリオドールスの立場が脅威にさらされていることがそんなにはっきりしていた時点で、誰かの堪忍袋の緒がぶち切れるというのはかなり異常だ。悶着をおこしてばかりの同僚がとうとう経営者の注意をひいたとわかれば、みんなほっと安堵するのがふつうだ。盗みを働いていた料理人が奴隷市場に戻される、あるいは、ぐうたらな見習いがとうとう母親のもとに送り返される、ということになれば、ほかの雇い人はみんなゆったりと成りゆきを見守るものだ。しかしヘリオドールスがまさに出て行こうとしているのに、待ちきれなかった人間がひとりいた。

どっちにしても出ていくはずのヘリオドールスを、すべてを危険にさらしてまで殺さずにはいられないほど憎んでいたのはいったい誰だろう？　あるいはこの場合、やつが出ていくってことが問題だったのか？　やつが何かを持っていて、あるいは知っていて、それを脅しのタネとして使いはじめたからか？　出ていくときにその金を持っていくぞ！　出ていくときにみんなに言ってやる！　あるいは、出ていくからにはもう言ってやらないぞ、そうすればおまえのこどもは絶対に見つからない、か？　このこどもの問題はデリケートで、これ以上は探れない。

「あいつに金を借りていた者はいますか？　やつが出ていくとなると借金を返さなくてはならなかった人間が？」

「あいつは銅貨一枚だって人に貸さなかったわ。たとえ持っていてもね」

「あの飲み方では、たとえ財布になにか入っていたことがあったとしても、すぐに酒に消えただろう」クレメスが不機嫌な声で言い添えた。クレメスとおれは杯の酒を飲み干した。酒に飲まれた愚か者について話し合うときに男が必ずとらえられる感慨にふけりながら……。

「やつのほうが誰かに金を借りていたということは？」

「あの男に金を貸そうなんて人はいなかったわ。絶対に戻ってこないってわかっていた」金融取引きの単純かつ確実な原則のひとつだ。

なにかが気になった。「たしかトラニオがあいつになにか貸していたと思うんですが？」

「トラニオが？」クレメスがちょっと笑った。「まさか！　トラニオは借りる価値のあるようなものを持っていたためしはないし、いつだって文無しだ」

「道化のふたりは台本作家とうまくいっていましたか？」

クレメスはあのふたりの話題は嬉しそうだ。「友人だったり、なかったり、というところだ」

このときもまた、なにか曖昧にされているような感じがした。「最後に見かけたときは、三人で角突《つの》きあわせていたな。しかし基本的にヘリオドールスは人と交わらなかった」

「確かですか？　トラニオとグルミオについてはどうですか？　表面はどうあれ、ふたりとも複雑な人間だと思いますが」

「いい子たちですよ」フリギアに叱りつけられた。「とても才能があります」

フリギアにとっては才能だけが人間を測る物差しなんだ。才能さえあれば、ほかのことはかなりのところまで許すだろう。もしかしたら、それがフリギアの判断力を歪めているかもしれない。一座に殺人犯が潜んでいるかもしれないと知って身を震わせはしたが、即興芝居の才能のあるいい喜劇役者は貴重だから、ろくに書けもしない嫌な台本作家を抹殺したくらいの罪では司法にひきわたす理由にならないかもしれない。

おれは感じのいい笑顔を向けた。「ヘリオドールスがドゥサレスの山に登っていたときに、その才能を双子がどのように使っていたか、ひょっとしてご存知ですか？」

「いいかげんになさい、ファルコ！　あの子たちがそんなことするはずありません」フリギアによる座員の行動規範に違反したのは確かだ。いい子は決して悪いことはしない。この種の近視眼的了見がおれは大嫌いだが、密偵の世界では別に目新しくもない。

「あのふたりは荷造りをしていた」クレメスが、自分は妻より公平で筋が通っているといわんばかりに言いだした。「ほかのみんなと同じことだ」

「荷造りしているのをその目でごらんになった？」

「もちろん見ていない。わたしも荷造りをしていた」

このいい加減な理論によれば一座全員にアリバイがあることになる。ダヴォス、フィロクラテス、コングリオがどこにいただろう、とクレメスに訊ねるのはやめておいた。どうせ煙《けむ》に巻かれるなら、犯人のほうがもうちょっとマシな嘘をつくことを期待して、容疑者ひとりひとりに直接訊いたほうがいい。「みなさん、どこにお泊まりでしたか?」

「一座の者は並の下宿屋に泊まっていた。フリギアとわたしはもう少しいいところを見つけていた」

なるほど、合点がいく。このふたりはいつだって、一座はすべてを等しく分ける大きな家族、ってなふりをしたがる。しかし、自分たちの安楽さを確保するほうがもっと大事なんだ。このスノッブ意識をヘリオドールスに咎めだてされたことはなかったのだろうか、と思った。

それからグルミオが言っていたことを思いだした。「グルミオによれば、道化に必要なのはマントと垢すり器と油瓶、それから実入りをしまっておく財布と、それだけだそうです。その説に従えば、道化の携帯品などすぐにまとまるでしょう」

「グルミオは空想にこりかたまっている」クレメスは頭を振って、嘆かわしげだ。「すばらしい芸人であるのもそのおかげだが、あの男が口だけだということを理解しなければならない」

ついにフリギアが我慢しきれなくなった。「こんなことでなにがわかるの、ファルコ?」

「全体像の細部を埋めていくうえで非常に有益です」言われていることはわかった。やつらのすばらしくうまい物をあれこれ食ってきたが、もうこれ以上は無理ってことだ。そろそろウチに帰って、満足そうにゲップでもしながら、ご馳走のあれこれを説明して天幕仲間に嫉妬させるのもいいだろう。「すばらしいご馳走でした！　いや、ほんとうにどうも……」

型どおりに、いつかウチの方にもおいでください（型どおりに、来てもろくなものは出ないよ、とほのめかしながら）などと言いながら帰ろうとした。

「ああ、そうだ、もうひとつ教えてください。ヘリオドールスが死んだあと、やつの所有物はどうなったんですか？」ヘリオドールスの所有物が、ヘレナとおれが引き継いだトランクの内容物だけではないのはわかっている。

「たいしたものはなかった」とクレメス。「価値のありそうなものだけは選んだ。指輪がひとつとインク壺が二つほど。それからボロ服が数着あったが、それはコングリオに与えた」

「ヘリオドールスの相続人には？」

フリギアが軽蔑したように笑った。「ファルコ、旅回りの一座にいる人間に相続人などいませんよ！」

ダウォスは自分の天幕の脇に繋る木の下に立っていた。男が夜にすることをしている。夜、周りに人がいないと思うとき、そして、もっと人気がないところまで歩いていくのが面倒なときにすることだ。野営地は静寂につつまれていた。すこし離れた町も同じく。おれが石だらけの通路をざくざく近づいてくるのが聞こえたに違いない。酒壺の中身をそれなりの量がぶ飲みして、おれも緊急に用をたす必要に迫られていた。だからダウォスに挨拶して近づき、隣に立って、やつの木に水をやるのを手伝った。

「あんたのヘラクレス、あれはたいしたもんだ」

「わたしのゼウスを見てから言ってくれ」

「同じ芝居じゃないのか？」

「いや、違う。クレメスは『浮かれ騒ぐ神々』の笑劇をひとつ思いだすと、そのあと次々演《や》らせる傾向がある」

ものすごくでかい月が丘のむこうに昇っていた。シリアの月は故郷イタリアの月より大きいようだ。シリアは星も数が多い。それが、アビラの周りにいつも休みなく流れている風とあいまってか、おれは不意に、そして痛烈に、どこかとてつもなく遠い場所で途方にくれている、という思いにかられた。その思いを追いはらうために、しゃべりつづけた。

「社交的な我らが役者兼座長とその愛情深きお連れ合いと食事をしてきたところだ」

「あのふたりはなかなかのご馳走をだす」

「すばらしいもてなしだった……。こういうのをよくするのか？」

ダウォスは短く笑った。この男はスノッブではない。「適切な階級にだけだ！」

「なるほど！　招かれたのは初めてだ。おれは出世したのだろうか？　それとも、当初は前任者にたいするご不興のあおりをうけていただけなのか？」

「ヘリオドールスの？　やつは一度だけ招《よ》ばれたことがあるな、たしか。すぐにそのステータスを失った。フリギアが値踏みしてしまえば、それでおしまいだ」

「やつがフリギアのこどもの居場所を知っていると言ったときか？」

ダウォスが鋭い一瞥《いちべつ》を投げた。「あの子を探すなんてバカげている」

おれも同じ意見だ。「その子はたぶん死んでいるだろう。そうでなかったら、まず絶対に身元を知りたいと思っていない」

ダウォスはいつもの気難しい顔で黙っていた。

おれたちはせわしないそよ風に吹かれながら通路に立っていた。天幕がパタパタ音をたてる。町のどこかで犬が悲しげに遠吠えする。おれたちはふたりとも、風に顔を向けて、もの思いにふけりながら夜の空気を吸いこんだ。ダウォスはふだんはほとんどしゃべらない男だ。おれたちはこうして夜に遭遇し、互いにそれなりの敬意をもつ男同士だ。どちらもまだ眠る気にならない。だから静かに語りあった。ほかの状況では不可能だったろう。

「事実の欠けているところを埋めようとしているんだ。ペトラでヘリオドールスが〝高きところ〟に向かっていたころ、あんた、何をしていたか憶えているか？」

「もちろんはっきり憶えている。クソ忌々しい荷車に荷を積んでいた。あの時は裏方がいなかったからな。クレメスは主人みたいに命令をだして、それから自分の下着をたたみに行っちまった」

「ひとりで積んでたのか？」

「コングリオが手伝っていた。あの男なりに」

「あの軽量級じゃ助けにならないだろう」

ダウォスの態度が和らいだ。「いや、できる限りのことをしていた。それがどれほどのものかは別として。むしろ癇に障ったのは、フィロクラテスに監督されたことだ。いっしょに梱を動かすわけでもなく、円柱に寄りかかって女たちの注目を集めながら、吐き気をもよおすような類いの所見を述べていた」

「想像つくよ。おれもやつに猛烈に腹がたったことがある。あの忌々しい牛を荷車につなごうとしていたときに、まるで神かなんかみたいにつっ立って……。フィロクラテスはずっとそこにいたのか？」

「ちょっとピリッとしたのを調達して、その女と墳墓群のほうに上っていくまではな」乳香商人の妻だ。

「それで、荷積みにどれくらいかかった？」

「クソ忌々しい午後いっぱいかかった。言っただろう、ほとんどひとりでやってたんだ。例の二枚の扉をひとりで持ち上げるとなると大仕事だった。だから大道具はまだ積んでなかったな、あんたのあの娘が山から下りてきたときには。それから、誰かが死んだって話があたりにぱっと広がった。そのころにはウチの連中も集まってきて、おれがジタバタしているのを眺めていた。出発の用意をしておく申し合わせになっていたから、ヘリオドールスはどうした、って話になっていたところだった。誰かがヘレナに死人の風体を訊いて、やつに違いないと思った」

「荷積みのあいだ、双子がどこにいたか知ってるか？」

「知らん」

どこどこかもしれない、というようなことも言わない。双子が疑わしいのか、無実か、ダウォスはいっさいの判断をおれに投げてよこす。しかし、双子が告発される事態になったとしても気にもしないだろうことはたしかだ。ここにも職業的嫉妬がからんでいるってわけだ、おそらく。

たぶん、双子は互いのアリバイになっている。そうなるといつものところに帰着する——容疑者はだれひとりとしてあの犯罪をできる状況にはなかった。おれはそっとため息をついた。

「ダウォス、ボストラでムーサが堤防から突き落とされたな。あの夜のことをもう一度教えてくれ。あんた、あいつの後ろを歩いていたんだろう?」

「列の最後にいた」

「最後尾か?」

「そうだ。じつを言うと、あの夜はひどい天気で、わたしはどっかの酒場で双子といっしょに飲むなんてことに興味がなくなっていた。服が乾いて、温かくなったと思ったら、またぞろあの雨のなかを歩いて帰らにゃならんとわかっていればなおさらだ。ほかの連中に気づかれないようにこっそり引きかえそうと考えていたんだ。だから少しずつ遅れるようにしていた。あんたのナバテア人が叫ぶのがあと二分遅かったら聞こえなかったろう」

「ムーサが突き落とされたとき、誰がそばにいたか見なかったか?」

「いや。見ていたらそう言っていた。わたしだって悪党は罰してもらいたい。こうやってあんたの質問攻めにあうのもそろそろ勘弁してもらいたいしな」そう言ってちょっと笑う。

「悪いと思っている」思っていなかったし、諦める気もなかった。「それじゃ、イオーネが死んだ夜のことは話したくないんだな？」

「なんてこった」ダウォスは機嫌よく呟いた。「わかった、わかった。始めてくれ」

「あんたはクレメスとフリギアといっしょに食事をしていた。そこにフィロクラテスもいた」

「例によって途中で抜けたがな。だが、かなり遅くなってからだ。あいつがあの娘を溺れさせたと言いたいんなら、あんたたちが池から帰ってきて、わたしたちが知らせを聞いた時間から判断するに、フィロクラテスはマーキュリーの羽にでも乗っていったことになる。いや、あれが起こったころ、あいつはご婦人といっしょだったろう。あんたが死体を見つけたときには、まだせっせと忙しくしていたさ、たぶん」

「ご婦人がいたとすればな」

「そいつは、本人に確かめるんだな」またもや興味なさそうにおれに投げ返したようすに嘘はなさそうだ。人を殺してその痕跡を隠したがっている人間は、ほかの人間の関わりを細かく憶測したがるものだ。ダウォスはいつでもあまりに率直だ。知っていることを言う。そのほかはおれに任せる。

　また行詰りだ。そこでいちばんきついネジを回してみることにした。「あんたはイオーネが好きだったってある人に聞いたんだが」

「好きだった。それだけだ」

「聖なる池であの娘《こ》と会ってたのはあんたではない？」

「わたしではない！」断固として否定する。「あの夜わたしがクレメスとフリギアと食事をしていたのはよく知っているはずだ」

「そう、あの都合のいい話はすでに聞いた。ひとつおれが自問しているのは、座長の天幕でのあんたたちのパーティは仕組まれたものじゃないか、ってことだ。集まっていたとされる全員が共謀しているのかもしれない」

焚き火の明かりでダウォスの顔がかろうじて見えた。懐疑的で、厭世《えんせい》的で、どこまでも頼りがいがある。「いい加減にしろ、ファルコ。ろくでもないゴタクを並べたいんならよそでやってくれ」

「一度は考えるべきことだ。そんなことはありえないと納得できる理由があったら言ってみてくれ」

「わからん。わたしたちがそう言うんだからそうだ、というだけだ」じつは、ダウォスがなにか言えば、それはかなり信じられそうだった。そういう男だ。

もっとも、ブルータスもカシウスも、まっとうで、頼りになって、無害な人間に見えたことだろう。誰かが怒らせるまでは。

ダウォスの肩をひとつ叩いて行こうとしたとたん、おれはもうひとつのことを思いだした。

「最後にもうひとつだけ。さっきクレメスと奇妙な会話をした。なにか隠しているのはたしかだ。なあ、あのヘボ作家の懐具合についてクレメスがなにか大事なことを知っている、という可能性はあるだろうか?」

ダウォスは黙っていた。いいところを突いた。おれは振り返って正面から顔を見た。

「なるほど、それだ!」

「何がそれだ、ファルコ?」

「おいおい、ダウォス、舞台の上ではあれほどみごとなタイミングのあんたが、それは拙《まず》いんじゃないか? 今の沈黙はちょっと長かった。言いたくないことがあって、どうやって裏をかこうか考えていただろう。やめとけ。もう遅い。あんたが言わなければ、よそに行ってほかの誰かが口を割るまで押しまくるだけだ」

「やめろ、ファルコ!」

「あんたが言ってくれればな」

「古い話だ……」と心を決めたようだ。「その奇妙な会話のとき、フリギアもいたか?」おれは頷いた。「それで説明がつく。クレメスがひとりだったら言ってたろう。要するに、ヘリオドールスが一座に金を出していたんだ。フリギアは知らない」

これには仰天した。「驚いたなあ。説明してくれ」

ダウォスは気がすすまないようだ。「あとは推測できるだろう?」

「クレメスとフリギアが結構な生活をお楽しみなのは見た」

「われわれの実入りでまかなえる以上のな」

「ということは、ふたりは一座の収益を使いこんでいるのか?」

「フリギアは知らないことだ」頑固に言いはる。

「わかった、わかった、フリギアはウェスタの巫女だ。連れ合いの方はどうなんだ？」

「クレメスは裏方連中と楽団に払う金を使ってしまった」それでいろんなことの説明がつく。ダウォスは陰気な顔をしている。「あの男は金についてまったく無能だが、生活レベルを落とせば、いよいよフリギアが出ていくんじゃないかと恐れている。そう思い込んでいる。わたしはそんなことはないと思う。フリギアはこんなに長くとどまったんだ。もう出てはいけない。そんなことをすれば、過去がすべて無意味になる」

「それでクレメスはヘリオドールスに金を借りた」

「そうだ。バカな男だ」

「どうやら信じられそうだ……」クレメスはバカなだけでなく、嘘つきでもある。おれに、ヘリオドールスは有り金をすべて酒につぎ込んだと言った。「ヘリオドールスは給料をぜんぶ飲んじまったのかと思っていた」

「あいつは他人の壺の酒をせびるのが好きだったのさ」

「あいつが死んだ現場に革袋と籐編みで覆った瓶があった」

「わたしの推測では、瓶はあいつの物で、自分で空けてしまったんだ。革袋はいっしょにいたやつの物だろう。とすれば、革袋のなかにあった酒を飲むのを手伝うことにヘリオドールスとしては異存はなかったはずだ」

「クレメスの借金に戻るが、相当な額だったのか？　もしそうなら、ヘリオドールスはその金をどこで調達したんだ?」

「密かに貯めこんだ。山のようにな」

「そして、優位な立場に立とうと、その金をクレメスに貸した」

「やつの魂胆については、あんたのほうがクレメスより賢い。クレメスは強請《ゆす》られる状況に頭から突っこんでいった。ヘリオドールスから金を借りて、返す手立てはまったくない。フリギアにすっぱり白状していたらなにもかも避けられたんだ。フリギアは上等のものが好きだが、愚かな浪費家ではない。ちょっとした贅沢品とひきかえに一座を壊すようなことなどしない。もちろんあのふたりはなんでも話しあう——いちばん大事なこと以外はな」

「たいていの夫婦と同じく」

それでもダウォスはやつらを放りだしたくないらしい。ふうっと大きく息をついた。「ああ、なんて酷《ひど》いざまだ……。しかしファルコ、クレメスは殺さなかった」

「そうかな? クレメスはにっちもさっちもいかないところまで来ていた。あんたもフリギアもあのインク壺を蹴りだせと言いはる。一方で、ヘリオドールスはクレメスが金を返せないと知っているから、テュニカの袖の陰で笑っていたはずだ。ところで、そもそもあいつがあんなに長く職にとどまれたのは、それが理由か?」

「もちろんだ」

「それに、フリギアがこどもの居場所を聞きだせると期待していたことも?」

「ヘリオドールスがしゃべるとはフリギアも期待しなくなっていた。ほんとうに知っていたのかどうかも疑わしい」

「それであんたはクレメスの苦境をどうやって知ったんだ？」

「ペトラで知った。ヘリオドールスをとるか、わたしをとるか、と迫ったときだ。クレメスが、どうしてヘボ作家をクビにできないのか白状した」

「それで？」

「もうたくさんだと思った。これ以上とどまって、ヘリオドールスが一座を人質にとって金を要求するのを見るなんざ真っ平だ。ボストラに帰ったら出ていく、と言った。クレメスは、フリギアが嫌がるだろう、と言う。ずっと昔からの友人同士だ」

「フリギアはあんたが一座にとってどれくらい価値があるか知っている」

「かもしれない」

「どうしてフリギアに直接説明しないんだ？」

「必要ない。フリギアは必ず、どうしてわたしが出て行くのか、理由を聞く。必ずほんとうの理由を知りたがるだろう。攻めたてられれば、クレメスは我慢できなくなって言ってしまうさ。クレメスもわたしもわかっていた」

「なるほど、あんたの目論《もくろ》みは読めた。そういう事態になるまで待っているつもりだったんだな」

「そのとおりだ」ダウォスはこの問題について話せてほっとしているようだ。「フリギアが状況を理解すれば、ヘリオドールスは処分されるだろうと思った。なんとか工面した金を払って、出ていけ、と言われるだろうと」

「相当な額だったのか？」

「みんな相当な痛手をこうむったろうが、どうにもならない額ではなかった。あいつを厄介払いできるなら惜しくはない額だ」

「あんたには、すべてうまく片付くという確信があったのか？」これは重要な点だ。

「ああ、そうだ！」ダウォスはおれの質問に驚いたようだった。問題が起こるとへたりこんでしまうクレメスとは正反対だ。危機に遭ったら、いつ逃げだすべきか心得ている。しかし、もしできるなら力ずくでもなんとかその危機を押しのけたい。

「これが肝心なところだ、ダウォス。クレメス本人は状況から抜けだせると信じていただろうか？」

ダウォスはじっくり考えている。おれが何を聞いているのか理解した――絶望しきったクレメスが、たったひとつの逃避の手段として殺人を犯した可能性はあるだろうか？

「ファルコ、フリギアに白状すれば悲惨な口論になることはわかっていた。しかしあのふたりはそうやってこれだけ長く暮らしてきたんだ。フリギアにとってとりかえしのつかない事態ではなかったはずだ。あの男をよく知っている。一座を救うためなら協力しただろう。わたしも同じだ。クレメスはなんとかうまくいくと心の底では楽観していたに違いない」

ダウォスが積極的にほかの人間の容疑を晴らそうとしたのはこのときだけだった。おれとしては、やつが嘘をついているのか（たぶん古い友だちのフリギアを守るために）、あるいは、真実を言っているのか、決断するだけだ。

第六場

　結局アビラではなにも上演しなかった。地元の素人がハープや太鼓で親戚連中をうならせたあとも、おれたちの順番はパンフィリアから来ているアクロバット団のあとだ、とクレメスが聞きつけてきたのだ。

「一週間ものらくら行列して待ったあげく、逆立ち少年たちに割り込まれるのでは——」

　一座はカピトリアスに移動した。


　カピトリアスにはデカポリスの町らしい特徴がすべてそろっていたが、おれは紀行作家じゃない。細かいことはそれぞれ自分で想像してくれ。

　ソフローナ捜索の成果についてもご想像のとおり。アビラと同じく、それ以前のすべての町とも同じく、タレイアの放蕩《ほうとう》娘の足どりはまったくつかめなかった。

　白状するが、おれはすべてのことにものすごく苛々しはじめていた。あの娘を探すのに飽きあきしていた。次から次と似たようなアクロポリスをみるのにもうんざりだ。こぎれいな城壁が並んで、その上から、上品な神殿が金のかかった足場をめぐらしたイオニア式の柱をのぞかせている、なんて風景はこの先二度と見なくてもいっこうかまわない。

もうほとほとうんざりだ。靴のなかに入りこむ石にもうんざりだし、駱駝の青臭い口臭にもうんざりだ。壮麗な記念碑や、密集してそびえたつ共同住宅が見たい。テベレ川の砂利の味がする怪しげな魚が食いたい。それを、アウェンティヌスの丘の上のおれの薄汚い穴倉で、古い友だちが扉を叩くのを待ち、遠くに川を眺めながら食いたい。造営官のからだに染みこんだニンニク臭を嗅ぎたい。銀行家を踏みつけにしたい。大競技《キルクス・マクシムス》場で走路のむこう側から湧きあがる怒号を聞きたい。壮大なスキャンダルや巨大極悪犯罪に立ちむかいたい。その規模と卑しさに驚きたい。要するにウチに帰りたかった。

「歯でも痛むの?」とヘレナが訊いた。おれはガチガチ歯噛みをして、歯はすべて良好な状態であることを見せてやった。


しかし一座にとっては状況は上向いていた。カピトリアスでは二晩の公演を確保できた。最初の夜はヘラクレスの芝居をかけた。なんといっても練習したばかりだ。ダウォスの予言どおり、このおっそろしくお粗末な種類の芝居にクレメスの意欲が掻きたてられて、翌晩は別の『浮かれ騒ぐ神々』作品をだすことになった。おかげで噂のダウォスのゼウスが見られた。観衆が喜ぶかどうかは、ひとえに、女の部屋の窓辺にずらっと並ぶ梯子や、錠の下りた扉をドンドン叩く寝取られ亭主、容赦なく愚弄される神々、それに、すべてがかなりはっきり見える寝巻きを着たビリアなんかが好みに合うかどうかにかかっていた。

おれたちの見るところ、ムーサはこれをいたく気に入ったか、あるいはまったく気に入らなかったかのどちらかだ。やつは黙っていた。要するにいつもとどこが違うのか判然とはしなかったのだが、やつの沈黙に新しい要素が加わった。暗さだ。いや、紛れもない不吉さと言ったほうがいいかもしれない。ドゥサレス神への供え物の喉を掻っ切ることを職業としている男には、これは警戒すべき変化だとおれは思った。

ヘレナもおれも、ムーサのこの新しい沈黙が、美しきビリアの魅力についての精神的・肉体的苦悩のためなのか、それとも、ゼウスの芝居でビリアが演じた卑猥な役にとことん嫌悪の情を抱いたためか、決めかねていた。どっちにしても、ムーサは自分の感情をもてあましている。おれたちとしては同情を示す用意はあったのだが、なんとかひとりで解決しようと固く決意しているようだった。

ほかに考えることがあるほうがいい。おれはムーサをもっと捜査に関わらせることにした。ほんとうはひとりで進めたかったが、ひとりの男を〝恋〟に委《ゆだ》ねて見棄てるのもまずいと思ったんだ。ムーサについておれはふたつの裁定をくだしている。おとなだが、経験不足だ。ビリアのような険しい岩山に挑むにはこれは最悪の組み合わせだ。おとなだってことは、ビリアがやつに哀れを感じる可能性を排除する。経験不足は、やつが行動にでた場合、困惑と拙劣につながりかねない。あれほど頑固に男と距離をおいてきた女を勝ちとるには経験豊かな手管が必要なんだ。

「よかったらアドバイスはできるぞ」おれは笑いかけた。「しかしアドバイスというのはえてしてその通りいかないもんだ。間違いってのは繰りかえしが好きだ。まっすぐそこに突っこむことになりかねない」

「そうですね」と言いながらも、心ここにあらずというふうだ。例によって、ムーサの表面的な同意はどっちとも聞こえた。女についてこんなに捉えどころなく話のできる男は初めてだ。

「仕事にかかりましょうか、ファルコ?」仕事に我を忘れたいんなら、はっきり言ってそれがいちばんだ。遊び人ムーサを仕立てるにはかなりの労力を要するだろうから。

人に金のことを質問するのは、友だちに恋愛のことで助言するのと同じくらい難しいんだ、とおれは説明した。ムーサはなんとか微笑をひねりだすと、顔をひきしめて、ダウォスがおれに聞かせた話の吟味にかかった。

クレメスに直接借金のことを質すのは避けたかった。どっちの殺人もじっさいに手をかけたという証拠がないときに、クレメスと渡りあっても無意味だ。ムーサにも言ったが、容疑者リストでのクレメスの順位は低いままだ。「クレメスはヘリオドールスの頭を押さえるくらいの腕力はあるが、あんたが水に落とされたときにはやつはボストラの土手にいなかった。それに、誰かが嘘をついていないかぎり、イオーネが死んだときにもあたりにいなかった。こういう状況は気が滅入るが、おれの仕事ではよくあることだ。ヘリオドールスを殺す動機としてはとびきりなのをダウォスから教えられたが、結局はこれも無関係だとわかる公算が大きい」

「でも、確認すべきでしょう?」

「そうですね!」口ぐせをまねてやった。

ヘリオドールスが殺されたときクレメスがほんとうに荷物をまとめていたかどうか、ムーサをフリギアのところに訊きに遣った。フリギアは請け合った。クレメスがヘボ作家に借金をしていたことをフリギアがまだ知らないとしたら、おれたちが容疑者を絞りこんでいると思う理由もないから、嘘をつく必要もない。

「すると、ファルコ、この借金の話は忘れてもいいものでしょうか？」ムーサは考えこんだ。それから自分で答えた。「いや、いけない。今度はダウォスを調べなければ」

「そうだ。その理由は？」

「あの人はクレメスと親しいし、とくにフリギアには義理堅いです。借金のことを知って、自分でヘリオドールスを殺したかもしれない。友だちを強請《ゆすり》から守るために」

「いや、友だちだけじゃないぞ、ムーサ。一座の将来と、自分自身の仕事を守ることにもなる。もう辞めることになっていた仕事だが。だから、そうだ、あの男を調べる。しかしどうも無実に思える。あいつが山に登ったとしたら、ペトラで舞台装置を車に積んだのは誰だ？　誰かがやったことはわかっている。フィロクラテスは重労働は自分のすることではないと思っている。どっちにしてもあいつは、ほっとけばどっかに飛んでって女を口説いている。双子とコングリオにどこにいたのか訊こう。それも知っておく必要がある」

コングリオにはおれが自分で訊いた。

「そうだよ、ファルコ。おれがダウォスを手伝って重い物を積んだ。午後いっぱいかかった。フィロクラテスはちょっとのあいだ見ていたが、どっかに消えちまった……」

双子はムーサに、共同で借りていた下宿にふたりともいた、と言った。私物の荷造りをして、酒壺を駱駝まで運ぶ手間を省くために最後の一杯をきめこんだが、それが思ったより大量の一杯になった。そこで、ひと眠りして酔いを醒ました。気ままで、多少不面目なやつらのライフスタイルについてのおれたちの認識とよく符合する。ほかの連中も口をそろえて、ペトラで一座が集合したとき、双子は最後に現われて、眠そうで、服がくしゃくしゃ、頭痛がすると言っていたと言う。

結構じゃないか。男の容疑者はすべて誰かが身の潔白を晴らしてくれる。もしかしたら、恋愛遊戯にかまけていたフィロクラテスだけが例外かもしれない。「さかりのついたちんちくりんにちょっと圧力をかけなきゃな。さぞ楽しいだろうよ！」

「でも、ファルコ、あの男がつばの広い帽子をかぶったら、帽子が歩いているみたいですよ」とムーサが指摘する。同じくらい憎々しげだ。

いずれにしても、それでひとつはっきりした。あのゼウスの芝居で、フィロクラテスがきれいなビリアにぴったりくっついている場面がいくつかあった。ムーサの怒りは、ビリアにたいするやつの感情をめぐる疑問に決着をつけてくれた。

上演がすむと、一座は落ち着かない気分につつまれた。ひとつには、決断が必要になったことがある。カピトリアスはデカポリスの中心部にある最後の町だ。ダマスクスはここから北にゆうに六十マイルはある。これまでの町から町への旅でこなしてきた距離をはるかに超える。

残るデカポリスの町カナタは、中心部のはるか東の玄武岩の原野のなかにぽつんとある不便なところだ。ボストラのすぐ北にあたり、じっさい、ボストラ経由が最善のルートだ。しかし、直接行けば三十から四十マイルの距離のところが、ボストラ経由では道のりが一・五倍ほどになる……。

一座での議論の結果、まずカナタ、それからダマスクスに行くと決まった。このふたつの町へは全員まとまって動く。しかし、ダマスクスは大きな行政中心地で、ほかの仕事をいくらでも見つけられる。そこで一座は散り散りになるかもしれない。

殺人犯を見つけるつもりなら、時間切れが近づいているということだ。

第七場

すでに夏の盛りにさしかかっていた。誰にとってもこの暑さはひどくこたえた。すこし前まで昼間の旅は賢明ではなかったが、今やまったく不可能だ。しかし暗闇を行く旅は二倍疲れる。御者は道の状態に神経を集中させなければならず、荷車はのろのろとしか進めない。牛や駱駝も落ち着きをなくした。道はふたたびナバテアに入り、襲撃の危険も増した。おれたちの行く手はだだっ広い砂漠だ。そこにいる遊牧民はおれたちの基準からすれば無法者であり、通行人からものを奪って生計を立てるのが何世紀も昔からの伝統だと公言するような輩《やから》だ。おれたちの唯一の防御手段は、どう見ても金のある隊商には見えないという事実だけだ。それで十分な気もしたが、それでも警戒は怠れない。

　暑さは日に日に増した。容赦なく攻めたててくる。逃れようがない。そして突然夜になる。さえぎるものとてない空に、まるでカーテンのように熱気が吸いこまれ、代わって強烈な寒さが下りてくる。するとおれたちは、わずかな松明に火を灯して、日の光のもとを行くよりはるかに遠く、ずっと辛く、もっと退屈な旅をふたたび始めるのだ。

　道端で休憩をとるときは、足踏みして血流を促し、惨めな気分でなにか飲み、囁き声で話しあった。無数の星が見下ろしている。あの人間たちはいったいこんなところで何をしているのかと不思議に思っていたことだろう。昼間はみんな天幕のなかに倒れこんだ。しかしすぐに焼きつけるような熱気が流れこんできて、その強烈さに息が詰まり、絶望的に眠いのに眠れなくなる。だから、寝返りをうち、呻き、言い争い、もう嫌だ、今来た道をひきかえして海岸に向かう、故郷に帰るんだ、と言いあうのだった。

　道中ではみんなにいろいろ訊きなおすのは難しかった。気分が悪いし疲れているしで、誰も自分の駱駝や荷車から離れない。丈夫で視力のいい連中はいつも荷車の操作に忙しい。喧嘩っ早い者たちはいつでも仲間と口論していて、おれの話など聞く耳をもたない。途中で休憩になると、誰もが自分の口になにか入れ、家畜に餌をやり、蠅を追いはらうだけだ。

　それでも一度だけなかなか有益な会話ができた。もうすぐボストラに入る、ってところだった。フィロクラテスの荷車の車輪から輪留めのピンが一本落ちた。運よくなにも壊れなかった。

ピンが弛《ゆる》んで、抜けただけだ。すぐうしろの荷車にいたダウォスが気づいて呼びかけたので、車輪がそっくりはずれる事態には至らなかった。ダウォスという男は災難を回避するために生きているみたいだ。皮肉に見れば、なにかを隠すためのハッタリだと言えるのかもしれないが、おれはそんな微妙なことを考える気分ではなかった。

フィロクラテスは荷車をうまくそうっと止めた。助けを求める気配もない。ほかの連中に手を貸すことをいつだって断ってきたんだ、頼んだって無駄だとわかっていたんだろう。ひとことも言わずに車から飛び下りると、問題の箇所を点検し、悪態をついて、それから積み荷を降ろしはじめた。誰も手を貸そうとしなかったから、おれが買ってでた。ほかの連中は道の先のほうに集まって待っていた。

フィロクラテスの荷車はいかにも速そうな軽装二輪車だ。しかし、この洒落たシロモノをフィロクラテスに売りつけたやつは、廃品を再利用したに違いない。片方の車輪のハブはちゃんとしていて、もともとの車輪だろう。しかしもう一方は、博物館行きの部品の継《つ》ぎ接《は》ぎだった。

どうせ役立たずだろうと思っていたが、ナバテアのうら寂しい道に置き去りにされるかもしれない状況となると、フィロクラテスは案外有能な職工だった。チビだが筋肉があり、鍛錬ができているのはたしかだ。まず、トラブルを察知した騾馬を外した。それから、荷車の重量を支える即席の台を作った。フィロクラテスが大事な水をそそいで軸受け筒を冷やす。おれなら小便をかけるところだが、観衆が囃《はや》したてるなかでは無理だろう。

おれがいいほうの車輪を押して、フィロクラテスが緩《ゆる》くなったのを真っ直ぐにした。それから落ちたピンを押しこんだ。問題はまた落ちないように強く叩き込むことだ。叩くことについちゃおれは誰よりうまいと思ったんだが、フィロクラテスが槌《つち》をひったくって、自分でピンを叩きはじめた。やつの荷車だ。おれは好きにさせた。このピンがまた緩んで落ちるようなことになれば、車軸が折れ、車輪が壊れて、立ち往生するのはやつだ。おれは天幕の杭を打つ小さいハンマーで相打ちをした。

「おれたちはじつにいいチームだ」一息ついて、出来ばえを見ていたときにフィロクラテスが言った。おれはぎろっと睨んだ。「これで当座は大丈夫だろう。ボストラに着いたら車大工に見せればいい。ありがとう」最後のことばはむりやり搾《しぼ》りだした。おざなりだったが、それだからといって無効にはならない。

「集団のなかでは自分の役割を十分に果たせって言われて育ったもんでね」という嫌味がわかったとしても、やつの高慢ちきな顔には毛筋ほどの変化も表れなかった。

それからフィロクラテスの荷積みを手伝った。やつはお洒落な小物を山のようにもっている。喜ばせてもらった女たちからの贈物だろう、間違いなく。そうして、おれの待ちに待った瞬間がきた。騾馬を繋《つな》がなければならない。これは最高だった。おれは道端に座って、陽気に跳ねまわる獣に藁を差しだしながらフィロクラテスがウロウロするのをじっくり眺めさせてもらった。騾馬のほうは、いかにも騾馬らしく、根性ワルであることを思う存分味わおうと、ありったけの知恵を駆使していた。

「こうやってあんたとしゃべれてよかったよ」と岩に腰かけたままおれは言った。目下のところフィロクラテスにとってはなんにもよくはないが、こっちは、さあお楽しみだ、と手ぐすね引いていた。「公正を期して警告しとくべきだと思うんだが、あんた、殺人事件の第一容疑者だ」

「なんだって?」フィロクラテスは憤慨のあまり石のようにかたまった。騾馬はこの瞬間を逃さず、藁をパクっとくわえると駆けていってしまった。「そんな馬鹿げた話は聞いたこともない――」

「逃げちまったぜ」騾馬のほうにあごをしゃくって言ってやった。「あんたには嫌疑を晴らすチャンスが当然与えられるべきだ」

返事は、ふだんからフィロクラテスが酷使している部位に関連する短い言葉だった。自信たっぷりの男でも、おそろしく不公平なことをちょっと言うだけで、じつに簡単にあたふたするものだ。

「なんの嫌疑を晴らすんだ?」明らかにカッカしているが、天候のせいでも、今しがたまでの労働のせいでもないようだ。フィロクラテスの人生にはふたつのテーマしかなく、そのあいだを行ったり来たりして生きている――演技と恋愛遊戯だ。どっちについてもかなり有能だが、この荒野では相当なトンマに見える。「嫌疑を晴らすことなんかなんにもない、ファルコ!わたしはなんにもしていない。したなんて誰にも言わせないぞ!」

「いい加減にしろよ!　なんてザマだ。あんた、怒り狂った亭主や父親から何万回も非難を浴びてきたはずだろう。それだけ豊かな経験があるんだから、もうちょっとましな申し立てを聞けると思っていた。舞台での才気はどうした？　とくに、これは重大犯罪だ、フィロクラテス。殺人罪は公の場での弁明が要求される」

「なにもしてないのに、血に飢えたライオンの前に突きだされることはない。公正な裁きってものがある」

「ナバテアに？　たしかか？」

「わたしはナバテアでは裁きは受けないぞ」

フィロクラテスはたちまち恐慌状態だ。

「おれがここで告訴すればここで裁きを受けることになる。われわれはすでにナバテアに入っている。この道をもうちょっと行けばボストラだ。ペトラの殺人は、ボストラの姉妹都市で起こったんだ。そのペトラの代表が同行している。ムーサはあそこの〝高きところ〟を冒瀆した殺人犯を糾弾するために、ナバテアの宰相の命令ではるばるここまで来た！」こういった大仰な雄弁術がおれは大好きだ。決まり文句を並べてもまったくのたわ言なのに、みごとな効果をあげる。

「ムーサ？」フィロクラテスは突如として疑いをいだいた。

「ムーサだ。失恋に悩む少年みたいに見えるかもしれないが、ブラザー直々に派遣された使節だ。殺人犯を逮捕する任務を帯びている。それがどうやらあんたらしいが」

「あれは下っ端の神官だ。権限もない」相手は役者だ。雄弁術の効果を単純に信じるべきではなかった。こいつは言葉の力、とくにからっぽの言葉の力については熟知しているんだ。

「ヘレナに訊いてみろ。はっきり教えてくれるだろう。ムーサは高位神官になるべく選ばれた者だ。この外国任務はいわば訓練だ。信認を失いたくなければ早急に犯人を連れ帰らなくちゃならんところだ。気の毒だが、あんたが最有力候補なんだな」

　フィロクラテスの騾馬は動きのないことに失望していた。ゆっくり戻ってくると、主人の肩を軽く押して、ねえ、追いかけておいでよ、と誘った。

「どうしてだ？」フィロクラテスが怒鳴った。娯楽を求める騾馬にとってはがっかりだ。片耳をあげ、片方をさげて、非難がましくおれを見つめた。

「フィロクラテスよ」とおれは兄のように助言してやった。「容疑者のなかであんただけアリバイがないんだ」

「なんだ？　なんで？」疑問詞をいろいろ知っている。

「事実だよ、あんた。ヘリオドールスが殺されたとき、あんたは岩の墳墓で寝てたって言ってるな。イオーネがマイウマの池で殺されたときにも、まったく同じケチな話をもらだしてきた——〝チーズ売り〟だかなんだかとやってたってな。いい話だ。いかにもあんたらしい。しかし名前があるだろうか？　住所は？　あんたがその漂流物の切れっぱしのどっちともいっしょにいるところを誰か見てるか？　怒り狂った父親か、婚約者か、その侮辱にたいしてあんたの喉を掻っ切ろうとしたか？　してない。いいか、フィロクラテス。みんなちゃんとした証人を出したんだ。あんただけが見えすいた嘘をついている」

　その〝嘘〟がやつの性格に完璧に合致する、という事実はいい弁明になるはずだ。それに、ボストラでムーサが襲われたときやつが土手にいなかったという事実も、おれからみればやつの無実を証明していた。しかしフィロクラテスは呆然として反論もしない。どうしていいかわからない怒りに、小粋な靴で石を蹴りつけることしかできない。おれは押しまくった。

「じつはな、イオーネが死んだ晩、おれはあんたがある娘といっしょだったと睨んでいる。イオーネ本人とな」

「いい加減にしろ、ファルコ！」

「あんたこそイオーネがマイウマの池で会っていた恋人だと思う」イオーネの名前がでるたびにやつがビクつくのに気がついた。ほんとうの犯罪者はこんなに神経質ではない。

「ファルコ、わたしはたしかにあの娘《こ》と遊んだことがある。ない男がいるか？　しかしそれはずっと昔だ。わたしは先に進むのが好きだ。あの娘《こ》だって同じだ。いずれにしても、一座の外に目を向けていたほうがずっと生き易い」

「イオーネにはそんな節操はなかった」

「そう、なかった」

「それじゃ、一座のなかの誰がイオーネの特別な恋人だったか知ってるか？」

「知らない。たぶん道化のどちらかが教えてくれるだろう」

「つまり、トラニオかグルミオのどっちかがイオーネの特別な友だちだったって言うのか？」

「そんなことは言ってない！」フィロクラテスはだんだん苛々してきた。「あいつらはあのバカ娘と仲がよかったから、あの娘がなにを企んでいるのか耳にしたかもしれない、と言っているんだ。あの娘はふたりの間抜けのどっちもまともにとりあってはいなかったが」

「誰をまともにとりあったんだ？　あんたか、フィロクラテス？」

「そうすべきだった。まともにとりあう価値のある男だ」無意識に片手がつやつやした髪を撫でつける。こいつの傲慢さには我慢がならない。おれの癇癪が破裂した。

「そう思うか？　ひとつ言ってやろう、フィロクラテス。おまえの頭の働きはそのチンポに及びもつかない」

褒め言葉ととられたんじゃないかと心配だ。騾馬でさえこの主人の無能をみてとった。フィロクラテスの後ろに近づくと、長い頭で突然ドスンと押して、憤怒の俳優をうつぶせに倒した。むこうにいる連中から拍手がわきあがった。おれもニヤッと笑って自分の荷車に戻った。しっかりした車輪の、のろい牛車だ。

「なにをしていたの？」ヘレナが訊く。

「アリバイがないぞ、ってフィロクラテスに言っただけだ。車輪と、騾馬と、平静さと、尊厳はすでになくなってるが」

「かわいそうな男。日が悪いのです」ムーサが小さな同情のため息をついた。

フィロクラテスは事実上何も言わなかった。しかしおかげでおれはすっかり元気になれた。証拠をくれたくらいの価値はある。前に会った密偵たちは、この道で成功するのには痛む足、二日酔い、お粗末な恋愛生活、それに、なにか進行性の病気が必須条件だが、それに加えて、気難しくて陰気なモノの見方も要る、と言っていた。おれはそう思わない。この仕事はただでさえ惨めだ。幸せでいれば士気が高まって、事件解決の力にもなる。自信も大事だ。
おれは暑くて、疲れて、埃だらけ、カラカラに乾いてボストラに入った。それでも、フィロクラテスの騾馬がやつをばたんと倒した情景が頭に浮かぶたびに、どんなことにでも立ちむかえる、と思うのだった。

道化たちは頭がよかった。あいつらを躓《つまず》かせるには、優しそうな顔をしたり、話題を急転換させたりするだけではダメだ。おれがなにか特定の情報をほじくりだそうとしているとわかったとたん、うまくかわすことがやつらにとって面白いゲームになることは、やってみる前からよくわかっていた。要するに逆らうんだ。あいつらに立ちむかうにはここぞという瞬間を正確につかまえなくてはならない。そうやってつかまえたあとも、あらゆるワザを総動員しなければならない。

その瞬間をどう選ぶかを考えながら天幕に戻ってみると、ヘレナがひとりでいた。予想したとおり、クレメスが劇場の使用申込みにドジを踏んだという。
「クレメスが町の劇場担当の参事に会おうと待っていると、その人がバカにしたように話しているのが聞こえたそうよ。『えっ、海賊がどうのこうのって酷い芝居を演《や》った、あのどうしようもない連中じゃないだろうな?』って。クレメスは結局その偉い人に会えたのだけれど、関係修復はできなかったの。それでわたしたち、このまますぐ出発するの――」

「今日？」おれはものすごくがっかりした。

「今晩。一日休んで、それから出発」ヘレナも腹を立てているようだ。「クレメスは、無礼な人にあんなふうにひどい批評をされたあとも、ウロウロしていて、これ以上侮辱されたくないのよ。カナタに行くの！　みんなとても怒っていて――」

「おれもだ！　それでムーサはどこだ？」

「神殿を探して、お姉さまに伝言を頼みに行ったわ。なんだか元気がないわ。なにも言わないけれど、でも、ここで少しゆっくりできることを期待していたと思うわ。自分の国なのだから。お姉さまに『スリッパを出しておいてくれ。もうすぐ帰る……』なんて伝言したのでないことを願うばかりよ」

「すると、ホームシックにかかったのか。よくないな。ビリアのことでくよくよしてるだけでも哀れだったのに」

「それで、ちょっと手を貸そうと思うの。ビリアを招いてあるのよ。しばらく滞在できる町に着いたらすぐ、いっしょに食事をしましょう、って。このところずっと旅だったから、ひとりぼっちで荷車を操ってばかりで寂しいに違いないわ」

「寂しくったって、それは自分のせいだ」目下のところ、おれの課題リストから同情は抜けている。「逞《たくま》しいナバテアの若者が代わりに鞭を振るってくれるってのに！」それをいうなら、一座のほとんどの男が代わってくれるだろう。ただし、おれたちのような厳格な同伴者付きの男は別だ。「それでムーサは、きみがロマンスの仲立ちをしようってのを知ってるのか？　おれが散髪と髭剃りに連れて行こう！」

「あんまりあからさまにしないほうがいいわ」ヘレナがため息をついた。「それよりなにかわかった？」

「ヘリオドールスはしたたかなイカサマ賭博師だった。トラニオとグルミオがその犠牲者だったかもしれない」

「ふたりいっしょに？　それとも別々に？」

「それがはっきりしない」

「たくさんのお金が絡んでいるの？」

「またもや金額不詳だ」ただし、おれの推量では、たぶん多額だ。

「次は双子に質問する予定なの？」

「なにをするにしても、その前に訊くべきことをはっきりさせる予定だ。あのふたりは手強い」じっさい、ヘリオドールスがどんな熟練したイカサマ師だったとしても、あのふたりから金を巻きあげられたとは驚きだ。しかし、いつもあんなに自信満々のふたりだ。相当な痛手だったろう。あいつらには傲慢なところがある。ほかの連中が騙されたことがわかればさかんに嘲笑うやつらだ。どんな反応にでたか、推測するのも憚られる。

「あの人たち、なにか隠していると思う？　なにか重要なことを？」

「ますますそんなふうに見えてくる。きみはどう思う？」

「わたしは」とヘレナが予言した「あのふたりが絡んでいることならすべて、見せかけよりずっと複雑だと思うわ」

カナタに向かう道中でダウォスにサイコロ賭博のことを訊いてみた。そういうことが行なわれているのは知っていた。それに、ヘリオドールスと双子がときどき押し問答をしているところも見たことがある。ただ、とくに派手な喧嘩ではなかった。ヘボ作家が行く先々の住民をカモにしているのだとばかり思っていた。自分はまったく関わっていない……。ダウォスはトラブルの臭いがわかる男だ。臭いをかげば、そのまま踵を返す。

ヘリオドールスの金銭的汚点についてクレメスと話をする気にはなれなかった。クレメス自身の問題に抵触しかねなかったからだ。その問題は当座は脇においておきたい。フリギアには訊いた。フリギアの言うには、賭け事は男なら誰でもすることで、そこにイカサマが入ってくるのは当然である。唾棄すべき男のたいていの習慣と同じく、自分は一切無視している。

ヘレナがフィロクラテスに質問してみようか、と言ってくれたが、おれはあいつの力を借りなくても大丈夫だと決めた。ビリアにも、食事に来たときにそんな気がありそうだったら訊こうということになった。

カナタへの旅の途中、遠くに雪をいただくヘルモン山を望む火山性高原で、ヘレナとおれは自らの縁結び能力を試すことにした。これがまったくの時間の浪費だったことは、あとになってわかった。

互いの存在を無視したがっているふたりの人間をもてなすのは大変な仕事だ。主人役としておれたちが用意したのは、うまい葡萄酒、魚料理、なつめ椰子の実の詰め物（おれが詰めた）、香辛料で繊細に味付けした副菜、オリーブ、ナッツ類、そして飴菓子。恋するふたりを並べて座らせようとしたのだが、やつらは焚き火をはさんで向かいあわせに座ってしまった。おれたちはふたりのあいだに並んで座った。ヘレナはビリアと話をして、おれはムーサを睨みつけていた。ムーサはものすごい食欲で鉢に顔を突っこんだまま、いいとこを見せようなんてふりさえしない。求愛者としてはテクニックが不精だ。ビリアもムーサにまったく目を向けない。たぶらかしてモノにしようっていうには手強い相手だ。この花を野原からとるつもりの男は相当強引に引きぬく必要がある。

食事の質は進展の欠如を補って余りあった。おれは大きな壺に用意した葡萄酒をたっぷり飲み、みんなにもまわして場を盛りあげようと努力した。無駄だった。とうとうヘレナの膝を枕に寝そべって、完全な脱力状態にはいった。そして叫んだ。「もうお手上げだ。男は自らの限界を知るべきだ。エロスの役はおれの任じゃない。おれの弓には間違った矢しか用意されていないに違いない」

「ごめんなさい」とビリアが呟いた。「条件付きの招待だとは知らなかったから」陽気な口調で非難する。おれが無理強いした酒のお代わりのせいでかなり軟化したのか。あるいは、ごく現実的に、ほろ酔い状態で怒って席をたつのはまずいと思っているのか。

「条件は一つだけよ」ヘレナが微笑した。「出席者全員がこの主人《ホスト》のロマンチックな性格を黙って許すこと」

ビリアがおれに向かって礼儀正しく杯をもちあげた。みんな眠くて、腹がくちくて、素直な気分だった。

「もしかして」とおれはヘレナに言った。「ムーサが今夜のきれいなお客さんからあんなに離れて座ったのは、焚き火の光越しに見つめていたいからだろうか」自分のことを言われているあいだ、ビリアはただ美しくそこに座っていた。じつにうまい。たいへん結構だ。

ヘレナ・ユスティナはおれの顎をくすぐりながら、おなじように夢見心地だ。「飛びはねる火花をとおして、こっそり賛美するのね？」

「あるいは、からだが臭いから離れているだけかもしれない」

「ひどいわ！」

ヘレナの言うとおりだ。ムーサはいつだって清潔だ。あんなにあわただしい出発だったのに、しかも、あんなわずかな荷物しかもってこなかったのに、どうしていつもちゃんとした外観を保てるのか、おおいなる謎だ。いっしょの天幕で暮らしているから、不快な習慣があればヘレナとおれはすぐに気がついたはずだ。今夜も白い長衣、いつもとまったく同じ姿だ。一着しかもっていないのに、どういうわけかいつも洗濯してある。清潔できちんとしている。髭を剃ったのは確実だ（ほかの男は誰も旅のあいだはそんな面倒なことはしない）。よく見れば、多少の洒落っ気をみせた形跡もある。胸にソープストーンでできたスカラベの護符。たしかゲラサでおれといっしょに出かけたときに買ったものだ。紐ベルトはまっさらの新品のようだから、ボストラで買ったばかりに違いない。頭はローマ式にむきだしにしている。こうするといかにもこどもっぽい。訊かれたらやめたほうがいいと助言したところだが、ムーサは服装についておれのアドバイスを求めなかった。

ビリアもこのフォーマルな招待にほんのわずかながらドレスアップしてきた。緑色の、まったく飾り気のない服。スカートがすごく長く、薄闇になると襲いかかってくる蝿にそなえて袖も長い。スパンコール付きの露出過剰な舞台衣装とは大違いだ。今晩は本来の自分だってことを示す服装だ。本来の自分であることには青銅の長い耳飾りも含まれているようで、これがひっきりなしにチャラチャラ音をたてる。もうちょっと寛容でない気分だったら、うるさくて気に障っただろう。

ヘレナはおれの見たことのない茶色のドレスで、すごく洗練されて見える。おれは東方風の縞の長衣でカジュアルにきめた。暑さ対策に買った服だが、山羊《やぎ》飼いになったような気分がした。それに、あちこち痒《かゆ》い。生地が新しいせいだと思いたいが。

ムーサはおれたちにからかわれても辛抱していたが、ふと立ちあがると、涼しい夜風を吸いこみながら、はるか南の方を見つめた。

「優しくしてあげてね」とヘレナがビリアに言う。「ムーサはホームシックにかかっていると思うのよ」

ムーサはまるで無礼を咎められたかのように向きなおってヘレナを見たが、立ったままだ。そうしているとビリアからもよく見える。まあまあだが、そこまでだ。

「ただの策略だ」おれがビリアにこっそり教えてやった。「女ってのは不可解な悲しみの風情の男が好きだって、いつか誰かに言われたんだ」

「わたしは悲しくないです、ファルコ！」ムーサがおれに向けた目は、食いすぎたあと、消化不良をなんとか収めようとしている男のそれだ。

「そうかもしれないな。しかし、シリアでいちばんの美女を無視するってのはかなり不可解だ」

「無視していません！」

そいつはよかった。ムーサのまじめで慎重な話し方にはどことなく賞賛の響きがあるようでもある。ヘレナとおれはこれがムーサのいつもの話し方だと知っているが、ビリアには情熱を抑えているように聞こえるかもしれない。おれはこの線で押すことにして、ビリアに笑いかけた。

「ほらな。あんたが警戒するのは当然だ。氷河みたいに超然としたポーズの下に、恋する男の情熱がぶすぶすくすぶってるんだ。こいつに較べたら、アドニスなんか口臭とフケだらけのゴロツキだ。今にもあんたに薔薇の花を投げて、詩の朗誦を始めるだろうさ」

ムーサは礼儀正しく微笑んだ。「詩はできますよ、ファルコ」

花はないが、ムーサは火に近づくと、ヘレナとおれのむかい側に座った。これでビリアに少しは近くなった。もっとも、娘をじっと見つめる、ってほうは手を抜いている。ムーサの朗誦が始まった。ナバテアのアラブ語の詩で、どうもひどく長びきそうだ。

ビリアはほんのかすかに微笑しながら、目を伏せて聞いていた。ヘレナはじっと座っている。じっと正面を見つめるのがムーサの朗誦スタイルで、結果としてヘレナがほとんどひとりでそれをうけとめることになった。おれはヘレナの膝に頭をのせて横になり、目を閉じて、ウチの天幕に迎えた愚か者の客はもう運命に任せておこう、と自分に言いきかせた。

おれが内心願っていたよりも早く朗誦が終った——あるいは、すくなくとも中休みになった、ムーサの気分を害さずに割りこむことができる。ぐるっと寝返りを打ってビリアに向くと、静かに言った。「おれが思うに今のところでは、ある若いご婦人が、山々を自由に駆けめぐる優しい目をしたガゼルに喩《たと》えて賛美され——」

「ファルコ！」ムーサがチッチッと舌打ちした。声が笑いを含んでいる。「わたしの言葉がわからないふりをしているけど、ほんとうはわかるのですか？」

「おれは暇なときに詩を書くし、それに当て推量のしかたもわかっている」

「台本作家代行なんだから、よくできた詩が解釈できてあたりまえだわ」ビリアの声には厳しい調子があった。「だけど、もうひとつの当て推量のほうはどうなったの、ファルコ？」無作法な感じを与えずに話題を変える。長い耳飾りがかすかに音をたてた。「誰がイオーネを殺したのか、ちょっとでもわかってきたの？」

誘惑テクニックのお粗末さに神官のほうはもうさじを投げていたから、おれも新しい話題がありがたかった。「まだイオーネの知られざる恋人を探しているところだ。それについて提案があればありがたい。台本作家については、突如としていろんな動機が浮上してきた。舟底にこびりついたフジツボみたいにうじゃうじゃと。いちばん新しいとこでは、トラニオとグルミオとのあいだで、賭博の借金がからんでいたらしい。このことでなにか知ってるか？」

ビリアは首を振った。話が変ってほっとしているようだ。「ただ、ヘリオドールスが酒を飲むのと同じように賭け事をしたってことは知っている――猛烈だけど自分を失わない」思いだしてちょっと震えた。耳飾りも揺れる。「誰もあいつに勝てなかった」

「イカサマさいころだ」わけを教えてやった。ビリアはヒューッと怒りの声をあげた。「それで、ヘリオドールスと双子の関係をどうみる？」

「あのふたりはあいつのいい相手だったと思う」

ビリアが双子を好きなのがわかる。おれは衝動的に訊ねた。「ヘリオドールスがあんたに襲いかかったとき、ひき離してくれたのは双子のどっちか言ってくれるか？」

「グルミオよ」あたりまえのように言う。

ビリアの横でムーサが緊張したとおれは思った。ビリアはあくまで静かに座っている。あの最悪の経験への怒りはもう見せない。じっさい、ビリアはこの晩ずっと自分を抑えているかのように振舞った。おれたちを、あるいはおれたちのうちの誰かを、じっと観察しているらしかった。この焚き火のまわりに異国人がいて、おれたちの奇妙な行動を好奇心いっぱいでじっと観察している――それがムーサではなくビリアのような感じだ。

「前は絶対に教えてくれなかった。今はどうして言えるんだ？」

「犯罪者みたいに尋問されるのは真っ平。でも今は友だちといるから」ビリアの口からでるとこれは相当な褒め言葉だ。

「それで、何があったんだ？」

「ちょうどいい瞬間に――わたしにとってね――その瞬間にグルミオが飛びこんできた。ヘリオドールスから何かうけとりに来たの。なんだかわからないんだけど、でもグルミオはあの獣をわたしから引き離すと、巻物のことを訊きはじめた。台本《ホン》だと思う。わたしは逃げだした。だからね」とおれに道理を含めるように言った。「あんたがここで、グルミオが第一容疑者だなんて言わないといいんだけど」

「双子にはアリバイがある。すくなくともイオーネの死んだ時には。とくにグルミオだ。やつが別のことをしているのはほかならぬおれが見た。ペトラでの事件については、ふたりで互いのアリバイを保証している。もちろん、共謀ということもありうるが――」

ビリアは驚いた顔をした。「あのふたりがそれほど仲がいいとは思わない」

「どういう意味かしら？」ヘレナが即座に反応した。「あの人たちたいていいつもいっしょだわ。ライバル意識でもあるの？」

「すごくね！」そんなこと周知のはずだ、と言わんばかりにすばやい返答だ。それから、言いにくそうにつづけた。「ほんとうのところ、喜劇役者としてはトラニオのほうが華《はな》がある。でも、わたしは知っているけど、グルミオは、トラニオのほうが目立つ役をもらうから、そのせいだと思っている。ひとりで舞台に立って即興でお客を笑わせるのはグルミオのほうがずっとうまい。最近はあんまりやってないけど」

「ふたりは喧嘩をしますか？」ムーサが口をはさんだ。おれが訊けたらと思うような率直な質問だ。

「ときどき揉めてるわ」ビリアがにっこり笑った。ムーサは生意気にもその恩寵《おんちょう》があたりまえみたいに平然としている。するとビリアがこんどは赤くなった。火が近すぎて火照《ほて》っただけなのかもしれないが……。おれが考えこんでいるように見えたに違いない。「ヒントになるの、ファルコ？」

「よくわからん。しかし、やつらにどう迫ればいいか、その方法のヒントになるかもしれない。ありがとう、ビリア」

夜がふけていた。あしたはまた旅だ。ほかの連中は静まりかえっている。たいていはもう眠っているだろう。まだ起きているのはおれたちだけのようだった。ヘレナのほうをチラッと見て、気のなさそうなふたりをとりもつ仕事は諦めることにした。

ヘレナが欠伸《あくび》をする。それから皿を集めはじめた。ビリアが手を貸す。ムーサとおれは、火をつついたり、残ったオリーブを食ったり、男らしい仕事に専念した。ビリアが招いてくれた礼を言うと、ヘレナが謝った。「あなたをずいぶんからかったようで、辛くはなかったでしょうね？」

「なにが？」ビリアがそっけなく返した。それからもう一度にっこりした。とにかく尋常でなく美しい娘だ。二十歳になるかならないかだということが急にはっきり見える。今夜は楽しかったんだ。おれたちはそれで良しとしなければならない。今夜ビリアはものすごく満足している。それがこの娘を珍しく幼くみせている。ムーサでさえ前よりおとなっぽく見える。ほとんどビリアと同じくらいに。

「わたしたちのことは気にしないでね」ヘレナはまったく気取らずに指についたソースをなめている。「あなたはあなたの好きなように生きなければいけないわ。大事なことはほんとうの友だちを見つけて、ずっと仲良くすることよ」そう言うと、集めた皿を持って天幕に入っていった。

おれはそんなに簡単に許すつもりはない。「それはそうだが、しかし、男を怖がっていていいってことじゃないぞ」

「わたしは誰も怖くない！」ビリアがかっとなって鋭く言い返した。ほんの一瞬だった。それからまた声を落として、手に持った盆を見つめながら言った。「たぶん、結果が怖いだけなんだ」

「賢明だわ！」ヘレナがすぐに天幕から出てきた。「フリギアのことを考えてみて。赤ちゃんができたからって間違った結婚をしたために、憎しみをかかえているわ。こどもを失って、女優として羽ばたくチャンスを失って、おまけに、ほんとうならこの年月ずっといっしょにいるべきだった男の人のことも諦めたのではないかと思う――」

「例が悪いです」ムーサが割りこんだ。張りつめた顔をしている。「わたしなら、ファルコとあなたを見ろ、と言います！」

「おれたちか？」おれはニヤニヤした。誰かがバカを演じてこの会話を軽くしなければならない。「おれたちはただ、まったく不似合いで、将来を共にする見通しはないが、ひと晩いっしょに寝るくらいにはまあまあ好き合ってるって程度だ」

「いつから？」とビリアが詰問《きつもん》する。アイロニーのわからない娘だ。

「二年前」

「それがあんたたちのひと晩なの？」ビリアが笑いだした。「なんて気ままで、都会的なの！ディディウス・ファルコ、この不似合いな関係はどれくらい続くと思うの？」

「一生くらいかな」おれは明るく言った。「あんまり現実的でない期待はしないことにしているんだ」

「それで、わたしになにを言いたいわけ？　なんだか矛盾してるみたいだけど」

「人生ってのはまま矛盾するが、たいていはただ酷いもんだ」おれはため息をついた。助言なんかするな。あとで違うじゃないかと文句を言われるのがオチだ。「全般的にはあんたと同意見だ。人生は酷いもんだ。大望は打ち砕かれる。友だちは死ぬ。男は破壊し、女は崩壊する。しかしだな、ビリアとムーサよ、友だちからの情けある言葉に耳を傾ける気があるなら、こう言おう。もし真の愛情を見つけたら、決してそれに背を向けちゃならない」

　うしろに立っていたヘレナが優しく笑った。おれの髪をくしゃくしゃにかきまぜてから、屈みこんで額にキスする。「この人、可哀想にもう眠いのよ。ムーサ、ビリアを送っていってあげてね」

　みんなで「おやすみ」を言って、ヘレナとおれはふたりを見送った。はっきり間隔をあけて、ぎこちなく歩いていく。語り合っているのかもしれないと思わせるゆっくりした足どりだが、話し声は聞こえない。他人同士のようにも見えるが、おれのプロとしての判断を下すとすれば、あのふたりはヘレナとおれが考えている以上に互いをよく知っている。

「おれたち、なにか間違ったかな?」

「どんな間違い?　わたしにはわからないわ」

おれたちは間違っていた。だが、おれがそれをはっきりと理解したのは、しばらくたってからだった。


カナタ。

玄武岩の原野の北寄りの斜面に、城壁にかこまれて小さくまとまった、古い、孤立した町だ。この辺境地域で唯一のそれなりの規模のある居住地なので、ここには特別な評判と独特の雰囲気があった。土地は狭い。しかし商業活動は大規模。ボストラから北上する大通商ルートが近くを通るからだ。カナタにはもうすっかりお馴染みになった高度なギリシア文化の特徴——高いアクロポリス、文化的な施設、進行中の大規模改装事業計画などなど——がたしかにありながら、ちょっと風変りでもあった。ギリシア的、ローマ的風物のなかに、ナバテアとパルティアを思わせる建築が交じって、異国的雰囲気をかもしているからだ。

カナタには偏見がなかった。カナタは人の訪問を好んだ。たいていの旅人が旅程から外してしまうような遠隔地にあるために、旅回りの芸人がわざわざやって来たのを見てカナタの観衆はおおいに喜んだ。一座を贔屓にしてくれた。

ここではまず『海賊兄弟』をかけた。ボストラのお偉いさんに謗《そし》られて以来、クレメスがその名誉挽回を期していた演目だ。その評判がよかったので、大急ぎでレパートリーをひっかきまわして、次に『アンドロスからきた娘』とプラウトゥスの『アンピトルオ』を演《や》った。『アンピトルオ』はクレメスの大好きな『浮かれ騒ぐ神々』笑劇のひとつだ。

こうして、一座の財政事情を一時的とはいえ回復させて、おれたちはカノタを離れ、ダマスクスに向かった。盗賊の出没する危険な土地をこえていかなければならなかった。全員で抜かりなくあたりに気を配って進んだ。

「この道では予想外のことが待ち伏せしていそうだ」おれはムーサに言った。

待ち伏せしていたのはキリスト教徒の一団だった。カルト信者が生まれながらに自由なローマ人の魂を奪おうなんて無礼千万だ。やつらはある休憩地で道のあちこちに散らばってのらくらしていた。こっちは道をそれて迂回するか、しょうがないから話をするか、どっちかしかない。ニコニコして、ここでお目にかかれるとはなんと嬉しい、などと言ったとたん、これはとんでもない連中だとわかった。

「あの人たちは誰ですか？」やつらの態度に驚いたムーサがそっと訊ねる。

「やつらが唯一神と呼ぶものを讃《たた》えるために二階の部屋なんかにこっそり集まって、メシを食ったりする信じやすい変人たちだ」

「唯一？　それは少し偏狭ではありませんか？」

「もちろんだ。無害な連中だが、政治的態度が悪い。皇帝を敬わない」

「あなたは皇帝を敬っているんですか、ファルコ？」

「敬ってないに決まってるだろ」あのしまり屋じじいのために仕事をしているという事実は別として、おれは共和主義者だ。「しかし、おおっぴらにそう言って皇帝を怒らせるなんてことはしない」

狂信的な売込みトークが永遠の生命の保証云々までいったとき、おれたちはキリスト教徒たちをしたたかぶちのめして、泣きべそをかいてるのをそこに置いてきた。

そんなこんなの邪魔と、ますます上昇する気温とで、ダマスクスまでは三日の旅程になった。その最後の行程で、とうとうトラニオとふたりだけで話をすることに成功した。

なんとなくいくつかの集団に分かれて動いていたとき、駱駝に乗ったトラニオがたまたまおれの荷車の横に来た。見ると、このときばかりはグルミオはずっと後ろのほうにいる。おれもひとりだった。ヘレナはちょっと話をすると言ってビリアの車に乗っていた。ムーサも連れていったところがヘレナのそつのないところだ。このチャンスを逃す手はない。

「誰が永遠になんか生きたいもんか、なあ？」このあいだ始末したキリスト教徒のことをトラニオが笑いものにする。そう言ってから初めて、横にいるのが誰なのかに気づいた。

「それについてくる景品ならもらってもいい」こいつを絞るチャンス到来とばかり言い返した。

「どんな景品だ、マルクス・ディディウス？」断りもなく馴れなれしくしてこっちを狼狽させようって手合いは大嫌いだ。

「罪」

「あんた、どこにでも罪を見るんだな、ファルコ」正式な呼び方にすっと戻す。

「トラニオ、おれはどこに行っても罪人にぶち当たるんだ」

おれの密偵としての評判があんまり高いんで、トラニオはそのままどうしてもおれの技に挑戦したくなった、とでも言いたいところだが、じっさいは、トラニオのやつ、さっさと逃げようとした。駱駝を速く歩かせようと靴の踵で腹を蹴りつけたが、相手は駱駝だ。頑として言うことをきかない。肋骨の痛みなど、おとなしくいうことをきく屈辱よりなんぼかマシだ。狡猾な革命主義者の魂をもつこの駱駝は、ぼさぼさの毛皮のあちこちに気の抜けたような禿げがあり、態度が気難しく、悲痛な鳴き声をあげる、ごくふつうの土埃の色をした獣だ。かなり速く走れるが、乗り手を振り落とす口実が欲しいときにしか走らない。オアシスから四十マイルは離れた地点で人間を禿げ鷲に引きわたしたい、というだいそれた野望を抱いている。駱駝の嚙み傷による敗血症でゆっくりと死にたい人間には、じつに可愛いペットだ。

トラニオはこっそりと逃げだそうとしていたが、駱駝のほうは、おれの牡牛の横をだらだら歩いて、隙あらば牛を動揺させようと決めていた。

「どうやら罠にはまっちまったようだな」おれはニヤッとした。「さあ、喜劇について語ってくれ」

トラニオ歪んだ微笑を浮かべた。「ほとんどが罪のうえになりたっている」

「そうか？　おれはまた、隠れた恐怖を引っぱりだすものだと思っていた」

「あんた、理論家か、ファルコ？」

「いけないか？　クレメスに決まりきった三文仕事をさせられてるからって、手を入れている台詞をときどき分析しないとは限らない」

トラニオはおれの真横にいて、じっくり観察しにくかった。首をまわせば、カナタで床屋に行ったことがみてとれた。頭の後ろを刈上げているが、あんまり短く刈って頭皮が赤く透けて見える。御者台でからだを曲げなくとも、髭剃りのときにびしゃびしゃ振りかけたバルサムの匂いが強烈にただよってくる。ときどき横を見れば、毛深い浅黒い腕、石に割れ目のはいった緑色の印章指輪、依怙《いこじ》地な駱駝に逆らって白くなった指の関節が目に入る。しかしトラニオ自身はおれの盲点になっている。おれも牛を落ち着かせることに集中しなければならなかった。トラニオの獰猛な駱駝が剝きだす歯にすっかり動転していたからだ。だから、調査対象の目をまっすぐ見ることは不可能だった。

「おれのやってるのは地道な仕事だ」全体重をかけて後ろに反り返って、突進しそうになる牡牛を抑えながら言った。「どうだろう、ヘリオドールスも同じように考えていたろうか？　細切れ仕事をチマチマやってただけなのか？　自分に相応しいのはもっと上等ななにかだと思ってただろうか？」

「たしかにあのヌメヌメ野郎にはアタマがあった。自分でそれを知っていた」

「そして使った、そうだろう？」

「書くことにじゃない」

「たしかに。おれが引き継いだ台本トランクにある巻物が証拠だ。やつが改訂した箇所はひどくお粗末なやっつけ仕事だ。あの字が読めればな」

「ヘリオドールスとそのすばらしき才能の欠如にどうしてあんたそんなに興味津々なんだ？」

「同僚のよしみさ！」

ほんとうの理由なんかおくびにも出さずに、微笑する。イオーネがおれの前任者の死んだ原因は純粋に職業的なものだと言った、その理由を探ってみたかった。

トラニオは笑い声をあげた。どことなく不安げだったか？　「おい、まさか、ヘリオドールスの面《つら》の皮の下にじつはスター喜劇役者が隠れていたなんて言ってないよな？　それはない。やつの創造力は、他人を操る段になるとものすごかったが、創作になるとまったくの役たたずだった。自分でも知ってたさ、ほんとうだ」

「本人にもそう言ってやったんだろうな、きっと？」そっけなく言った。おれの仕事が気に入らないとみんなじつに熱心にそう言ってくれる。

「埃をかぶったようなギリシア劇の傑作をクレメスがやつに渡して、ジョークを現代風に書き直せって言うだろ？　そのたんびに知的資質のなさがあんまりあからさまになって、こっちが辛いほどだった。赤ん坊だってやつにくすぐられたとしても笑わない。ああいう資質は、持ってるか、テンから駄目か、どっちかだ」

「あるいは、ジョーク集を買うか……。そういうものがまだ買えるそうだ」

しばらくのあいだトラニオは、戦闘ダンスの練習をしている駱駝を罵るのに忙しかった。おれも声を合わせて悪態をついた。トラニオが懸命に駱駝を荷車から引き離そうとしているあいだ、おれは考えた。「ネタが無尽蔵に手に入る手段があればいいだろうな。グルミオが言ってるみたいな、先祖伝来の蓄積みたいな……」

「過去に生きるのはよせ、ファルコ」

「どういう意味だ?」

「あれはグルミオの強迫観念だ。それに間違ってる」どうやらグルミオとのあいだの長年の職業的意見の不一致を掘り当てたようだ。「ユーモアはオークションで競り落とせるものじゃない。それはもう過去のことだ。そりゃたしかに、昔は喜劇の黄金時代があった。ネタは神聖冒すべからざるもので、ひい爺さんの代から伝わる大事な古いエロ話やかび臭いダジャレの巻物を切り売りすれば道化だって一身代稼げた。しかし近ごろは毎日新しい台本《ホン》が必要なんだ。風刺は巻貝と同じくらい新鮮でなきゃならない。きょう日のコスモポリタン的舞台できのうのくたびれた風刺を言ったってクスリともこない」

「それじゃ、もし古い小話集を相続しても、あんたならぽいっと捨てるのか?」なにかよく知っていることがあるはずだという気がして、おれは前にグルミオと話した内容を必死で思いだしていた。「あんたの天幕仲間が道化といういにしえからの世襲職についてすばらしい演説をしたが、あれ全部を信じるなって言ってるのか? 家柄によって値打ちがきまる、笑いの専門家じゃないのか? おそろしく逼迫《ひっぱく》したときには売り物にもなる、古い小話は?」

「クソだ！」

「ウィットはないが簡潔だ」

「ファルコ、家柄のおかげでグルミオにどんないいことがあった？　おれのほうが成功している。ひとえに、切れる頭と、ネロの競技場《キルクス》で剣闘士ショウの前座として五年間修行したおかげだ」

「あんたのほうがうまいと思っているのか？」

「思ってるんじゃない、わかってるんだ、ファルコ。グルミオだってそれなりにうまくなれる。だが観客の水準が下がったとかなんとかウダウダ言うのをやめて、なにがほんとうに求められているのかを認める必要がある。そして、父親だの、爺さんだのがお粗末な小話や、農場の声帯模写、曲芸ジャグリングなんかで生きてたことを忘れなくちゃいけない。あいつの変な外国人のジョーク、ひどいもんだろ。ローマの道が真っ直ぐなのはどうしてでしょう？」トラニオは今までおれを辟易《へきえき》させてきたすべてのお笑い芸人を真似ておちょくった。「トラキア人が道の角に屋台の食い物屋を開けないようにです！　それから、露骨な当てこすり。ウェスタの処女は宦官《かんがん》になんて言ったか？」

　面白そうだったが、ちょうどそこで駱駝が道を横に走りだそうとしたので、トラニオは急いでぐいっと手綱を引っぱった。オチを訊ねて無粋を認めるようなことはやめた。

　このときには道はわずかに下り坂になっていて、行く手のずっとむこうで乾燥した風景が唐突に途切れているのが見えた。茫々たる不毛の海のふちにある賑やかな港町のように、荒野のはじっこにとりついているオアシス――ダマスクスが近い。どの方向を見ても、大昔から蜂蜜の壺のようだったダマスクスをめざして集まってくる列がいた。

こうなるといつ何時、グルミオが速足で〝仲間〟に近づいてくるか、あるいはトラニオが離れていくかわからない。はっきりした効力を試すべきときだろう。

「またヘリオドールスのことだが、あいつはひからびた松の丸太ほどの眼識もない、無能な尖筆野郎だったとあんたは思っている。それならどうしてあんたとグルミオはあいつと仲良く賭け事をしてたんだ？　おっそろしい額の借金で身動きとれないようにされるほど」

たしかに神経をひっかいた。問題は、それがどの神経かだ。

「誰から聞いた、ファルコ？」利発な黒い目のうえに真っ直ぐに垂れる髪の下で、トラニオの顔が青白くなったようだ。声も暗く、危険な感じをおびたが、その意味をどう解釈すべきか難しいところだ。

「周知のことだ」

「周知の嘘だ！」青白かった顔が突然、重症のマラリア患者のように赤く変った。「ヘリオドールスと金を賭けてやったことはほとんどない。サイコロで遊んでも勝ち目はなかった！」道化たちがヘリオドールスのインチキを知っていたかのように聞こえる。「賭けたのはつまらん物か、ちょっとした金か、そんなものだけだ」

「それならどうしてそんなに怒ってるんだ？」おれは穏やかに訊いた。

トラニオはものすごく怒っていて、おかげで反抗的な駱駝についにうち勝った。駱駝の口が裂けるほど乱暴に手綱を引いて無理やり早足にさせると、隊列の後ろのほうに走っていってしまった。

第八場

ダマスクスは世界最古の人間居住地だと自称している。そりゃ違うと反論できるのは、相当昔からの記憶のある人間だけだ。トラニオも言ってたように、誰がそんなに長く生きたいもんか。それに、それなりの証拠もある。ダマスクスはもう何世紀もそのあくどいシステムでやってきており、あらゆる策略を知りつくしている。ここの両替商人のあこぎなことはよく知れわたっている。彩り豊かな碁盤の目状の通りをびっしり埋めている石造りの市場店には、これまでおれが行ったことのあるどの町より、嘘、横領、盗みが横行している。この町は抜群に有名で、繁栄していた。華やかな彩りの住人たちはその極悪非道さにおいて驚くべき多様性を発揮していた。ローマ人のおれはじつに気楽にくつろいでいられた。

おれたち一行は東の太陽門から町に入った。そして、入ったとたん、喧騒に打ちのめされた。砂漠から這いでてきた身には、強欲な物売りの叫び声、冷やかしと物をやりとりする大声はショックだった。この町は、これまでおれが旅してきたすべての町のなかでも、猥雑なギリシア劇の舞台にいちばん似ている——赤ん坊は人手に渡され、宝物は盗まれ、柱という柱の陰に逃亡奴隷が潜み、娼婦が引退まで生き永らえることなどめったにない。すれた女房は、まず間違いなく、寝台に寄ってこないひ弱な亭主をがみがみ叱りつけている。親不孝息子がもうろくした父親を欺いている。従順な娘など希少価値だ。女祭司とされている女は、波止場沿いのじめじめした売春宿で非番の兵士に陵辱《りょうじょく》されるための処女の手配を皮切りに、この道ウン十年。長年行方不明だった祖母《ばあ》ちゃんと判明するかもしれない、急いで避けたほうがいい。

おれたちは手で財布を隠し、ひとかたまりになって、騒音に顔をしかめながら、ものすごい混雑をかき分けて進もうとした。うずたかく積まれた香辛料の山からただよってくるうっとりするような香りにつきまとわれ、屋台店にぶらさがったけばけばしい小間物の輝きに目をしばたたいた。通行人などに頓着なくうけわたされる極上織物の梱を首をすくめて避けた。ずらっと並ぶ海綿や宝石、無花果《いちじく》、蜜蜂の巣、鍋や釜、背の高い枝つき燭台、五色に染められるヘナ、七種のナッツなんかを口をあけて見つめた。痣ができるほどぶつかられた。手押し車の男たちに壁に押しつけられた。一行のなかには、エキゾチックな品物を目にとめて大騒ぎする者もいた。ほんの一瞬振りむいてなにかを見つめているあいだに、ひしめく群衆のなかに仲間を見失うのだった。

この混沌とした大通りのほぼ全長を通過するハメになったのは言うまでもない。クレメスが確保した劇場は、大通りのどんづまりの手前で少し南に入った、ユピテル門の近くにあった。すぐそばの中古衣料を売る店が並ぶ通りは、なんと虱《しらみ》市場と名づけられていた。ヘロデ大王によって建設された荘重な劇場で演じるという栄誉をいただくことになっていたおれたちだ。

虱の五、六匹くらい許せる気分だった。

ボストラでこうむった痛手からクレメスがどう立直ったのか、ついにわからなかった。一座の連中がクレメスの興行主としての実力を見下していることをわかっているような気配もあったが、尊大に黙りこくっている。

一座の公演は三晩の予定だった。クレメスの選択は、一座のレパートリーのなかの逸品とみなしている演目に落ち着いた。まず『海賊兄弟』、それから神々の乱交笑劇シリーズのひとつ、そして『ミコノスからきた娘』。最後のは、死ぬ少し前にヘリオドールスが下手なツギハギをした作品だ。やつは恥ずかしさのあまり死ぬべきだった。ほかのすべての『……からきた娘』喜劇を〝翻案〟した作品で、妻の同伴なしで大都会にやって来てバカ騒ぎをくりひろげる好色な商人たちを笑いものにした芝居だ。そこにはサモスと、アンドロスと、ペリントスのすべての芝居に欠けているものが盛りこまれていた。グルミオの梯子落ちの芸。ビリアは、ちゃんと服は着ているが、狂乱の場面でかなり露出的な踊りを見せる。楽団の女楽士は全員トップレスで演奏する。

クレメスの選択に呻き声が起こった。やつには雰囲気を察知するセンスというものがない。午前中いっぱいぶつぶつ言ったあげく、一座の連中は、文学的エキスパートと認めたおれを中心に、事態収拾の集会をもった。『ミコノスからきた娘』はよしとした。不道徳な町にはおあつらえ向きだ。しかしほかの二作は否決された。そして民主的な採決によって、綱引き場面がどこでも大好評を博す『綱引き』と、ダヴォスが自慢の〝威張る兵士〟の演技を披露できる芝居とを代わりに選んだ。後者については、自分自身を愛し、世間のお追従《ついしょう》も大好きなフィロクラテスが、自分の役が小さすぎると反対したはずだが、やつは天幕に隠れて出てこなかった。ペッラで誘惑した女が、兄とおぼしき男といっしょに通りを歩いているのを見かけたからだ。心に決めたことのある顔つきをした、大柄な男だ。

それがダマスクスの問題点だ。すべての道がここに集まってくる。

「そして、出て行くのよ」ヘレナが指摘した。「あと三日で。わたしたちどうするの、マルクス？」

「わからん。たしかに、このケチな一座とともに一生送るつもりではるばる東方まで来たわけじゃない。生きていけるだけはなんとか稼いでいるが、この町に滞在して休暇を楽しむほどじゃない。ましてや、もし密偵頭のアナクリテスがハンコを押さなかったら、帰りの旅費なんかとてもでない」

「マルクス、それはわたしが払ってもいいのよ」

「おれが自尊心をなくしたときに頼む」

「そんな、大げさだわ」

「わかった、きみに払ってもらうかもしれない。しかしその前に、少なくともひとつの仕事だけでも完了させたい」

おれはヘレナを通りに連れだした。ぶつかってくる人波から守るために、腕でしっかり抱き寄せて歩いた。ヘレナが首を傾げて問いかけるようにおれを見る。顔からストールが滑り落ちて、縁が耳飾りにひっかかった。それをはずそうとしながらおれのことばに耳を傾けている。

「きみとおれはじつに奇妙な生活をしている。ときどき思うんだが、きみが好きなら、もっと相応しい環境に置いてあげるべきなんだ」

ヘレナは肩をすくめた。ときどきいたたまれなくなったおれが、もっと〝ふつう〟にしようと試みるたびに、ヘレナはじっと耐えてくれる。しかし、尊大な態度をとることもある。生意気そうな笑顔となって表されることが多い。

「わたしはこの生活が好きだわ。興味深い男といっしょだから」

「それはどうも！」おれは笑いだした。ヘレナに不意を突かれるのは慣れっこになっているはずだが、今でもまだ思いがけないところをやられる。「だが、これがこのままずっと続くわけじゃない」

「そうね」と真面目な顔で賛同する。「いつかあなたは、毎日きれいなトーガを着る、堅苦しい中間官僚になるでしょうね。朝食のテーブルで経済の話をして、お昼にはレタスしか食べない。わたしは毎日うちにいて、顔に小麦粉のパックを半インチもの厚さに塗って、洗濯屋の請求書を点検するだけ」

おれは微笑を抑えた。「そりゃ安心した。おれの将来計画にとやかく言われるもんだとばかり思ってた」

「わたしはとやかくなんて言いませんん」おれは今度はこみあげそうな笑いを呑みこんだ。ヘレナが優しく言った。「ホームシックなの、マルクス?」

たぶんそうだった。しかし決してそうは認めないことはヘレナだってわかっている。

「まだ帰れない。中途半端な仕事は大嫌いだ」

「それで、どういうふうに完了させる計画なの?」

ヘレナがおれに寄せるこの信頼が好きだ。幸運なことにちょうど、ひとつの仕事だけは片付けるための手配をしておいたところだ。おれはすぐそばの家の外壁を指さして、その狡猾な工夫を見せてやった。ヘレナがじっと点検する。

「コングリオの字は前よりうまくなったわ」

「良い教師がついているからな」誰のおかげでうまくなったのか、おれも知っている。

その晩の『綱引き』の公演を報じるコングリオの広告がある。その横に、もうひとつ広告が書いてある。

ハビブ(ローマ帰りの)に緊急連絡
ヘロデ劇場にファルコを訪ねられよ
至急ご連絡あれば必ずや利益があろう

「訪ねてくるかしら?」ヘレナは慎重だ。

「ぜったいだ」

「どうしてそんなに確信があるの？」

「こいつは実業家だとタレイアが言っていた。金が貰えると思うさ」

「さすがだわ、マルクス！」


劇場にファルコを訪ねてきたハビブと称するやつらは多種多様で、じつにさもしかった。おれの業界ではよくあることだ。そんなことになるだろうと思っていた。いくつか質問をすると、相手は必死に推測して答える。おしまいにいつもの決め手を紛れこませた。

「エスクィリヌスの丘の帝国動物園には行ったか？」

「ああ、行った」

「なるほど」動物園は市の外、近衛軍駐屯地のそばにある。ローマでも知っている者はあまりいない。「いい加減なことを言っておれの時間を無駄にするな。出て行け！」

やつらもしだいにわかってきて、友だちを送ってきて、ひっかけ問題に「いや、行かない」と答えさせるようになった。天晴れなほどずうずうしいのがひとりいて、例の「行ったかもしれないし、行かなかったかもしれない」でおれをたぶらかそうとした。この戦術は不発に終るかもしれないと思いはじめたころ、とうとう成果があった。

三日目の晩、衣装係の手伝いににわかに興味をもったおれたち何人かで、『ミコノスからきた娘』に半裸でスター出演する女楽士たちの服を脱がせようとしていたところだった。まさに大事な瞬間に、客だよ、と呼びだされた。肉体美と仕事とのあいだで引き裂かれる思いでおれは外に出た。

そのチビ野郎は、長い縞のシャツを着て、貧相な胴体に巨大な紐ベルトを何重にもぐるぐる巻きにしていた。ぼんやりした顔つきに怠惰な目。頭には、急速に存在感をなくしている足拭きマットみたいに、細い髪がちらほら生えている。少年のようなからだつきだが、顔はおとなの赤ら顔だ。窯焚《かまだ》きとしての暮らしのせいか。あるいは、日頃どんな悪事をしているにしろそれが露見するのではないかという根っからの臆病のせいか。

「ハビブだな?」

「いいや、だんな」

「ハビブの使いか?」

「いいや、だんな」

「ギリシア語で大丈夫か?」やつの会話内容がかなり貧弱だから、はっきり訊いてやった。

「ええ、だんな」

〝だんな〟は余計だと言ってやりたかったが、そうすると登校初日の七歳のこどもみたいに、黙ってつっ立って互いの顔を見ているだけになる。

「それなら、さっさと吐いたらどうだ。おれはあっちの舞台裏に大事な用があるんだ」

パンパイプ吹きの胸を一目見たかった。ひょっとしてこの訪問者はタダ切符をせびりに来ただけなのか。この場を逃れて劇場に戻るためには、それも仕方がないか。しかし、ペテン師にしては、こいつはどうしようもなくグズだ。そこで代わりに言ってやることにした。

「おい、席が欲しいんなら、ずっと上のほうにまだひとつ、ふたつあるかもしれん。見たいんなら手配してやってもいいぞ」

「え？」と驚いた顔だ。「ええ、だんな！」

ベルトにつけた袋から骨のトークンをだして渡した。後ろの劇場からどよめきと叫び、口笛がどっとわきおこった。楽団の娘たちがもう舞台に出てしまった。男は動かない。

「まだいるな」

「ええ」

「それで？」

「伝言で」

「伝言がどうした？」

「もらいに来ました」

「だが、あんたはハビブじゃない」

「行っちまいました」

「どこに？」

「砂漠でさ」

なんてこった。この忌々しい国は隅から隅まで砂漠なんだ。この捉えどころのない実業家を見つけるためにシリアの砂をかき分ける気にはとてもなれない。世界のほかのところなら、試すべき極上葡萄酒があり、収集すべき珍しい芸術品があり、まぬけな金持ちから掠《かす》めとるべきうまい食い物がある。このすぐ近くにだって、じろじろ見るべき女たちがいるんだ。

「いつ行ったんだ?」

「二日前」

カナタをとばすべきだった。

いや、カナタをとばしていたら、そいつはカナタに住んでいる、ってことになっていたに違いない。運命の女神は相も変らずおれに楯突いている。神々がおれを助けようって気になることがあったとしても、地図をどっかに置き忘れて、オリュンポスの山から下りてくる道で迷子になるにきまっている。

「それで」おれは大きく息を吸って、ことば数も実りも少ない会話をもう一度始めた。「何しに行ったんだ?」

「息子を連れもどしに。ハリードだ」

「ひとつ訊いただけなのに答えはふたつだ。二番目のは訊いていない」

「え?」

「息子の名前は?」

「ハリードですよ!」赤ら顔の絞りカスがもの悲しい叫び声をあげた。

おれはため息をついた。

「ハリードは、若くて、ハンサムで、金持ちで、わがままで、いい面の皮にされた親の望みや期待にまったく無頓着なんだな?」

「ああ、会ったことがおありで！」

会う必要はない。この数カ月というものこの人物の変型がうようよ出てくる台本《ホン》を脚色してきたんだ。フィロクラテスが十年ほど若返って、赤毛の鬘《かつら》をのせ、スカーフを数枚下帯に押し込んで、この元気いっぱいの不良息子を演じるのを毎晩見てきた。

「それで、そいつはどこで遊び人をやってるんだ？」

「誰が？　ハビブ？」

「ハビブでも、ハリードでも、どっちでも同じだ」

「タドモルで」

「パルミラか？」思わずタドモルのローマ名をそいつに投げてしまった。

「そう、パルミラ」

やっと説明がついた。あそこはたしかに砂漠だ。煩《うるさ》いタイプのおれとしては、なんとしても避けようと心に誓っていた、シリアの嫌悪すべき地理的特徴だ。兵士だった死んだ兄貴から、蠍《さそり》やら、喉の渇きやら、好戦的な原住民やら、刺《とげ》から感染する死病やら、熱気のために兜《かぶと》の下の脳が茹《ゆ》だって狂気に至った兵士のことなんかをたっぷり聞かされた。フェストゥスの話は気味悪かった。おれは砂漠を敬遠している。

もしかしたら、ぜんぜん別の父と息子のことかもしれない。

「それじゃ、これを教えてもらおう。あんたのそのハリードくんにはガールフレンドがいるか？」

シャツを着たウスラトンボが用心深い顔になった。おれの足がスキャンダルを踏んだんだ。毎度のことだ。結局トンボ野郎もよくある意味ありげなニヤニヤ笑いで認めた。

「ええ、います。だからハビブが連れもどしに行ったんで」

「そんなこったろうと思った！　父ちゃんは認めないわけだ」

「カンカンですよ」

「心配するな。すべてわかってる。娘はオルガン弾きだ。まあローマ風なエレガンスもないことはないが、生まれはあやしげ。係累はまったくなし。金もなし、だな？」

「連中もそう言ってます……。それで、金はもらえるんで？」

「金をやるなんて誰も言ってない」

「それじゃ、ハビブへの伝言は？」

「ない。あんたには多額の謝礼を出そう」小さな銅貨をひとつ、偉そうにくれてやった。「それから、その無料切符で裸同然のダンサーが見られる。そのスキャンダラスな話でこの繊細な耳を汚してくれて、礼を言う。おかげでパルミラまでのこのこ出かけて、ハビブに直接伝言を伝えなきゃならなくなった」

第三幕
パルミラ

オアシスの町の遅い夏。うすぎたない泉の周囲に、椰子や石榴の木々がうまそうに群生している。前よりたくさんの駱駝がうろついているなかを、なにかと評判の悪い一座のキャラバンが登場するが……。

あらすじ
あつかましい下層民ファルコが、旅まわりの一座とともに、優雅な都会パルミラに現われ、長らく追ってきた家出娘ソフローナをついに探しあてる。ソフローナは金持ちのごくつぶしハリードと恋愛中だが、ハリードの父親はカンカンだ。事態解決のためには、策略を用いなければならない。そうしているうちにも、思いがけない方向から危険が迫り、舞台の上の芝居は役者たちの予想をはるかに超える現実味を帯び……

第一場

兄貴のフェストゥスは砂漠の危険についてはたしかに正しかった。しかしフェストゥスはローマ軍団にいたから、二、三の風変りな習慣については知らなかった。砂漠ではあらゆることの基本は客人への〝もてなし〟の精神だ。従って、どんなものも無料ではない。フェストゥスはたとえば〝浄財の喜捨《きしゃ》〟なんかを見逃していた。砂漠を越える一座の〝保護〟を買ってでたパルミラの男たちに、おれたちは自発的〝喜捨〟をせざるを得なかった。護衛なしに砂漠をわたったりしたら命とりだ。そこにはちゃんと規則があった。パルミラの首長はローマから交易ルートをパトロールする責任を負わされている。そしてそのための民兵の掛かりは、公共精神に富む金持ち都市に相応しく、ぎっしり詰まった自分の金庫から支出することになっている。そこでボスは護衛を提供し、そのサービスを享受した者はものすごく感謝していることを具体的に示す義務を負うことになる。サービスを拒否すれば襲ってもらいたいと頼むようなものだ。

ダマスクスを出て北に数マイル行った道の分岐点に、正規護衛隊が待ちかまえていた。いかにも役にたちたそうな風態で道端でぶらぶらしていたが、おれたちがパルミラに向かって右折したとたんにガイド役を申し出てきた。そして、この申し出を断ったらどういう罰が下るのか、おれたちに勝手に考えさせた。断っておれたちだけで砂漠を行ったら、掠奪目的でうろうろしている部族民の標的になるのは必至だ。その連中がおれたちの存在に気づかなくても、護衛たちが必ず報せるだろう。この護衛詐欺は数千年来この砂漠で行なわれてきたに違いない。このにこやかな恐喝の伝統を扱いにくい大荷物を抱えた旅まわりの小さな一座が打破れるとは思えない。おれたちは金を払った。パルミラに行くことは問題の一面でしかない。この砂漠を行く者の共通の願いは、むこうに着いたら、また戻ってくることだ。

パルミラに行こうと一座を説得したのはおれだ。事態が急展開してオルガン弾きのソフローナが見つかりそうだと聞いて、好奇心をそそられた座員がたくさんいた。裏方と楽士たちは、まだ殺人犯が隠れているのにおれが出てってしまうのをひどく嫌がった。長い砂漠の旅は、そいつを隠れ場所から炙《あぶ》りだす最後のチャンスになるかもしれない。クレメスが心に抱いていたエメサまで粛々と北上するという計画は、圧倒的多数で否決された。空っぽの砂漠とエキゾチックな絹織物市場、そして、ミステリーが解決される見込み、そうした魅力が勝った。

解決についてはおれはもう疑っていなかった。水圧オルガン奏者といっしょに出奔《しゅっぽん》した息子をもつ実業家ハビブの、パルミラでの住所は手に入れていた。娘さえ見つけられれば、タレイアのもとになんとか帰せるという確信がある。すでにハビブ本人が懸命にコトにあたっているようだ。もしやつが息子と娘との仲を裂くことに成功したら、ローマでの前の仕事に戻してやると約束すれば、大歓迎されるはずだ。

殺人犯については、かなり接近している確信があった。もしかしたら、心のなかでは誰が犯人なのかおれにはわかっていたのかもしれない。容疑者をふたりに絞りこんでいたのは確実だ。そのうちのひとりは、誰にも目撃されずにヘボ作家といっしょに山に登ったかもしれないと考えられたが、イオーネ殺しは不可能だった。すると明らかに、残るはただひとりだ。どこかでそいつの嘘を見破らなければならない。

風が不吉な嘆きの声をあげて砂の斜面をわたっていく。どこまでもうねる茶色の丘陵に囲まれて野営しているとき、おれはときどきひとり座って犯人のことを考えた。ヘレナにさえまだそいつの名前をあかすわけにはいかない。しかし、この道中、そいつの前でうわべをつくろう必要がいっそうでてきた。

パルミラまでは四日の旅だと聞かされていた。しかしそれは、護衛隊が、駱駝で、という条件でのことだ。何台もの荷車に山積みされた荷物なんかなしで、不平たらたらの素人たちの失策や事故もない場合だ。パルミラ人の護衛は、車輪付きの乗物は放棄したほうがいいとしつこく勧めた。おれたちは、それは罠ではないか、荷車をいったんどこかに停めて置いてくれば、さっそくやつらの仲間がやってきて奪うのではないか、と疑った。しかし最終的にはその説得に裏心はないとおれたちも認めた。渡された金と引換えに、良心的なサービスを心がけているようだ。荒野を越えるのに牛や騾馬は駱駝に較べてはるかに時間がかかる。運べる量も少ないし、やつらにかかるストレスたるやすごいものだろう。それに、ご親切にも教えてくれたが、パルミラでは町に入ってくる車両にたいして懲罰的な地方税をかける。おれたちはその支払いにも直面することになる。

　商売をするわけではないから、荷車は町の外に置いてパルミラに入る、とおれたちは言った。護衛たちはがっかりしていた。おれたちは、一座の携行品をふだんどおりの輸送法で運べないならパルミラには行かない、と断言した。結局連中も、頭を左右に振りながら、この狂気の沙汰を放っておこうと決めた。むしろ、奇矯な一団を護衛することに一種のプライドさえ感じたようだ。

　しかし護衛たちの言ったことは正しかった。過酷な暑さのなか、辺鄙《へんぴ》な土地を抜ける街道を荷車が難儀しながら進みはじめると、そののろさにおれたちはすぐに不満をもらしはじめた。駱駝の鞍の上での苦悶の四日間か、それとも駱駝の手綱を引いて水脹《みずぶく》れを増殖させながら歩く四日間か、という苦渋の選択をしなくてすむおれたちのような者は運がいいという考え方もできた。しかし旅がのろのろ進むうちに、そして車を牽《ひ》く動物たちの苦しみを見ているうちに、迅速な方法を選択すべきだったと思えてきた。駱駝は発汗を止めることで水分を蓄えておくことができる。この獣の身体機能のなかで唯一の自己抑制にちがいない。しかし牛、騾馬、驢馬は、人間とまったく同じように、精根尽きたふうだ。なんとか旅は続けられたが、ひどく苦痛なようだ。人間もだ。気をつけていれば生きていくだけの水は確保できた。塩《しょ》っぱい水だったが、なんとか飲めた。ローマ人にとっては、自国の文明都市ではいかに高等な生活をしているかを、改めて思い知らされる生活だった。

　大惨事が起こったのは、道中もそろそろ半分はこなしたかと思ったころだ。砂漠での作法はすでにこなしているつもりだったが、まだまだ安全ではなかったのだ。地元民からうけたアドバイスにお義理のように従っても、ほんとうに安全でいるための本能や経験に欠けてた。

その日の歩みを止め、野営地を設営していた。みんなへとへとだった。街道脇のただの休憩地で、遊牧民がどこか遠くの塩沢《えんたく》から汲んできた水を革袋に詰めて売りにやってくる。とても飲めたものではないが、遊牧民はそれを愛想よく売っていた。刺のある灌木《かんぼく》のかたまりがいくつかあって、びっくりするほど色鮮やかな小鳥が一羽飛びたったのをおれは憶えている。いつもの光景だが、持主らしき者の見当たらない駱駝が一頭、奇妙なところに繋がれている。幼い少年がなつめ椰子の実を勧める。おそろしく礼儀正しい老人が、火傷《やけど》するほど熱い香草入り飲み物を、紐で首からぶらさげた盆にのせて売っていた。

ムーサは火をおこし、おれは疲れきった牡牛をなだめていた。ヘレナは張ったばかりの天幕の外で、ムーサに教えられたとおり、天幕のなかに敷く敷物の準備をしていた。荷物からひとつずつとりだしては、広げて、ぱたぱた振るのだ。その事件が起こったとき、ヘレナはとくに大声をあげたわけではなかったが、静けさと恐怖のこもったその声は、荷車のところにいたおれにも、もっとむこうにいた何人かにもはっきり届いた。

「マルクス、助けて！　腕に蠍が！」

「弾きとばして！」ムーサの切迫した声。安全に蠍を叩きつぶす方法は前にムーサから教えてもらっていた。ヘレナはそれを憶えていなかったか、ショックで思いだせなかったのか。

ムーサが跳びあがった。ヘレナは硬直している。恐怖のあまりこわばった指にまだ毛布を握っている。蠍はそこから這いだしてきたに違いない。伸ばした前腕のうえで不気味な黒い生物が躍っている。指半分ほどの長さ、蟹《かに》のような形、長い尻尾が邪悪なカーブを描いてぐいっともちあがっている。安眠を邪魔されてすっかり凶暴になっている。

ヘレナまでの距離をおれは鉛の脚で走った。

遅すぎた。

あいつはおれが来るのを知っていた。自分の力を知っていた。隠れ場所から這いだしてきたとき、たとえおれがヘレナのすぐ脇にいたとしても、やっぱり助けられなかったろう。尻尾が頭を越えて前に伸びた。ヘレナが恐怖で息をのんだ。針が刺さる。即座に蠍は腕から落ちた。

すべてがほんの一瞬のできごとだった。

蠍が地面を走った。蜘蛛《くも》のようにすばやく突進している。するとムーサが跳びかかった。怒りのあまり叫び声をあげながら、大きな石で蠍を打ちすえる。おれがヘレナを腕に抱きとめても、ムーサの憤怒の強打は何度も何度もふりおろされた。

「ヘレナ、おれはここにいる――」致命的な毒で麻痺しているとしたら、そんなことはなんの役にもたたない。「ムーサ！　ムーサ！　どうすればいいんだ？」

ムーサが顔をあげた。蒼白で、涙でぬれている。「ナイフ！」と激しく叫ぶ。「刺されたところを切る。深く切って、強く押す——」

できない。ヘレナにはできない。おれにはできない。

その代わり、ヘレナの手から毛布をとって、傷ついた腕に手を添えると、そっと抱いた。そうやって、時間を後戻りさせようとした。ほんの数秒でいい。そうすればヘレナをこの事態から救いだせる。

頭がはっきりした。おれは力をふりしぼって、長靴の革紐を一本引きむしると、ヘレナの上腕をきつく縛って止血帯にした。

「愛してるわ」切迫した声で言う。まるで言えるのはこれが最後だと思っているみたいだ。何が大事か、ヘレナにはヘレナの考えがある。それから腕をおれの胸に突きつけた。「ムーサの言うとおりにして、マルクス」

ムーサがよろよろと立ちあがった。ナイフをさしだす。短くて細い刃。よく磨きこんだ黒っぽい柄に青銅線が巻いてある。おそろしく鋭利そうだ。ドゥサレスの神官がそれをなんに使うのか、おれは考えないようにした。ムーサはそれをおれに取らせようとしている。おれが怖気づいているので、ヘレナは今度は腕をムーサに向けた。ムーサは恐怖で跳びすさった。おれと同じで、やつもヘレナを傷つけることなどできないんだ。

ヘレナが急いでまたおれに向き直った。ふたりともおれをじっと見つめている。これは無情な男の仕事だ、と。ふたりは正しい。ヘレナを救うためならおれはなんでもする。ほかの何を措《お》いても、ヘレナを失うことはできない。

ムーサはナイフの切っ先をこっちに向けて突きだしている。おれたちの客人は軍人ではないようだ。おれは手を切らないように、使い古された柄のほうをつかんだ。ムーサはほっとして、いきなりナイフを離した。

ナイフは手にしたが、まだ勇気を手に入れなければならなかった。医者を連れてくるべきだった、と思ったのを憶えている。旅は身軽に、なんてのは駄目だ。経費のことも忘れろ。ここは人里離れた荒野で、ちゃんとした専門技術がないためにおれはヘレナを失おうとしている。二度とヘレナをどこにも連れて行かない。少なくとも、外科手術のできる者と、薬で満杯にした巨大なトランクとギリシア調剤法を網羅した本を携行しなければ……。

おれがためらっていると、ヘレナは自分でナイフを摑みとろうとさえした。「助けて、マルクス！」

「大丈夫だ」そっけない声になった。怒ってるみたいな声だ。ヘレナを抱えて歩かせて、丸めてある荷物のうえに座らせた。横に膝をついて、一瞬しっかり抱きしめる。それから首筋にキスした。そして歯のあいだからことばを押し出すように静かに言った。「いいか、きみはおれの人生で最良のものだ。だから失わないためならなんでもする」

ヘレナは震えていた。おれが主導権をとってからは、さっきまでの気丈さは目に見えて消えていた。「マルクス、わたし注意していたのよ。なにか間違ったことをしたんでしょう――」

「きみをこんなところに連れてくるべきじゃなかった」

「わたしが来たかったのよ」

「おれもきみにいて欲しかった」本音だ。それからおれはヘレナの目をとらえて微笑みかけた。愛にあふれた目だ。おかげでヘレナは、おれのしていることを見るのを忘れた。おれは腕の刺し痕に二回ナイフの先を入れて、直角に交わる二本の切り傷をつくった。ヘレナが小さく声をあげた。痛みというより驚きの声だ。強く嚙んでいたおれの唇から血がにじんだ。

ヘレナの血があたり一面に飛び散った。ぞっとしたが、まだすることがある。毒をできるかぎり抜きとらなければならない。しかし鮮血があんまり勢いよくあふれでてくるので、おれは不安になった。そばで見ているだけのムーサが卒倒した。

傷口を絞るのもむずかしかったが、そのあと血を止めるのがものすごくたいへんだった。おれは自分の手を使った。いつだって最良の方法だ。そのころにはほかの連中が駆け寄ってきた。娘が――たぶんアフラニアだったと思う――裂いた布を渡してくれた。ビリアがヘレナの頭を支えた。海綿が出てきた。誰かがヘレナに水を飲ませた。別の誰かが、頑張れ、というふうにおれの肩をぐいっとつかんだ。背後で緊張した声がざわざわ言っていた。

護衛のパルミラ人がひとり近づいてきた。消毒薬を持っていないか、とおれは訊いた。理解できなかったか、なにも持っていなかったか、どっちかだ。傷に塗る蜘蛛の巣さえない。役たずめ。

自分自身の計画性のなさを罵りながら、いつも携帯している万能軟膏を塗ってから、腕に包帯を巻いた。このあたりの蠍には死ぬほどの猛毒はないかもしれない、と自分に言いきかせた。

パルミラ人が、おれの処置がよかったとかなんとかペチャペチャ言っているようだ。ということは、うまくいく可能性はあるんだ。パルミラ人は、そうだ、そうだ、と言うようにものすごい勢いで頭を縦に振っている。こみあげてくる恐怖を呑みこんで、おれはそいつを信じようとした。

誰かが死んだ蠍を怒りとともに箒で掃きとばす音がした。ヘレナを見ると、必死に微笑んで安心させようとしている。その顔があんまり蒼白で、おれは絶望のあまり叫びだしそうになった。突然天幕が空っぽになる。見えない手が垂れ布を下ろした。ビリアの助けを貸りてヘレナが血まみれの服を脱いでいるあいだ、おれは離れて立っていた。それから、湯と清潔な海綿をとりに外へ出た。

焚き火の周りに数人が静かに待っていた。すこし離れて、ムーサが黙って立っている。誰かが鉢に湯を入れてくれる。また背中を叩かれて、心配するなと励まされる。誰にも何も言わずに、おれはヘレナの元に戻った。

おれがヘレナとふたりきりでいたがっていると察して、ビリアがそっと出ていった。それから、外でムーサになにやらしつこく言っているのが聞こえた。おれは頭の隅で、誰かムーサに注意していたほうがいい、と思っていた。

からだを洗っているうちに、失血のせいで突然ヘレナの意識が遠のきはじめた。横にして、話しかけて意識をとり戻させた。しばらくしてから、頭から清潔な服を被せて着せ、クッションや敷物を整えて楽にさせた。ふたりともほとんど口をきかず、触れ合うことで意思を伝えあっていた。

ヘレナはまだ真っ白な顔で、汗をかきながら、おれがあたりを片づけるのを見ている。横に膝をついて座ると、また微笑む。それからおれの手をとって、ぶ厚い包帯の上に置いた。おれの体温が傷に効くとでもいうみたいに。

「痛むか?」

「それほどでもないわ」

「これから痛くなるだろう、可哀想に」ふたりともショック状態で、黙りこくったまま、しばらくのあいだ見つめあっていた。今までなかったほど互いが近い。「傷痕が残るだろう。どうしようもなかった。ああ、ヘレナ。きみの美しい腕が……」腕をさらす服は二度と着られないかもしれない。

「腕輪をたくさん」ヘレナが現実的なことを呟く。「腕輪を選んでるところを想像して。きっと楽しいわ」支払いのことでおれをからかう。

「よかった!」おれもなんとか笑顔をつくった。「これからは冬至祭《サトゥルナリア》のプレゼントに迷わなくてすむ……」半時間前には二度とふたりで冬の祭りを迎えられるとは思えなかった。しかし今ヘレナは、もちまえの粘り強さでなんとかもちこたえてみせる、と言ってくれているようだ。話しているうちに、早鐘のように打って苦しかった心臓が、ほとんどふだんの状態まで落ち着いた。

しばらくしてヘレナが「心配しないでね」とささやいた。

心配することはまだまだたっぷりあるだろう。

傷のないほうの手でヘレナがおれの髪を撫でる。櫛を入れてなくてもつれたカールを指でほぐしている。いつももつれたカールが大好きだと言っていた。これが初めてってわけじゃないが、おれは誓いを立てた。これからはいつもきちんと髪を整えて、いっしょにいるところを見られてもヘレナが自慢に思える男になろう。そして、初めてじゃないが、やっぱりやめよう、と思った。ヘレナが好きになったのは、めかしこんだ、人目を惹く洒落男ではない。おれを選んだんだ。まあまあの身体。なんとか足りる程度の頭脳。ジョーク。まっとうな性根。そして、今までに会った女たちから自分の悪癖をうまく隠しおおせてきた半生。とくに上等ってことはなにもない。しかし悲惨きわまりないってわけでもない。

なじみのある指の感触のなかでおれの緊張は緩んでいった。おれをなだめているうちにヘレナも眠りに入っていった。

ヘレナはまだ眠っていた。おれはその脇で両手に顔をうずめて座り込んでいたが、天幕の入口に音がしてはっと顔をあげた。ムーサだ。

「なにかすることがありますか、ファルコ?」

ヘレナが目を醒ましてはいけないと思って、おれは怖い顔をして首を振った。ムーサがナイフを拾っている。おれが投げ捨てたところから、ためらいながら拾いあげていた。やつがすべきことがひとつあったが、厳しく聞こえるかもしれないと思って口にしなかった。男は常に自分のナイフをきれいにしていなければならない。

　ムーサが出ていった。

　かなりたってから、パンパイプ奏者のプランキーナが顔をだした。ヘレナはまだうとうとしていたから、おれは外に呼びだされて、大きな鉢いっぱいのスープを食わされた。こんな辺鄙なところに来ても、裏方連中は歩みを止めたところで必ず例の大鍋を火にかける。娘はそこに座って、自分の善行に満足しながら、おれが食うのを見ていた。

「ありがとう。うまかった」

「ヘレナはどう？」

「毒と、ナイフの傷だ。今は神々にすがるしかない」

「香をたっぷり撒いておいたほうがいいよ。心配いらない。お祈りはあたしたちみんなで手伝うからさ」

　突然おれは病気の妻をかかえる男の役回りになっていた。おれがヘレナ・ユスティナの看病をしているあいだ、一座の女たち全員がおれの母親みたいに振舞いたがる。みんな知らないが、おれのほんとのおふくろがいたら、誰も彼も蹴散らして全部一手にひき受けて、おれなんか酒と放蕩にふけるしかすることがなくなるだろう。それでも、おふくろはおれのおやじと夫婦だったんだ、男については厳しい教訓を学んでいる。プランキーナがどんな目に遭わされるか、考えるまでもなかった。けばけばしい身なりの女がおれに親切すぎたというだけでおふくろにぶっとばされるところをいくらでも見てきた。

「あたしたち、護衛の連中と話したんだけど」とプランキーナが声をひそめる。「この国じゃあ、こういうの命にはかかわらないって。でも、感染症には気をつけなくちゃいけない」

「言うのは簡単だが……」

ごく健康なおとなが、ほんの些細な事故のあとに、命を落とすケースが山ほどある。ギリシアとローマの医薬品を完全装備して、好きなだけふんだんに使える帝国将軍でさえ、ちょっとした擦り傷、化膿した引っ掻き傷から逃れられないことがある。ここはあたり一面砂と埃まみれだ。流水もない。傷を洗う水どころか、飲み水さえかろうじてあるかないかだ。この国の薬剤師の優秀なことはよく知られているが、いちばん近くてダマスクスか、パルミラか。何日もかかる距離だ。

プランキーナとおれは低い声で話した。むこうで眠っているおれの恋人を起こさないためもあったし、ふたりともショック状態だったからでもある。しかしこのころになるとおれはどうしようもなく疲労していて、話し相手のいることが嬉しかった。

「自分に腹がたってしょうがない」

「やめなよ、ファルコ。あれは事故だったんだから」

「避けようがあったはずだ」

「あの小さいチクショウどもはどこにだっているんだ。ヘレナはものすごく運が悪かっただけだよ」おれがまだ不機嫌なので、プランキーナが思いもよらない優しいことを言った。「あの女《ひと》は誰より注意していた。ヘレナにはこんな目に遭ういわれはないよ」

おれはかねがねこのパンパイプ吹きを下品な娘だと思っていた。しゃべる声が喧しいし、ことば遣いも乱暴で、スカートの裾からわきの下までスリットの入っている服が好みのようだ。赤色土器の壺の表面で踊っているスパルタの娘が着ている分には、こういう服は優雅のきわみだ。しかし実生活では、それも背の低い小太りの笛吹き娘では、その効果はただ品がないだけだ。おれはいつもこの娘を、まったくすきなく作った面の裏はからっぽの女だと見下していた。しかしほとんどの娘は男の偏見をはじきとばすことが得意だ。おれの偏見とは裏腹に、プランキーナはおそろしく頭がよかった。

「あんた、人をよく見ている」

「思ってたほどウスラバカじゃないだろ、え？」機嫌よく笑う。

「いや、あんたは利口だといつも思っていた」嘘をついた。自然にでてきた。かつてはなんの気兼ねもない女垂らしだったおれだ。コツってのは忘れないものだ。

「ちょっとしたことならわかってるくらいは利口だよ！」

おれはどっと気落ちした。

密偵にとっては、こんなふうにまったく違う状況でひっそりと話をしているときに、事件の全貌をひっくり返すような証拠がとびだしてくることがある。プランキーナはふたりだけで話をする気がすごくあるようだ。別の日だったら、おれだってこんなチャンスは逃さない。

しかしきょうは、この先に進む気がまったくない。謎解きなど、なによりいちばん関わりたくない。だからこそ、運命の女神のひねくれ方を考えれば、プランキーナはきょうここに証拠を持ってきているはずだ。

　おれは声をあげて呻きそうなのを抑えた。プランキーナがヘリオドールスかイオーネのことを話そうとしているのはわかっている。おれとしては、あのふたりと、ふたりを殺したやつに、地中海の底にでも沈んでて欲しいだけだ。

　ヘレナがここにいっしょに座っていたら、気のない態度に腹を立てておれを蹴とばしていたにちがいない。そのときに見えるだろう足首の素晴らしい曲線のこと、それに、あとあとまで青痣が残るようなその力のことを考えて、おれはしばらくぼうっとしていた。

「そんな哀れな顔をしなさんなって！」

「ちょっとのあいだ勘弁してくれ！　おれは悲しみにくれてるんだ。今夜は非番だ」

「もう二度とチャンスはないかもしれないよ」

　この娘はたしかに頭がいい。証人の気まぐれをよく知っている。

　ショックがおれをホームシックにしたにちがいない。おれはまたぼんやりと物思いにふけりはじめた。ヘレナにこんな傷を負わせてしまったおれをローマにいる忠実なる友ペトロニウスが見たらなんと言うだろうと考えていた。ペトロは、ヘレナがおれにはもったいなさすぎるという世間一般の意見に賛同している。当然、ヘレナの味方をして、おれに逆らう。

　あいつの考えはよくわかっている。あいつの頭のなかでは、女を外国に連れて行くなんぞは無責任の極みだ。その女がぶざまなほど醜くて、海賊か疫病にやられたらこっちに巨額の遺産がころがりこむというなら別だが。やつが古きよきローマ式と呼び、おれが手のつけられない偽善と呼ぶ処遇法は、ヘレナを体重一二〇キロの宦官をボディガードとして置いた屋敷に鍵をかけて閉じ込める。外出は母親に会いに行くときだけ。しかも信頼厚い家族の友人（たとえば、ペトロ本人）を護衛としてつける……。

「話をしたいのかい、したくないのかい？」白昼夢をみているおれに憤慨してプランキーナが叫ぶように言った。

「おれはいつだって逃げだすタイプだった」と、昔よく使った当意即妙の返答を探りあて、引っぱりだして呟いた。

「キスしてバイバイってやつ？」

「それから、捕まって、もう一度キスしてもらいたいと思う……」

「あんた、つまんないねえ」文句を言われた。どうやら結局コツを忘れたようだ。「もうやめた」

おれはそっとため息をついた。「そんなこと言うなよ。おれは動揺してるんだ。わかった――何を教えてくれるんだ？」

「誰だか、あたし知ってるよ」うつろな調子だ。「あのロクデナシ！　イオーネが誰にご執心だったか知ってるんだ」

おれは黙っていた。焚き火が二、三回燃えあがった。よく味わわなくてはならない瞬間というものがある。

「あんた、イオーネと仲良かったのか？」

「ひとつパンにくっついてるパンくず同士みたいにね」

「なるほど」じつによくある話だ。ふたりの娘は男のことで激しく争っていたんだろう。しかしいまや生き残ったほうが悪い男を密告しようとしている。死んだ友だちへの忠誠心を装ってもほんとうは、間違った男に当たったのがイオーネのほうだったってことにたいする単純な感謝の思いだ。「どうして今になって言う気になったんだ、プランキーナ？」

　娘はどぎまぎしたようだったか、それとも、あくまで鉄面皮だったか……。「静かで暗くて、いい感じだから。あんたの天幕の外でぬくぬくしてても、あんたを慰めてるって口実があるし」

「じつに好都合だ！」つっけんどんな口調になった。

「やめてよ、ファルコ！　あんただって状況はわかってるだろ。誰がまた、びしょびしょに濡れておっそろしく冷たくなりたいもんか？」

「砂漠じゃならない」おれは苛々とケチをつけた。「このチクショウは人を溺れさすのが好きなんだ」

「それで、どれくらいになるのさ？」率直に訊く。

　おれは衝撃をうけたふりをした。「値段交渉か？」

「払ってもらいたいってことだよ！　あんた、密偵だろ？　あんたたち、金を払って情報をもらうんじゃないのかい？」

おれは辛抱強く説明した。「おれたちは技術と熟練によって事実を手に入れる」盗みとペテンと賄賂は省いておいた。「それから、その事実にたいしてほかの連中が金を払うことで、おれたちの生計の道がなりたつんだ」

「だけど、事実を知ってるのはあたしだよ」と改めて指摘する。今まで会った女たちのなかには、学校には行っていなくても鋭い経済的洞察力を示す女がほかにもいた。

「それで、われわれはどういう事実について話しているのかな、プランキーナ？」

「あんた、金をもらって殺した男を探してるのかい？」しつこい女だ。

「クレメスに？　冗談だろう？　やつは依頼だと言ってるが、おれにはあのシラミ男がわかっている。いや、至高の倫理観に押されてやってるんだ」

「死んじまえ、ファルコ！」

「それじゃ、市民としての義務ってのは信じるか？」

「あんたがおせっかいなロクデナシだってのは信じるさ」

「ご勝手にどうぞ、お嬢さん」

「この墓場泥棒！」悪態をつきながらプランキーナは機嫌よさそうだった。とやかく言わずにすっかり話す気だとみた。そうでなければ、そもそもこの問題を切り出さなかったろう。

こうしたやりとりにはそれなりの儀式があって、おれたちはようやく核心に入るところにきた。プランキーナは、スカートを引っぱり降ろし（できるところまで）、鼻をほじって、その指先をじっと見つめ、それから座りなおすと、知っていることをすべて話しはじめた。

「道化の片っぽだよ」

おれは期待して次を待った。だんだんと期待がしぼんだ。

「それでおしまいか？」

「おや、きったないところまで詳しく聞きたいのか？」

「どっちにしても、ある程度はな。しかし衝撃的なのはご免だ。おれは内気な野辺《のべ》の花だから。それにしても、あのふたりのどっちなのか、なんてところはどうだ？」

「なんてこった、あんた、欲がないね」陰険な呟き。「あんた、密偵のはずだろう。自分でわかんないのか？」

プランキーナがおれを焦らしているのだろうと思った。おれのほうが驚かしてやる番だ。

「たぶん、わかる」気難しい顔で言った。「たぶん、もうわかっている」


プランキーナがおれを見つめている。パニックと陶酔とがその顔をよぎる。それからからだを震わせた。今までだって静かに話していたのに、突然もっと声を落とした。「てことは、あんた、知ってんの？」

「てことは、あんたは知らないのか？」小粋なやりとりになったが、なんの意味もない。

「どっちかは知らない。考えるだけで怖いよ。それであんた、どうするの？」

「証拠をつかむ」

プランキーナは顔をしかめると、両手の指を全部開いた。自分が入りこんでしまった状況を恐れていた。

「怖がらなくていい」冷静に言った。「あんたのマルクス伯父さんとしては、驢馬のクソの山に突っこんでいくのはなにもこれが初めてってわけじゃない。あんたがなんか言ったなんて誰にもわからない。それを心配してるんならな」

「あいつらと顔を合わせることを考えるとさ……」

「あいつらをうまく騙してるって考えるんだ。できるはずだ、あんたなら」プランキーナは一瞬悪戯っぽい顔をしてにっと笑った。おれは咳払いをしてつづけた。「おれが必要なのはあんたの知っていること全部だ。話してくれ」

「怖かったからさ、今までなんにも言わなかった」娘の自信は雲散霧消していた。しかし、必ずしもそれは、役にたつことが聞けないということにならない。よく見ている人間こそはっきりした答えを吐きだす人間だ。「あたしが知ってるのは、イオーネが両方と遊んでたってことだけだよ」

「アフラニアはそこにどう入ってくる？　おれはアフラニアがトラニオのお気に入りかと思ってたが」

「そうさ！　アフラニアが知ったらヒステリー起こしてたとこだ。まあ、だからイオーネもやってたんだけどね。アフラニアに一泡ふかせるためにさ。あの娘《こ》のこと、まぬけなおっぱい女だってイオーネは思ってたから。グルミオのほうはさ……」ここでどういうわけかプランキーナの回想の奔流が途切れてしまった。

「どうした？　やつにはほかにもガールフレンドがいたのか？」

「ううん」

「短い答えだな。もっと長い説明もあるのか？」

「あいつはほかのやつらとは違う」

　これは驚きだった。「どういうことだ？　じつは男が好きなのか？　それとも、女とうまくやる方法を知らないってことか？」もっと嫌な可能性は口にできなかった。

　プランキーナは困ったように肩をすくめた。「そこがわかんないんだよ。いっしょにいると面白いよ。あいつら、ふたりともさ。だけど、あたしたちみんな、グルミオとは深い仲にはなりたくなかった」

「面倒が起こるのか？」

「そんなことじゃない。みんな、あいつにはそんな時間がないんじゃないかって……」

「どんな時間だ？」無邪気に訊いた。

「わかってるだろ！」

　わかってることをおれも認めた。「しかし話はするぞ」

「そんなことなんの意味もないだろ、ファルコ！」ふたりで笑った。それからプランキーナは懸命に説明しようとした。「たぶんふつうなんだろうけど、だけど、あんまり熱が入らない」

「自分がかわいいってことか？」

「そう、そうだよ」プランキーナの顔はたしかに赤くなっていた。なんでもござれ、というような印象を与える娘のなかには、話すとなると不思議なくらい慎み深くなるのがいる。「グルミオってのは、仲良くしてもさ、すぐ後ろにまわって嘲笑ってる、って気がするんだよ。なんかしたとしても、喜んでる顔しないんだ」たぶん、うまくもないに違いない。

「それは興味深い」ほかの男の不能についての話——無関心についての話でも——はおれの領域外だ。クレメスとフリギアのところに食事によばれた夜、プランキーナが双子の天幕でもてなしをうけていたことを思いだした。「あんたも双子と付き合ってたんだろう。アビラであんたがあのふたりと飲んでるのを見た——」

「飲んでただけだよ。もうひとりの娘《こ》に誘われたんだ。その娘《こ》がトラニオに目をつけてて」

「人気があるな！　それであんたはグルミオのほうを引いちまったのか？」

「まさか！　あたしは帰ったよ。イオーネが言ってたことを憶えてたからね」

「なんて？」

「グルミオがたとえできたとしても、おまけに楽しんだとしても、ほかの者は誰も楽しめないってさ」

「イオーネには実体験があったらしいな」

グルミオがめったにセックスをしないとしたら、イオーネはどうやってそんな内輪のことを知ったのか、とおれは訊いた。

「あの娘《こ》は難しいと挑戦したがった。追っかけまわしたのさ」

「それで、要するにどういう状況だったんだ?」話を元に戻した。「イオーネはトラニオとグルミオの両方と寝ていた。トラニオはものにして、グルミオのほうは文句を言いながら。ほかにもたくさんいたのか?」

「たいしたのはいない。あの娘《こ》、ほかの男にはかまわなくなってた。だから道化のひとりだって、あたし言ってんのよ。アフラニアに気づかれないようにトラニオに手をつけて、ありったけの手練手管《てれんてくだ》でグルミオをなんとか誘い込もうってんで、もう手一杯だって言ってた。もう全部放りだして田舎に舞い戻って結婚しようかな、とか言ってたよ」

「あんたにもいい教訓だ。真面目に足を洗うことを考えたほうがいい、プランキーナ」

「ここの一座じゃねえ!」と同感なようだ。「あたしあんまり役にたたなかった?」

「そんなことはない」

「だけど、あんたまだわからないんだろ?」

「いや、十分わかった」道化たちを集中して調べなくちゃならないことはわかった。

「それじゃ、気をつけな」

　プランキーナがそう言ったとき、その警告をおれはほとんど気にとめなかった。そして、スープ鉢を持って去って行く姿を見送っていた。すると、道化のひとりがぶらぶらこっちにやってくるじゃないか。考えているちょうどそのときに目の前に現われる、やつら独特の不気味な能力だ。

グルミオだ。おれは用心していたからたいていの心構えはできていたが、その次に起こったことはまったく予想外だった。もちろん、グルミオを糾弾するつもりはなかった。いずれにしても、おれはまだトラニオのほうに賭けていた。

グルミオはヘレナの様子についていくつか何気ない質問をしてから、「ムーサはどこだ」と訊く。その調子があんまりさりげなかったから、これはコトだ、とすぐわかった。

「知らん」ムーサのことをすっかり忘れていた。もしかしたら、ビリアにかまってもらっているのかもしれない。

「そりゃ面白い！」訳知り顔で大きな声をだす。おれは双子の悪ふざけの種にされて、からかわれて、こっそり見られているような感じがした。ものすごく大事なガールフレンドが蠍に刺されたばかりの男を愚弄するなど、いかにもやつららしい。もしかしたらまたムーサの命を狙う事件があったか、と心配にさえなった。

おれはわざとまったく興味ない顔をしてさっと立ち上がると、ヘレナの様子を見にいくようなふりをした。グルミオはそれ以上何も言わなかった。やつが行ってしまうのを待ってから、不安な気持ちでムーサを呼んだ。返事がない。天幕のムーサの使ってるほうの垂れ布をあげてみた。

空っぽだ。ムーサはいないし、何もない。ムーサは、ささやかな所持品ごと、いなくなってしまった。

たしかにホームシックだとは思っていたが、これはとんでもなくばかげている。

起こったことが信じられないまま、おれは空っぽの天幕のなかの剝きだしの地べたを見つめて立っていた。そうしていると、後ろに急ぎ足の足音が近づいてきた。それから、ビリアがおれを押しのけてさっと通り抜け、なかを見た。

「やっぱり本当だ」ビリアが叫んだ。「グルミオがたった今言いにきたわ。駱駝が一頭いなくなってるそうよ。それに、ムーサが駱駝に乗って、来た道をもどっていくのを見たって」

「ひとりで？　あの砂漠を？」ムーサはナバテア人だ。たぶん大丈夫だろう。しかしそれにしても信じられない。

「あの人、そんなこと言ってたわ」ビリアは驚いたようすではない。

こうなるとおれはますます嫌な気持ちがした。「どうなってるんだ、ビリア？」ふたりのあいだの不思議な関係がどういうものだとしても、ムーサがビリアに打明け話をしている印象はあった。「おれにはわからん！」

「そう」ビリアの声は静かだった。いつもほどきつくなく、それでいてふしぎな倦怠感のようなものがある。なにか恐ろしい惨事を予期しているような。「あんたにはわからない」

「ビリア、おれはくたくただ。最悪の一日だったし、ヘレナの心配はまだ終ったどころじゃない。ムーサがいったいなんで取り乱したのか教えてくれ！」

ムーサは取り乱していた、と気がついた。半狂乱で蠍を叩きつぶしていたときの苦悶の表情を思いだした。そのあともう一度、できることはないか、と言ってきたときも同じ表情だった。

その申し出をおれがつっけんどんに断ったんだ。ひどく遠慮がちで、打ちひしがれたふうだった。おれもそれほどおめでたくはない。あれは、見たくはないが、見ればそれとわかる表情だった。

「すると、やつがヘレナを好きだからか？　当然だ。こんなに長く友だちとしていっしょに暮らしてきたんだ」

「違うよ、ファルコ」辛そうな声だ。「あの人はあんたが好きだった。あんたを崇拝して、英雄のように思ってた。ヘレナに対する気持ちはもっとずっと深かった」

それでもまだおれは頑固にビリアのことばをうけつけようとしなかった。「出て行くことはなかったんだ。友だちなんだから」しかしヘレナ・ユスティナが信奉者を生むことには慣れていた。世間のありとあらゆる摩訶不思議なところからヘレナの熱烈なファンがわいてくる。階層の頂点からもくる。人のことばに耳を傾ける、物静かで、有能な娘だから、傷つきやすい者と趣味のいい者の両方を惹きつける。男たちは自分がヘレナを密かに〝発見〟したと思いたがる。そして次に、ヘレナが密かにおれのものだってことを発見するのだ。

おれのごまかしにビリアが腹をたてた。「あの人のいる余地なんかなかったでしょ！　今日だって、あんたがヘレナの世話をしていたときのこと憶えてないの？　何もかもあんたがして、ヘレナもあんただけにいて欲しがった。あの人は自分の気持ちをぜったいに言うつもりはなかったのよ。あんたにも、ヘレナにも。でも、自分がヘレナにとってなんの役にもたたないことに耐えられなかった」

おれはゆっくり息をした。「その先はやめてくれ」

誤解がようやく解けた。遅すぎたが。ヘレナは知ってるのだろうか、とおれは考えた。それから、ビリアを招待した夜のことを思いだした。状況をわかっていたら、おれといっしょになってムーサやビリアをあんなふうにからかわなかっただろう。ビリアもおれの思いを裏づけた。

「ヘレナにわかったら、あの人、恥ずかしさのあまり死んでいたわ。ヘレナには言わないで」

「やつがどこに行ったのかは説明しなくちゃならん」

「するだろうさ！　あんた男なんだから、なにか嘘をでっちあげな」

そう言ったことばの怒気は、男に関わるすべてのことにたいするいかにもこの娘らしい侮蔑のせいだ。しかし、さっきの辛そうな口調を思いだして、おれは別のことを考えた。

「それで、あんたはどうなんだ、ビリア？」

ビリアはくるっとむこうを向いた。おれの推測に気づいたんだ。おれに悪意のないことも知っていた。自分を抑えきれずに、認めてしまった。

「わたし？　どう思うのさ、ファルコ？　わたしの手の届かないたったひとりの男だ。だから、もちろん、愛してしまった」

この娘の悲しみにおれの心も痛んだ。しかし正直言って、おれの心はもっとずっと重かった。

ムーサが出て行ってすでに何時間もたっている。それでも、おれはいつもなら追いかけていっただろう。しかしヘレナがこんな状態で寝ているとき、それは不可能だった。

毒が血管にまわらないようにとあれほど一生懸命やったのに、ヘレナは高熱に襲われた。

パルミラに行けばローマ軍の小さな駐屯地がある。出てきたダマスクスにもあった。どちらかに医学知識のある人間がいるかもしれない。いないとしても、軍団は地元の医者を使った経験があるだろうし、もっとも危なくなさそうなのを推薦できるだろう。元兵士として、ローマ市民として、おれは自分の力をすべて使って助けを求めるつもりだった。最前線に駐屯している守備隊はたいてい口汚いごろつきだが、ヘレナの父親が元老院議員だと言えば、出世を心配する連中の気を惹ける。それに、古参の軍団兵のなかにブリタニア帰りの知った顔を見つけることだってあるかもしれない。

とにかくできるだけ早く医者が必要だ。最初はどっちに行っても同じことだと思った。しかしすぐに、ダマスクスに戻ればよかったと後悔した。あっちのほうが文明の地に近い。向かっている先に何があるのか、誰にわかるもんか。

ヘレナはぐったり横たわっている。意識がはっきりするときも、自分がどこにいるのかわかっていない。腕の痛みはますますひどくなった。どうしても休息が必要だ。旅などとんでもない。しかし荒野の真ん中で立ちどまっているわけにはいかない。パルミラ人の護衛たちは外国人特有の腹のたつ態度にでた。心の底から同情しているような顔をしながら、じっさいには、おれがどんなに助けを求めても無視したんだ。

一座は先を急いだ。ムーサがいなくなったから、ひとりでずっと荷車の操縦をしなければならなかった。ヘレナはひとことも文句を言わない。まったくヘレナらしくない。ものすごい高熱におれは半狂乱だった。腕がどんなに痛むかもわかっている。燃えるような痛みは、おれが切った傷のせいかもしれないし、ほかのもっと悪いもののせいかもしれない。包帯を取り替えるたびに、傷はどんどん赤味を増して、険悪に見えた。痛み止めに、芥子《けし》の実の絞り汁を蜂蜜に溶かして飲ませた。水は信用できない。おれの薬のほかに、フリギアのくれたヒヨスの葉も飲ませた。最悪だったのは、こんなにぐったりして、まるでヘレナらしくないヘレナを見ることだった。おれを残してどこか遠くに行ってしまうような気がした。ヘレナが眠っているときは――ほとんどの時間眠っていたが――話のできないことが絶望的に寂しかった。

一座の連中は、まるで確認するみたいに、入れ代わり立ち代わりやってくる。親切でしてることはわかるんだが、こっちはじっと座って考え事ができない。記憶にはっきり残っているのは、グルミオともう一度話をしたことだ。事故の翌日だった。グルミオがまたやって来た。今度はすごく低姿勢だ。

「あんたには悪いことをしたと思ってる、ファルコ。ムーサのことだ。もっと早く言うべきだった」

「あいつがいれば助かる」おれはそっけなく言った。

「駱駝に乗って出かけるのを見かけたが、永久に出て行くとは思わなかった」

「来ようと行こうとやつの勝手だ」

「しかしちょっと変だ」

「誰もかれも変だ」陰気に聞こえたかもしれない。砂漠の道で一日たいへんな苦労をした。このおっそろしくのろいペースではオアシスの町に着く望みはまったくない。おれはひどく落ち込んでいた。

「悪かった、ファルコ。しゃべるような気分じゃないんだろう。一瓶もって来た。もしかして役にたつかと思って」

酒は歓迎だ。ちょっと座って、一杯だけどうだ、と誘わざるをえなかった。

とくに何ということはなく、あれやこれや、とりとめもなく話した。それと、ヘレナの回復状況というか、回復していない状況というか……。葡萄酒は力になった。ごく並の地元産の赤だ。アウェンティヌス界隈きっての葡萄酒通のペトロニウス・ロングスなら、ある不快な液体に喩《たと》えていただろうが、それはあいつだから。おれのように疲れきって意気消沈した男にはまったく問題なく飲めた。

少し気分をよくして、おれは瓶を見た。昼の弁当に持っていくのにちょうど手ごろなサイズだ——そのあと仕事をするつもりでなければ。底が丸くて、籐編みのカバーがついて、粗く編んだ細い紐で吊りさげるようになっている。

「ちょうどこんなのを、忘れられない場所で見た」

「どこで?」グルミオがなにげないふりを装う。

「ペトラ。ヘリオドールスが溺れたところだ」

グルミオは当然観察されていると知っている。だからおれは、まるで暗い気持ちであの光景を思いだしているみたいに、じっと火を見つめていた。やつがビクッとしたり、突然緊張したりしないか注意していたが、なんにも気づかなかった。

「こういう瓶はいちばんありふれたやつで、どこにだってある」とグルミオ。

そのとおりだ。おれも頷いた。「ああ、そうだ。同じ酒屋からまとめて買ったと言ってるわけじゃない」しかし、その可能性もある。「かねがね訊きたいと思ってたことがあるんだ、グルミオ。いろんな連中が、ヘリオドールスは賭け事のせいで殺された、という説を売りこんでくるんだが」

「それはトラニオに訊いただろう?」なるほど、おもしろい。このふたりは相談するのか。

「たしかに訊いた。あいつめ、癇癪をおこした」ここで穏やかな目でグルミオをじっと見る。

グルミオは掌に顎をのせて、考えこんでいる。「いったいどうしてかな?」その声には、前にも聞いたことのある、悪意で軽く歪んだような調子があった。ほとんどそれと気づかないくらいかすかに。たんにちょっとまずい癖なのかもしれない。ただ、たしかゲラサでおれにナイフを投げつけて観客をわかせたときも同じ調子を聞いた。あれははっきり憶えている。

おれは冷静を保った。「わかりやすい理由としては、あいつが何か隠している、ってことかな」

「だが、ちょっとわかりやすすぎる?」すでにおれもそう考えたはずだ、という口調だ。

「理由があるはずだ」

「もしかしたら、具合の悪いことをあんたに発見されたんじゃないかと心配だったのか……」

「そりゃ有力説だ！」そんなこと考えもつかなかった、みたいに明るく応じた。どっちもおめでたいふりのスパーリングだ。それからおれは声を不機嫌な調子に戻した。「それじゃ、あんたとあんたの天幕友だちがヘボ作家とサイコロをやってた話を聞こうか、グルミオ！」

否定してもしょうがないと知っている。「賭博は犯罪じゃないよな？」

「賭博に負けて借金をつくることもな」

「なんの借金だ？　ときどきちょっと遊んだだけだ。本気で賭けないほうが安全だってことはすぐにわかったからな」

「ヘリオドールスはうまかったのか？」

「ああ、うまかった」ヘリオドールスのインチキを察していたと匂わすものはない。イカサマ賭博師というのはいったいどうして見つからずにすむのか、おれはときどき不思議に思う。それから餌食になったやつの天真爛漫さをみて納得がいく。

トラニオはヘリオドールスがサイコロに細工をしていたと知っているのではないか。やつと話をしたときにそう思った。すると、この情報をトラニオは友だちと称しているこいつに隠しているかもしれない、という興味深い推測ができる。このふたりの関係はじっさいのところなんなのか？　互いを庇いあう同盟関係か？　それとも、嫉妬しあうライバルなのか？

「何を隠してるんだ？　隠し事があるのはわかっている」辣腕密偵の強面《こわもて》をつくって、攻めてた。「トラニオの罪は何なんだ？」

「たいしたことじゃない。それに秘密でもない」とにかく、今となっては。トラニオの仲良し天幕友だちが、今しも良心の呵責《かしゃく》なしにそれを暴露しようとしている。「あいつがあんたにどうしても言いたくなかったのは、一度、あいつとおれが喧嘩してて、あいつひとりがヘリオドールスと遊んだときのことだ。おれは別のところに——」

「女と？」

「ほかに何がある？」プランキーナと話したあとだ。おれは信じなかった。「とにかく、やつらはおれたちの天幕でやってた。トラニオは負けて借金のカタが必要になって、おれの物をさしだしちまった」

「貴重なものか？」

「ぜんぜん。だが、おれは怒ってたから、へボ作家からとりかえせ、って言ったんだ。そうしたら、あんたも知ってるようにヘリオドールスの野郎——」

「いや、知らない」

「そうか。いかにもやつらしい反応だった。大事なものだとわかったとたん、絶対渡さないと決めて、トラニオを嘲った。おりこうな天幕友だちが困った立場にいるのはおれにとっちゃ悪くなかった。だから気は変らないってふりをした。トラニオは事態をなんとかしようとあせっていたが、おれはおれで、後ろを向いてこっそり笑いながら、やつのすることを見てた」グルミオについてひとつ言える。喜劇役者に生来備わっている残酷さという特質をたっぷりすぎるほど持ちあわせている。それにひきかえ、トラニオが責任を感じてひどく狼狽しているところは容易に想像できた。

「トラニオが気に病むたちなら、そろそろ許してやるべきだな！　ところで、そのカタってのはなんだ？」

「たいしたもんじゃない」

「だが、ヘリオドールスはたいしたもんだと思ったんだろ？」それに、トラニオも。

「ヘリオドールスってやつは人を虐待することに入れこんでたから、現実感ってもんをなくしてたんだ。指輪だよ」グルミオはちょっと肩をすくめた。「ただの指輪」

グルミオのどうでもいいような態度で、おれは嘘をついていると確信した。なぜ嘘をつく必要があるのか。多分、そのカタがほんとうは何だったのか知られたくない……。

「宝石か？」

「まさか！　いいか、ファルコ、おれの爺さんからもらった指輪だ。ガラクタだよ。濃い青の石がはまってた。おれは勝手にラピスラズリのつもりになってたが、ソーダライトだったかも怪しい」

「台本作家が死んだあと、見つかったのか？」

「いや。あんちくしょうが売っちまったんだ、きっと」

「クレメスとフリギアに訊いてみたか？」おれは親切面で言いつのった。「あのふたりがヘリオドールスの私物を調べたのは知ってるだろう？　じつはそのことで話をしたとき、指輪を見つけたって言ってたぞ」

「おれのじゃない」グルミオにかすかな苛立ちの気配が認められたか……。「あいつのだろう」

「あるいは、コングリオが持ってるかもしれん――」

「持ってない」

「ひとつ教えてくれ、グルミオ。その失くしたカタのことをトラニオはどうしておれに言えなかったんだ？」

「わかりきってるだろ？」グルミオからみると、なんでもわかりきってる。トラニオの秘密を暴露しているときなどじつに満足げだ。「あいつはトラブルにあったことなんかない。とくに殺人に絡んだトラブルなんかな。過剰反応だ。あの哀れなトンマは、自分がヘリオドールスと揉めてたことをみんなが知ってる、すごくまずい、と思ってるんだ」

「事実を隠したことのほうがはるかにまずい」グルミオの眉が驚いたようにぐいっと上がった。まるで、そんなことは思いもよらなかった、ってふうだ。思いもよっていたはずだ。そっけなく言ってやった。「教えてくれて、ありがたい」

「あたりまえだろ？」にっこりする。「トラニオはヘリオドールスを殺してない」

「誰が殺したのか知ってるみたいだな」

「かなり確かな推測はできる」推測ができていないおれの怠慢を咎めだてするような言い方だ。

「それで、いったい誰なのかな？」

そのときだ、グルミオが出し抜けの一撃をくりだしたのは。

「あんなに泡食って逃げだしたんだ。今になってみれば、いちばん有力なのはあんたのいわゆる〝通訳〟だと思うな！」

おれは笑いだした。「いったいおれの耳はたしかか？　ムーサ？」

「なるほど。あいつ、あんたをほんとに丸め込んだんだ」冷たい声だ。ムーサがまだここにいたら、たとえ無実でも、恐慌をきたしたろう。

「そんなことはない。しかし、その理由を聞こう」

グルミオは、まるで手品師がちょっとしたタネ明かしをするみたいに自論を展開した。冷静で、よく考えたうえ、って声だ。グルミオが話しているのを聞いていると、裁判官の前でそっくり同じことを証言している自分の声が聞こえてくるような気がした。

「一座の連中はヘリオドールスが殺された時間に全員アリバイがある。ということは、たぶん、ヘリオドールスはペトラで誰も知らない外部の者と接触していた。あの日、地元の誰かと会う約束があったのかもしれない。あんたがムーサと会ったのはあの場所の近くだそうだな。〝高きところ〟から追っかけた男はムーサだったに違いない。そのあとは——すべてが当然のなりゆきだ」

「教えてくれ！」驚きのあまり声がかすれた。

「簡単だ。ムーサはそのあとイオーネを殺した。イオーネはヘリオドールスがペトラで密かに誰かと会っていたことを知ってたに違いない。あいつと寝てたからな。ヘリオドールスが何か言ったのかもしれない。このときも、ほかの連中はみんなアリバイがある。しかしあの夜ゲラサで、ムーサは何時間もひとりだったんじゃなかったか？」

たしかに、ムーサをディオニュソス神殿にひとり残して、タレイアのオルガン弾きの聞き込みに回ったんだった、と思いだしておれはぞくっとした。おれのいないあいだにやつがマイウマの池に行ったとは思わない。しかし行かなかったという証明もできなかった。いなくなったから、本人に訊くこともできない。

「それで、ボストラのことはどう説明する、グルミオ？　ムーサはほとんど溺れ死ぬところだったんだが？」

「簡単だ。あんたがあいつを一座に連れ込んだとき、おれたちのなかには怪しいと睨んでいた者もいた。疑いを逸らすために、やつはボストラで賭けにでた。わざと池に跳びこんでおいて、誰かに突きおとされたなんてヨタ話をしたんだ」

「ヨタ話はこのあたりじゃ珍しくもない」

そうは言ったが、これは全部真実でもありうるという感じは否めなかった。こんなありそうもない話をこんなに強烈な確信をもってぶつけられると、こっちの平常感覚がひっくりかえるものだ。おれはどうしようもないトンマのような気がした。すぐ鼻先にぶらさがっている何かを、ごくあたりまえのはずのことを、考えに入れなかったぶざまな素人みたいな。

「こいつはまったく驚いた、グルミオ。あんたの説のとおりだとすると、おれは殺人犯を捕まえようと一生懸命時間と精力を費やして、その間ずっと犯人を連れ歩いていた、ってことになるのか？」

「専門家はそっちだ」

「どうやらそうじゃないようだ……。この事件の背景についてはどう説明する？」

「わかるもんか。おれの推測では、ヘリオドールスは政治諜報員かなんかだ。ナバテア人を怒らせたんだろう。ムーサは、歓迎されざるスパイを始末する殺し屋で――」

気味が悪いほど現実味がある。おれはまた笑わずにはいられなかった。今度はかなり苦々しい笑いだ。

ふだんのおれならこんな小賢《こざか》しい異論には反論する。しかし、政治諜報員がたしかにひとりいて、そいつは現に台本作家みたいに振舞っているから、グルミオのもっともらしい話にはいやらしいほど説得力がある。密偵頭のアナクリテスがペトラに複数の手下――おれとヘリオドールス――を送りこみ、ブラザーはムーサを使っておれたちふたりを順番に処分しようと企んだ、というシナリオは容易に考えられる。ムーサは高位にのぼる候補生かなにかに選ばれている、とヘレナが前に言っていた。あいつの若さと純真さを年長者ぶって愛《め》でてやっているあいだ、むこうはずっと有能な処刑人だったのかもしれない。もしかしたら、あちこちのナバテア神殿に言付けていた〝姉さん〟への伝言は、親玉への暗号報告だったのかもしれない。それに、やつが待ちつづけていた〝長老シュライからの手紙〟では、犯人の姿かたちの詳細ではなく、おれを片付けろという指令がくることになっていたのかも……。

さらにあるいは、もしかしたら、胡瓜《きゅうり》の薄切りでおでこを冷やしながら、しばらく静かに横になって、この狂気の沙汰をやり過ごすべきなのかもしれない。

グルミオは殊勝げな微笑を浮かべて立ちあがった。「どうやらあんたにイヤってほど考えるタネをあげちまったようだな。ヘレナによろしく言ってくれ」おれはなんとか苦笑いをつくって頷いた。

ひょうきんなところなんかまるでない会話だったのに、すべてがおれをおちょくったジョークのような気がして、ひどく滅入った。

上出来だ。

陰険な悪ふざけをするグルミオ本人も言っていた——あんまりそれらしくて、ほとんど真実とは思えない。

おれは惨めな気分になった。まるで悪夢だ。なにもかも現実らしく見えて、すべてがとんでもなく歪んでいる。

ヘレナの様子を見にいった。目を覚ましていたが、顔が真っ赤で、高熱がある。それを見るだけで、早くなにかしないと大変なことになると思った。おれが問題を抱えていてその話をしたがっていることを察しているのに、ヘレナが訊ねようともしない。それだけでもすごく心配すべき兆候だ。

こんな状況のなかで次に起こったのは、それこそ予想もつかないことだった。

なにやら騒ぎが聞こえた。パルミラ人の護衛たちがみんな驚いて大声をあげていた。盗賊の襲撃というふうでもなかったが、おれは最悪の事態を予想して恐怖にとらわれた。急いで天幕から飛びだした。ほかの連中も走っている。みんな同じ方向に。おれは短剣を探り、また長靴に収めた。速く走るためだ。

道端に興奮した人たちが集まって、一頭の駱駝をとりかこんでいる。たった今到着したところのようだ。そいつのたてた砂煙が道のむこうにまだ舞っている。白い駱駝。あるいは、駱駝では〝白〟と呼ばれている色だ。装備はふつうよりはるかに色鮮やかに派手で、房飾りをふんだんに垂らしている。群集が突然割れた。よく見えるようになると、無知なおれの目にもいかにもみごとな駱駝だ。明らかに競争用だ。所有者は地元の首領だろう。没薬《ミルラ》で一財産つくった金持ち遊牧民にちがいない。

興味をなくして戻ろうとしたとき大声で呼ばれた。群らがっている男たちが、駱駝の足元に跪いている見たことのないやつをしきりと身振りで指し示している。もしかしたらムーサが帰ってきたのかと思って近づいた。みんながさっと横にどいておれを通すと、すぐにまた群らがって人垣をつくった。見物《みもの》を逃したくないんだ。ぶすっとした気分のまま、おれは人を掻き分けて前にでた。

みごとな駱駝の脇に砂漠用の長衣をまとった姿がしゃがんで、小さな丸めた荷物のなかをごそごそ探っている。そいつが立ちあがっておれのほうを向いた。ムーサなんて、とんでもない。

手の込んだ装飾の被り物がぐっと後ろにおろされて顔がむきだしになっている。驚くべき顔だ。目のまわりに塗った鮮やかなアンチモンの色がきらめき、おれの手ほどの大きさの耳飾りが歓喜の鐘の音《ね》みたいにからんからんと鳴った。パルミラ人はみんな畏怖の念に打たれて、口をあんぐり開けた。それから大急ぎで後ろにさがった。

第一、それは女だ。ふつう女がひとりで砂漠を行くことなんかない。しかしこの女はどこだって好きなところに行く。それにどのパルミラ男よりはるかに背が高いし、みごとな体格だ。この駱駝を確かな専門知識と良き趣味で自分で選んだに違いない。それから、誰も連れずに、元気にシリアを疾走してきたんだ。襲いかかる賊がいたら、反対にこの女に始末されたことだろう。それにボディガードもいる。女のみごとな胸に斜めに吊るした大きな袋のなかで、盛んにのたくっている。

女はおれを見ると嘲笑の吼《ほ》え声をあげて、それから小さな鉄製の小瓶を振りまわした。

「ファルコ、このどうしようもないアホンダラ！　あんたの病気の娘に会わせとおくれ。でもその前に、ほら、こっちに来て、ちゃんと挨拶しないか！」

「やあ、イアソン」おれは言われたとおりおとなしく挨拶した。タレイアのニシキヘビは、ようやく旅行用の袋から頭を突き出すと、気弱なやつを恐怖に陥れようと、あたりを睨《ね》めまわしていた。

群衆のなかには恐怖に陥っている男がたくさんいたが、その全員がニシキヘビを怖がっていたわけではない。

タレイアはイアソンを無造作に袋に押しこむと、それを駱駝の首にかけた。宝石のびっしりはまった指を一本、その袋に真っ直ぐに向ける。それから、集まった遊牧民たちにゆっくりと、はっきりと——そんな必要はないんだが——言った。「この駱駝に指一本触れてごらん、あの蛇におさらばさせられるからね！」

これはタレイアが常々保証しているイアソンの愛すべき性格とは矛盾する。しかし、たしかに役にたつ。パルミラ人たちがみんな、イアソンについておれと同じ否定的見解に傾いているのがみてとれた。

「すばらしい駱駝だ」と褒めた。「それに乗り手もすばらしい。まさか砂漠の真ん中で会うとは思いもよらなかった」だが、なんだか当然のようにも思えた。すでに陽気な気分になってきた。「いったいぜんたいどういうわけでここに来たんだ、タレイア？」

「あんたを探してさ、ダーリン！」としみじみ言う。このときばかりはそれを真にうけてもいいような気がした。

「おれがここにいるとどうしてわかった？」

「ダマスクス中あんたの名前のある広告だらけじゃないか。二、三日必死で踊って家賃を稼いだとき、広告を見たのさ」壁書き広告ってのはそれが困る。書くのは簡単だが、そのあと誰も消さない。たぶん二十年たってもまだ、ファルコって男から金をせびろうとヘロデの劇場を訪ねていく連中がいることだろう。「劇場の門番がもうパルミラに行ったたって言うからさ。駱駝を買ういい口実だ。すごいだろ、あれ？　あんなのをもう一頭買ってローマで競争させたら、熱狂ファンが最前列に陣どって大騒ぎするだろうさ」

「どこで競争駱駝の乗り方を憶えたんだ？」

「ニシキヘビが捻りまわせれば、駱駝になんて乗れるよ、ファルコ！」いっしょに歩く一歩ごとに毒舌が戻ってきた。「かわいそうに、あの娘《こ》どんな具合だい？　蠍だって？　尻尾に毒のついた悪い生き物が一匹取りついてるだけで十分なはずだけどねえ……」

　なんとか勇気をかき集めて訊いてみた。「どうしてわかったんだ？」

「あの不思議な男に会ったのさ。あんたの陰気な神官」

「ムーサに？」

「砂埃に埋もれた死神みたいな顔であたしの方に駆けてきた。あんたに会わなかったかって訊いたんだ。そうしたら全部話してくれた」

　おれは鋭く見返した。「全部？」

　タレイアがにっと笑った。「必要なだけ！」

「それでムーサをどうした？」

「ああいう連中には誰でも同じことをするさ」

「可哀想に！　ちょっと青すぎたんじゃないか？」

「あたしの基準からすればみんなそうだよ。あんたがうんと言うのをまだ待ってるからね、ファルコ」

　この危険な申し出を無視しながら、なんとかもう少し詳しいことを引きだした。タレイアは、ソフローナ探しはおれの手に余るだろうと判断したそうだ。そこで気紛れに身を任せて、自分で東方に来ようと決めた。なんといってもシリアはエキゾチックな動物の宝庫だ。競争駱駝の前にも、すでに新しい毒蛇一匹、ライオンの仔《こ》一頭、インドのインコ数羽を買っていた。そして、大ニシキヘビのゼノンといっしょに蛇踊りを見せて旅費を稼ぎながら旅をつづけていたときに、おれの広告が目にはいった。

「だからほら、こうしてここにいるんだよ。寸分違《たが》わぬ実物大。前の二倍は刺激的さ！」

「とうとうあんたの演技を拝見するチャンスか」

「あたしの演技はか弱い心臓向きじゃないよ！」

「わかった。おれは後ろに引っこんで、イアソンの守りでもしていよう。それで、その踊り相手はどこなんだ？」この伝説的な蛇をおれはまだ見ていない。

「大きい子かい？　後からゆっくり来る。ゼノンは騒がしいのが嫌いでさ。イアソンのほうが扱いやすい。それに、あんたに会うんだって言うと、あいつバカみたいに喜んで――」

ありがたい、天幕に着いた。

ヘレナの姿を見るとタレイアは息を呑んだ。「プレゼントを持ってきたよ、あんた。だけどあんまり喜んじゃダメ。新しい男じゃないからね」そしてさっきの鉄の小瓶をとりだす。

「小さいけど、ものすごく強力――」

「と侍者が請けあいました」急に元気になったヘレナが返した。あのエロ小話の巻物をまた読んでいたに違いない。

タレイアはすでにその巨大な膝を地べたにつけると、ヘレナの腕の包帯をほどいていた。病気になった動物を扱うみたいに優しい手つきだ。「クソッ！　可哀想に、ここんところ、どっかのいい加減な肉屋にひどい包丁の使い方をされたね」

「できるだけのことをしてくれたのよ」ヘレナはおれに忠実だ。

「メッタ切りにね！」

「やめろ、タレイア」おれは抗議した。「その魔法の瓶に入ってるのはなんだ？」

恋人がおかしな薬を塗られる前にできるだけの用心をしておきたい。

「ミトリダティウム」

「おれが知ってるはずのものか？」

「金と乳香は知ってるかい？　あんなもの、これに較べたらクッションの埃みたいな安物さ。ファルコ、この薬には三十三種類の成分が入っていて、そのひとつひとつがクロイソスみたいな金持ちだって破産するくらい高価なんだ。蛇に嚙まれたときから、指のささくれまで、あらゆる傷の消毒薬だよ」

「よさそうだ」

「決まってるだろ」と嚙みついてから、タレイアはまるで小瓶に強力な媚薬《びやく》が入ってるみたいにうっとりと蓋をひねった。「まずこれをお嬢さまの全身にたっぷりと塗りたくる。それからあたしにいくら借りがあるかあんたに教えてやるよ」

もしそのミトリダティウムがヘレナに効くなら、タレイア、漆喰鏝《ごて》でも使って一インチくらいの厚さに盛りあげてくれ、とおれはきっぱりと言った。

「聞いたかい、あれ？」タレイアが驚いたふうに患者にささやいた。「笑えるねえ、あの男。

あの口から出まかせ、あんた、好きだろ？」

おれを愚弄するチャンスと見ればいつだって意気のあがるヘレナは、もうすでに健康そうな声をあげて笑っていた。


パルミラに向かって出発したとき、おれの荷車の横には華やかな誘導騎手みたいにタレイアが付き添っていた。ときどき駆けだしては、大きな円を描いて競争駱駝を走らせる。イアソンは、籠にとぐろを巻いて荷車の後部座席で楽に旅をしている。シリアの暑さはやつには耐えがたい。ほとんど動かずに横たわっている。少しでも余分な水があるとかけてやらなければならなかった。


「この一座に爬虫類はあたしのニシキヘビだけじゃないね」タレイアがこっそり言った。

「知ったかぶりの道化のトラニオがいるじゃないか！」

「知ってるのか？」

「会ったことがある。あたしくらい長くやってると、それにあちこちおかしな場所に行ってると、この興行の世界も狭いもんだ。トラニオはウァティカーヌスの競技場《キルクス》に出ていたよ。かなり気が利いてるけど、自分を買いかぶりすぎだね」

「綱引きをやらせると面白いぞ。相棒は知ってるか？」

「パイ皿みたいな髪の、ずるそうな目をしたやつか？」

「グルミオだ」

「前に見たことはないね。だけど、ここにいるみんな同じってわけじゃない」

「どういうことだ。ほかに誰を知ってる？」

「言わない」ニヤッとする。「何年かたってるからね。むこうがあたしに気がつくか、ようすを見ようじゃないか」

ある可能性を考えて、おれはいたく興味をそそられた。


タレイアの謎めいたことばにヘレナもおれもわくわく興味をそそられているうちに、長い旅も終りに近づいた。夜をついて移動していたが、その夜が明けようとしていた。星はずっと前に消え、太陽の光が勢いを増している。一座のみんなが、疲れきって、早くこの旅が終らないかとじりじりしていた。曲がりくねった道がこれまでより急な丘陵地を上るようになっていた。そしてついに平地にでた。はるかに遠い地中海沿岸の肥沃な地と、もっと遠いユーフラテス川流域との、中間点に違いない。

北の方と、おれたちの背後に低い山が連なり、そこに幾筋もの涸れ谷《ワディ》が刻み目をつけている。前方には崩れ石におおわれた黄褐色の砂漠がどこまでも平らにつづき、無限のかなたに消えていく。左前方、岩だらけの谷間に、四角い塔が立ちならんでいる。あとになってこれは裕福な家の家族廟《びょう》だと教えられた。いにしえからつづく道の傍らで、周囲に並ぶ丘に見守られながら、寂しい歩哨のように立っている。木も草もない丘の斜面を驢馬に乗った羊飼いがひとり、顔の黒い羊の群れを追っていく。ゆらゆら揺らめく緑のかたまりも近くなってきた。護衛のパルミラ人たちのあいだに広がる期待感がこっちにも伝わってくる。おれはヘレナに声をかけた。近づくにつれて、その変化は魔法のようだ。ただの霞《かすみ》だったものが見る間にしっかりした形をとった。なつめ椰子やオリーブや石榴の木の茂る大きな区画をとりかこむ畑地に塩盆や湖から立ちのぼってきた蒸気がすばやく溶けこんでいく。

その巨大なオアシスの中心、医療効果あり（タレイアの踊りと同じく、心臓の弱いものには不適）とされる水が勢いよく溢れだしているすぐ脇に、昔から有名なタドモルの村があった。かつては荒野のなかの野営地にすぎなかったその村も、今では急速な発展を遂げつつあるローマの町、パルミラになっている。

第二場

パルミラは、東のパルティアと西のローマのあいだの半独立の緩衝地帯だ。主として商業活動にいそしんでいる。さまざまな税を課すことを別にすれば、なかなか感じのいい町だ。歴史的にはギリシア人の町であり、今はローマに統治され、つい最近まで遊牧民だったアラムやアラブの部族民でごった返している。それでも、パルティアに支配されていた時代の記憶も薄れていず、全般的にまだ東向きの性格が色濃い。結果は、ほかのどこにも見られないような混合文化だ。公共の標識はギリシア文字とこの国の不思議な文字の両方で刻印されている。シリアの設計、ローマの資金、ギリシアの職工によって建てられた、どっしりした白灰岩の建物もいくつかある。こうした記念建造物の周囲に、きわめて大規模な郊外が広がり、のっぺりした壁の泥煉瓦の家々の建ちならぶあいだを細い土道がくねくね通っている。このオアシスの町には今でも巨大な村のような雰囲気があると同時に、突如として壮大な都市に生まれ変わりそうな兆しもあった。

　劇場があるはずだ。それを見つけて、おれたちのような下品な流浪のローマ人が演じていいものかどうか、クレメスが調べることになった。そのあいだおれは行方不明の娘の捜索にでかけることにした。タレイアにいっしょに来たいかと訊いた。

「いいや。あんたが先に行ってバカッ面をさらしといで。状況がわかったら、頭を突きあわせて考えよう」

「それがいい。あんたがシリアに来たんじゃ、調査料はフイかと心配してた」

「もともとないものはフイにはならないんだよ、ファルコ。だいたいが、あの娘《こ》をローマに連れもどす料金だよ。あの娘《こ》がオスティアで船を下りるまで、請求書のインクを無駄にしなさんな！」

「おれを信じてくれ」おれは微笑した。

　ヘレナが声をたてて笑った。おでこに触ってみると、前ほど熱くなくなっている。やっとだ。気分もずっといいようだ。タレイアに説明する陽気な声でわかる。「傑作！　かわいそうなマルクス。この人はね、女の扱いはうまいはずだって自分で自分に言いきかせてるの」

今までよりもっとヘレナが好きだと思いながら、おれは町にでかけた。

前にたしか、ソフローナって娘はすごく美しいシロモノだって聞いたような気がする。

タレイアの仕事を早く片付けたほうが得策だ。クレメスがいつ何時このしけた台本作家のサービスをご要望になるかわからない。それに、ちょっとした観光ができるのもおれはうれしかった。

パルミラを訪ねるなら春だ。ちっとは涼しいってことのほかに、四月はベル大神殿の有名な行列がある。ほかの月にパルミラに行くと、祭りがどんなにすばらしいか耳にタコができるほど聞かされるだけだ。吟遊詩人たち、輿《こし》に乗った神々、花輪で飾られた家畜たちの長い行列がねり歩く。そのあとに流血騒ぎになるのは言うまでもない。つまり、厳格な宗教行事に付き物の無礼講だ。なかなか面白そうだと思うが、この祭りがあったころ、ヘレナとおれはまだローマにいて、今度の旅に出ようかどうしようかと考えていた。ふだん本殿の壮大な扉はふつうの人間の侵入を拒絶してぴったりと閉まっているが、これが年に一度、祭りのときだけ開く。だから、神々やみごとな石細工を口をあんぐりあけて拝見したかったら、ぜひ四月に行ってくれ。それでも、神官たちの秘密主義もあるし、ものすごい人出もあって、なかにはあまり入れないらしいが。

今は八月だ。ウォルシヌス湖で迷子になったミジンコみたいに、だだっ広い境内をウロウロするしかない。誰も彼も、もっと早く来ればよかったのに、と言いたてる。おれは、巨大な祭壇と清めの水盤のあいだを歩きまわり、正面ポーチに立って、ぴったり閉じている扉を悲しく見つめた。ものすごい高さで、華麗な装飾がほどこされている。本殿内部はそれこそ建築上の奇跡だそうだ。しかし扉が閉まってるんじゃ、回想録の足しにはならない。

八月のパルミラでもうひとついけないのは、耐えがたい暑さと光の強烈さだ。ダマスクス門のすぐ外の野営地からここまで、町をそっくりよこぎってきた。アラトの神殿――冷酷な女神で、三メートルもの背丈のライオンに護られている。ライオンのほうは陽気な顔をして、しなやかなガゼルを庇っていた――から、町の反対側の、世界の主神と、月の神、太陽の神を祀るベル神殿まで歩いたわけだ。この町に祀られている神々の数のおびただしさは、ローマのオリュンポスの十二神などままごとみたいな気にさせる。シリアの神殿のほとんどは広大な内庭にかこまれてものすごく日当たりがいいから、パルミラの何百という神々も、それぞれ暗く囲われた聖所の内にこもっているとはいえ、みんなジリジリと焼かれていたことだろう。昼日中、町の通りを徘徊するなんて危険を冒すおれみたいなトンマにはもっと暑かった。

きらめく陽の光が土道にはねかえり、駱駝の糞の山を軽く茹でて、何千というアラバスターの壺や山羊革袋を熱でくるむ。熱くなった東洋の軟膏や香油からたちのぼる芳香が入り交じっておれの肺に充満し、毛穴という毛穴に染みこみ、服の皺にまとわりついた。

おれはよろめきながら歩いた。青銅の飾り板や像を積み上げた今にも崩れそうな山また山、果てしなく続く絹地やモスリン地の列、翡翠《ひすい》の深い輝き、東洋の陶器の発する深い緑色の光なんかで、目もすっかり眩んでいた。材木ほどの大きさの象牙が屋台店の横に無造作に積みあげられ、その隣では脂や乾燥肉、干魚を売っている。買い手を待って繋がれた牛が、香辛料やヘナの極彩色の山を前に座っている商人に向かってモウと鳴く。宝石商は真珠をひとつかみ小さな秤《はかり》に無造作にのせる。ローマの菓子屋がピスタチオの実をつかんで包み紙にほうりこむのと同じ動作だ。吟遊詩人が小さな太鼓を叩きながら、おれにはわからないことばで詩を吟じる。

パルミラは巨大な市場だ。よそ者がちゃんと契約を結べるように手を貸すことはその存在基盤にかかわる。人でごった返した通りでてんてこ舞いしている商人でさえ、ものを訊ねると、立ちどまって進んで耳を傾けてくれる。互いのギリシア語がなんとか通じる。たいていのやつが、どっちに行けばいいか指で示してくれた。おれが探しものをしていると知ると、誰もが我がちに手を貸してくれた。おれの探している住所をほかの人間が知っているかもしれないと、幼い少年を使いにだしてくれた。からだを二つ折りにして瘤《こぶ》の握りの杖をついている老人が、曲がりくねった道をいっしょに行って、それらしい家を調べてくれた。

こうしてとうとう町の中心部にその家を見つけた。ハビブの友だちの裕福なパルミラ人、おれの探している男の家だ。通りに面した壁に窓がひとつもない、大きな邸宅だ。ふんだんに彫刻をほどこした楣《まぐさ》の下の扉を入ると、涼しくて、ほの暗い中庭にでた。コリント式円柱にかこまれた私用井戸がある。肌の浅黒い奴隷は、丁重に、だが断固としておれを中庭に待たせた。そして、奥と相談するために行ったり来たりした。

ソフローナの係累で、ローマから来た（そうでないふりをしても意味がない）という触れ込みだ。かなりちゃんとした風采だと自分では思っているので、放蕩息子ハリードの両親は相手がまああの家柄の出である可能性があれば、確認しようと喜んで出てくるだろうと踏んだわけだ。どうやら違うらしい。おれは最善の努力をしたのに、会見を断られた。この家の主人も、客のハビブも姿を現わさなかった。だが、ハビブがその家に滞在していることは否定されなかった。ハビブと奥さんは息子を連れてもうすぐダマスクスに帰る予定だそうだ。ということは、ハリードも今はここにいるわけだ。たぶん監視下にあるんだろう。やつの拾った娘がどうなったのかはわからない。ソフローナの名前を出すと、奴隷は蔑むように笑い、ここにはいない、と言うだけだ。

場所も、したことも、これでよかったと思ったから、おれは冷静だった。探偵の仕事の大半は忍耐だ。忍耐強く辛抱すれば、必ずなんらかの動きがある。遅かれ早かれハリードくんがおれの来訪を聞きつけて、何事だろうと考える。両親に外出を禁止されているとしても、愛する娘と連絡をとろうとするだろう、というのがおれの推測だ。

通りで待っていると、思ったとおり、若い男が飛びだしてきた。こそこそふり返っている。あとから誰も来ないことを確認すると、急いで歩きはじめた。

二十歳くらいの、背の低い、ずんぐりした若者だ。四角い顔に、太いゲジゲジ眉。その眉が真ん中でほとんどくっついて、中心に菱形にふさふさと黒い毛が生えている。パルミラ滞在も長くなってパルティア式のズボンをはいてみようという気になったらしいが、上には地味な西方式テュニカを着ている。シリア風の縞の、刺繍のないやつだ。運動神経がよさそうで、気もよさそうだが、あんまり利口そうではない。正直言って、いっしょに駆落ちしたくなるような男のイメージはまったくない。もっともおれは、外国人の崇拝者に憧れて、せっかくのありがたい仕事をなげ捨ててもひっさらわれたいってな愚かな娘ではない。

ソフローナが愚かなことはわかっていた。タレイアがそう言っていたんだ。

若者はずっと急ぎ足だ。幸い西に向かっている。おれたちの野営地の方向だから、おれもそれほどがっかりしなかった。それでも、ほとほとくたびれてきた。騾馬を借りてくればよかった。愛に燃えた若者は暑さなんか気にもしないのかもしれんが、おれはもう三十二だ。なつめ椰子の木陰で長い昼寝をしたかった。一杯飲みながらのんびり休んで、それから、ひょっとしておでこを撫でられたりしてヘレナに誘惑されたら、ちょっと楽しもうなんて気になるかもしれない。この頑丈なプレイボーイとの追っかけっこはすぐにつまらなくなった。

我が天幕がどんどん近くなって気をそそった。息せき切った駆け足からもう足を洗おうかと思っていた。八月にローマの十三区を全速力で走るのだって大変だが、あっちなら少なくともどこに居酒屋があって、どこに公衆便所があるかよく知っている。これは拷問だ。水分の補給も排出もできない。それもこれもみんな音楽のためだ。あらゆる芸能のなかで音楽にはいちばん興味を惹かれない。

とうとうハリードが振り返った。おれに気がつかない。それからいっそう速足になる。大通りから質素な小さい家の並ぶ細いくねくね小路に入ると猛スピードで駆ける。痩せた迷い山羊のそばを鶏が勝手に走りまわっていた。若者が一軒の家に跳びこむ。しばらく外で待って、若いふたりに思いきり慌てふためかせてやった。それからおれも跳びこんだ。

ハビブの友だちの邸宅とは違って、泥煉瓦の壁に簡素な長方形の扉が一枚切ってあるだけだ。その奥に小さい中庭。列柱なし。井戸もなし。地面が剝きだしだ。隅にスツールがひとつひっくりかえっている。上階のバルコニーの欄干《らんかん》に敷物が干してある。敷物は清潔だったが、すえたような貧困の匂いがした。

心配そうな声のするほうに進んだ。ふたりの前にさっと姿を現わす。ハリードは涙にくれているが、娘は青ざめているもののあくまで強情な顔だ。ふたりしておれをまじまじと見る。おれはにっこり笑った。男が自分の額を叩いて、もうどうしようもない、と嘆き、娘は不快な金切り声をあげる。

おれの経験では、ごくふつうのシナリオだ。

「なるほど、あんたがソフローナか！」おれのタイプではない。ちょうどいい。おれの恋人じゃないんだ。

「出てって！」娘が叫んだ。思いがけない遺産を相続した、と告げるためにおれがはるばるやってきたわけじゃないと判断したんだろう。

すごく背が高かった。ヘレナも威風堂々あたりをはらう背丈だが、それより高い。思っていたよりずっと骨ばっている。どことなく誰かを思わせた——ヘレナではぜったいにない。真っ直な黒い髪をかなりシンプルなスタイルに結っている。ものすごく大きな目だ。柔らかな茶色で、睫毛がすごく長い。知性を感じさせる目にこだわらなければ、美しいといってもいいだろう。本人もきれいな目だと承知していて、しきりと斜め下からじっと見つめる。いつか誰かがその目つきがいいとでも言ったんだろう。しかしおれには通じない。顎をつかんでぐいっともちあげて、その嘆かわしいポーズをやめろ、と怒鳴りたくなる。しかしそんなことをしてもしょうがない。誰もこの悪癖を矯正できないだろう。すっかり染みついている。いつかある日、ソフローナの墓石には、頭が冷えたせいで神経質が昂じた小鹿のような、この苛々する表情の似顔が描かれるにちがいない。

娘も二十歳くらい。ベールを被っていない。その長い体軀に青いドレスをまとい、滑稽なサンダルをはいて、ばかげた装飾品をジャラジャラつけている。十三くらいの小娘には可愛いかもしれないが、こんなものはもう卒業していい年頃だ。もっともソフローナは成長する必要もない。金持ちの息子をすぐ手の届くところに確保した。仔猫のふりでここまでうまくやったんだから、知っている手管を維持するだけだ。

「誰だろうとおまえの知ったことじゃない」ハリードは意気軒昂だ。おれは内心呻いた。さらっていくつもりの娘の腰に腕をまわしている若い男が意気軒昂なのは、おれは大嫌いだ。こっちの意図はまったく無害かもしれないのに、すでにこうやって娘を守ろうと必死だ。状況がはっきりしたら、娘をひきはなすのはもっとたいへんになるだろう。

「おまえは誰だ？」

「ディディウス・ファルコ。家族の友人だ」こいつらはずぶの素人だ。どっらの家族なのかも訊かない。「なるほど、あんたたちは愛しあってる」とおれは暗い気分で言った。ふたりが決然として首を縦にふった。こんなに不都合な状況でなかったら、なかなか可愛く見えたことだろう。「どういういきさつか多少は承知している」不釣合いな者同士を引き裂く仕事は前にも請負ったことがあるから、おれは必勝アプローチを用意してきた。

「しかし、まずあんたたちの口から話してもらえないか？」

道徳的義務感の欠如している若者の例に漏れず、このふたりも自分たちの行為を誇りに思っていた。それがどっとあふれでる。ハビブがローマに行ったとき、教育目的で若い息子を同行させたために、ふたりはタレイアの動物園でめぐり合ったこと。ハリードは最初はかなり冷静で、パパといっしょにおとなしくシリアに帰ったこと。ソフローナがなにもかも投げ棄てて追いかけてきたこと。金持ちの息子というのはすごくロマンチックに見えるものだ。道中、強姦にも遭わず、溺れ死にもしないで、なんとかダマスクスに辿《たど》りついたこと。その熱意にほだされて、ハリードも喜んで秘密の関係に突入したこと。両親に露見したので、ふたりでここに逃げて来たこと。父親の友人に目撃されたハリードがふたりの愛の巣から引きだされ、今やダマスクスまで引きずり戻されようとしていること。あっちに帰ればすぐに相応しい花嫁がみつくろわれるだろうこと……。

「なんて悲しい話だ！」ハリードの頭をボンと叩いて、ソフローナを肩にひっかついで一目散といくべきかどうか、おれは考えた。かっこいい手法だ——うまくいけば。しかし、もっと背の低い女を相手に、おれのホームグラウンドで、もっと涼しい気候のときにやってきた手だ。ここで活劇俳優を演じるのはやめにした。すると残るは、ローマの密偵のもっと洗練された手法だけだ。見え透いた嘘をつく。

「あんたたちの問題はよくわかった。同情もしている。そこで、なんとか手を貸せると思うんだが……」ガキどもはすぐに騙された。パルミラで何をしているのかについて、いかなる裏づけも説明もないのに、ふたりは即座におれを典型的なすご腕ペテン師としてうけいれた。コリント一の悪辣ポン引きだったかもしれないし、スペインの銅鉱山の坑夫を狩り集めている現場監督だったかもしれないんだ。奴隷市場や娼館があんなに繁盛している理由がわかる。

財布を探ってトークンをいくつかとりだした。芝居の無料切符のトークンだ。そしてハリードに、クレメスとその一座の公演の広告がないか、壁に気をつけていろ、広告があったら、息子のおごりだと言って両親を連れて見にこい、と言った。ソフローナも同じ夜に劇場に行くことになる。

「わたしたちをどうしてくれるんですか？」

「あんたたちがどうしてもらいたいかは明らかだ。結婚させるに決まってるだろう」

こんなとんでもない約束はしてはいけなかったかもしれない。タレイアはカンカンになるだろう。たとえほんとうに結婚させられたとしても——まず望めないが——金をかけ、手塩にかけた大事な作品が、帝国の外れのどっかで、脳ミソのたりない少年に繋がれるなんぞ、タレイアは黙って見ているはずはない。タレイアの夢はローマに高級な娯楽を——自分が所有し、コントロールできる娯楽を——提供することだけだ。

まあ、人間、できることをするだけだ。おれは、すべての関係者をどこかに集めなくちゃならなかった。咄嗟《とっさ》の思いつきで、誰もが来そうなのはこれしかなかったんだ。

その夜、劇場でどんなものが見られるかあらかじめ教えてやれたら、誰も彼も必ず来ただろうことは間違いない。タダ切符さえ要らなかったはずだ。

野営地に帰ってみると、ヘレナとタレイアはおれのことなどもう見限って、すでに晩メシを始めていた。クレメスとフリギアもそこにいた。座長夫妻は予告もなしにふらっとやって来たらしく、どうぞご遠慮なくとヘレナに勧められたはずだが、がつがつ食っているわけではない。食いたくもないのに食わなければならない苦境からやつらを救うために、盛り鉢をすべて空にしてやった。胡麻パンの切れ端を使って、残っている食い物を全部胡瓜の薬味の鉢に集めて、それを自分の鉢にして抱えて食った。ヘレナが高慢ちきな一瞥をくれる。ああ、怒らせてしまった、ってふりをして、おれは葡萄の葉包みをひとつつまむと、ヘレナの皿に置いて、「手で失礼」と言ってみた。

「失礼なのは手だけじゃないわ！」それでもヘレナは葡萄の葉包みを食べる。

「顎にパンくずがついてるぞ」いかめしい顔でヘレナをからかう。

「あなたこそ、口に胡麻がついてるわ」

「鼻の頭にニキビができてる――」

「お黙りなさい、マルクス！」

ニキビは嘘だ。ヘレナの肌は青白いが、シミひとつなく健康だ。熱が下がって、からかえるくらい元気になったのが嬉しかっただけだ。

「外はどうだった？」とタレイア。おれが帰る前にすでに食事を終えていた。大柄な女にしてはほんのわずかしか食わない。タレイアの身体はおれが認めたくないくらいに筋肉と腱《けん》だけで構成されているんだ。

「悪くない。あんたの小鳩ちゃんを見つけた」

「それで宣告は？」

「娘は使い古した足拭きマットみたいに魅力的だ。男は屋根の梁《はり》くらいの脳みその持主だ」

「お似合いね！」とヘレナ。指でこっそり鼻の頭を探っている。

「ふたりをくっつけているのはソフローナのほうだろう」

そういうことなら、無理にもソフローナを引き離せば問題は終りだ、とタレイアが考えているのがわかる。しかしおれは、ソフローナにあの獲物を手放させるのは難しいとみていた。

「あの娘《こ》はあの金持ち坊ちゃんをどうしても手に入れるつもりだ。結婚させてやると約束してきた」さっさと白状して、嵐はなるべく早く通過させたほうがいい。

我が家の女たちのあいだに激震が走った。おかげで、ふたりがおれをこきおろして楽しんでいるあいだに、静かに晩メシを平らげることができた。しかし、ヘレナもタレイアも分別がある。怒りはすぐに冷めた。

「マルクスの言うとおりだわ。若いふたりをくびきに繋ぐ――」

「――そうすれば、すぐダメになる！」

ダメにならなかったら、やつらのほうがおれたちより上手《うわて》だったということだ。しかしこの席で、結婚について懐疑的で、ハッピーエンドなど埒外《らちがい》だと思っていたのは、どうやらおれだけではないようだ。なんとか契約書に署名するように説得できればすぐにも結婚したいと願っている女《ひと》がその場にひとりいるわけだから、これはおれにとって心配だった。


クレメスとフリギアはこの家庭内騒動を距離をおいて眺めていた。突然おれは、このふたりは次の公演のことでやって来たにちがいない、と気がついた。芝居について話をするのにふたりがかりってことは、この期《ご》におよんでおれが関わる用意のある以上の仕事だってことだ。おれたちの関係もここパルミラで終幕ってことになりそうだから、ずっと前に手を入れてあるちょっとした演目でお茶を濁して、オアシスあたりでのんびりしていたいと思っていた。ヘレナによる完璧な現代版『鳥』を観客の前に出すのだっていい。あの新バビロニア風の派手派手しさは、帽子やズボンに刺繍をするパルミラ人にうけるにきまっている。

クレメスとフリギアがじっと黙ったままなので、ヘレナが劇場確保の話題をもちだした。

「ああ、ちょっとした取決めをしてきた」クレメスの口調にはどことなく気懸かりなものがある。これはあんまりいい報せじゃないぞ、とおれは警戒した。

「そりゃよかった」と一応励ましてやる。

「そう思ってくれてありがたいが……」曖昧だ。即座に、やつの言うことには賛成できないぞ、という気がした。「ちょっとした問題があって――」

「紛れもない大惨事があって、っていう意味よ」フリギアが訂正した。ぶっきらぼうな女だ。そのフリギアをタレイアが嘲るように見つめている。

「そうではない!」クレメスが怒鳴った。「要するに、市民劇場は確保できなかった、ということだ。じつは、いずれにしてもあそこはわたしたちの求める水準にはなく――」

「まあ、落ち着いて。ダマスクスを別にすれば、いつだって地面の穴に木製ベンチを五つ六つ置いたところで上演してきた。ここのはよっぽどひどいに違いない!」

「もっとましなものを建設する計画があると思う!」

「シリアじゃどこだって計画がある! 二十年か三十年もたてば、このあたり一帯が演劇集団にとってオリュンポスの山みたいな理想郷になってるだろう。音響効果抜群、舞台建築は壮麗、どこもかしこも大理石……。しかし残念ながら、おれたちはそれまで待てない!」

「毎度のことながら、まったくだ!」クレメスが賛同した。どうやら今夜はおれ以上に気落ちしてるらしい。「どこに行っても同じ状況に直面する。ローマでさえ同じことだ。近ごろの観衆は道化芝居とミュージカルにしか金を払いたがらない。劇場を満員にしたかったら、裸の女と生きた獣を舞台にのせて、男を生け贄にしなければならない。成功間違いなしとされているのは血みどろの『ラウレオルス』だけだ」

『ラウレオルス』というのは山賊が主人公のくだらん芝居で、最後の幕でその悪党が磔刑《たっけい》になる。伝統的に本物の罪人を使うことで、その土地の監獄に余裕をつくる方法となってきた。

　ヘレナが割ってはいった。「どうしたんですか、クレメス？　いつもはもっと明るい見方をなさるのに」

「事実を直視するときです」

「二十年前に直視すべきだったわ」フリギアは嫌っている連れ合い以上に陰気だ。

「どうして劇場を確保できなかったんですの？」ヘレナがしつこく訊く。

　クレメスが深いため息をついた。「パルミラ人は芝居に興味がない。劇場は市民集会に使うそうです。少なくともそれが連中の言い分でね。わたしは信じない。娯楽が嫌いか、さもなければ、わたしたちの演目が気に入らないのだ。金を持っていても文化があるという保証にはなりません。この町の住人は贅沢な錦《にしき》で身を飾ってはいるが、羊飼いか駱駝追いにすぎない。アレクサンドロスがここに来たとされていますが、まっすぐ通り過ぎたに違いない。ここにはギリシア文化の伝統がない。パルミラの参事にギリシアかローマのとびきりの喜劇を見せるなど、石に孔雀の丸焼きを食わせるようなものだ」

「それでどうするんだ？」長い攻撃演説がやっと終ったときに訊いた。「ひとことも台詞をいわずに、このましおしおと砂漠を越えてダマスクスに戻るのか？」

「そうだったらどんなにいいか！」フリギアが声をひそめた。今夜はこれまでになかったほど、とてつもなく深い遺恨をかかえているとみえる。愛する一座についてさえ前向きになれないようだ。

もしかしたら、あらゆる変化の結果、一座がついに崩壊しはじめたのかもしれない。クレメスがおれを見た。怒鳴り声は消えていた。「きょう、座員のあいだにちょっとした問題があった」最初、まえに裏方と楽士のストライキを丸く収めた実績を見込んで、クレメスがおれの助けを求めてきたのかと思った。しかしそうではなかった。「最悪なのは、フィロクラテスが辞めると言いだしたことだ。ここで舞台が確保できないということはあの男の我慢の限界を超えたようだ」

おれはちょっと笑った。「ここで女が確保できないから落ち込んでる、ってことじゃないのか？」

「それもいい材料にはならないわね！」フリギアが辛辣に同意した。「別の意見では、フィロクラテスは過去の出来事の原因についてある人物に非難されたために動揺しているとか――」

「おれだ。ちょっと揺さぶりをかけただけだ。そんなに深刻にとったはずはない」

「信じちゃいけないよ」タレイアが割りこんだ。「フィロクラテスってのが、誇大な自己評価をぶらさげた芥子粒野郎なら、あいつは象のクソったれだよ」タレイアはすべてお見通しだ。まだ数日しかたっていないのに、誰が見かけ倒しかすでにわかってる。

「辞めたがっているのはフィロクラテスだけではないのよ、ファルコ」フリギアは自分こそ投げだしたいという口調だ。それを言うなら、おれだって辞めたい。「みんなして退職手当を要求してきたの」

「一座は分裂しかかっていると思う」クレメスがおれに向かって言った。「しかし、われわれは最後の晩を共にすることはできる」いつもどおり、大仰な台詞とともに元気を盛りかえす。ただし、いつもどおりの印象はない。クレメスが言うと〝最後の晩〟というのは、借金取りが押しかけ、酒が底をつき、牡蠣《かき》でしたたか腹をくだす、陰惨なパーティのようだ。

「クレメス、あんたさっき、劇場は押さえられなかったって言ったが？」

「わたしが努力して失敗することはない、ファルコ！」おれは当たり障りのない表情を作る努力をした。「この町には小規模なローマ軍駐屯地がある」話題を変えたようだ。「このあたりではあまり目につかないかもしれない。しかしそれが方針なのではないかとわたしは思う。駐屯軍はここで道路測量を行なっている。パルミラ人が苦情を唱えることではない」

「その道がユーフラテスのほうに向かってるなら、パルティア人が妨害するかもしれない」とおれは何も考えずに政治的論点を返した。それから、座長の言わんとするところにはっと気づいて、唸った。

「ああ、まさかそんな……。さあ、クレメス、最悪のところを吐いちまってくれ！」

「たまたま将校のひとりに会った。この将校が、駐屯軍が使うために建てた小さな円形劇場をわれわれが自由に使えるように手配してくれた」

おれはぞっとした。「なんてこった！　今までに駐屯軍の劇場に行ったことがあるのか？」

「あんたはあるのか？」オウム返しはいつものこと。

「何度もある！」

「ああ、それならなんとかなる――」

「あなたは正面舞台がないという些細な問題を無視しているわ」フリギアは、クレメスが請負ってきた仕事の現場がいかに不都合であるか、いかにも満足そうにあげつらった。「観客席にとりかこまれた円形舞台で演じる。舞台装置は固定できない。出口も入口もない。舞台下からの跳ね上げ戸もない。飛ぶ場面があっても、吊り上げ装置を隠す場所がない。ゴロツキばかりの観衆にわたしたちのすべてを出しきっても、口々にもっと卑猥なものを、と叫び、もしそれに応じなければ――」

「しぃーっ！」とヘレナがフリギアをなだめた。それからヘレナの良識が頭をもたげた。「兵隊たちをひとつの芝居の初めから終りまでずっと楽しませるのは、たしかに大変かもしれないわ……」

「地獄だ！」おれの声がかすれた。「やつらが石を投げるだけですんだら運がいいと思うんだな」

「そこできみの登場だ」クレメスが熱意をこめて言った。

「さあ、どうかな」荷車に荷を積んで、その夜のうちにダマスクスに向かって出発しよう、とおれは考えていた。「ここで退場するさ」

「聞いてくれ、マルクス・ディディウス！　わたしたちのアイデアがきっと気に入ると思う」

さあ、どうかな。「すでに一座で話し合った。兵士たちの注意を惹きつけるために必要なのは、短くて、軽くて、劇的で、なによりも、変った芝居だということで座員一同が一致した」

「だからなんだ？」どうして突然ヘレナがストールに顔を隠して笑いはじめたのかと思いながら、おれは訊いた。

クレメスのほうはどうやら顔を赤くしている。「だから、どうだろう、きみの例の幽霊の芝居、あれのリハーサルに入れるだろうか？」

こうしておれの優雅なる芸術作品『有言幽霊』のただ一度の上演は、八月の暑い夜、パルミラ駐屯部隊円形劇場で行なわれた。これ以上悪い条件が考えられたら、ぜひ教えてもらいたい。ついでながら、そもそも兵士たちが劇場にきたのは、脇役のひとりがかなりきわどいスネークダンサーだと聞いたからにすぎない。結果としてやつらは予想以上のものを見た。しかしそれを言うなら、おれたちみんな同じことだ。

問題は、この芝居の台本《ホン》の大部分がまだ書かれていない、ということだ。当初のおれのアイデアにみんなして嘲笑をあびせかけたせいだ。どうしても仕上げるようにと厳しく通告されているけれど、その締切りまでにぜったいにできないとわかっているときの、あの奈落の底に沈むような気持ち……。作家なら誰でも知っているはずだ。しかしこのころにはおれもすっかりプロになっていたから、台本《ホン》ができていないくらいでたじろがなかった。この芝居にはスピードと切れ味が欲しい。即興に勝る手法があるだろうか？

まもなく、おれの芝居だけで一晩もたせる必要のないことが判明した。タレイアの巡業曲芸団が追いついてきたからだ。

おれたちの天幕にライオンの仔が出現してそれを知った。可愛いが、なんともぶざまで、とにかくおそろしいほど暴れまわった。外に出てみると、荷車が増えている。そのうちの一台は、大きな二輪車を二台つなげたもので、その上に、毛皮や布でおおわれた巨大な構造物がぬうっとのしかかっていた。

「なんだ、これは?」

「水圧オルガンさ」

「オルガン弾きがいないのに!」

「そこがあんたの才覚さね、ファルコ」

おれはひるんだ。「金は賭けないでくれ……」

新しく到着した一団のなかには、はるばるローマから来た胡乱《うろん》な芸人も含まれていた。

「あたしの踊りの相手も来たよ」タレイアが〝大きい子〟と呼ぶ例の蛇だ。

「どこにいる?」

「熱心な飼育係を新しく雇ってさ、それが面倒見てる」なんだか意味ありげな言い方だ。「見るかい?」

タレイアの後ろについて野営地のはずれに停めてある荷車に向かった。仔ライオンもじゃれまわりながらいっしょにくる。

「蛇の飼育って、どういうことをするの？」ライオンから目を離さないように気を配りながら、ヘレナが訊ねた。

「鼠か、鼠よりでかいものを捕まえる。それをピンピン生きてるまま籠に押しこむ。大きなニシキヘビってのはものすごく食うからね。ローマじゃ若いのをたくさん雇って鼠を捕らせてたよ。捕ってきたのが呑みこまれてくのを見るのが好きだった、あの連中。一度なんかゼノンが駝鳥《だちょう》の雛を食っちまってさ。だけどあれは間違いだった」

「間違って駝鳥を一羽丸呑みなんて、どうやってできるんだ？」

「ゼノンにとっての間違いじゃないよ！」タレイアがニヤッと笑う。「そのころはフロントが曲芸団のオーナーでさ。怒り狂ってた」フロントの動物園じゃ、餌についちゃ具合の悪いエピソードだらけだ。結局フロント自身が餌になっちまった。

荷車のなかは薄暗かった。後ろのほうに大きな長方形の籠がどんと置いてある。心配になるほどあちこち傷《いた》んで、穴もあいている。

「道中ちょっとトラブルがあってね。飼育係が新しい丈夫な揺り籠を探していたところ……」

どんなトラブルか訊くのはやめた。この傷みが、大蛇の若気の至りではなく、砂漠の道の轍《わだち》のせいであることを願った。タレイアが蓋を開け、前のめりになって、籠の中身をさも可愛いというふうに撫でている。奥深いところから億劫《おっくう》そうにカサカサという音が聞こえた。「これがあたしのすごくて生意気なダーリン……。心配いらないよ。餌はもらったようだ。どっちにしても暑すぎるんだよ。動きたくないんだ。さあ、喉をくすぐってやって。ファルコ」

ヘレナとおれが覗きこんだ。そして急いで身を引いた。チラッと見えた部分から推して、この大きな眠たがりのニシキヘビはとてつもなくでかい。人間の胴体の半分ほどもありそうな金色のものが、巨大な枷《かせ》にした羊毛糸みたいにグルグルとぐろを巻いていた。動かすには男が数人は要りそうな大きな籠がはちきれそうだ。ざっと計算すると、十五から二十フィートはあるかもしれない。どっちにしても、考えたくないほど長い。

「ヒェーッ！　あんなに重いのをよく持ち上げられるなあ、タレイア」

「持ち上げないよ。あいつはおとなしいし、大騒ぎされるのも好きだけど、あんまり興奮させるとむやみやたらに交尾したがる。どっかの蛇がスカートの下にもぐりむのを見たことがあるよ。あの女の顔ったら！」タレイアはけたたましく笑った。ヘレナとおれは勇敢に微笑した。

おれは小さめの籠に寄りかかっていたんだが、そいつが突然動いた。

「そっちはファラオ。籠を開けちゃいけないよ、ファルコ。あたしの新しいエジプト・コブラだ。まだ馴らしてないからね」

籠がまたびくっと動いて、おれは跳びあがった。「なんてこった、タレイア！　コブラなんてなんに要るんだ？　猛毒があるんじゃないのか？」

「あるよ」と無頓着だ。「舞台をちょっとピリッとさせたくってさ。でもこいつは手ごたえありそうだ」

「どうしたらコブラと安全に踊れるの？」とヘレナ。

「こいつはまだ使ってないんだよ！」タレイアでさえちょっと心配そうな顔だ。「ローマに帰る道々考えなくちゃならない。すっごくきれいなやつだよ」と賞賛する。「だけど、コブラじゃ、さあ、ママのとこにおいで、って抱っこして、いい子、いい子って具合にはいかないさ。蛇使いによっちゃ、牙を抜いたり、口を縫っちまうのもいる。蛇が飢え死にしちまうだろ、それじゃ。演技の前に毒を搾りだすか、簡単な方法を使うか、あたしはまだ決めてない」

「簡単な方法って？」おれは胸騒ぎがした。

タレイアがニヤッとする。「むこうが届かないとこで踊るだけさ！」

ほっとして荷車から跳び下りると、その熱心な新しい飼育係が目の前にいた。袖をまくりあげて、一座の衣装トランクを引きずっている。大ニシキヘビの新しい寝床にするんだろう。仔ライオンがまっすぐ駆け寄っていくと、ひっくりかえして腹を撫でてやってる。ムーサだ。タレイアのやることだ。半分くらいは予想がついていた。

ムーサは激しく動く大きな前足を意外なほどうまくよける。ライオンは恍惚状態だ。

おれはニヤッと笑いかけた。「前に会ったときはたしか神官だったな？　今じゃ動物飼育のエキスパートか！」

「ライオンと蛇は象徴になっています」ペトラの〝高きところ〟で動物園でもやろうってつもりみたいに、ムーサは落ち着きかえっている。出ていったときのことは訊かなかった。はにかんだようすで、ヘレナをチラッと見ている。ちゃんと回復しているか確かめたんだ。まだ青白い顔のヘレナにおれは腕をまわした。どんなに危険な状態だったか、まだ忘れられない。ヘレナを甘やかし、愛撫する必要があれば、それはぜんぶおれの仕事だ、ってことをはっきり示したかったのかもしれない。

　ムーサは遠慮がちだったが、動揺しているふうではなかった。蛇のいる荷車に乗ると、奥の暗いところから釘に掛けてあったものを持ってきた。「見てください、ファルコ。この町の神殿に届いていました」帽子だ。「長老のシュライから手紙もきましたが、まだ読んでいません」

　幅広のつばのある、頭の部分が丸い、ギリシア風のシロモノだ。よくヘルメスの像がかぶってるみたいなやつ。おれはヒューッと息を吸いこんだ。「旅人のかぶるもんだ。そいつを前に見たんだな？　ものすごい速さで山を下っていくところを？」

「そうですね。あの日、犯人の頭にのっていたのはこれだと思います」

　グルミオによればおまえが犯人だそうだ、とムーサに言うときではなさそうだった。むしろおれは、あのとんでもない珍説を思いだしてひそかに面白がっていた——このムーサが有能な政治スパイで、殺しの使命をおびてブラザーに派遣されてきた……。

　ムーサは殺し屋としての卓越したワザを駆使して、ライオンの落とした糞を片付けはじめた。


　ヘレナとタレイアは天幕にむかって歩いている。おれはあとに残った。また仔ライオンに捕まっていたムーサが、目をあげて、長いあいだじっとおれの目を見た。

「ヘレナはよくなったが、一時は重態だった。タレイアにミトリダティウムを持たせてよこしてくれたのがすごく助かった。ありがとう、ムーサ」

　ムーサが、動きすぎるむくむくしたものから起きあがった。心配していたよりもっとひっそりしている。それでも口を開いた。「説明しなければ――」

「説明なんかするな、ムーサ。今晩いっしょにメシを食おう。シュライのいい報せが聞けるかもしれないな」それからやつの肩を掌でどんと叩いて、女たちのあとを追おうとした。「あっ、悪いな。タレイアは昔からの友だちだ。天幕のあんたの部屋を使わせてる」

ムーサとヘレナのあいだに何もなかったのはわかっている。しかしおれもバカではない。ルールさえ守れば、やつがどれだけヘレナを好きだってかまわない。ルールその一、ヘレナに恋焦がれる男たちをおれの家に住まわせて鼻先にヘレナをさらすようなことはしない。

「あんたをどうこう言ってるんじゃないぞ」とおれは陽気に言った。「だが、あんたの飼ってるペットは、どうもな」

ムーサは肩をすくめて、わかったというふうに微笑した。「わたしは飼育係です。ゼノンといっしょに暮らさないと」

おれは二歩歩いた。それから振り向いた。「寂しかったぞ、ムーサ。よく帰ってくれた」

正直な気持ちだ。


途中でビリアと行き合った。大ニシキヘビを見てきた、あんたもぜひ見ておいたほうがいい、と勧めた。飼育係が喜んで案内してくれるぞ、きっと、とも言った。

どんなこともやってみる価値はある。

その夜、おれはヘレナとタレイアといっしょに天幕の外に座って、ムーサが晩メシを食いにくるのを待っていた。クレメスとダウォスが、フリギアの長い骨ばった影を伴って近づいてきた。どっちかの天幕でいっしょに食事をするらしい。クレメスが立ちどまった。例の芝居の未解決の問題点についておれと話がしたいようだ。座長がくだくだ言うのを右から左へ聞き流していると、フリギアがタレイアに小声で言うのが聞こえた。「前にどこかで会わなかったかしら?」

タレイアが野太い笑い声をあげた。「いつ訊かれるかと思ってたよ!」

ヘレナが気をきかせてダウォスに話しかける。

フリギアは緊張している。「イタリアのどこか? それともギリシアだったかしら?」

「テゲアなんてどうだい?」タレイアはいつもの辛辣な顔に戻っている。

まるで紡ぎ棒で横っ腹をつつかれたみたいにフリギアがハッと息を呑んだ。「ちょっとお話ができるかしら?」

「スケジュールを見て、どっかに入れとくよ」あんまり当てにはなりそうもない約束だ。「蛇踊りのリハーサルがあるからね」たまたま知っていることだが、タレイアは決してスネークダンスは練習しないと明言している。危険がともなうってことも理由だ。

「それに曲芸の連中の監督もある……」

「残酷だわ!」フリギアが呟いた。

「違うよ」思わず聞き耳をたててしまう、断固とした口調だ。「あんたは自分で決めた。こんなに年月がたってから今さら急に気を変えたって、相手方だってそれなりの予告をしてもらう権利がある。あたしに無理強いはやめとくれ！　芝居のあとなら、もしかしたら紹介してやるかも……」

クレメスは結局やつの問題におれの興味をひけないまま去った。フリギアもひどく落胆したようすで、黙りこくったまま夫のあとについていく。

じつに興味深い会話を漏れ聞いてしまったのはおれだけではなかった。ダヴォスはなんとかかんとか言ってあとに残った。そしてタレイアに「テゲアはわたしも憶えている！」などと言っている。ヘレナに足首を蹴りとばされたから、おれは忙しく皿を並べて、食事の仕度《したく》を手伝ってるふりをした。

例によってダヴォスは単刀直入だ。「あの女《ひと》は赤ん坊を見つけたいんだ」

「そうらしいね」タレイアの返事はかなり冷たい。頭をぐいっと後ろに振ると、挑戦するようにダヴォスを見つめた。「ちょっとばかり遅かったね！　じつはね、もう赤ん坊じゃないんだ」

「どうしたんだ？」

「あたしはね、人から要らなくなった生き物をもらうと、たいてい育てるんだよ」

「それじゃ生きてるのか？」

「最後に会ったときには、あの娘は生きてた」

ヘレナがおれをチラッと見た。するとフリギアの赤ん坊は女の子だ。まあ、ふたりともすでにだいたい予想はついていたが。

「それじゃ、成長したのか？」

「将来有望な芸人さ」タレイアが豪胆に言いはなった。われわれ何人かにとってはこれもまったく驚きではない。

ダウォスは満足したらしく、なにやらむむと唸ると、クレメスとフリギアの後を追っていった。

「いったい、テゲアで何があったんだ？」邪魔者がいなくなると、悪気なんかまったくないような顔で天幕同居人に訊ねた。タレイアに言わせれば、男に悪気のないことなんかぜったいないんだろうが。

タレイアはどうでもいいってふうに肩をすくめた。「べつになんにも。ギリシアのちっぽけな町だよ。ペロポネソス半島にくっついたシミみたいな」

「そこにいつ行ったんだ？」

「ええと……二十年前ってのはどうだい？」

「ほんとか？」この会話がどこに向かっているのか、ふたりともよく承知している。「ひょっとしてそれは、ここの座長の奥方がエピダウロスでメディアを演《や》るチャンスをみすみす逃したころじゃないかな？」

これを聞くとタレイアは、それまでのどうでもいいってな見せかけを捨てて、げらげら笑いだした。「バカも休み休みにしとくれ！　あの女がそう言ったのか？」

「広く通用している話だ」

「広く通用してる与太話だよ！　あの女はふりをしてるんだ」不愉快そうな口ぶりではない。たいていの人間が自分を誤魔化して一生を送るのを、タレイアだって知っている。

「それじゃ、ほんとうのところを教えてくれないか、タレイア？」

「あたしはほんのかけだしだった。ジャグリングとか、その他もろもろさ！」沈んだ、ほとんど悲しげな声だ。「フリギアがメディアを演《や》る？　笑わせるんじゃないよ。あの女のスカートに手をつっこみたがる下卑《げび》た興行主がいてさ、きっとなんとかしてやる、みたいなこと言って信じこませたけど、結局なんにも起こらなかった。ひとつはね、あんただって知ってるだろ、ファルコ？　ギリシア人は女優を認めないんだ」

「そのとおりだ」ローマ演劇でも女優は珍しい。しかしイタリアでは、ストリップショーの曖昧な隠れ蓑《みの》である道化芝居で女優も長年演じてきた。力の強い者に簡単にひっくりかえされるクレメスみたいなのが座長になってるここみたいな一座では、今は女優もセリフのある役を演じてパンを稼げる。しかし古代ギリシア本土の祭りにこういう劇団は決して参加できない。

「それでどうなった、タレイア？」

「あの女はコーラスで歌ったり踊ったりしてただけ。夢みたいな大きなこと考えながら、あちこちふらふらしてた。いつかどっかのロクデナシに、きっといい目を見せてやるとかなんとか騙されるのを待ってるようなもんだった。結局は妊娠するって逃げにでた」

「そして赤ん坊を産んだ――」

「ふつうそういうことになるね」

「そしてテゲアでその赤ん坊を手放した？」

　ここまでくると、すべてがかなり明白になっていた。養子として成長した、背の高い、痩せた、どことなく誰かを思わせる二十歳の娘を見たのは、ついきのうのことだ。それにたしか、知り合いの誰かがどこかで娘を見た、とヘリオドールスがフリギアに言ったとかいう話だった。その知り合いとはトラニオかもしれない。トラニオはウァティカーヌスの競技場《キルクス》に出ていたことがある。タレイアはそこでトラニオを知っていたというから、トラニオのほうもタレイアの一座をおそらく知っていただろう。あいつの性格から見れば、とくに娘たちを。「フリギアは赤ん坊をあんたに渡したんだろう？　その子は今どこにいるんだ？　フリギアとしては、たとえばパルミラなんかを調べる必要があるんだろうか……」

　タレイアは意味ありげな顔で笑ってすませようとした。

　ヘレナが穏やかな声でつづけた。「誰がその赤ちゃんなのか、フリギアに教えてあげられるんじゃないの、マルクス？」

「秘密にしておくんだよ！」タレイアが命じた。

　ヘレナがにっと笑った。「まあ、タレイア！　まさか、フリギアを騙そうなんて思ってないわね？」

「まさか、あたしが？」

「もちろん思ってないさ」おれも無邪気を装う。「しかし一方で、あんたが大事なオルガン弾きを見つけたってちょうどそのときに、岩山の陰からめんどくさい係累が飛びだしてきて、わたしがあんたの母親よ、とかなんとか喚《わめ》いてその娘をひっさらったあげく、別の一座に入れようとしたら、それはそれで不愉快だろうなあ」

「まったく、そのとおり」タレイアの声には危険な響きがあった——ソフローナをそんな目に遭わせるつもりはまったくない、と言っているような……。

ちょうどそのときムーサが現われて、タレイアはフリギア事件を頭からふりはらうことができた。「どうしたんだい、こんなに遅くなって？　ファラオが逃げだしでもしたのかと思ったよ！」

「ゼノンを湧き水に連れていって水浴びをさせました。帰りたくないと駄々をこねて」

巨大ニシキヘビに行儀よくしろと言って叱ることを考えるとドキンとした。「やつがいい気になって、悪さをはじめたらどうするんだ？」

「首をつかんで、顔をひとつ叩くんです」ムーサが落ち着いて言う。

「覚えておかなくちゃ！」ヘレナが悪戯っぽくおれを見て笑った。

ムーサはパピルスを一枚持ってきた。ペトラの碑文なんかで見た覚えのある四角張った文字でなにやらびっしり書いてある。座って食べはじめたときムーサが見せてくれたが、翻訳してくれと頼むしかなかった。

「前にお話しした手紙です、ファルコ。わたしの神殿の長老、シュライからの。わたしからシ

ュライに、ふたりであなたに会った直前に〝高きところ〟から下りてきた男について説明して欲しいと頼んでおきました」・

「そうだった。何かわかったか？」

ムーサは指で手紙の文字をなぞった。「冒頭では、あの日のことを回想しています。暑かったこと、寺院の庭がどんなに平和だったか……」なかなかロマンチックだ。しかし証拠と呼べるものではない。「ああ、ここでこう言っています。〝高きところ〟から誰かがひどく急いで下ってくる物音にわたしは驚いた。その男はよろめいて、転びそうになったが、それ以外は軽い足どりだった。わたしの姿を認めると速度を落とし、無頓着を装って口笛を吹きはじめた。若い男で、ムーサ、おまえくらいの年齢で、おまえくらいの背丈。ほっそりした体格だった。髭はなかった。帽子をかぶり……』あとになってシュライがこの帽子を見つけました。ふもと近くの岩陰に捨ててあったそうです。あなたとわたしは見逃したのでしょう」

おれは頭を急速回転させていた。「新しい情報はあまりないが、しかし非常に有益だ！　可能性のある男の容疑者は六人。シュライの証言だけでもそのうちの何人かは排除できる。この描写からすればクレメスも、ダウォスも、年をくいすぎてるし、太りすぎだ」

「フィロクラテスは背が低すぎる」ムーサがつづけた。ふたりでニヤッと笑った。

「それに、あんなにハンサムだったら、シュライも必ずその点を言ってきたはずだ！　コングリオは痩せすぎだ。あんな雑草みたいなのを見たんなら、貧弱な体格とかなんとか言っただろう。それに、やつは口笛が吹けない。そうなると」おれは静かに結論を下した。

「残るはグルミオとトラニオだ」

ムーサが期待に身をのりだした。「それで、これからどうするのですか？」

「まだ何もしない。このふたりのうちのひとりに違いないとわかったから、最終的にどっちを捕まえるべきか特定しなければならない」

「それで芝居を邪魔しちゃいけないよ、ファルコ！」タレイアが戒める。

「そうだ。大騒ぎする強欲な駐屯部隊が相手だ」おれは有能そうな顔をつくった——誰も騙されなかっただろうが。「同時に芝居もやらなくちゃならない」

どうしても真剣になれない、身のほど知らずの叛乱分子の群れを相手に、半分も書けていない新作芝居のリハーサルをするのは、ほとんどおれの限界を超えていた。やつらがどこに不満なのかまったくわからない。『有言幽霊』はしごく単純な芝居だ。主人公は、これはフィロクラテスが演《や》るんだが、モスキオンという名前だ。モスキオンは、伝統的に、ちょっと足りない若い男の名前とされている。要するに、両親にとっては厄介者、恋をしてもダメ、終幕でやくざ者になりはてるか、突然いい子に変身すべきか、自分でもよくわかっていない、というような男だ。

舞台をどこにするかは決めていなかった。どこか遠い、行ってみようなどと誰も考えたこともない国。そう、イリリアなんかいいかもしれない。

幕開けは結婚式の宴の場面だ。これまでの芝居はどれも結婚式の宴といえば最後にもってくるから、あえて論争を呼ぼうって寸法だ。モスキオンの母親は未亡人だったが、再婚した。そこでこの宴の場面だ。ひとつにはトラニオがいつもの〝頭のいい料理人〟の芸ができるし、もうひとつは、宴の余興として呼ばれたという設定で、パンパイプ吹きの娘たちにそそる格好で舞台をウロウロさせられる。トラニオが卑猥な形の胡椒入り肉料理のジョークをくりだしていると、モスキオンが母親について苦情を言いたてる。あるいは、誰も聞いてるひまがないときには、ブツブツ独り言を言う。この痛ましい思春期の若者の人物像は、かなりよくできているとおれは自認している（自伝的要素がある）。

モスキオンの不平たらたらは、死んだ父親の幽霊と遭遇したショックでぴたっと止む。当初のコンセプトでは、この亡霊は舞台の跳ね上げ戸から跳びだすことになっていた。しかし円形劇場ではこの演出は不可能だから、いろんな柩《ひつぎ》やら祭壇やらを舞台に引っぱりあげる計画だ。幽霊は――これはダウォスのぞっとするような演技だが――出番までそこに隠れているという段取りだ。ダウォスが足を攣《つ》らせたりしないかぎり、これはうまくいくはず。

「もし攣っても我慢しろ、ダウォス。幽霊は足なんか引きずりっこない！」

「黙れ、ファルコ！　命令ならほかのやつにしろ。わたしはプロだ」

脚本家兼演出家というのは骨が折れる。

この幽霊が、未亡人の新しい亭主が前の亭主（つまり幽霊）を殺した、と言いたてるから、おかげでモスキオンは、どうしよう、と苦悩する。このあとは当然のことながら、幽霊を法廷に立たせて証言させるべく、モスキオンの不毛の努力が展開される。ノーカット版ではこれは重厚な法廷ドラマになるんだが、駐屯部隊の観客が見るのは短縮版笑劇で、最終場面でひょいとゼウスが現われて、すべてめでたしになる。

「これが喜劇ってのはたしかか？」フィロクラテスが高慢ちきに言った。

「あたりまえだ！」おれは厳しく言い返した。「あんたには劇的直観てもんがないのか、え？　悲劇にはわけのわからん非難をしながら舞台を跳ねまわる幽霊なんか出ない！」

「悲劇には幽霊そのものが出ない」クレメスが保証した。クレメスは二番目の亭主と、後になってモスキオンの母親の狂乱の場面では外国からきた変な医者を演《や》る。母親はフリギアだ。フリギアの狂乱の演技をみんな楽しみにしている。もっともクレメスは、少なくとも自分は、ふだんとのいかなる違いも認めないだろう、と不実な呟きをもらしたが。

　ビリアは娘を演《や》る。娘は不可欠だが、この娘をどうするか（男にとって永遠の命題だ）おれはまだ決めかねていた。さいわい、ビリアはごく小さな役に慣れている。

「わたしも気が触れちゃダメかな、ファルコ？　怒り狂って走りまわりたい」

「愚かなことを言うんじゃない。〝純潔の乙女〟は最後まで一点の穢《けが》れもない人間として生きて、主人公と結婚しなくちゃならんのだ」

「だけどあいつ、胡瓜のでき損ないじゃないか！」

「いいぞ、ビリア。学習してるな。主人公ってのはみんなそうだ」

　ビリアはなにやら考えているふうにおれをじっと見た。

　トラニオとグルミオはふたりで、バカな召使い、主人公を心配する友人なんかの役をいくつもこなす。ヘレナがどうしてもと言うので、コングリオのためにもセリフがひとつだけの役を作ってやった。どうやらそのセリフを引き伸ばそうという魂胆でいるらしい。すでにして立派な役者だ。

裏方のひとりが仔山羊を買いに遣いに出された。これをトラニオが舞台に引き出すことになっている。尻尾をもちあげて糞をするのは必定だ。予想される観客の卑俗な趣味におおいに迎合するに決まっている。誰も直接には言わなかったが、おれがうけた印象では、もし事態がうまく運ばなかったら、その可愛い動物を舞台の上で生きたまま料理するようにと、トラニオはクレメスに命じられている。兵舎からやってくる粗野な兵卒たちを満足させようとおれたちは必死だ。仔山羊は気晴らしのひとつにすぎない。プログラムのトップは楽団の娘たちによる淫らな踊りだし、芝居のあとにはタレイアとその一座が提供するサーカス芸一式となっていた。「これでいいだろう！」とクレメスが偉そうに意見を述べた。それで一座のほかの者全員が、これではよくないと確信するに至った。

おれはへとへとになるまで役者たちに演技をつけた。そのあとは、みんながそれぞれの妙技、歌、曲芸なんかを練習するから、帰れと言われた。

ヘレナはひとり天幕のなかで休んでいた。おれはその隣にからだを投げだすと、片方の腕をまわしてヘレナを抱き、もう一方の手でまだ包帯のある腕をさする。

「愛してる！　どっかに駆落ちして、屋台店で貝でも売ろう」

「それはつまり」ヘレナが優しく訊く。「物事がうまく運んでいないということ？」

「大災害さながらだ」

「あなた不幸せなんだなって思ったわ」慰めるようにからだをくっつけてくる。「キスは？」

半分心ここにあらずで、おれはヘレナにキスした。

「ちゃんと！」

おれはもう一度キスした。今度は四分の三くらい集中できた。「これだけはやる。それでおれの輝かしい演劇キャリアは終りだ。その後はまっすぐうちに帰ろう」

「わたしのことが心配だからじゃないわね？」

「いつだってきみのことが心配だ、お嬢さん」

「マルクス――」

「しばらく前に下した分別ある決断だ」ヘレナが蠍に刺された約一秒後に決めた。しかしそれを認めたら、ヘレナはきっと怒りだす。「ローマが懐かしい」なんとしてもヘレナをイタリアに引きずり戻す決意だった。「秋になる前に西に向かって航海したほうがいい」

ヘレナはため息をついた。「それじゃ、荷物をまとめることを考えなくちゃ……。今晩あなたはタレイアの若い恋人たちの問題を解決してあげるのね。どういう計画なのかは訊かないけれど」

「そのほうがいい！」なんの計画もないことはヘレナも知っている。ソフローナとハリードには、あとで何か閃《ひらめ》くことを期待してもらうしかない。おまけに今ではもうひとつ複雑な要素まで絡んできた。タレイアがソフローナの出生の秘密を隠しておきたがっている。

「それで、殺人犯のほうはどうなるの？」

それはまったく別の問題だ。今晩がおれの最後のチャンスだろう。おれが正体を暴かなければ、あいつは永遠に責任をとらされることはないだろう。おれはゆっくりと考えをめぐらした。

「もしかしたら、芝居の進行中になんとか明るみにだせるかな？」

ヘレナが笑いだした。「なるほど！　あなたの脚本にひそむ力と相関性でもってその人の感情を揺さぶり、自信の根底を砕く、という寸法ね？」

「意地悪はやめろ！　だが、この芝居は殺人がテーマだ。ずばっと類似性をつきつければ、圧力になるかもしれない――」

「凝りすぎてるわ」おれが狂想《ラプソディ》状態に陥ると、いつだってヘレナ・ユスティナがそこから引っぱりだして正気に戻してくれる。

「それじゃ、手詰まりだ」

そのときだ、ヘレナがじつに巧妙にすっとことばをはさんだのは。「少なくともそれが誰なのかはわかっている」

「ああ、わかってる」おれの頭のなかだけの秘密だと思っていた。おれが自覚している以上にヘレナはおれをよく見ているに違いない。

「わたしには教えてもらえるのかしら、マルクス？」

「きみはきみで考えがあるだろう、きっと？」

ヘレナが考え考え言う。「どうしてヘリオドールスを殺したのか、理由は想像できるわ」

「そうだろうと思った！　教えてくれるか？」

「ダメよ。先にあることを試してから」

「そんなことはしないでくれ。この男は危険だ。命に関わる」おれは究極の戦術に訴えて、ヘレナをくすぐりはじめた。あちこちくすぐられるとヘレナはまったく無抵抗になる。「それじゃ、ヒントだけくれ」ヘレナがもがきながら降参すまいと頑張っているとき、おれは急に手を止めた。「ウェスタの処女は宦官になんて言ったか？」

「あなたができるなら喜んで、だった？」

「どこで覚えたんだ？」

「今自分で考えたのよ」

「なんだ！」がっかりした。「きみがいっつも鼻をつっこんでる、あの巻物にあったのかと思った」

「なんだ！」ヘレナも言った。とくに意味をもたせないように、軽い調子をつくっている。

「あの巻物がどうかしたの？」

「トラニオのこと憶えてるか？」

「トラニオのなに？」

「まずはとにかく、厄介者だってことだ！　ほら、ナバテアで一座に入ってすぐの夜、やつが何か探しにきただろう？」

明らかにヘレナもおれの言っていることをよく憶えているようだ。「あなたが酔っぱらって帰ってきた夜ね？　トラニオがいっしょに付いてきて、いつまでも台本箱をかきまわしてて、ちっとも出ていかないから、わたしたち怒ったんだったわ」

「かなり必死な感じだったな？　ヘリオドールスに何か貸してあった、それが見つからない、とか言ってた。おれが思うに、きみがその何かの上に寝てたんじゃないかな、ダーリン？」

「ええ。わたしもそうかなとは思ったのよ」とにっこり。「でもあの人、探し物は巻物ではないって言うから、言いだす必要はないと思ったの」

おれは、グルミオのでっち上げ話のことを考えていた。青い石のはまった指輪だ？　あの話を信じなかったのは正しかったと今はよくわかる。巻物がごちゃごちゃに詰まった大きなトランクのなかから指輪みたいな小さなものが探しだせるわけがない。トラニオもグルミオもおれに嘘をついたが、トラニオがヘリオドールスに渡しちまったという例の賭けのカタがなんなのか、ずっと前にわかっていなくちゃならなかった。

「ヘレナ、この事件が要するにどういうことなのかわかるか？」

「わかるかもしれない」ヘレナにはときどき苛々させられる。自分で考えた道を進みたがって、おれのほうがよくわかっているってことをわかろうとしない。

「ごまかすんじゃない。家長はおれだ。さあ、ちゃんと答えろ！」まっとうなローマの男として、おれには社会における女の役割について厳格な考えがある。言うまでもないが、ヘレナはそんなものクズだと知っている。いきなりプッとふきだした。家父長の威厳なんてこんなものだ。

ヘレナが穏やかな態度にもどった。なんといっても、これは深刻な事態なんだ。「どういう揉め事だったのかは理解したと思うわ。ヒントはずっと前からあったのに」

「巻物だ。きみの枕頭《ちんとう》の書はグルミオが遺産として引き継いだ小話集だった。やつが誇りにしている一族の財産、お守り、お宝だ」

ヘレナが深く息をした。「だからときどきトラニオの振舞いが奇妙になるのね。それをヘリオドールスに渡してしまったから、自責の念にかられている」

「そして、だからヘリオドールスは殺された。どうしても返さなかったからだ」

「それで道化の片方が殺したのね？」

「どっちの道化も台本作家と言い争ったに違いない。ヘリオドールスがビリアを犯そうとしたときにグルミオが現われたのも、そのことで談判に行ったんだと思う。巻物のことで言い合ってたとビリアも言っていた。トラニオもへボ作家と対決したことは、いろんな人間から聞かされた。グルミオは取り乱した。トラニオのほうも、なんてことをしちまったのか気づいたときには、そうとう動揺したはずだ」

「ペトラで起こったことは？　ふたりのうちのひとりが、もう一度ヘリオドールスを説得しようといっしょに山に登った。でもじっさいは殺すつもりだったの？」

「たぶんそうじゃないだろう。つい度を越してしまった、ってところじゃないか？　あれが計画的だったのか、もしそうなら道化のふたりとも計画に関与していたのか。おれにはわからん。

ペトラでは、ヘリオドールスが殺されたころ、あのふたりは下宿で完全に酔いつぶれるまで飲んでたってことになってる。あきらかに、ひとりはつぶれていなかった。もうひとりはシラをきってるのか、あるいは、相手に意図的に飲まされたのか？　酔いつぶれて、もうひとりが部屋から出てっても気がつかないようにな。もしそうなら、そして、犯人のほうがアリバイ作りのために最初から飲むのを控えていたとしたら――」

「計画的な犯行！」

おれの考えでは、もしグルミオが犯人で、トラニオが今でもあの巻物をカタとしてヘリオドールスに渡したことを悔やんでいたとしたら、ペトラで進んでグルミオをかばっただろうし、ゲラサでアフラニアに自分のアリバイについて嘘をつかせた奇妙な行動も説明がつく。しかし、グルミオには、イオーネが殺されたときの居場所についておびただしい数の群衆という証人がいる。アフラニアがずっとおれに嘘をついていて、イオーネを殺したのはじつはトラニオなのか？　すると、ペトラではすべてが逆で、トラニオがヘリオドールスを殺し、グルミオがそれをかばっているのか？

「前よりはっきりしてきたけれど、動機がとっぴすぎる」ヘレナはもっとほかの理由を探しているようだ。「マルクス、あなたは創造的な芸術家だわ」皮肉のかけらもない。「もしあなたがかなり古びた資料をなくしたら、そのことで人を殺すほど取り乱す？」

「条件によるな」おれはゆっくり答えた。「もし、激しやすい性格だったら。もし、その資料が生計の糧《かて》だったら。もし、それが当然おれのものだったら。それになによりも、もし、今それを握ってる人物が悪徳作家で、ほくそえみながらおれの大事な資料を使うのがわかりきっているとしたら……。この理論をテストしなくちゃならないな」

「テストする機会もあんまりないわ」

突然、忍耐が限界に達した。「コンチクショウ！　ああ、ヘレナ、今夜はおれのデビューなんだ。こんなこともう考えたくもない。すべてうまくいくさ」

すべて。おれの幽霊芝居、ソフローナ、殺人犯の追及……すべてだ。楽観する理由なんかまったくなくても、おれにはわかる。

ヘレナはもう少し落ち着いていた。「冗談にしてはいけないわ。これは重大な問題よ。あなたとわたしが人の死を軽く扱うことは決してない」

「生命《いのち》も」


おれはヘレナにのしかかった。包帯を巻いた腕に重みがかからないように気をつけながら、動けないように押さえつける。両手でヘレナの顔をはさんでつくづく見る。あの病気以来痩せて、もの静かになってしまったが、鋭い知性は健在だ。からかうような濃い眉。整った骨格。ほれぼれするような口。黒っぽい茶色の目はあくまで厳粛で、かえっておれの気持ちをたきつける。ヘレナの真面目なところを愛している。このおれが真面目な女に好かれている、という思いが衝動的につきあげてくるのがすごくいい。そして、ふたりの日がこっそり合ったとき、ヘレナの口から突いてでる短い笑い。ほかの人間はほとんど知らない。

「ああ、ヘレナ。戻ってきてくれてほんとうによかった。きみを失うのかと思った――」

「わたしはずっとここにいた」指でおれの頬の線をなぞる。「わたしのためにあなたがしてくれたこと、全部知っていたわ」

外はどこも静かだった。役者たちはまだリハーサルをしている。タレイアと曲芸団の連中も。天幕のなかでは蠅が二匹、なんの遠慮もなく、熱くなった山羊革の天井あたりでブンブンいっている。ほかはすべてがじっと静止している。ほとんどすべてが、というべきか。

「愛してる……」これは前にも言ったことだったが、とびきりの資質を備えた女には、同じことばを繰りかえすのもやぶさかではない。

今度は命じられる必要はなかった。おれの集中力のあらゆる断片がこぞってキスに流れこんだ。カリ明礬《みょうばん》入り蜜蠟の瓶の登場するときだ。ふたりともわかっていた。だが、ふたりともこの深い親密さの瞬間を断ち切りたくなかった。互いのからだを離したくなかった。目と目が沈黙のうちに相談した。そして沈黙のうちに決めた。

おれたちは互いをよく知っている。あえて危険をおかす覚悟があるほど知り尽している。

第三場

入口での兵士たちの身体検査には万全を期した。酒瓶のほとんどと石をいくつかを没収できた。おれたちに投げつけるつもりで用意してきた石だ。ただし、入場の前に連中の多くが外壁に向かって小便をするのは阻止できなかった。少なくとも、あとで中でされるよりはいい。シリアがかっこいい任地だったことはない。意欲ある兵士はブリタニアやゲルマニアのような最前線の要塞を志願する。あっちなら、外国人の頭をかち割るという楽しみも多少はある。しかしここの兵隊は盗賊に毛が生えたようなもんだ。東方駐在のローマ軍団ではたいてい同じ風景が見られるが、連中は毎朝太陽に向かって敬礼する。夜の楽しみは、おれたちの皆殺しということになるのだろうか。

劇場案内係として軍人を配備しようか、と司令官が申し出てくれたが、それはかえってトラブルの因《もと》だと言って断った。「軍団兵を使って軍団兵はコントロールできません！」司令官はああ、わかってるってふうに、ちょっと頷いてこれをうけいれた。四角い顔で、髪をまっすぐ切りそろえた、筋ばった職業軍人。責任者が暴動はできれば避けたほうがいいと認識していることに、おれは快いショックを覚えた。

ふたりでちょっとことばを交わした。軽喜劇を書いてるだけではない、しっかりした背景をみてとったはずだ。しかし、おれの名前を知っていたのには、こっちが驚いた。

「ファルコ？　ディディウス？」

「評判になるってのは悪くありませんが、しかし正直なところ、もう少し行けばクソ忌々しいパルティアになるという砂漠の真ん中の道路建設部隊に、わたしの名声が届いているとは予想の外です！」

「目撃情報を求める通達がきている」

「令状で?」笑いながら言った。面倒は避けたい。

「どうしてそう思う?」半分面白がって、半分は疑っていた。「どちらかといえば、『支援要請。要員行方不明、窮境にあるやもしれず』といった内容だ」

こんどこそほんとうに驚いた。「わたしは行方不明になんかなっていません。署名は誰ですか?」

「言えない」

「シリア総督はどなたですか?」

「ウルピウス・トラヤヌスだ」

当時はなんという意味もない名前だったが、おれのように老人になるまで生きた人間は、この総督の息子のいかついツラを金貨の表面に見ることになる。

「総督の通達ですか?」

「いや」

「もし、アナクリテスという名前の政治局にいる寸足らずのノミ野郎でしたら――」

「とんでもない!」司令官はおれの不敬に衝撃をうけている。それでわかった。

「皇帝ですか?」おれはとっくの昔に公式機密なんてものを尊重しなくなっていた。しかしこの司令官はおれの漏洩行為に顔を赤くした。

ミステリーは解けた。後ろにはヘレナの父親がいるに違いない。娘からもう何カ月も連絡がないとなれば、どうしたことかとカミルスは思うだろう。カミルスの友だちの皇帝は、おれを探しているわけじゃない。放浪中のおれの恋人を探してるんだ。

大変だ。とにかくヘレナを家に連れ帰らなくちゃならない。

司令官が咳払いした。「それで、あるのか？　窮境に？」

「いいえ。しかし、お尋ねは感謝します。こちらの野次馬連中に芝居を見せたあとにもう一度尋ねていただければありがたい！」

それでも司令官はヘレナを貴賓席に招いてくれた。じつに礼儀正しい。おれは受けた。しゃっちょこばった男で、ヘレナのからだを撫でまわすとは思えなかったからだ。それに、その夜、立派な貴婦人が安全でいられるのはあそこくらいだ。

ヘレナはカンカンだった。邪魔にならないよう脇にどけられたからだ。


劇場は満員だった。兵士が千人くらいつめかけたほかに、ウェスパシアヌスの指揮下、ユダヤで射手として働いたときにローマ式見世物を知ってしまったパルミラ人の一団、それから少数の市民。そのなかにハリードとその父親がいた。同じように背の低い、ずんぐりしたダマスクス男だ。顔は、両方とも毛深いというほかはあまり似ていなかった。おれはタレイアに、「ハリードは母親に似たに違いない。かわいそうなやつだ！」と冗談を言った。そこに母親が現われた（二輪車《チャリオット》の駐車でもしてたんだろう）。残念なことに、まさにおれの言ったとおりだった。一家を最前列の席に案内させて、後ろの兵隊たちがあんまり硬いものをぶつけないことを願った。

すでに来ていたソフローナは、ヘレナの付添い人として隣に座らせた（タレイアの姿が目に入らないように注意した。どういうことになってるのか気がついて、また逃げだされたらコトだ）。その結果当然ながら、部隊司令官とヘレナといっしょに貴賓席にいるソフローナをハビブ一家が目撃することになった。ヘレナは元老院議員の娘としての正装だ。それに貴婦人は義理堅い。おれの芝居の初日だってことで、ティアラまでもちだした。この土地では欠くことのできないベールをティアラで留めている。

ハビブ一家はいたく感じ入った。これは悪くない。この問題をどう解決するか、詳しくは考えていなかったが、すでに三カ月もお涙ちょうだい芝居にひたってたおれだ。俗っぽいアイデアには事欠かない。

この円形劇場は劇場としては小規模で、劇的効果をあげるには設備がお粗末だ。剣闘士の戦いや猛獣の見世物をやるために建てられた。楕円形の長径の両端に当たる箇所に、太い角材を組んだ門がひとつずつある。中央の円形舞台面の長辺にはそれぞれアーチ付き壁龕が切ってある。その片方に、裏方連中が復讐《ネメシス》の女神の像を立てて花冠と布をまとわせた。そのスカートのなかに楽士たちがしゃがむという寸法だ。もう一方の壁龕は、出演中の役者の隠れ場所として使うことになっていた。舞台をとりかこんで数メートルの高さの木製の保護壁がめぐらしてある。その上に延びる急斜面に木製ベンチを並べたところが観客席だ。貴賓席――といっても、玉座が二つあるだけの、ただの台座より多少はマシという程度――は長辺の一方にあった。

雰囲気は活気にみなぎっている。みなぎりすぎている。兵士たちはじっとしていられない。今にも座席に火をつけかねない勢いだ。

今や時は満ちた。止めるにも止めようもない騒ぎを発散させるには、音楽や踊る娘たちで観客をさらに興奮させるしかない。貴賓席の司令官が、上品な手つきで白いスカーフをはらりと落とした。

通用口で楽団の奏でる最初の曲を聞いていると、まもなく、『有言幽霊』の道具類を運んできた裏方連中が門の周辺に群がりはじめた。役者たちも化粧室に使っている大幕から出てきて、小さくかたまっている。ムーサがおれのすぐ脇に立った。

「あなたの晴れ舞台です、ファルコ！」

誰も彼も同じことを言う。おれはうんざりした。「ただの芝居だ」

「わたしも仕事があります」と割合そっけなく言う。トラニオが料理するはずの仔山羊をかかえていた。山羊は腕のなかで勇ましくもがいて、あわよくば逃げようとしている。ムーサは旅の場面でフィロクラテスが乗る騾馬も曳いている。「それに今夜は」とほとんど不気味なくらい満足げな顔で言う。「わたしたちの犯人をみつけます」

「みつける努力はできる」やつの冷静さはどことなく穏やかではない。「どうやら家畜はうまく扱えないようだな。あの大蛇はどこだ？」

「籠にいます」ほんのりと微笑を浮かべる。

音楽が終った。楽団が舞台からさがってきて一杯飲んでいる。裸同然の女楽士たちが化粧天幕に向かって猛スピードで駆けていった。こっちは休憩時間のつもりではないのに、兵隊たちが小用タイムとばかりにどっと出てきた。

役者たちもこんなことには慣れている。ため息をついて門のあたりから退いて、大群がどすどす通り過ぎるのを待った。

忙しい料理人役の最初の場面に備えて、トラニオが近づいてきた。これからやる滑稽な演技について一心不乱に考えているようだ。ここで思いがけない質問をぶつければ、動揺させられるかもしれないとおれは思った。対決するタイミングを見計っていると、コングリオに袖を引っぱられた。「ファルコ！　ファルコ！　おれのこのセリフだが――」コングリオの〝セリフ〟はたった一行だ。家事奴隷として登場して、〝純潔の乙女〟がさっき子を産んだ、と告げる（芝居のなかでは〝純潔の乙女〟はそれほど純潔ではない。おれを責めないでもらいたい。それがこのジャンルの伝統なんだ）。コングリオはぐずぐず言いつづける。「これじゃ面白くない。ここはもうちょっとふくらませられるってヘレナ・ユスティナが言うんだが――」

「好きなようにやってくれ、コングリオ」

なんとかコングリオを振りはらいたい。トラニオは少し離れたところで鬘をかぶっている。やっとコングリオから自由になった瞬間、駐屯部隊の悪漢どもの一団がおれの前に立ちふさがった。全員でおれをじろじろ値踏みする。やつらは役者を軽蔑しているが、おれは役者より面白そうな餌だと判断したようだ。なかなかタフそうだから、頭に蹴りを入れるに相応しいというわけだ。

友好的な嘲りのやりとりで相手の気を逸らすヒマはなかった。だからおれはこのフーリガンの群れをまっすぐ突っ切ってから、大きく迂回して時間を稼いだ。それからくるっと方向転換してトラニオのところに戻ろうとしていると、ひとりの小柄な男にぶつかった。おれを知ってる、山羊のことで話がある、と言いたてる変なやつだ。

「やあ、こいつは運がいい！」

おれは前にも小さい男に捕まったことがある。片腕の肘から下がなくて、歯のない口で嬉しそうににっと笑うチビだった。あんなふうにとっ捕まるなんてことは滅多にない。機敏なおれだ。ふだんなら押し売りの相手じゃない。たしかあの男は何か売りつけようとしていたなあ。そうだ、山羊だ。

おれの芝居が始まるところだった。リベスが竪琴で繊細な導入旋律を奏ではじめた。足を止めさせた男を手で押しのけようとして、ふと、待てよ、と思った。このおかしなやつはどこかで見たことがある。やつの相棒もおれを知ってるみたいだ。甥かなんかみたいに馴れ馴れしく、おれの脇腹に頭突きをくらわしてくる。茶色と白のぶちの牡山羊だ。腰くらいの背丈。悲しそうな目をして、両耳が神経質にぴくぴくしている。そして、首が奇妙な具合にねじれている。

この山羊は知っている。頭が後向きについて生まれたとかなんとか、埒《らち》もないことを飼い主が言っていた。

「ゲラサにいただろ！　ずっとあんたを探してたんだ！」山羊の飼い主ががなりたてる。

「なあ、あんた、おれは忙しくて――」

男は意気消沈したようだ。「あんたはその気だと思ったんだ」と抗議する。山羊のほうが分別があった。おれが逃げたがっているのがわかったようだ。

「なんのことだ？」

「この山羊を買う話だよ！」

「どうしてそんなこと思った？」

「ゲラサだよ！」頑固に繰りかえす。おぼろげな記憶がよみがえってきた。ふっとおかしな気になって、銅貨一、二枚だしてこの男の山羊を見物したことがあった。それからすぐに、もっと嫌な記憶も戻った――その山羊について飼い主とあれこれ話しこんだっけ。「今でもこいつを売りたいんだ。取引きが成立してたと思ったんだ……。あの晩、あんたを探しに行ったよ」

「そりゃあんたの勘違いだ。おれはただ、こいつが昔飼ってた山羊に似てたから話をしただけだ」

やつは信じなかった。嘘みたいに聞こえるのは、ほんとうの話だからだ。なるほど確かにおれはこの男とゲラサで話をした。山羊を売って、豆を植えたいとかなんとか言っていたことも思いだした。奇妙な頭のこの見世物の値段としてどれくらい欲しいのか、なんてことも話した。しかしおれは山羊所有者組合に再加入するつもりなんかまったくない。

「気の毒だが、ペットを飼うなら、こっちの目をまっすぐ見てくれるのがいいんだ」

「そりゃ、立つ位置によるだろ」厄介者は論理的だ。おれを押して、山羊の左肩のすぐ後ろに立たせる。「な？」

「今じゃガールフレンドがいるんだ。そっちで手いっぱいで――」

「こいつは客を集めるよ！」

「そうだろうな」嘘だ。この山羊は見世物としてなんの価値もない。おまけに今はおれのテュニカの裾をかじるのに忙しい。じつは、その首は人間の服にたいしてちょうどいい角度のようだ。スカートやトーガの被害をめぐる家庭内騒動なんぞ頼まれても願い下げだ。

「あんたの相棒、なんて名前だった？」

「なに？　ああ、おれの山羊か。名前はなかった。あんまり仲良くなると、どっちにも傷がのこる」

山羊の飼い主は、自分の抱えている問題をわかってもらえたと思ったようだ。

「こいつはアレクサンドロス。偉大だから」

とんでもない。ただ変わってるだけだ。

「売るなよ！」こいつらが別れると思うと、おれは突然辛くなった。この放浪のコンビは、自分たちが思っているよりずっと互いに依存している。「いい飼い主にめぐり合ってもらいたいだろ？　旅回りから引退するときは、こいつを連れて引退しろよ」

「豆を食っちまう」そうだ。なんでも食っちまうだろう。「あんたはいい人だと思ったがなあ、ファルコ――」

「どうかな」

「こいつは変なところもあるが、可愛がってやればなつく……。だが、あんたの言うとおりかもしれん。こいつはおれの山羊だ」どうやら執行猶予になった。「あんたにまた会えてよかったよ。気持ちがすっきりした」

おれはちょっと残念な気さえして、アレクサンドロスの耳を引っぱった。確かにいいものがわかるやつだ。おれのベルトを食いたがっている。

おれが行こうとしたとき、山羊の持主が突然訊いた。「ゲラサのあの晩、あんたの友だちはちゃんと池まで行けたか？」


「どの友だちだ？」

ゲラサの話をしてるんだから、どの池か訊く必要はなかった。

なにげないふうを保とうと努力したが、内心では重苦しさがどんどんつのっていた。おれは殺人が大嫌いだ。殺人犯が大嫌いだ。こいつが殺人犯だ、と指さす必要にぶち当たるのも大嫌いだ。もうすぐ、それが避けられなくなる。

「あんたの一座にいる人だよ。山羊を売ろうと思って訪ねて行ったとき、その人に訊いたんだ。あんたは町に出かけた、って言われた。その代わりにマイウマの池はどっちか教えてくれってさ」

「どんな男だ？」

「わかるはずないだろ。すごく急いでた。駱駝に乗ってすっとんでった」

「若かったか？　年寄りか？　背は高いか？　低いか？　そいつは今ここにいるか？」

男はひどく狼狽していた。人の描写に慣れていないから、なにか言おうと口をパクパクさせている。急きたててもしょうがない。容疑者のひとり――トラニオ――が十フィートも離れていないところに立って出を待っていても。この証人は信頼できない。時間がたちすぎている。今おれが何かヒントをだせば、困惑から逃れようと、即座にそのとおりだと言うだろう。このおかしな男はすべてにたいする答えを握っている。しかし、このまま放免するしかない。

おれは黙っていた。忍耐こそ唯一の希望だ。アレクサンドロスがおれのテュニカの袖を食って遊んでいた。それを見て持主は、やつの両耳のあいだをぶった。山羊の頭を叩いたことで何かを思いだした。「帽子をかぶってた！」これは前にも聞いたことがある。

おれが息をつめて待っていると、山羊男は自分からゲラサで見たそのシロモノを描写しはじめた。「ほら、よくある編物のさ、てっぺんが垂れてるやつ」

ペトラのシュライからムーサに送られてきた、つばの広い、てっぺんが丸い、ギリシア風の帽子とは似ても似つかない。だが、どこでそれを見たかおれにはわかっている。「フリギア帽だな？　太陽神ミトラがかぶってるみたいな？」

「そうだ。長い、だらっとした」

グルミオの投げ銭集めの帽子だ。

するとイオーネはグルミオに殺されたんだ。あいつを同じ場所で数回見たというおれのろくでもない思いこみでやつにアリバイをつくってやっていたことになる。あいだにどこかに駆けだしていったとは夢にも思わなかった。

今になって考えてみると、あんなに信じこむとはなんともマヌケだった。もちろん休憩をとったんだ。あのエネルギッシュな演技を一晩中つづけられるわけがない。あの樽の上に一晩立っていたとしたら、ムーサとおれがディオニュソスの神殿から帰ってきたころには、声が嗄《か》れ、疲労困憊していたはずだ。おれを引っぱりだして侮辱し、ナイフを使った〝事故〟でほとんど死にそうな目に遭わせたときは、やつはそんな状態ではまったくなかった。鋭敏で、状況を掌握し、昂揚して、危険だった。そしておれは明らかなことを見逃した。

グルミオは樽の上の演技を二回やった。その二回のあいだに駱駝に乗って池に行き、あの娘を殺した。

単独行動なのだろうか？　ヘリオドールスもあいつが殺したのか？　判断が難しい。おれの頭のなかはごちゃごちゃだ。容疑者が二十人いるほうが、たった二人よりましなこともある。ヘレナと相談したかった。悔しいことに、自分でヘレナを司令官のボックス席に閉じこめてしまった。

おれは舞台袖に歩いた。グルミオはもうそこにいない。やつとクレメスは登場にそなえてすでにこっそり舞台にでて、片方の壁龕に隠れている。ダウォスも、幽霊として跳びだそうと、舞台の上で道具に隠れて待ちかまえている。ほかの登場人物はみんなおれを待っていた。

リベスはまだ喜々として竪琴を奏でている。シリア人が吟遊詩人好きなのは幸運だった。リベスは自己陶酔しきっている。誰も前奏曲止《や》め、の合図を送らないから、次々と即興のメロディをくりだして頑張っていた。

トラニオは門の近くにいた。おれはなにげないふうでそばに寄っていった。「朗報だ。グルミオの指輪を見つけたぞ」

「指輪？」

「青い石の。ラピスラズリかもしれない。もしかしたらただのソーダライトかも……」トラニオはなんのことだか見当もつかない顔だ。

「思ったとおりだ。これも嘘だった！」おれはトラニオの肘をつかんでぐいっと引き寄せた。

「なんの遊びだ、ファルコ？」

「トラニオ、おれは今、あんたがおめでたい忠義者なのか、それとも、ただのどうしようもないアホウなのか、決めようとしてるんだ！」

「なんの話だかまったく――」

「もうやつを庇うのはやめろ。あいつは平気であんたを巻き込もうとしていたんだぞ！　ほんとうだ。あんたがやつにどんな借りがあると思ってるか知らないが、もう忘れろ！」

ほかの連中が聞いている。タレイア、ムーサ、役者のほとんどだ。トラニオも連中にチラッと目をやった。

「聞かせてやれ。証人がいて困ることはない。さあ、白状しろ。あんたがヘリオドールスに賭けのカタとしてとられて、あげく喧嘩になった物はなんだ？」

「ファルコ、もうおれの出だ――」トラニオはひどく慌てていた。

「いや、まだだ」やつの衣装の首筋をつかんでぐいっと引っぱった。おれがほんとうに怒ってるのか、それとも冗談を仕掛けているのか、トラニオはどうにも決めかねている。

「ほんとうのことを言え！」

「あんたの芝居だぞ、ファルコ――」

「おれの芝居なんかどうでもいい」

ほんの一瞬、これはもうだめかと思った。ところが思いがけないところから助けがきた。

「カタは巻物だ」言ったのはフィロクラテスだ。二つの犯罪を自分にひっかぶせられるのを本心から恐れていたに違いない。「グルミオの巻物だ。なんともひどい古い小話集だ」

「ありがたい、フィロクラテス！　さあ、トラニオ、次の質問に手早く答えてもらおうか。ひとつ。イオーネが死んだ晩、ほんとうにアフラニアといっしょだったのか？」

トラニオは観念した。「ああ」

「どうしてあの娘《こ》に違うと言わせようとした？」

「愚かだった」

「ああ、それが正直なとこだ！　それから、ヘリオドールスが死んだ日の午後、ペトラで、あんた意識があったのか、それとも人事不省か？」

「麻痺状態だ」

「グルミオは？」

「同じだと思っていた」

「やつものびてたのはたしかか？」

トラニオは下を向いた。「いや」と認める。「おれは酔いつぶれてた。やつも同様ってことはありうる」

おれは手を離した。「トラニオ、トラニオ、いったいなんの遊びなんだ？　殺人犯じゃないなら、どうして庇うんだ？」

トラニオは肩をすくめた。「おれのせいだ。あいつの巻物をおれがとられた」

おれには決して理解できないだろう。しかしおれは作家だ。役者じゃない。

トラニオはどうしようもない。舞台では、この思いがけなく長い間を、リベスが竪琴をかき鳴らしてつないでいたが、観衆もそろそろあきてきた。どうしてトラニオが登場しないのかと思いながら、リベスが死に物狂いになっているのがわかる。おれはすばやく決定を下した。

「あとで話そう。舞台に出ろ。グルミオには何も言うな。警告したりするとあんたも逮捕されるぞ」

怒りにまかせた手から解放されると、トラニオは二色の毛がまばらに植わった鬘をかぶり、舞台に出ていく。まだ出番ではない役者と、タレイア、ムーサ、おれはひとかたまりになってそれを見守った。

地面から見ると、この楕円形のスペースは広大だ。ムーサとタレイアの興味津々の目にじっとみつめられながら、おれはこれからどうすべきか考えた。舞台ではトラニオがてんてこ舞いの料理人を演じはじめた。なんとか無事にセリフをこなしているようだ。しばらくすると、やぼったいグルミオをがみがみ叱りつけている。グルミオは宴会のための肉を持ってきた農夫の役だ。クレメスが飛びだしてきてふたりにあれこれ命令する。それから、女ってのはどうしてこう昼も夜もセックスをしたがってばかり、決して満足しないのか、なんてジョークをとばしながら、急ぎ足で退場する。

反対側では、主人公モスキオンのフィロクラテスが、衣装籠に毛布をかぶせて長椅子に見立てたものに腰かけて、青臭い憤懣をぶちまけている。幽霊のダウォスは移動用の竈《かまど》のなかに隠れていて、ときどき身を乗りだしてはモスキオンに語りかける。これはモスキオンにしか見えないことになっている。それから、トラニオが竈に火を入れようとするので、幽霊はだんだん心配になる――気の利いたネタだ。どうしておれがここのところを自慢にしていたか、あとでわかる。芝居はもうどうでもよくなっていた。殺人犯と対決しようとしているんだ。おれは怒りで爆発しそうだった。

火をつけられるなんてことは、捜査を攪乱《かくらん》したトラニオにたいしておれがもくろんでいたことに比べればなんてことはない。グルミオについては、属州においては犯罪者の処刑はふつう地元の円形劇場で執行されるという事実を、おれは心のなかでくりかえし反芻《はんすう》していた。部隊司令官を見上げる。あいつには死刑宣告の権限が与えられているだろうか？　たぶんいないだろう。しかし総督ウルピウス・トラヤヌスならその権限がある。

ダウォスがものすごい金切り声をあげた。舞台にいる役者のほとんどは聞こえないふりをする。火を点《つ》けられたみたいに幽霊衣装の尻を押さえながら、ダウォスが袖に駆けこんできた。登場人物が苦痛に呻くのを見て観衆は大喜び。雰囲気は最高だ。

「ファルコ、いったい何事だ？」ダウォスが大声で訊いた。竈のなかにじっとしゃがんでいたから、芝居が始まる前のあの長い間《ま》を誰よりも痛切に感じていたんだ。

「危機だ！」おれは簡潔に答えた。ダウォスはびっくりしているが、どういう類いの危機であるかは理解したようだ。

舞台では反対側の袖からフリギアとビリアが登場した。モスキオン坊やのことをこそこそ話し合おうと、ふたりの〝奴隷〟をしっしっと追い払っている。トラニオとグルミオは、おれの演出どおり、別々の方向に逃げた。これで、偶然にも、ふたりは別々の壁龕に分かれて隠れることになった。相談はできない。

モスキオンは、母親とガールフレンドが自分のことを話すのを盗み聞こうと、竈の陰に隠れている。これはすごくおかしい場面のはずだ。ふたりの女優がウィットを飛ばしあっているあいだ、おれはゆっくり深呼吸して落ち着こうとした。

しかしすぐに道化たちが再登場した。突然おれは心配になった。トラニオについて判断を誤ったんじゃないか。間違いをしたんじゃないか。ムーサにむかって呟いた。「これは失敗だ……」

選択を迫られている。この場面で上演を中止するか。それともしばらくようすを見るか。観客席には、すごい見世物を期待して金を払ってきた兵士たちからなる、いかなるコントロールも不可能な大集団がいる。あいつらを落胆させたら、暴動は間違いない。

おれの心配にはちゃんと理由があった。舞台で、利口な料理人が田舎者道化に、「おまえ、くらっちまうぞ」と警告していた。これは台本《ホン》にはないセリフだ。「おれなら今のうちにさっさとドロンだな!」

ダウォスは平均レベルより敏《さと》いから、これで状況を理解した。「クソッ!」

ここでトラニオは壁龕に退場したが、グルミオはこっちに歩いてくる。あれはトラニオの即興だと思っているんだろう。いずれにしても、まだ役のままだった。

ムーサがおれをチラッと見る。おれは何もしないことにした。舞台では、フィロクラテスが隠れているところを母親に見つかり、ガールフレンドと喧嘩して、複雑な筋書き上の理由から、田舎に追放の身となった。おれの芝居はどんどん進行している。

フィロクラテスは舞台から下がって、不安そうな顔で戻ってきた。おれはやつに向かってそっと頷いた。芝居はこのまま続ける。タレイアがダウォスの腕を摑むのが見えた。ダウォスの耳に口をつけて言っている。「こんど出たとき、トラニオに一蹴り入れてやりな！」

　ムーサが進み出て、フィロクラテスの騾馬の手綱をグルミオに渡す。次の場面のためだ。フィロクラテスとグルミオが旅のマントを羽織る。すばやい衣装替えだ。お坊ちゃまのフィロクラテスが騾馬にまたがる。グルミオのほうは、周囲に立っている者にほとんど注意をはらわなかった。

　短い旅の場面のために舞台に出ようと、ふたりの役者が歩きはじめた瞬間、ムーサがまたグルミオに近づいた。騾馬を曳いているグルミオはあと一歩で観衆から見えるところまで出ている。まったく思いがけなかった。そのグルミオの頭に、ムーサが帽子をのせてぎゅっと押したんだ。顎の下で紐を結ぶ、幅広のギリシア帽子。グルミオが蒼白になった。

　その帽子だけでもショックだ。しかしおれの忠実なる共謀者は、さらにもうひとつトリックを考えていた。明るい声で言った。「口笛を吹くのを忘れないで！」演出の指示みたいにも聞こえる。しかしおれたちのうちの何人かはそうでないと知っている。

　おれが止めるまもなく、ムーサが騾馬の尻をパンパンと叩いた。グルミオを引きずるようにして、騾馬が小走りに舞台に駆け出した。

「ムーサ！　バカタレ！　おれたちにわかったって知られちまったじゃないか！」

「正義はなされなければなりません」ムーサは落ち着きはらっている。「あの男に知ってほしいのです」

「正義はなされない！　グルミオが逃げちまえば！」

舞台の反対側に、門が大きな口をあけている。そのむこうにくっきりした砂漠の景色がどこまでも広がっていた。

グルミオがこっちを振りかえる。やつにとって不幸なことに、ずんぐりしたフィロクラテスが騾馬の上で長広舌をくりだしているので、場面を中途で切り上げるきっかけがない。この場面でモスキオンが女について長々としゃべる。フィロクラテスの独壇場だ。あたりまえだ。この人物像は無知なロクデナシということになっていて、フィロクラテスをモデルに書いた。

おれはぐるっと振りむくとダウォスの腕を摑んだ。「あんたの助けがいる。それより先に、ムーサ、劇場のむこう側にまわって、まだ間に合うようだったらあっちの門を閉めろ！」

「それはあたしがする」タレイアが静かに言った。「こいつは何をしでかすかわからない！」行動の女だ。観客が外におきっぱなした駱駝に駆け寄ると、何秒もしないうちに砂埃をあげて走り去った。

「よし、ダウォス。裏にまわって、階段で貴賓席まで下りてくれ。司令官に、少なくとも殺人犯がひとり、もしかしたら共犯者がもうひとり、あそこにいると耳打ちするんだ」今のところ横の壁龕に隠れているトラニオのこともおれは忘れていない。あいつが何を企んでいるのか、見当もつかない。「隣にヘレナがいる。話を裏づけてくれるはずだ。司令官に、逮捕を要請することになると言ってもらいたい」

ダウォスは理解した。「しかし誰かがあの野郎を舞台から引きずり下ろさなくちゃならん……」一瞬の迷いもなく、そばに立っていた男に仮面を投げ、白い幽霊衣装を脱ぐと、おれの頭からかぶせた。それから腰布いっちょうで司令官のもとに駆けだした。仮面がおれに手渡された。

おれは長い布の襞にすっぽり覆われている。腕のあたりが変なふうにひらひらする。目の前は真っ暗だ。この芝居で仮面をつけるのは幽霊だけだ。おれたちはめったに仮面を使わない。仮面を顔に押しつけられたとたん、その理由がわかった。突然世界の半分から遮断され、ほとんど息ができない。二つの穴からなんとか外界を見ようと必死になる。

なにやら小うるさい物体がおれの肘を摑んだ。

「すると、あいつが犯人か?」コングリオだ。「あのグルミオが?」

「どいてくれ、コングリオ。道化と対決しなくちゃならないんだ」

「おれがやる!」とコングリオが叫ぶ。その自信ありげな口調には、ヘレナのきびきびした口調に似た、どこか聞き覚えのある響きがある。ヘレナはこいつの教師だ。あきらかに道を誤らせちまったらしい。「ヘレナとおれで計画を考えたんだ!」

止める間もなかった。おれはまだ新しい衣装をマスターしようと苦闘している段階だ。コングリオは奇妙な全速力スタイルで(やつなりのすばらしい演技らしい、どうやら)、おれの前に舞台に駆けだした。それでも、やつに書いてやったたった一行のセリフが聞こえてくるもんだとばっかり思っていた——「奥さま! たった今お嬢さまが双子をご出産になりました!」

コングリオはそのセリフを言わなかった。

おれが書いた役を演じていない。伝統的な〝走る奴隷〟の役を演《や》っている。「天上の神々よ、ああ困った――」あんまり猛スピードで走ったから、騾馬に乗った旅人たちに追いついてしまった。「ああ、もうへとへとだ。モスキオンは出ていっちまった。母上は涙にくれる。肉は火にかけっぱなしで、花嫁はカンカン。それにこの娘――いや、待て。この娘のことは、あとでその話になったときにしよう。ああ、あそこに旅人がいるぞ！　あいつらとちょっと話をしよう」

おれの心が、ここまで沈めるとは思わなかったくらいずーんと沈んだ。コングリオが小話をはじめたんだ。

コングリオは作り物の岩によじのぼってあたりを眺めまわす。「やあ、そこの人！　陰気な顔だな。景気づけにひとつ聞かせようか？　こいつはぜったい聞いたことないぞ」フィロクラテスはまだ騾馬の上だが、烈火のごとく怒っている。今台本《ホン》のどこを演《や》ってるのか知っていたいタイプで、おまけに端役は大嫌いだ。しかしもう誰にもコングリオを止められない。

「ローマの旅人がある村にやってきて、ひとりの農夫と美人の妹を見かけたとさ」

騾馬の手綱を引っぱろうとしていたグルミオが、その出だしにハッとして、いきなり動きを止める。コングリオは観客を惹きつける自分の新しい力をおおいに楽しんでいる。

「『やあ、そこのお百姓さん！　あんたのその妹さんは一晩いくらだね？』」

「『五〇ドラクマ』」

「『そりゃ、とんでもない。それじゃ、こうしようじゃないか。あんたはわたしにその娘《こ》を一晩貸してくれる。その代わりわたしは、あんたがびっくりするようなことを見せてあげる。あんたの家畜をしゃべらせてみせよう……。できなかったら、あんたにその五〇ドラクマを払う』」

「さて、と農夫は考えた。『この男は頭がおかしい。調子を合わせて騙されたふりをしとこう』。だが農夫は知らなかったが、ローマの男は腹話術師だった。ローマ男のほうは、ここでちょっとお楽しみができるとふんだ。『それじゃ、あんたの馬と話をしよう。やあ、馬くん、どうだ、あんたのご主人は優しいか？』」

「『ああ、とっても』と馬が答えた。『だけど、おれの脇腹を撫でる手がちょっと冷たくてねえ』……」

　コングリオがしゃべりつづける。フィロクラテスは呆気にとられ、グルミオは怒りに震えているのが、仮面の穴から見てとれる。

「農夫は『こりゃすごい』と言ったが、もうひとつ納得できなかった。『誓ってもいいが、たしかに馬がしゃべるのを聞いた。もう一度やってくれ』」

「ローマ男はひとりほくそえんだ。『それじゃ、こんどはあんたのきれいな羊と話をしよう。やあ、羊さん！　あんたのご主人はどうかな？』」

「『なかなかよ』と羊が言った。『ただ、乳を搾るとき乳房に触る手がちょっと冷たいわ』……」

フィロクラテスは、この予定外の拷問はいつ終るのかと思いながらも、ニヤニヤ笑いを顔に貼りつけた。グルミオは、まだ信じられないという表情で聞き入りながら、石のように動かない。コングリオは生涯でこれほど幸せだったことはなかった。

「『確かにこれは信じられる』と農夫が言った。ローマ男はますます面白くなってきた。『信じてもらえると思ってたよ。それじゃもう一回やってみせよう。そうしたら、あんたの妹は一晩わたしのものだよ。やあ、駱駝くん。きれいな駱駝だなあ。それできみのご主人は――』

「ここまで言ったとき、農夫が跳びあがると、ものすごく怒って叫びだした。『そいつの言うことを信じるな！　そいつは嘘つきだ！』」

もうひとり、跳びあがった男がいた。

憤怒の叫び声をあげながらグルミオがコングリオに飛びかかった。「誰にもらった？」小話の巻物のことだ。ヘレナがコングリオにやったに違いない。

「おれんだよ！」広告書きがグルミオを嘲った。岩から跳び下りると、グルミオの手のほんの少し先を跳びはねた。「もらったーんだよ、誰にもやーらないよ！」

急いで行動しなければならない。幽霊の衣装のまま、おれは舞台にでた。これは意図的な登場だと観衆に思わせたかった。だから、モスキオンの父方の幽霊になったつもりで両腕を頭上でひらひら動かして、ぴょんぴょん跳ねるみたいな奇妙な足どりで歩いた。

グルミオは勝負は終ったと悟った。コングリオをほうりだした。くるっと振り返ると、フィロクラテスのスマートな長靴の片方を摑んで、脚をぐいっとひねり、やつを騾馬から引きずりおろす。まったく予想もしなかった襲撃に、フィロクラテスは地面に手酷く叩きつけられた。

兵隊たちがわあっと喝采《かっさい》した。笑い事ではない。フィロクラテスは顔から地べたに落ちてしまった。ハンサムな目鼻立ちが台無しだろう。鼻っ柱が折れていたら、それはそれでいいことだろうが。コングリオは跳ねるのをやめて、フィロクラテスに駆け寄り、横の壁龕のほうに引っぱっていく。そこからはトラニオが、やはり呆然の体《てい》で現われる。そしてふたりして意識を失った主役を舞台から運びだす。観衆は興奮でわくわくしていた。無事に自分の足で立っている役者が減れば減るほど大喜びするやつらだ。

グルミオは、フィロクラテスの救出なんかには目もくれず、騾馬に乗ろうとしている。おれはまだ半分盲目状態で、長い裾に足をとられてばかりだ。それでも、観客の笑い声を聞きながら、必死に前に進もうとした。笑われていたのはおれの滑稽な仕草だけではない。グルミオが騾馬を扱いかねている。片脚をあげて跨《また》ろうとすると、騾馬が横にとことこと動く。鞍に手をかけようとすれば、騾馬はグルミオと反対の方向に逃げる。

面白さはいや増した。計算ずくの芸のように見えた。おれでさえちょっと足を止めて見とれたくらいだ。グルミオは苛々しながらぴょんぴょんと騾馬を追っかけまわして、とうとう正面から向き合った。それから、もう一度鞍に近寄ろうとした。そのとき騾馬が向きを変え、やつの背中をその長い鼻面でどんと押す。グルミオがばたんと倒れる。我が大手柄に喜びの嘶《いなな》きをあげながら、騾馬はギャロップで退場した。

グルミオは軽業師だ。フィロクラテスのようなぶざまな倒れ方はしなかったし、すぐに立ち上がった。騾馬の後を追って、駆け足で逃げようとした——とそのとき、タレイアが向こうの門をやつの鼻先でばたんと閉めた。野獣を逃がさないように設計された門だ。さすがのグルミオもとてもよじのぼれる高さではない。やつはくるっと向きを変える——そこにおれがいた。幽霊の衣装を着た、おれは、もう一方の逃げ道をふさごうとした。おれの後ろの門は少なくとも十二フィートは開いている。しかし、成行きを見ようと一座の連中がそこに詰めかけている。あそこは通れない。

いよいよ、グルミオ対おれになった。

いや、そうじゃない。もうふたつの姿が登場した。舞台の最後の幕は、グルミオとおれ——そして、ムーサと犠牲の仔山羊だ。

最高のアンサンブル演技だ。

おれは仮面をもぎとった。仮面についている灰色の巻き毛——硬い馬の毛でできている——が指にひっかかる。乱暴に手を振りまわして、放り投げた。

そして松明の光に瞬《まばた》きした。貴賓席ではヘレナが立ち上がって、切迫した感じで司令官になにか言っている。ダウォスが最前列に向かって階段を一度に三段ずつ駆け下りている。パルミラ駐屯部隊にはそれほどクズでもない連隊があるに違いない。ひとつの列の端のほうで、統制された慌ただしい動きが起こる。

おれのずっと後ろに、ムーサが仔山羊を抱いて立っている。やっぱりナバテア人だ。別世界の人間なんだ。このうつけ者がおれには理解できない。「むこうに行け。助けを呼んでこい！」おれの怒鳴り声を無視する。

おれはばかげた襞を全部まとめてベルトにたくしこんだ。観衆は突然しんと静まりかえった。舞台照明として周囲にぐるっと立ててある瀝青《ビチューメン》松明の炎の音がよく聞こえる。兵隊たちは何が起こっているのかさっぱりわからなかったが、これが出し物でないのは明白だ。『有言幽霊』はこれから先何年も語り草になるような、嫌な予感がする。

グルミオとおれは十五フィートくらいあけて立っている。あたり一面にいろんな道具が散らばっている。ほとんどが幽霊の隠れ場所として配置した物だ。ごつごつした岩、コークス竈、籐の洗濯籠、長椅子、巨大な土器の壺。

いまやグルミオは楽しんでいた。おれがやつを捕まえなければならないのを知っている。目がきらきらしている。頬が熱っぽく赤らんでいる。興奮に酔っているみたいだ。こいつが冷酷に人の命を奪い、それを決して否定しない、神経のはりつめた、傲慢な殺人者であることを、おれはずっと前から知っているべきだった。

「これが〝高きところ〟で殺人を犯した男です」ムーサが公に告発した。グルミオのやつ、冷静に口笛を吹きはじめる。

「諦めろ」おれは静かに言った。「証拠も証人もあがっている。おまえが台本作家を殺したことはわかっている。あいつがおまえの巻物を返さなかったからだ。イオーネを絞殺したこともわかっている」

「『さあ、あの娘《こ》は死んだ。これで問題は少しは片づく』……」

グルミオは『アンドロスからきた娘』のなかのセリフを言う。その軽薄さにおれは煮えくりかえった。

「それ以上近づくなよ、ファルコ」

人間らしさがまるで欠如している、という意味でこいつはくるってる。ほかの意味ではおれと同じくらい正気で、たぶんおれ以上に頭がいい。健康で、運動能力に優れ、手先の早業の訓練を積み、鋭い視力をもっている。おれはこいつと戦いたくない。しかしむこうは戦いたがっている。

やつの手にはすでに短剣がある。おれのナイフもまるで友だちみたいに長靴から手のなかにするりと滑りこんできた。しかしそれで安心している場合ではない。やつはプロのジャグラーだ。近づきすぎてはいけない。気がついたらおれの手から武器が消えていた、ってなことになりかねない。それに鎧《よろい》もない。むこうは、マントを脱ぎ捨てると、その下に少なくとも奴隷役の革のエプロンを着けていた。

グルミオが身をかがめて、フェイントをかける。おれは引き込まれない。立ったままだ。やつが歯をむいて唸った。それも無視する。おれは足の親指の付け根にそっと体重をのせて、旋回しはじめる。やつもゆっくりと動く。両方とも緩やかな螺旋《らせん》を描いて動いているから、距離がしだいに縮まってくる。観客席の長いベンチで兵隊たちが靴の踵を踏み鳴らしはじめた。低い音でリズムを刻んでいる。おれたちのどっちかがやられるまでこの恐ろしい騒音が止むことはないだろう。

　おれのからだはこわばっている。最後に体育場でトレーニングしてからどれだけたっているか、改めて身にしみる。と、やつがかかってきた。


　激しい戦いだった。やつには失うものは何もない。憎しみだけがやつを駆り立てている。報奨はこの場での死、あるいはあとになっての死、だけ。

　ひとつ、かなりはっきりしていることがあった。観客が剣闘士の闘いに大喜びだってことだ。喜劇よりはるかに面白い。ナイフが本物だということはわかる。どっちかが刺されれば、流れる血は赤色染料《コチニール》ではない。

　司令官が兵士を送りこんで助けてくれるだろう、という期待は消えた。鎧を着た一団が両側の出口あたりに群がっているが、あの連中はただいい場所で見物してるだけだ。一座の誰かが助けにこようとしても、あの軍人たちが押しとどめて、それを治安維持活動と称するだろう。司令官も、秩序維持の最適な方法は、この戦いをやらせて、おれが生き残ったら褒め称え、グルミオが生き残ったら逮捕することだと知っている。おれはどっちにも金は賭けていない。司令官も同じだろう。それに、おれは皇帝の密使だ。司令官としては一定水準の能力を期待して当然だ。そして、もしおれがその水準を満たせなくても、やつとしてはおそらくどうでもいいことなんだ。

最初は型どおりにスマートだった。切りつけ、切り裂き。かわして、突き。バレエのような動き。しかし振付はすぐにいつものパニック、激情、混乱へと移っていった。

やつがおれに一杯食わせる。一瞬ひるんで、おれが逃げる。転がる。跳びかかってくるやつの足元に身を投げる。やつがおれを跳び越えて、洗濯籠の後ろに逃れる。兵隊たちがいっせいに大笑いする。やつらはグルミオに味方している。

おれは幽霊の仮面をつかんでやつめがけて投げつける。やっぱりジャグラーだ。ひょいと取ると、おれの喉元をねらって投げ返す。だがおれはもうそこにはいない。やつがくるっと振り向く。チラッとおれが見えた、と思う。おれのナイフがテュニカの背中を裂くのを感じる。しかし、すっと逃げる。

おれは追った。やつが竜巻のように鋭い振りをくりだしておれの足を止める。観衆のチクショウどもがはやしたてる。

おれは冷静だった。その場の嫌われ者には前にもなったことがある。何度もある。観衆が味方しているとやつに思わせておこう。この勝負は自分のものだと思わせておこう……。幽霊の衣がほどけて足にからまってころびそうになったとき、やつに肩口を突かれた。

なんとかそれを逃れる。ぶざまに這いずって籐の籠をまたぎ、むこう側に転がり落ちると、ずるずるした衣をベルトにはさむ余裕がやっとできる。ここできれい事はやめにした。戦術なんかクソ食らえ。相手の出方に反応すればいい。

やっぱり、反応なんかクソ食らえ。もうすべて終りにしたい。

グルミオはおれがさっき躓《つまず》いて転んだと思った。かかってくる。ナイフを持った腕をおれが摑む。ナイフがもう一方の手にひょいと移る。古いトリックだ。おれは見抜いている。肋骨を刺しにきたやつが、あっと息を呑む。左手首におれの膝をうけて、くりだすつもりの一撃を挫《くじ》かれたからだ。こんどは、やつがトンマな顔で叫んで、おれが笑う番だ。

やつの集中力が途切れたのを見て、おれが跳びかかる。洗濯籠の上でやつを捕まえる。くんずほぐれつの動きで籠が大きく揺れる。おれはグルミオの腕を蓋に叩きつける。やつを編み目に押しつける。そして、やつの喉に自分の腕をあててぐいぐい押す。

グルミオはおれより痩せて見えるが、力はおれと同じくらいある。いつ何時やつが反撃に出て、こんどはおれがぶちのめされる番になるかもしれないとわかっている。おれは必死でやつのからだを何度も何度も籠にたたきつける。そのために籠全体が前に滑る。おれたちはふたりとも転げ落ちる。

グルミオが起きあがる。おれが追いかける。やつはおれがさっきしたように、籠のむこう側に跳びこむ。そして振り返る。籠の留め金から楔《くさび》を引き抜くと、おれの顔の前にぐいっと蓋を持ち上げる。

蓋はばたんとおれの側《がわ》に落ちた。グルミオは落とした短剣を拾おうともしない。兵隊たちの長靴のとどろきがぴたっと止んだ。グルミオは金縛りにあったように立ちつくしたままだ。おれたちは両方とも籠を凝視していた。巨大な蛇が頭をもたげてグルミオを見ていた。

蓋の落ちた音が蛇を怒らせたんだ。松明のかがり火、周囲の異様な状況、今しがた経験した乱暴な揺さぶりに、蛇が動揺しているのはおれにもわかった。落ち着きなく身を滑らせながら、籠からあふれでてきた。

喘《あえ》ぎ声が円形劇場を走りぬけた。おれも喘いでいた。ダイヤ柄の鱗《うろこ》の連なりが一ヤード、また一ヤードと籠から地面に降りてきた。「あっちに行け!」グルミオが叫んだ。無駄だ。蛇にはほとんど聴覚がない。

ニシキヘビはグルミオの攻撃的な態度に脅威を感じている。口を大きくあけると、何百本もありそうな歯を見せた。カーブした、針のように鋭い歯が、先端を口の奥に向けて並んでいる。静かな声が聞こえた。「動かないで!」ムーサだ。熱心な飼育係。籠に何が入っているか知っていたらしい。「ゼノンは何もしません」

前にタレイアが、ニシキヘビは人を襲わないと言っていた。タレイアがそう言うからにはおれは信じていたが、それでも危険を冒す気はなかった。じっと動かないでいた。

まだムーサの腕に抱かれている仔山羊が心配そうにメエーと鳴く。ムーサがゆっくりおれの脇を通って大蛇のほうに歩いていった。

グルミオに近づいた。ゼノンの口の横からのぞく舌がちろちろと動く。「あなたを知ろうと匂いをかいでいるのです」ムーサの声は穏やかだったが、あんまり保証しているふうではない。ニシキヘビをかまうために手をあけなければ、というふうに、仔山羊を下におろす。か細い脚でグルミオのほうに歩いていく仔山羊は、ひどく怖がっているように見えるが、ゼノンはまったく興味を示さない。「でもわたしは」とムーサが静かにつづけた。「グルミオ、あなたをすでに知っている！　台本作家ヘリオドールスとタンブリン奏者イオーネを殺害したかどであなたを逮捕します」ムーサの手に、細い、いかにも鋭利そうなあのナバテア短剣が出現した。切っ先をグルミオの喉に向けている。しかし、グルミオとは数フィート離れているから、それは形だけだ。

　突然グルミオが横に跳んだ。そして仔山羊を引っつかむと、ゼノンにむかって投げた。仔山羊は、噛みつかれて呑みこまれるものと、恐怖の鳴き声をあげた。だが、飼われている蛇は選《え》り好みをするとタレイアも言っていた。ゼノンはまったく応じる気もない。滑らかな回れ右をして、露骨に不機嫌そうなようす。じつに印象的な筋肉の動きで自分の身をのりこえると、退場しようとした。

　大ニシキヘビは舞台装置のあいだをまっすぐに滑っていく。目の前に現われる物ひとつひとつに強力な輪になって巻きつきながら、ほとんどわざとのように吹っ飛ばしていく。大きな土器の壺は倒れて蓋が飛んだ。ゼノンが竃の周囲に巻きついて、てっぺんに偉そうにとぐろを巻く。そのものすごい重みで竃が歪んだ。そうしているうちにグルミオがムーサとおれに迫ってきた。出口までの逃げ道がきれいに空いていたから、やつは跳びあがるように走りはじめた。

　ひっくりかえった壺から、また何かが現われた。グルミオは足を止めた。追いかけはじめたおれの腕を、ムーサが叫び声をあげて摑んだ。グルミオの目の前に別の蛇がいた。ニシキヘビより小さい。しかし危険だ。黒い頭に、縞々の胴。そして、グルミオに立ちむかおうと鎌首をまっすぐもたげると、横に広がった禍々《まがまが》しい頭巾《とうきん》の下に金色の喉。タレイアの新しいコブラ、ファラオに違いない。怒っている。シューシュー音をたて、完全な威嚇の姿勢だ。

「ゆっくりと下がって！」ムーサがはっきりした声で指示した。

蛇から十フィートほどの所にいたグルミオは、その指示を無視した。松明を一本摑むと、燃えている先をさっと掃くように動かした。ファラオは見せかけのようにわずかに動いた。やつは敬意をはらわれて当然と思っている。

「それは動くものを追います！」ムーサが警告した。今度も無視された。

グルミオがまた松明を振った。コブラは短く、低く、シュッと音をたてた。それから、グルミオまでの距離を一気に滑ると、跳びかかった。

グルミオの胴のあたりに跳びついて、奴隷役の革のエプロンに嚙みついていた。革は蛇に対して安全なのに違いない。これでグルミオは助かった、はずだった。

しかし試練はまだ終りではなかった。最初の凶暴な一撃にすっかり動揺したグルミオは、恐怖に打たれてよろめき、そして転んだ。地面に倒れると、衝動的にじたばたと逃げようとする。ファラオはやつがまだ動いているのを見て、ふたたび突進した。そして今度こそしっかり首筋を襲った。下向きのひと嚙みは正確で、強力だった。そのあとに、すばやい咀嚼《そしやく》のような動きでダメ押しした。

観客は総立ちだった。舞台での人殺し。やつら全員が、これを見たかったからこそ金をだして切符を買ったんだ。

エピローグ
パルミラ

砂漠。夜。これまでにも増して暑い。

あらすじ
劇作家ファルコは、雇われペテン師をやる気分ではないのだが、例によって自分がすべてを本来あるべき状態に戻してしまったと知る……

どういうわけか、モスキオンとその幽霊がその後どうなったのか誰も訊ねてくれないような気がする。

舞台から下りたとき、ムーサとおれはものすごく動揺していた。グルミオがショックとヒステリー状態で倒れるところを見たからだ。コブラが少しずつ撤退していくと、おれたちは用心しながらグルミオに近づいて、入口まで引きずっていった。後ろでは観客が騒乱状態になっていた。しばらくすると大ニシキヘビがいろんな小道具をわざと壊しまくりはじめた。コブラは威嚇するような態度でそれを眺めている。

グルミオは死んではいなかったが、そう長くはないことも明らかだった。タレイアがようすを見にきたが、おれの視線をとらえて頭を振った。

「明け方までもたないだろう」

「タレイア、あんたの蛇を誰かに捕まえさせたほうがいいんじゃないか?」

「そんなこと誰にもさせないよ!」

タレイアは、先端の割れた長い道具を持ってこさせると、団員のなかでいちばん勇敢な連中を連れて舞台に出ていった。まもなく、コブラはとり押さえられて壺に戻された。ゼノンは、この騒乱はまったく自分のせいじゃないと言わんばかりに、オツにすまして自分から籠に戻った。

おれはムーサをじっと見た。芝居のあとのタレイアの演技のために、ニシキヘビを舞台に運んでおいたのは明らかにムーサだ。危険な小道具の籠を舞台に運んでおくのは、やつの考えだったのか？　ファラオがあの壺に入っているのを知っていたのか？　率直なムーサのことだ、訊けば正直に答えたろう。おれは知りたくなかった。きょう起こったことと、グルミオを長引く裁判とその結果としてほとんど間違いない有罪判決とにさらすこととのあいだに、違いはほとんどない。

兵士の一団が集合した。グルミオを引取り、それから、共犯者と思われる者をすべて逮捕せよという司令官の命令があったので、トラニオも逮捕した。トラニオは肩をすくめると、おとなしく連行されていった。問われるべき罪はほとんどない。たしかに信じがたい言動だったが、まったくの愚かさに対する法は「十二表法」にはない。しかし、トラニオがもし自分の態度がグルミオの犯罪に匹敵するとほんとうに思っているのなら、倫理の授業をうける必要がある。痙攣《けいれん》と麻痺でグルミオの息の根が止まるのをみんなで待っているとき、トラニオが知っていることをすべて白状した。グルミオが、ひとりで、誰にも知られないようにヘリオドールスをペトラの山に連れだしたこと。ボストラでムーサが水に突き落とされたときは、グルミオがもっとも近いところを歩いていたこと。グルミオがおれの動きを邪魔しようといろんなことをしては、相棒と笑いあっていたこと。

ヘレナとおれがパルミラを去るときにはトラニオはまだ拘留されていたが、もっとずっとあとになって、釈放されたと聞いた。その後どうなったのか知らない。有名なローマの道化になったのはコングリオだ。やつの演技は何度も見にいった。もっとも、コングリオの小話はずいぶんと古めかしい、誰かもっと近代的な小話集を見つけてやるべきだ、などと言う厳しい批評家もバルブス劇場にいたことはいた。

仲間のうちの数人は、人生の大きな転換点にいた。ムーサとおれが舞台から下りたとき、フィロクラテスが地べたに座って接骨医を待っていた。ものすごい痛みのなかで、壮絶な鼻の出血で血まみれになっていた。鎖骨が折れているようだ。鼻と、それからたぶん片側の頬骨も。二度とハンサムな若者は潰《や》れないだろう。潰《や》れないだろう。

「気にするな、ハンサムな若者は使いこんだって感じの顔の男が大好きな女もいる」

人には親切にすべきだ。

タレイアは、グルミオはもう望みがないと判断してしまうと、舞台にもどってこの惨事で流された血を拭き取る仕事を手伝った。フィロクラテスの喜劇的な騾馬の買い取り交渉をしているのもこの耳でたしかに聞いた。タレイア帰国の暁《あかつき》には、あの騾馬はネロの競技場《キルクス》で人を突き倒してまわるんだろう。

おれも瞬間的にトラブルに巻き込まれた。ムーサとおれがなんとか呼吸を整えようとしていると、聞きなれた声にどやしつけられた。「ディディウス・ファルコ、ほんとうに死にたいなら、どうしてふつうに肥やし車にでも轢《ひ》かれないの？　どうして二千人もの他人の前で自分を破壊しようとするの？　それに、どうしてわたしはそれを見させられるのかしら？」

魔法だ。おれにとって、ヘレナにがみがみ叱られているときほど幸せなときはない。心からすべてが消える。

「あの闘いの切符を売り出すんだった。葬式代の足しにはなったろう――」

ヘレナはブツブツ言いながら、幽霊の衣装を頭の上に引っぱりあげて脱がせてくれる。ほっと息がつけた。そして、白いストールで額の汗を拭いてくれた。

そこへ、ハビブ一家の急襲だ。座っていた席から飛んできて、こんなにすばらしい宵にご招待いただいて、と礼を言いに――そして、ヘレナの痩せこけた付添い人を検分にきた。つぎの展開は女たちに任せた。ヘレナとタレイアは段取りを前もって考えてあったに違いない。そして貴賓席でソフローナにもそれなりの指示を与えたんだ。

ヘレナは娘のからだに腕をまわすと、ハビブ一家にいかにも恩にきるというふうに叫んだ。

「まあ、ほんとうにありがとうございます。こんなによく面倒を見ていただいて……。この悪い娘《こ》をほんとにあちこち探しまわりました！　でもこうして見つかって、これでローマに連れ帰ってちゃんとした生活に戻せます。もうご存知でしょうけれど、この娘《こ》は良家の出なんです。たしかに才能ある音楽家ですけれど、舞台にあがるために家を出るなんて悪い娘《こ》だわ。でも、仕方ありませんわね。この娘《こ》の弾くのは皇帝の楽器……」

ハビブ夫妻はヘレナの宝石類の値踏みをすでにすませていた。そのうちいくつかは、おれが背中を向けているあいだに、ナバテアの隊商やデカポリスの市場で購入されたもののようだ。司令官がヘレナを最高の敬意をもって扱うのも、夫妻はちゃんと見届けた。司令官としては、皇帝ご自身がヘレナの消息についての報告をお望みであると知っていたからだ。今やハリードは懇願の表情を浮かべていた。父親のほうはこの幸運に涎《よだれ》を流さんばかりだ。ソフローナのほうは、娘はみんな同じだが、じっさいより上等な外見をごく自然に装っていた。ハリードの母親が、娘さんがシリアを離れなければならないなら、その前に若いふたりを結婚させたらどうだろう、と提案した。するとヘレナが、ハリードさんもしばらくローマに滞在なさって、高貴な人たちのあいだでご自分を磨いたらどうかしら、と言いだした。

「それは素敵だわ」タレイアが一見なんの皮肉もこめずに言った。いったんローマに帰れば、強引なタレイアが、ソフローナ、あんたにとっていちばんいいのは世帯を持つことじゃなくて、オルガン弾きとしてのキャリアだよ、と説得しちまうだろうなどと、おれを除いてその場の誰も考えていないようだった。

劇場内が騒然としているために、それ以上の話はできなかった。プログラムが途中で終ってしまったので、怒った兵士たちが観覧席のベンチをひきむしりはじめたんだ。

「チクショウ！　こいつはなんとかしないと！　どうやってやつらの気を紛らわしたらいいだろう？」

「簡単さ」タレイアが娘の腕をとった。「いい具合にまとめてもらったんだろ、ソフローナ。お礼にあんたがなにかする番だよ。急いで！　ローマからはるばる持ってきたのは水タンクのなかでぼうふらを飼うためじゃないよ……」

タレイアがスタッフに合図した。驚くような速さで大きな低い台車の周りに整列する。そして、クレメス一座の裏方の手も借りてそれを袖まで運ぶと、いち、にい、さんっで一気に舞台に押し出した。観衆は静まりかえった。それから急いで残っている座席に戻った。ぬうっと大きなその物から覆いの布がはずされた。水圧オルガンだ。

梃子《てこ》をつかって台車から下ろされても、十二フィート以上の高さがあった。上の部分は巨大なパンパイプのようだ。青銅の管もあれば、葦笛《あしぶえ》みたいのもある。下の部分は装飾をほどこした箱のようなもので、そこに鞴《ふいご》がついている。タレイアの団員のひとりが中の仕切りに注意深く水をそそいでいる。別の団員がペダル板、巨大なレバー、鍵盤をとりつけていた。

ソフローナが目を大きく見開いた。しばらくは熱意をおし隠して、若い娘らしく、あたし嫌だわ、てなふうにごねていた。ヘレナやほかの連中も調子を合わせて、お願いだから演奏して、と頼みこんだ。すると次の瞬間にはもう楽器のところに飛んでいって、準備している男たちにあれこれ指示しはじめた。

ソフローナにとってオルガンを弾くことがどんなに大事なことか、明白だった。これはぜひリベスに紹介しようとおれは決めた。すばらしい目をした娘と音楽を語り合えたら、我らが気分屋の竪琴弾きにとって大いなる幸せだろう……。

タレイアがダウォスににんまり笑いかけた。「鞴を押すのを手伝ってくれるかい？」単純な質問を意味ありげに言う女だ。ダウォスはこの胡乱な誘いを男らしく受けてたった。タレイアの声には、その後ダウォスにもっと激しい仕事を用意しているような感じがあった。まっとうな男だ。うまくやれるだろう。

ふたりがソフローナを補助するために舞台に出ていこうとしていたちょうどそのとき、フリギアがタレイアを呼んだ。ひょろ長いからだが高底靴のうえで危なっかしくバランスをとりながら、よろよろと近づいた。同じくらい背の高い娘のほうに手を振っている。

「あの娘《こ》……」苦悶の表情だ。

「ソフローナ？　あれはフロントの曲芸団とコミで引き継いだ、ただの奴隷だよ」タレイアの目が細くなった。絶望的になっていない人間なら、信用しかねると思うはずだ。

「ここにわたしの娘が来ていると思ったけど……」フリギアは諦めない。

「いるよ。だけど、二十年もひとりでいたんだ。今さら見つけられたくないかもしれない」

「すべて埋め合わせするわ！　なんでも最上のものをあげる」フリギアはくるったように周囲を見まわす。この集団にそれらしい年齢の女はひとりしかいない。ビリア。フリギアは半狂乱で若い女優の腕をつかんだ。「あんたはイタリアで雇ったんだったわ！　どこで育ったの？」

「ラティウム」ビリアは落ち着いていたが、いったい何事なのか知りたそうだ。

「ローマの外ね？　両親はどこに？」

「孤児でした」

「タレイアは知り合い？」

　タレイアがビリアにちょっと目をつぶって見せた。「わかるだろ」と静かに言う。「あんたの娘に、母さんは有名な女優だなんて言ってないんだ。いい気になると困るからね」

　フリギアがビリアに抱きついて泣きだした。

　タレイアはおれのほうにちょっと目をくれた。計算と、そして驚きの目だ。よくみればわかるはずのことを、愚か者はなんて簡単に信じこむことか、と驚いている。それから、ダウォスをつかまえると、舞台に出ていった。

「これからは何もかもすばらしくなるわ！」フリギアがビリアに叫んだ。ビリアのほうは疑い深そうなしかめっ面をむけている。自分の人生は自分でやりたがる、親のありがた味がちっともわかっていない娘の顔だ。

ヘレナとおれは目を見交わした。若い女優が、これは驚くべき幸運だと認めながらも、どうしようか迷っている。舞台ではソフローナが、誰かが自分の身代わりになったとはまったく知らない。どっちにしても、ソフローナにはたくさんの選択肢がある。しかしリビアにはたったひとつ。世間で自分の場所を確保したいという決意は揺るぎないものだ。女優としての実績を求めている。ここでフリギアの誤解に合わせれば、もっといい役を要求できるばかりか、遅かれ早かれこの一座を率いることになるのは間違いない。いい座長になるだろうとおれは睨んだ。ふつう一匹狼は束ねるのがうまいものだ。これが生涯一度のチャンスであることをビリアはわかっているはずだ。

クレメスは妻よりもうちょっと時間をかけて自分の立場を考えたいらしい。まごついたような微笑をビリアに投げると、フリギアを連れて一座の連中がかたまっている方に歩いていった。

この途方もない楽器でソフローナがどんな鍵盤さばきをみせるのか、それを論評しようと、みんなして門のあたりに集まって熱心に待ちかまえている。ビリアはムーサやヘレナやおれといっしょに残った。全体としては、クレメスの立場も悪くないとおれは思った。ここでおとなしくしていれば、妻は出ていかないだろうし、人気絶大な若くて美しい女優を売りだせるだろう。それに、きっと家庭も平和になる。

ダウォスは、遠からず一座を離れるかもしれない。ダウォスがタレイアと力を合わせることになったら、ソフローナは母親を失っても、きょうこの場で父親を得たのかもしれない。

おれはふらふらと立ちあがった。「大音響の音楽はあんまり好きじゃない」とくに神経に障る肉体的経験のあとは。結局四人とも野営地に帰ることにした。

ヘレナとおれは互いのからだにしっかりと腕を巻きつけて歩いた。もの悲しくて、もの思いにふけりたい気分だ。ムーサとビリアはふだんとまったく同じ。背筋を伸ばして、真面目な顔つきで、手もつながずに黙って並んで歩いている。

このふたりはどうなるんだろう。ふたりでいっしょに過ごす静かな場所を見つけて、仲良くできればいいんだが。おれはふたりにいっしょに寝てもらいたかった。しかし、そういうことにはならないだろうという気がした。結局結ばれなかった関係をこうして眺めている、という物悲しさをヘレナも感じている。

ムーサはペトラに帰るだろう。ビリアはローマの演劇界でよく知られた存在になるだろう。それでも、ふたりは明らかに友だち同士だ。もしかしたらビリアがムーサに手紙を書いて、ムーサもビリアに返事を出すかもしれない。そうしろとおれが言うといいのかもしれない。もしかしたら、遠い未来のある日、ビリアがすべての夢を成し遂げてしまったとき、ふたりは再会するかもしれない。それからだって決して遅くはない。

おれたちはすでにかなりの距離を歩いていた。夕方の薄明かりは消えて、すっかり夜だ。劇場の明かりもここまでは届かない。足元に気をつけて歩く。偉大なるオアシスの町は平和で神秘的だ。椰子やオリーブの木々はぼんやりと黒っぽい形になっている。家や公共の建物はその形のつながりの陰にすっぽり隠れてしまった。頭上にはおびただしい数の星が、永劫《えいごう》の当番表に従って、光を放っている。機械的でいて心を震わせる光。砂漠のどこかで駱駝が一頭、なんともばかげた鳴き声で呼びかけた。あちこちからたくさんの仲間ががさつな声で応える。

そのとき、おれたちは足をとめて振り返った。尋常ならざる音に一撃されたからだ。畏怖の念に打たれた。たった今出てきた場所から、これまで聞いたことのない音が響きわたってくる。ソフローナが演奏しているんだ。その効果におれたちは驚いた。たとえソフローナがほんとうはフリギアの娘であっても、それをタレイアが秘密にしたがる理由がよくわかった。こんなすごい才能は何にも邪魔させてはならない。大衆は楽しませてもらう権利がある。

パルミラのすべてが、隊商の家畜でさえ、おれたちといっしょにじっと耳をすましている。鳴り響く水圧オルガンの和音が砂漠の上に広がっていく。この途方もない音楽に、すべての駱駝が沈黙していた。自分たちの粗野な鳴き声より力強く、大音響で、もっと滑稽な音に……。

補遺

考古学的考証

紀元一世紀当時の地中海東岸地域については、現在のところあまりわかっていない。トラヤヌス帝（在位九八―一一七）とハドリアヌス帝（在位一一七―一三八）はこの地域に強い関心をもち、じっさいに訪れ、新しい都市の計画にみずから手を着けた。したがって、ヨルダンとシリアに残る壮麗なローマ遺跡の多くが、劇場をふくめて、二世紀に建設されたものである。紀元七二年に何があったのかについては情報がほとんどなく、フィクション作家としては知的創意をおおいに発揮しなければならない。デカポリスの十都市のなかには正確な位置についてまだ確証のないものがいくつかある。著者はもっとも一般的に認められている説を採用し、ディウムについては考えられるいくつかの候補地からもっとも好都合なところを選び、ラファナとカピトリアスは同一と想定した。

政治史

ナバテアはトラヤヌス帝によって平和裡にローマ帝国に併合され、一〇六年に属州アラビア・ペトラエア（石のアラビア）となった。中心はボストラに移り、交易ルートはペトラからもっと東寄りになった。この変化は、ある皇帝密偵の進言の結果かもしれない。前皇帝に提出され、宮殿文書庫にファイルされていた進言書をトラヤヌス帝が発見した、ということもなきにしもあらず。

古文書

研究者のあいだではいまだに『有言幽霊』の手稿の発見が期待されている。紀元一世紀の氏名不詳の作家（M・ディディウスなる人物か、とする見解もある）によるこの失われた喜劇は、一度だけ上演の記録がある。一部には『ハムレット』の原型と信じられている。

リンゼイ・デイヴィス、インタビュー

松尾和子

リンゼイ・デイヴィスは、あの天文台で有名なグリニッジの、ほとんど中心に居を構えている。築四百年になろうかという長屋の端に、彼女の家はあった。裏は大きな公園で、二階のバルコニーから見える景色は「まるで自分の庭のようで爽《さわ》やかだ」と静かに笑った。

――まず、日本の読者へメッセージをお願いします。

「日本のみなさん、こんにちは。日本がもっと近い国で、直接お会いできると嬉しいのですが。ヨーロッパ各地の読者が私のホームページ(**http://www.lindseydavis.co.uk**)にアクセスしてくれていますが、日本の方はまだ数えるほどです。ファルコ・シリーズの日本語版はこれが六冊目ですね。まだまだ続きますので、ぜひお楽しみに」

――作家になるまでのことを、お話しください。

「少女時代は、ほかの友達が外で遊んでいるときも、一人だけ家に閉じこもって本ばかり読んでいたんです。大学では英文学を学びました。文法と言語の発達の過程に興味がありましたから面白かったです。大学を卒業し、英国政府の公務員として十三年間勤めました。仕事場では惨めな思いばかりしていたので、辞めたときはほっとしたものです。ただ私は、作家というのは人生経験をある程度積んで、初めて書けるようになると思っていますので、結果的には良かったのでしょう。それが三十五歳のときでした」

——グリニッジにはいつ住み始めたのですか。

「グリニッジに移り住んだのは、まだ作家として認めて貰えず、失業保険で食いつないでいた時期でした。僅《わず》かな額でしたが、小切手を貰うと、このすぐ裏にある公園を散歩し、それなりに幸せを感じていたものです。そのうち小説が売れることを信じて……」

——最初に出版されたのがファルコ・シリーズですね。

「そうなんです。これが売れなかったら、大変な状況に追い込まれていたでしょう（笑）。同じ帝政ローマをテーマにした *The Course of Honour* を書き上げていたのですが、どこも出版してくれませんでした、十年間もね。私は困ってしまって、このとき調べた資料を生かしながら書き上げたのが、ファルコ・シリーズでした。最後のたった一つのアイデアだったので、売れてくれてほんとうに良かった！」

——ファルコ・シリーズは帝政ローマが舞台ですが、歴史に興味を持たれたのは。

「歴史小説は、どんな時代のものでも興味を持って読んでいたんです。だから、自分でも歴史小説を書きたいとは思っていましたが、帝政ローマよりずっと後の、十七世紀のイギリスを題材にしたいと考えていました。市民戦争や自由、民主主義が確立していく時代背景が好きで、女性雑誌には、この時代の短編を幾つか書いています。でも、一冊のまとまった本として書くには今ひとつピンとこなくて模索していました。それで帝政ローマに目を付けたのです」

——それにしても古いですね。

「なにせ紀元七〇年ですからね。今でこそ古代ローマを扱った小説もあり、テレビ番組もできていますが、私が書き始めたころは何もなくて、苦労したものです。しかし、誰も知らない時代のことを書くのは、悪いことばかりではないんですよ。私一人が想像をたくましくして勝手に書いても、誰も異議を唱えることはできませんから（笑）。時代ものを書く醍醐味《だいごみ》は、私たちと同じ人間が、まったく違う環境でどのように過ごしていたか、生き生きと再現することですね。たとえば私たちはついこのあいだまで、薪を焚《た》いて暖をとっていましたが、古代のローマ人はすでにセントラル・ヒーティングを知っていたのです。それがその後長いあいだ忘れ去られ、今また復活しているということは面白いと思いませんか。ローマ人と私たちの違いを見つけたり、読者に何か新しい発見があると、楽しんで読んでくれると思うのです。同時に、はるかな時代に旅をして、よい気分転換にもなっていると思います」

——ファルコ・シリーズを読んでいると、当時のローマが匂ってくるし、頭に色がたくさん浮かんでくるんです。

「匂う、っていうのは面白いですね。でも、確かに私はそのように書いています、読者が五感をフルに稼働させて読めるようにね。『味』を表現するのはもっとも難しい。だからこそ、当時の匂いとか色を一生懸命考えながら、できるだけ詳細に書いているのです。私たちが時代を遡《さかのぼ》れたとして、いちばんの衝撃は恐らく『匂い』だと思います。またローマ時代は、特に、色が重要でした。みんな白を着ていましたし、建物もほとんどが大理石ですから、受ける印象は今とは随分違っていたはずです」

――ストーリーを書く上での調査は、大変でしょうね。

「そうですね。でも、調べるのは好きです。『へえ、こんなことがあったんだ』と私がびっくりすることには、たぶん、読者も同じ感動として受け止めてもらえると思っています。その時代のさまざまな階級の人たちを登場させることは大切で、ストーリーに深みがでてくるんです。これまで帝政ローマを書いてきた人たちは一部の学者、それも男性ばかりだった。だから、見方が偏っていて、通り一ぺんのものしか書かれていませんでした。考古学で発見されている事柄は、もっと奥の深いもので、当時の人々のあらゆる生活を示唆しています。私は、これをどうしても書きたかったのです」

――それにしても、どうしてギリシア時代やケルトを題材にしなかったんですか。

「どうしてでしょう。ケルトは自分たちの文化ですが、あんまり興味が湧かないのです(笑)。私はイングランド中部の工業都市バーミンガムで生まれ育ちました。バーミンガムという土地は、現実的な人たちが多くて、ローマ人も現実主義だったので共通点があります。一方で古代ローマは、官僚主義が徹底していた時代でした。私自身が長らくそんな立場でしたから、官僚中心の社会がどういう風に管理されていたかは想像しやすいんですよ。それからギリシア時代の女性は、平等に扱われていませんでした。独立した個性の女性も描きたかったので、ローマ時代が私にはいちばんぴったりだったんです」

——最初のお話（註・『白銀の誓い』このあとストーリーに触れています、ご注意を！）は、その辺境の国イギリスへ（笑）旅立つ物語でしたね。

「単に古代ローマのストーリーでは、どこも出版してくれなかったので、イギリス絡みで書くしかなかったのです。だから、ファルコをわざわざブリタニアまで旅させました。十四、十五冊目では、ファルコを再びブリタニアへ赴かせ、ローマ時代の建築物について語らせています。密偵というのは、実際にあちこち旅をしていました。ファルコの視点から、帝政ローマがヨーロッパ各地で何をしていたかというヒントを浮かび上がらせたかった。スペインやドイツにも読者がたくさんいますので、彼らの国ヒスパニアやゲルマニアがローマ時代はどうだったのか、書くようにしているのです」

——本家のイタリアではどうですか？

「じつはイタリアでは、これからファルコ・シリーズを初めて出版するのです。外国人が自分たちの国の歴史小説を書くなんて、と警戒していたようですが（笑）、シリーズを次々に翻訳してくれるそうで、楽しみなんですよ。イタリア語はダメですが、ラテン語を習っていたので、調査するときには大変役に立っています」

——ファルコの命名の由来は？

「モルティーズ・ファルコン（『マルタの鷹』ダシール・ハメット）からヒントを得ましたが、どうもタイプで打った感じがよくなくて、ファルコに落ち着いたんです。ファルコのモデルとなった人物はいませんが、中核となる性格はフィリップ・マーロウのような典型的な探偵で、それにいろいろつけ加えていったんです。ですが、ちゃんと夕食に帰ってくるかどうかもわからない、滅茶苦茶な性格ですから、私はいや(笑)。でもね、ファルコは冷静に善悪の判断ができる人間なんです。ときには、自分の損得を考えずに良かれと信じた道を行く、これが重要です」

――ヘレナは。なぜ、わざわざ上流階級からガールフレンドを持ってきたんですか。

「探偵小説というのは、ブロンドの美女が殺されるのが常で、しかもそれがどんな人物だかあまり語られずに終ってしまいます。だから、私はシリーズの一冊目でわざと、可愛らしいブロンド娘を登場させ、ストーリーの三分の二のあたりで、殺しました。殺されるまでに読者には、彼女がどんな女性か読み込んで理解して貰い、しかもファルコやほかの人から愛されながら死んでしまう、というストーリーにしたのです。ところがここで、主要な女性の登場人物がいなくなってしまった。代わりに登場させたのがヘレナなんです。本当は、ファルコの片思いで、ヘレナが仕掛けたとおりに展開するはずだったのですが、つい、お互いが恋に落ちるように書いてしまった。だから、ヘレナは偶然の産物といえるでしょう。少しだけお話ししますが、十六冊目を書いている今もファルコとヘレナは一緒に暮らしていて、娘と犬までいますよ。探偵や密偵というのは、次々に女性を代えては事件を解決していくものですが、ファルコは真実の愛ひと筋なのです。ヘレナは、控えめだけれど芯の強い、誰もが好感を持てる女性で、私も大好きです。

歴史小説を書くときには、できるだけ真実に近いものを目指すべきですから、毎年ローマを訪れています。たとえばローマ時代にはスペインとのオリーブオイルの貿易が盛んでしたから、そういったことにも注目してストーリーを考えるのです。当時のオリーブオイルは明かりであり、自分を清潔に保つために必要不可欠であり、料理にも使うといった万能オイルで、今より遥かに重要視されていたのです。出産の時にも、面白い利用法があったんですが、これはシリーズを読んでのお楽しみということにしましょう」

――ファルコ・シリーズはいつまで続くのですか？

「いま、十六冊目を書いているところです。ファルコ・シリーズも長くなりましたからね。二十冊以上になることはないでしょう。次はまったく違う、もっと近代に舞台を移したものに挑戦してみたいです」

――BBCがファルコ・シリーズをテレビドラマ化する話があるそうですね。

「そうなんですが、なかなかスムーズにはいかないものです。おそらくここ一年くらいには、本当にドラマ化するかどうか、決定すると思います」

――そうなるといいですね、どうもありがとうございました。

（二〇〇二・八）

〈密偵ファルコ〉シリーズ

1 *The Silver Pigs* (1989)『密偵ファルコ　白銀《しろがね》の誓い』既刊
2 *Shadows in Bronze* (1990)『密偵ファルコ　青銅《ブロンズ》の翳《かげ》り』既刊
3 *Venns in Copper* (1991)『密偵ファルコ　錆色《さびいろ》の女神《ヴィーナス》』既刊
4 *The Iron Hand of Mars* (1992)『密偵ファルコ　鋼鉄《はがね》の軍神《マルス》』既刊
5 *Poseidon's Gold* (1993)『密偵ファルコ　海神《ポセイドン》の黄金』既刊
6 *Last Act in Palmyra* (1994)『密偵ファルコ　砂漠の守護神』本書
7 *Time to Depart* (1995)『密偵ファルコ　新たな旅立ち』以下続刊
8 *A Dying Light in Corduba* (1996)
9 *Three Hands in the Fountain* (1997)
10 *Two for the Lions* (1998)
11 *One Virgin Too Many* (1999)
12 *Ode to a Banker* (2000)
13 *A Body in the Bath House* (2001)
14 *The Jupiter Myth* (2002)

[訳者略歴]国際基督教大学教養学部卒業。
訳書に、ヴィタ・サクヴィル=ウェスト『悠久の美　ペルシア紀行』(晶文社)、ジョン・ダワー『敗北を抱きしめて(下) 第二次大戦後の日本人』(共訳／岩波書店)ほか。

光文社文庫

密偵《みつてい》ファルコ　砂漠《さばく》の守護神《しゅごしん》

著　者　リンゼイ・デイヴィス
訳　者　田《た》　代《しろ》　泰《やす》　子《こ》

2003年2月20日　初版1刷発行

発行者　八木沢一寿
印　刷　萩原印刷
製　本　榎本製本

発行所　株式会社 光文社
〒112-8011　東京都文京区音羽1-16-6
電話　(03)5395-8175　編集部
8113　販売部
8125　業務部
振替　00160-3-115347

ISBN4-334-76124-0　Printed in Japan

お願い　光文社文庫をお読みになって、いかがでございましたか。「読後の感想」を編集部あてに、ぜひお送りください。

　このほか光文社文庫では、どんな本をお読みになりましたか。これから、どういう本をご希望ですか。

　どの本も、誤植がないようつとめていますが、もしお気づきの点がございましたら、お教えください。ご職業、ご年齢などもお書きそえいただければ幸いです。

光文社文庫編集部